Jean-Paul Daoust

Le Désert rose

Jean-Paul Daoust

Le Désert Rose

Stanké

L'heure de la sortie collection

La collection l'Heure de la sortie est dirigée par Pierre Salducci

Données de catalogage avant publication (Canada)

Daoust, Jean-Paul

  Le désert rose

  (Collection L'Heure de la sortie)

  ISBN 2-7604-0725-X

  I. Titre. II. Collection.

PS8557.A591D47 2000   C843'.54   C00-940223-3
PS9557.A591D47 2000
PQ3919.2.D36D47 2000

© Les Éditions internationales Alain Stanké, 1999

En couverture: *Adolescent à la veste de cuir*, photographie d'Alan B. Stone, 1955 (Archives gaies du Québec)

Dépôt légal: Bibliothèque nationale du Québec, 1999

ISBN 2-7604-0725-X

Les Éditions internationales Alain Stanké remercient le Conseil des Arts du Canada et la Société de développement des entreprises culturelles (SODEC) de l'aide apportée à leur programme de publication.

Nous reconnaissons l'aide financière du gouvernement du Canada par l'entremise du Programme d'aide au développement de l'industrie de l'édition (PADIÉ) pour nos activités d'édition.

Les Éditions internationales Alain Stanké
615, boul. René-Lévesque Ouest, bureau 1100
Montréal   H3B 1P5
Tél.: (514) 396-5151
Télécopie: (514) 396-0440
Courrier électronique: editions@stanke.com
Internet: www.stanke.com

IMPRIMÉ AU QUÉBEC (CANADA)

Le rose révèle une idée d'extase dans la frivolité.

Charles Baudelaire

PREMIER JOUR

Au parc Lafontaine je fixe l'étang presque vide, marbré de flaques d'eau que le vent d'automne déchire. Les arbres ont peine à retenir leurs dernières feuilles. Elles s'accrochent avec la rage de l'agonie, ballottées par ce vent d'un lyrisme exacerbé. J'ai glissé mes mains, «des mains de pianiste» comme dit ma mère, dans les poches d'une veste de cuir ocre. J'observe des nuages loin d'être baudelairiens, crêtes d'un ciel déchaîné. Je me sens bien dans cette tourmente. Les branches se lamentent au chevet d'une lumière malade. Pour affronter la tempête j'ai pris soin de lisser mes longs cheveux noirs, d'ordinaire bouclés, en les ramassant en un épi maintenu fermement en place par un élastique rouge. J'ai étiré au maximum mes jambes. Mes bottes de cow-boy d'un bleu impossible se croisent. Le cou engoncé je scrute l'air. Si un ange compatissant pouvait apparaître. Les nuages continuent de rouler, paragraphes arrachés à l'incompréhension des choses. Juste au-dessus de moi une branche menace de m'assommer. Je m'en fiche éperdument. Je reste là sur ce banc dont la peinture s'écaille, gisant moderne.

Derrière moi deux prostituées convoitent une proie en faisant du stop, mais leur manège ne trompe personne. Je présume qu'elles sont mère et fille car leurs visages se ressemblent, malgré un accoutrement très différent. Dans les cheveux de la mère un blond suspect camoufle mal les racines grises. Elle a essayé d'insérer sa forte taille dans une minijupe vert lime. Ses cuisses à la chair molle disparaissent dans des bottes argent. Même d'ici je peux voir le makeup assiéger son visage bouffi. Elle porte en bandoulière un sac noir qui en a vu d'autres. Dans sa figure ronde s'agite l'eau sombre de ses yeux traqués. D'une main elle retient un court manteau gris, de l'autre le majeur jaillit pour insulter la vie auprès de sa fille, résultat d'un malentendu pathétique, échouée à ses côtés, affrétée de jeans serrés et d'un chandail noir qui s'arrête au nombril. Là brille un anneau d'argent. Elle essaie justement de le décoincer. Il est pris dans la fermeture éclair maganée de son blouson rouge et blanc. Mais ce sont ses cheveux qui frappent: ils sont si rouges qu'ils impriment un rictus démoniaque à son visage triste comme un miroir vide. La mère se penche pour lui murmurer je-ne-sais-quoi. Elles ne voient pas la voiture bleue surgir de la rue Roy et foncer sur elles. Des policiers en route sans doute pour leur poste situé juste un peu plus haut au coin des rues Rachel et Christophe-Colomb. Le gros assis près du conducteur baisse la glace et les insulte carrément. Il leur dit grossièrement d'aller se faire voir ailleurs. Leurs rires de pit-bull. Ils repartent. Elles se regardent comme on hausse les épaules. Elles s'embrassent sur les joues. La plus jeune traverse le terre-plein et s'installe de l'autre côté de l'avenue. Comme des milliers d'autres dans cette ville elle voudra rentrer au plus vite, après avoir sucé un dernier client, et enfin s'inoculer les feux froids de l'enfer. L'autre lui envoie un bec de la main.

— À tantôt ma cocotte!

Seule en bordure du parc cette fois elle brandit avec audace son pouce droit pour dénoncer l'horizon, la jambe

arquée comme pour enfarger le bonheur elle pose, pathétique sirène sur une plage d'asphalte bordée par des
chaises surprenantes, vissées à même le pavé uni. De fu-
tiles pièges à fantômes. Mais par un vent pareil même eux
n'osent venir s'y asseoir.

Les écureuils zigzaguent dans les immenses algues
grisâtres des arbres. Leurs éclairs roux secouent des cendres gelées. Je décroise mes jambes et les écarte dans une
pose typique de gars. Why not? Sur mes yeux acajou mes
paupières oblitèrent l'horizon quand je renverse ma tête
vers le ciel furieux. Je les ferme pour mieux goûter l'exaspération du vent. J'aimerais tant être soulevé, emporté
loin, loin, loin au-delà des nuages et des avions, «some-
where over the rainbow» comme le chante si bien Judy
Garland. Comment sortir de cette ville trop petite, en déca-
lage avec un fleuve si puissant? Ah! regarder tout ça d'en
haut, voir les nuages prendre racine, contempler l'univers
en une extase définitive. Le bleu vire au noir glacial.

La prostituée, le cul en exergue comme une citation
érotique, vient d'être accostée par une auto rouge. De son
côté automatiquement la vitre se baisse. Au bout de quelques phrases que le vent éparpille comme une énigme à la
face de Montréal la porte se déverrouille. Avant d'être
happée par cet autre destin à quatre roues elle envoie un
dernier signe à sa fille qui ne la voit pas. L'auto enfonce
brusquement son bouchon écarlate dans les remous de la
ville. Je sors mes mains de mes poches et les frotte l'une
contre l'autre comme ferait avec ses ailes un héron noir.
Une bague d'argent, une drachme à l'effigie de la déesse
Athéna, orne mon index gauche. L'air froid, saturé d'insectes invisibles me pique les mains, et me contraint à les
ramener au chaud. Mes épaules dépassent le dossier du
banc. Quel vert déprimant! Elles pourraient servir de

tremplin à plus d'un archange. J'admire la tourmente en train d'arracher les feuilles colorées de poèmes sauvages. Cette fin d'automne est l'ambassadrice de l'hiver. Il va bientôt déclarer la guerre à Montréal. Au fond de l'étang des vaguelettes me grimacent de leurs sourires mauves. À l'instar des feuilles mortes enterrées dans le ciel, des idées bigarrées tourbillonnent dans ma tête. Dans la clameur cette sensation de bien-être dans ce parc vidé de tout promeneur. Il n'appartient qu'à moi seul. Les arbres ont beau gratter l'air, le vent, lui, ne se déchire pas. Mais où sont donc passés les oiseaux?

Depuis combien de temps suis-je ici? Une heure? Deux peut-être? Je ne sais pas. Je ne sais plus. Et je ne veux pas le savoir. Je pourrais regarder le cadran de ma montre japonaise, chlorée comme une piscine miniature, mais à quoi bon! «L'homme aux yeux d'enfant triste» comme dit Anna. J'ai des lèvres pharaoniques (celle-là est de moi!), derrière lesquelles mes dents ont été à l'adolescence impeccablement brochées. Maintenant elles peuvent me dessiner à volonté un sourire de magazine. La beauté peut être un cadeau empoisonné. Narcisse s'est-il tué par ennui? Je remue mes doigts engourdis. J'ai l'impression de les promener dans un champ d'épingles. C'est novembre, le mois des morts, et tout le paysage devient un temple tourmenté en leur honneur. Un grain de pluie glisse sur mon nez modèle classique, un autre s'accroche au lobe telle une perle insolite, signe incontournable que le ciel va crever à n'importe quel moment. Il vaudrait mieux rentrer.

Même si je n'en ai pas envie, je me lève et affronte le vent. Il s'est encore refroidi. Un dernier coup d'œil au bassin maléfique. Je fais volte-face vers ma maison. Devant sa façade de pierre la jeune fille poil de carotte joue à l'auto-stop. À regret je sors du parc. Je pique au travers de l'avenue déserte. Elle porte effrontément au sud de la rue Sherbrooke le nom d'un conquérant. Et elle dévale quasiment jusqu'au fleuve pollué qui doit être en train de maltraiter un suicidé. J'ai les idées noires comme ces vers de Nelligan gravés au cœur: «Je suis si gai, si gai, dans mon rire sonore, / Oh! si gai, que j'ai peur d'éclater en sanglots!» La jeune fille m'aperçoit. Elle détourne en vitesse sa tête. Elle sait. Je ne serai pas, ni aujourd'hui ni demain, un de ses clients. J'arrive au pied de l'escalier de bois trop immobile. Il semble faire partie d'un autre univers. Je monte tout en fouillant dans le doux manteau en cuir d'agneau. Je trouve la vieille clef ternie. Elle a glissé combien de fois dans la serrure? Dans le portique j'arrête aussitôt le système d'alarme, tout en retenant du talon la porte à la fenêtre biseautée de peur qu'elle ne s'écrase contre le mur de plâtre. Pour la refermer je dois encore lutter contre le vent. Il réussit à pousser la languette de cuivre de la boîte aux lettres. Son sifflement sinistre. Je ramasse dégoûté des dépliants stupides, circulaires de *Métro*, annonce de livraison rapide d'une pizzeria. Je franchis une deuxième porte aux carreaux biseautés eux aussi, contre laquelle je m'empresse de m'adosser. À l'instant même je suis saisi par le calme de l'appartement, bel oasis oublié. Je vais à la fenêtre adjacente au vestibule. L'enfer détient toujours une fille rousse essayant de relever son coupe-vent de vinyle sur la tête. Elle dévoile ainsi son nombril à l'anneau d'argent. Qu'y puis-je? En signe d'impuissance je laisse retomber la dentelle de Bruges. Je traverse l'immense appartement à aires ouvertes. Presque trente mètres plus loin j'ouvre la porte vitrée d'un foyer à combustion lente pour y jeter ces horribles prospectus. Dans cette gueule gothique à l'émail éburné je crisse une allumette.

Dans les fenêtres une image de déesse en larmes. Je reviens à la cuisine blanche, d'un modernisme voyeur. Dans la porte du frigo je m'empare d'une bouteille de vin blanc alsacien. J'en verse dans une coupe mexicaine au verre épais et verdâtre. Je remets la bouteille dans son balconnet avant de prendre une bonne gorgée. Le vin est délicieusement froid. Le calme irréel de l'endroit me surprend à nouveau, me met mal à l'aise. Je connais le mensonge de cette fausse sécurité. Je lance mon blouson sur le hamac suspendu dans la serre attenante à la cuisine. Je contemple le spectacle étourdissant de la tempête. Je bois devant un ciel menaçant, collé aux vitres, comme ces enfants sur la galerie qui pressaient à la fenêtre de la cuisine leurs visages grossis, difformes, grimaces de bouffon. Ils me terrifiaient à tous coups. J'ai toujours eu peur des clowns. Je ne me suis jamais décidé à leur faire confiance.

     – Des seineux! T'as pas peur d'eux autres au moins? C'est juste une gang de petits bums!

     Fulminante, ma mère les chassait comme des mouches.

     De la salle à manger je descends la seule marche qui mène à un boudoir orné de moulures victoriennes. Elles viennent d'être repeintes en blanc pour leur donner un look Nouvelle-Orléans. Je mets un compact, Billie Holiday. La voix sirupeuse et désespérée de la chanteuse se répand dans toutes les pièces. I'm in the mood for it. Je dépose ma coupe sur la grande table vitrée de la salle à manger et contemple l'aquarium d'eau salée. Il vient de s'éclairer automatiquement, comme à tous les jours à quatre heures pile. J'admire les couleurs soutenues, fluorescentes, des poissons. Deux algues grises accrochées à des coraux améthyste se balancent comme des génies contents. À l'entrée un terrarium s'allume lui aussi, paysage étrange de cactus, de coquillages et de statuettes égyptiennes. Un chat beige à poils longs s'approche en miaulant. Mes bras se referment sur lui. Il se plaint pour la forme. Un deuxième, plus petit au poil court et tigré, se pointe et me masse le mollet en accrochant ses griffes dans mes jeans. La tempête doit les effrayer, car normalement ils auraient été là dès mon arrivée.

Champagne se démène et bondit pendant que Rimbaud dans une vengeance luxuriante s'allonge sur le tapis oriental acheté à Karachi. Il veut se faire caresser par ma main experte. «Come rain or come shine» chante Billie. Champagne n'en peut plus de faire la tête. Il revient rôder autour de Rimbaud qui, jaloux, lui saute au cou. Je souris d'entendre les chats s'engueuler dans leur langage mouillé. Je choisis un fauteuil de rotin noir. Je sirote mon vin. C'est le crépuscule, mon heure favorite. Dans la pénombre quelques lampes ancrent subtilement leurs îles brillantes. Un coup dans la fenêtre me fait sursauter. Le vent ne lâche pas. Je défais l'élastique rouge. Aussitôt libérés des serpents violets me font une tête de Méduse. Sur une table laquée noire je dépose de ma main gauche la coupe près d'un roman. L'autre glisse telle une étoile duveteuse dans la nuit de cette forêt aux lianes de soie. Dans la serre des plantes tropicales se déploient en silence. Le bruissement limpide du temps. Je vis peut-être moi aussi dans un roman, somme toute parnassien. Il ne sert à rien. Toutes ces phrases monologuées ficellent soyeusement le cocon rose et vide de ma vie. Un roman maniéré, d'un romantisme à l'eau de rose. Pourquoi ai-je sans cesse cette sensation de me sentir comme un adolescent attardé, en proie à une mièvre mais perpétuelle crise de mélancolie? Pourquoi?

Mes cheveux en torsades sur mes épaules reprennent leur auréole «caravagesque». Je reste là à boire et à laisser la voix plaintive de Billie Holiday m'enduire de son sirop empoisonné. Les fenêtres tremblent. Elles se vident peu à peu de leur lumière grise. Je retourne admirer la tempête qui torture les arbres du parc. Tout à coup au pied de mon escalier l'auto rouge s'arrête et vomit la prostituée de tantôt. Elle referme d'un coup de pied la portière. Elle entraîne sa fille vers l'autobus qui pointe son miracle bleu taillé à même une apparition de Madone. Je me réinstalle dans le fauteuil en rotin. J'ai découvert sous *Le désert mauve* de Nicole Brossard le recueil de poèmes d'Émile Nelligan, *Le Récital des Anges*. Je lis ces mots gravés à même ma chair:

Lorsque nous nous sentons névrosés et vieillis,
Froissés, maltraités et sans armes,
Moroses et vieillis,
Et que, surnageant aux oublis,
S'éternise avec ses charmes
Notre jeunesse en larmes!

La sonnerie du téléphone m'aspire hors de ma lecture. Je déteste le téléphone, trop brutal. Je m'empare du combiné sans fil. C'est Charles qui vient aux nouvelles. Après m'avoir semoncé d'avoir osé braver «ce temps de chien» la discussion prend sa tournure habituelle. Charles parle de son recueil en cours, de la morosité ambiante et de son projet d'aller vivre quelque temps à Paris s'il obtient une bourse. La conversation se poursuit comme d'habitude pendant au moins une heure. Charles est mon meilleur ami. L'un ou l'autre on prend le pouls du quotidien. Pendant la conversation je me lève souvent pour aller remplir ma coupe, pour ça le téléphone sans fil est une merveille!

Le vent s'est intensifié. Les vitres menacent d'éclater. Les chats réconciliés se sont lovés dans un fauteuil de cuir framboise et fabriquent une fourrure bigarrée à deux têtes près desquelles sur une table ronde, en rotin noir elle aussi, brûlent les flammes violettes et froides d'un cyclamen. D'un œil hypocrite ils observent les poissons proposer, tels des anges insouciants de leurs couleurs indécentes, leur échantillonnage de cet autre monde clos comme un œuf translucide. Dans cet abri les rêves délirent. La conversation terminée je retourne à Nelligan. Le désespoir lyrique. Les vers ciselés à même l'or de l'âme. Je suis peut-être la réincarnation de ce beau poète maudit? J'aime le penser. Et on dit que je lui ressemble, alors raison de plus. C'est ça: rêve! Comme l'aquarium!

En allant dans la chambre à coucher je flatte au passage un Sphinx poilu à deux têtes. J'enfile les couleurs chatoyantes d'un peignoir de coton au fond orange imprimé d'immenses perroquets criards, acheté à l'aéroport de Guatemala City lors d'une excursion aux pyramides de Tikal. Une Américaine le voulait mais j'ai réussi à le garder, car après tout c'est moi qui l'avais vu en premier! La belle bagarre! Les portes-miroirs du garde-robe me renvoient un sourire. L'ange de Reims sur le bord de chuter. Bizarre comment les souvenirs finissent toujours par faire sourire, comme des enfants qui ont grandi, qui nous ont terrorisés, déçus, et qui reviennent pour nous faire plaisir, pour nous dire qu'ils ne nous ont pas tout à fait oublié, alors qu'on les croyait occupés ailleurs. Des îlots de lumière individualisent une toile, un objet, ou comme dans le salon le linteau de marbre d'un vieux foyer inoffensif. Je me verse encore du vin. J'opte pour le bain tourbillon. J'y ajoute un peu d'huile parfumée. Elle fera une mousse turquoise, onctueuse comme jadis le nuage sucré de la barbe à papa.

J'arrête le compact pour allumer la radio à une station rock FM. Un de mes amis y est annonceur. Instantanément à la grandeur de l'appartement les Rolling Stones vocifèrent «I can't get no satisfaction». Je vide d'un trait ma coupe. Tanné je change de drink: un Bloody Mary bien corsé, bien épicé. Je choisis un verre élancé, gravé de flamands roses. Le kitsch m'amuse. Vodka polonaise, jus de tomate épicé, sel, poivre, sel de céleri, un soupçon d'épices italiennes, quelques gouttes de Tabasco et une limette pressée, le tout chapeauté par une branche de céleri dont les feuilles déploient un parasol de minuscules fougères au vert paradis terrestre avant le Péché. Hot like hell! Je pèse sur un touche électronique et le Jakusi bourdonne. Je suspends les perroquets à un crochet de cuivre. Ah! la mousse se marie bien avec le porphyre poli de la pièce. Le cadran réglé pour quinze minutes je dépose avec précaution mon cocktail près de la baignoire. Surpris par le contact brûlant de l'eau je fais moi-même le flamant durant quelques secondes, avant d'y glisser en entier ce corps à la musculature que j'ai pris soin de rendre esthétique, et non vulgaire comme ceux de ces stupides body-builders. Accueilli comme un amant fidèle par un immense miroir aux allures vénitiennes je m'allonge. Je croque le céleri, goûte au Bloody Mary. À mon goût! Je me regarde un long moment, nouveau Narcisse, et très dandy je me porte un toast:

– Au moins, je sais comment souffrir!

Gerry Boulet a pris la place de Mick Jagger pour chanter un poème de Lucien Francœur: «Au café Rimbaud». Quand le moteur de la baignoire s'arrête, j'en profite pour jouer avec le rhéostat. Les ampoules se métamorphosent en chandelles. Dans cette pénombre de cuivre et de marbre je me lave religieusement. C'est l'ablution quotidienne. Le rituel sacré. D'autres vers de Nelligan me reviennent: *La Romance du vin*: «Tout se mêle en un vif éclat de gaîté verte...» J'essaie de me remémorer en entier le poème. C'est pas si mal: je n'en oublie que quelques vers. Le va-et-vient du Bloody Mary. «Je suis follement gai, sans être pourtant ivre!...» Content sans être heureux. Trop de gens se suicident sans avoir mené à terme leur désespoir. Pendant que je paraphrase cette pensée loufoque je reprends une autre gorgée de mon cocktail dosé à la puissance de la dynamite.

J'écoute le vent râler dans la fenêtre décorée d'un store romain qui domine comme un rouge à lèvres insolent une cantonnière drapée en soie sauvage du même rose. Je reste là à me prélasser. Il faudrait changer au plus vite ce décor ridicule! Après m'être rigoureusement essuyé, je saisis le séchoir à cheveux. Un sirocco obéissant comme un génie surgit. Au dehors le noroît continue ses lamentations. Les contrastes luxueux que permet cette civilisation. Mes cheveux se gonflent. La Méduse est rendue hystérique. «Une chevelure de chanteur rock» comme aime à me répéter Charles. Autour du cuivre de mes yeux je fais courir un crayon noir, look pharaon. L'ombre s'étend sur mes paupières, augmente la lumière mordorée des yeux, et la sclérotique devient plus blanche qu'un banc de neige au soleil. J'ai bien étudié cet effet-là. De loin le maquillage se voit à peine, mais je sais que mes yeux Toutankhamon feront retourner plus d'une tête, capoter plus d'un cœur. Curieux comme les cœurs chavirent vite. Mes cheveux déroulent mollement leurs cumulus noirs sur mon front, mes épaules. Dans le miroir je me vois, un mètre quatre-vingt-six de chair, de muscles, de sang, de désir, de phantasme... Comment aider Narcisse à retraverser le miroir sans avoir à mourir? Je finis le Bloody Mary.

Dans le bain j'ai pensé aux vêtements pour ce soir. Car si je ne sors pas tous les jours, je sors tous les soirs. J'ai envie de m'habiller entièrement de noir: chemise de soie sauvage, jeans et bottes de cow-boy. Je porterai un manteau de cuir noir acheté l'an passé à Buenos Aires. «Le prestige du noir» comme disait Colette. Why not? Avant je me régale d'un steak, accompagné de champignons et d'une salade verte, le tout rehaussé de vin rouge frais: un Bourgueil. Le vin des poètes. Vive Ronsard! J'ai changé la radio pour la télé. Les nouvelles du soir. Malheur sur malheur. Désastre sur désastre. Inondation. Tremblement de terre. Éruption. Fusillades. Guerres. Attentats. Terrorisme. Fanatisme. La panoplie illimitée des horreurs. Après le repas je remplis de Cointreau un verre mousseline. Le vent ne lâche pas. Les chats somnolent toujours. C'est l'heure creuse, l'heure qui fait des ronds. Un téléroman débile commence. J'éteins la télé, mets un disque. «Send me an angel, right now» exige Real Life. Moi aussi. C'est l'heure du désarroi. L'alcool m'aide à me défendre contre l'ennui. Un peu. Étendu sur un divan, un Duncan five tout blanc, avec maintenant un rhum et coke plein de glaçons agrémenté d'un morceau de citron vert, je laisse le spleen faire ses ravages. Une immense tristesse m'a submergé, comme si tout sombrait avec le vent dans un fouillis asphyxiant. C'est l'heure glauque, la préférée de Baudelaire.

Dans les maisons ordinaires les familles mangent et se disputent, ou applaudissent au dernier exploit de l'enfant. Sans offrir aucune résistance je me laisse aller, résigné, à ma torpeur habituelle. C'est l'heure maudite. La vie passe à côté de moi en me faisant un magnifique pied de nez. Je me regarde couler dans cette névrose stupide, incohérente et je me demande ce que je pourrais bien faire de ma vie. L'éternelle question. La plus plate, quand on a tout et que tout nous semble intrinsèquement absurde. Aller aider les laissés-pour-compte? Retourner à l'université et obtenir un doctorat en lettres? En histoire de l'art? Aller poireauter sur une plage des Antilles? Écrire comme Charles? Peindre comme Anna? Tomber en amour? Aller voir un psychiatre? Et pourquoi? Et pourquoi ne pas en finir une bonne fois pour toutes? Le disque achève. Je mets «Dinah Washington sings the blues». Et s'il y avait quelqu'un à mes côtés à caresser, à aimer? J'ai dompté plus d'un fauve pourtant. Mon tic familier me reprend: je me passe la main droite dans les cheveux. Je me trouve complètement dérisoire mais je n'y peux rien: j'ai le mal de vivre en cette fin de millénaire. Je tourne en rond dans ma cage dorée, attaquée subrepticement par le vert-de-gris. Je reprends un autre recueil de poèmes, *Dans la matière rêvant comme d'une émeute* de Claude Beausoleil. Quel beau titre! Je lis, accompagné de la chanteuse noire, droguée et alcoolique, suicidée dans une minable chambre à Détroit. «What A Difference A Day Makes». Dans le vide luxueux de ma vie, comme l'enfant perdu dans un conte écrit par un adulte, je cherche refuge dans l'alcool. La vie? Tellement de gens la balancent par-dessus bord par ennui ou par dégoût.

Ou parce qu'ils ne savaient tout simplement pas quoi faire ce jour-là. Je le ferais bien volontiers si j'en avais le courage. Pissou en plus!

J'ingurgite le rhum et coke. Il sied bien à mes pensées morbides. Elles jonchent le tapis persan du salon. Dans la fenêtre doucement éclairée par le lampadaire les feuilles choient comme des robes sans bijou. Seules résistent celles des chênes. Elles resteront accrochées durant tout l'hiver telles les ailes cuivrées de chauves-souris empaillées. Je passe la soirée à me lever, à changer de disque, à me refaire des Cuba Libre, à observer les arbres qui tracent de leur fusain dans l'air un visage invisible. Est-ce du temps perdu? Sans doute qu'à mon dernier souffle je me souhaiterai encore quinze minutes : s'il vous plaît mon Dieu, vous qui n'existez pas !...

Telles les larmes dans un rire ma prière idiote se dilue dans l'alcool. Les reproches de Charles ricochent sur mon farniente. Charles m'embête avec ses idées d'écriture, comme si l'écriture avait déjà sauvé quelqu'un! Pour un de sauvé, au moins cent de tués! De toute façon je n'ai envie de rien. Et c'est bien ça le drame. Je laisse les affres et les beautés de la création aux autres dont j'admets que je profite de façon éhontée, car après tout, les concerts, les musées, les théâtres, les lectures sont là pour ça, pour ceux et celles qui ne peuvent pas, ou ne veulent pas comme moi franchir la terrible frontière de la création. Et l'amour? J'enfile une bonne rasade de rhum et coke. Je ressasse les propos de tantôt. Un chapitre parmi la grande conversation que j'entretiens avec Charles depuis des années, sorte de soap téléphonique.

Étendu sur le canapé blanc je bois, écoute du blues, lis des poèmes et attends que la soirée soit assez avancée pour faire du surf sur la ville dont la lagune étoilée brasille dans les fenêtres. Le temps se coagule. Je songe à mes voyages. À l'Égypte. Les Indes. Le Tibet. L'Amérique du Sud. Un cinéma aux images époustouflantes. J'ai raflé plus d'un Oscar... Une grappe de visages m'assaille... Déjà vingt-neuf ans, et tant de souvenirs agglutinés, clichés enlisés en pyramides dans mes yeux goudronnés. De disque en disque, de verre en verre, l'inquiétude s'estompe à ma montre bleu piscine. Elle marque maintenant onze heures dix, l'heure idéale pour sortir, question de tâter le pouls de la ville. Par un temps pareil? Bof! j'en ai vu d'autres.

Je retourne au miroir pour vérifier une dernière fois si tous les artifices de la séduction sont en place. Comment savoir quand vous êtes seul? Quand il n'y a personne pour vous rassurer? Faut quand même pas en remettre: je sais tout de même de quoi j'ai l'air! Alors arrête ton cinéma Julian! À force de vivre seul on développe une conversation avec soi-même de plus en plus burlesque. Avant de retourner me faire un dernier verre je m'approche du téléphone et pèse sur une touche qui enclenche un numéro de taxi. J'éteins quelques lampes, d'autres le feront d'elles-mêmes, dont cette lanterne sur pied mimant le réverbère dans l'unique fenêtre du salon. Le parc Lafontaine a l'air d'un mystère. Je l'ai mise là pour faire un clin d'œil à celles d'en face. De plus elle tamise bien, copiant le marbre bistre du foyer qui se languit près du Steinway noir, au-dessus duquel flotte un lustre acheté à Québec lors d'une monumentale cuite durant le carnaval. Les pendeloques, les pampilles scintillent autour du fût et des coupelles pour dessiner un archipel de cristal. Tiens! Je devrais peut-être travailler en publicité! Il avait bien fait rire mes amis quand j'étais revenu avec ce trésor arraché à une vitrine d'antiquaire.

– Décidément tu te modernises! s'était moqué Charles.

– Apparition irrésistible, ai-je dit pour ma défense. J'ai été soufflé comme un enfant devant la fée des étoiles!

– En plein carnaval? Tu devais être saoul mort! Ou stone!

– Les deux!

23

Par après, tout le monde avait convenu... «quand même une pièce extraordinaire», et que... patati, patata... finalement... bref, parmi les autres lampes ultramodernes, elle tranchait et resplendissait encore plus! À la penderie je déniche un blouson de cuir mauve auquel je n'avais pas songé. J'arrête le disque et mets pour les chats la radio à un poste rock FM. Je me réinstalle à la fenêtre pour surveiller l'arrivée du taxi, car par un vent pareil je ne l'entendrai sûrement pas klaxonner. Les chats viennent près de moi sur le rebord de la fenêtre. Ils veulent des caresses avant mon départ. J'ai vérifié une dernière fois leur nourriture au cas où je ne rentrerais pas...

— Un bonheur est si vite arrivé!... À mort le mélo! Pis en route vers l'amourrrrrr!

Les phrases de Charles résonnent encore dans mon oreille, me font sourire en sourdine. Curieux comme on sourit souvent de l'intérieur, sans que ça ne paraisse. Le taxi pointe sa crête phosphorescente. Je mets en marche le système d'alarme, m'assure de bien fermer les portes. Et tel un naufragé je coule dans la ville. Le vent est plus féroce car la noirceur a enlevé l'illusion de le voir. Une fois à l'abri dans la voiture, le pire est fait! Le chauffeur haïtien écoute une musique créole qui tient tête joyeusement à ces bourrasques dignes d'une transe vaudou.

— Je ne vais pas loin, en fait juste en bas de la côte dans «le village».

Il m'offre une cigarette, poliment refusée. Je n'ai jamais fumé. Du tabac s'entend. Si! mélangé avec du haschisch. À quelques rues de là je lui demande de stopper. Il regarde le montant écrit en rouge dans le taximètre et j'y rajoute un gros pourboire. L'autre repart, content j'en suis sûr. Il doit se souhaiter d'autres clients comme moi. J'entre dans le bar gay le plus couru en ville.

La musique y est assourdissante, et à ma grande surprise le bar est archicomble. Il y a fête ce soir. C'est le cinquième anniversaire de la boîte et tous les gays qui ont osé braver la tempête sont là. À l'entrée, un molosse chauve comme M. Net me laisse facilement aller vers le vestiaire. Je dois donner mon manteau à une grande folle démente, bardée de cuir. Elle me remet un ticket en retroussant ses lèvres peinturlurées noires sur un «bonne soirée trésor!» Je recule jusqu'au cerbère. Il enlève un cordon jaune citron. Je me laisse happer par la place en délire. Je me ressaisis vite, et je traverse cette foule survoltée pour aller vers mon barman favori. Il travaille toujours au zinc du fond, de l'autre côté de la piste de danse. Des centaines de corps sur des carreaux clignotants ondulent. Quand il m'aperçoit, un Cuba Libre atterrit illico devant moi. Je paierai la note à la fin. As always. J'ai réussi à me dénicher dans la cohue un tabouret, ils sont trop énervés pour s'asseoir. Je les regarde comme je suis regardé. Isn't it charming! Sur une musique étourdissante les corps paradent, tels des chars allégoriques dans une fête babylonienne postmoderne. Ça rit. Ça jase. Ça danse. Ça fait semblant. Même si les yeux photographient et développent sans arrêt la même photo: celle d'un prince bandé au pays du bonheur, éternel, s.v.p. Ça scrute les moindres recoins. Entre des baisers de serpents l'alcool coule à flots.

Obligé d'enregistrer des conversations niaiseuses je balaie la place comme un follow-spot. Cela ne rime à rien sinon que le spot tourne à vide. Mais que faire? Où aller? Ne suis-je pas de naissance gay moi-même? Je brandis bravement le rayon laser de ma solitude. La survie en vase clos. Un jardin de mâles. Plusieurs font semblant de l'être.

Ou d'autres en route pour la Transylvanie sexuelle. Et la boutique marche. Le commerce magnifique du sexe. Le marché des illusions avant le freak de la fermeture. Le pays ensorcelé des sables roses. La vidéo des autruches qui se dandinent le cul tout en ayant la tête dans la braguette la plus près. Ceux qui ont le courage de sourire là ont l'air de se relever d'une lobotomie. Les dents complètement nues dans des sourires programmés qui affichent «out of order». La musique se veut nouvelle. Elle sert de palliatif au désir mauve des angoisses. Le disc-jockey juché dans sa cabine interstellaire ne voudrait surtout pas faire peur à tout ce beau monde. Les lumières flashent. Les miroirs ont des gueules de crocodiles. Le barman, un flamant drabe éméché, me cruise depuis ma première apparition. Il fait ses pirouettes en disant deux trois bitcheries à la minute. He's the top of the bitches, isn't he? J'enfile les drinks comme un dévot ses grains de chapelet. Un travesti qui fait partie du spectacle à venir sans doute, cadeau à la clientèle, vient commander un Gin Fizz en lissant de ses ongles longs et laqués ses cils retournés. Il effile ses lèvres juste pour moi. Ses lèvres s'amincissent comme des lames de rasoir de chez Dior, car c'est plein de contes de fées dans ses neurones barbouillés. Deux coiffeurs jasent dans un coin, leurs langues comme des queues de scorpions sur bigoudis. Près de moi trois garçons très jeunes qui ont réussi à déjouer le portier avec de faux papiers d'identité, je connais la technique pour l'avoir moi-même amplement expérimentée, affichent leurs muscles comme des slogans. Un esclave en cuir cherchant propriétaire se cambre devant moi. J'avale d'un trait mon verre et fonce vers les gars qui se tortillent en un nœud de vipères. Je psalmodie mon leitmotiv familier: «Mais qu'est-ce que je fais ici, crisse!» Je happe au passage une bouteille de poppers qui se promène incognito d'un nez à l'autre, et en renifle un bon coup. Un raz-de-marée subit de décibels déferle. Je glisse, tourne, remonte, et replonge en m'accrochant aux ailes affriolantes que sont devenus mes bras. Je goûte ce moment d'extase implacable. Le disc-jockey a fait un efficace montage de son cru, et pour quelques minutes j'oublie. Transporté, la musique m'avale. Une musique débile suit. Je vire Icare. Alors je retourne à mon tabouret. La sueur coule le long de mon visage. Mes cheveux mouillés tordent leurs racines. De nouveau assis je retrouve les mêmes horreurs. Qu'est-ce que je peux bien faire ici? Crisse!

Rivé, j'estampe comme je peux le réel de la soirée. Mon imagination se bloque, tatouée de tous les clichés qui y circulent. Toujours la même histoire maudite, la même niaiserie, le même scénario. La solitude est le squelette de la place et la tendresse assassinée se fait violer une dernière fois dans les toilettes par des nécrophages. Le bar est devenu une immense nécropole en l'honneur du dieu Phallus, porteur de mort. Un homme-sandwich se promène tout nu sous une affiche rouge fluo: SEXE À VENDRE.

– Pas beau mais bon, et pas cher! crie-t-il dans la cohue.

Plusieurs tâtent la marchandise en ricanant. De l'autre côté de la pancarte on peut lire en lettres de sang: ATTENTION AU SIDA. Comme lui prisonniers de cette immense boîte les gars me passent devant pour s'effoirer éberlués à l'autre bout du bar comme des canards coincés dans un manège. L'éternelle histoire de cul. Le cerveau peut bien capoter. Dans ce bar de Sodome l'atmosphère est telle que les circuits menacent de sauter d'un instant à l'autre. Changer de bar? C'est pareil sinon pire ailleurs. Alors les rhum et coke se répètent. Je me concocte un suicide temporaire! Dans mon dos un couple s'engueule. Je me détourne et j'essaie de voir s'il n'y aurait pas, par pur hasard, un ange en train de choir comme moi. Accroché à mon verre je me sens comme une chauve-souris qui observe la tête en bas le tournage d'un mauvais film porno aux nombreux figurants. Je vais aux toilettes. À la vue des braguettes baissées, les bouches et les mains affamées revivent le supplice de Tantale. La triste chorégraphie des anges condamnés. J'aimerais hurler de toutes mes forces mon désarroi. Qui entend le cri de la chauve-souris? Je retourne sur la piste de danse où le corps peut s'étonner. Mes yeux ont-ils les lueurs du diamant doré de *Tiffany's*? Dans les vapeurs de l'alcool, dans le chaos des lumières j'essaie d'oublier encore une fois comment je me sens. Seul au monde.

On arrête la musique et un m.c. annonce le début du spectacle. Un travelo, celui de tantôt, arrive dans un froufrou de plumes et de paillettes pour faire du lipsync sur une chanson de Marilyn. On crie, on applaudit. Il me lance des œillades tout en s'avançant dangereusement vers moi. Cloué sous les spots, je comprends qu'il est trop tard pour se sauver. Il me faudra jouer le jeu. Je le connais bien de toute façon. Dans les éclairages braqués sur moi la star carbone ondule, déroule un boa de duvet rose qu'elle faufile comme une soie dentaire entre mes jambes arquées, tout en lançant à la foule:

– C'est un gars comme ça que je veux! Qu'est-ce que vous en pensez vous autres?... Aïe les tapettes! les fifis! je vous parle! Coudonc êtes-vous sourdes?

On siffle, on chahute. Si ça peut finir! Il clôt son numéro d'un retentissant baiser sur ma joue gauche. Pendant que la star d'un soir retourne au milieu de la piste de danse devenue sa scène j'en profite pour m'esquiver, mais peut-on fuir hors de sa tête? Le barman s'approche de moi pour essuyer deux stigmates de lèvres. Une brochette de travestis prend la relève: Ginette Reno, Madonna, Marjo, Céline Dion, Marlene Dietrich, Liza Minnelli...

Le barman me sert un rhum et coke. Ses yeux de basset. Confronté aux visages béats du groupe j'hallucine. Les joues deviennent des paires de fesses, le nez un pénis outrancier, et le rictus des bouches décourage toute velléité de baiser. Le show terminé, la danse reprend de plus belle. Plusieurs en profitent pour me draguer. Ce spectacle de boire les yeux des autres. Quelle drogue! Tous les sentiments tendres pourrissent dans une orgie d'horreurs. Tous ces corps manipulés par leur désespoir aveugle. Si au moins je pouvais cruiser leur corps astral!

Mes cheveux spiralent comme des avions perdus. Impossible de voir un chœur d'anges dans ce magma de gargouilles au sexe dressé qui se heurtent à des mannequins de vitrine. Je regarde la tapette d'à côté. Elle a l'air d'avoir tout gagné à la loterie du malheur. Il ne lui reste plus qu'à recevoir une balle dans la tête, ça lui mettrait au moins un peu de plomb, histoire de souder une fois pour toutes ses neurones atrophiés. Elle me fait un mince sourire alarmé avant de disparaître dans sa propre chambre de tortures. Comment rendu là peut-on sourire autrement? Dans cette cohue tout le monde fait semblant de ne pas se reconnaître, même si la plupart croisent d'anciennes flammes, vite consumées. Leurs mains ont volé des repas que leur cœur n'a pu digérer. Ils se regroupent en bandes de charognards que le last call dispersera. J'ai l'impression de flirter avec la mort. À des milliers d'exemplaires ils ont osé sortir, hypnotisés par leur propre déchéance. Les autres, trop tannés, sont restés chez eux à se masturber sur des phantasmes américains. Près de moi un prostitué très blond, très beau, fait un vidéo de blé pour les plus âgés qui figent dans leurs désirs obscènes débusqués, mis à nu, déjà condamnés, pointés du doigt par ceux-là mêmes qui demain prendront leur place. Dans ce magnifique meat market je suis écœuré d'être pour l'instant un choix de luxe. Alors pour sombrer au plus vite dans un black-out qui tarde à venir je bois en l'honneur des queues immolées, des regards d'allumette mouillée, des peaux court-circuitées. Quel malentendu m'a fait échouer ici au milieu de cette «race maudite» comme disait Proust? Pourtant la jouissance est un fait comme un autre. Je voudrais me jucher sur des échasses pour ne plus les voir de près. Obnubilé par mon dégoût j'hésite à répondre à un charmant jeune homme. Il me tourne autour, me regarde avec fougue. Finalement il se décide à poser en majuscule une main sur mon épaule. Il m'invite à danser. Sur la paroi ronde du verre je m'agrippe des lèvres. Je m'entends marmonner:

– Une autre fois.

Dépité il laisse retomber dans un bruit d'enfer le couvercle bétonné de la solitude. Et il s'en va. J'aurais peut-être dû? Une chance que Charles n'a pas vu ça! Il m'aurait traité de tous les noms! Ah pis fuck! j'en ai assez! Je commande un dernier verre et règle en même temps l'addition. Je laisse un pourboire somptuaire. Et je traverse la foule comme Moïse la mer Rouge. Elle s'ouvre et se referme aussitôt derrière moi, me frôle de ses tentacules anonymes. Certains m'agressent carrément entre les cuisses. Je me débats, repousse les indésirables, et réussis à retrouver du champ libre. Je cale le reste du verre. Je reprends mon manteau comme on reprend sa vie.

– Que de merveilles perdues, seigneur! dit en serrant les dents le préposé qui a changé pour un accoutrement à la sagouine.

Le vent glacial m'assaillit. Je respire profondément. Je me sens mieux. Comme si le froid me décapait de toutes ces horreurs. Pourtant ce n'était en somme qu'une fête dans un bar gay, comme il en arrive partout dans le monde! Je m'en veux de ne pas avoir parlé avec le jeune homme aux yeux timides. J'étais trop écœuré. Je dis ça pour me convaincre. Mais ça ne marche pas.

J'entre dans un taxi comme dans un ascenseur. Il remonte une rue sinistre et finit par déboucher sur la rue Sherbrooke complètement désertée. Comme un palais illuminé, surgit la façade miroitante de la bibliothèque municipale. Je me détourne. Je n'ai pas la tête à la contemplation. J'ai juste hâte de rentrer. Dans le parc Lafontaine malgré ce temps inclément rôdent prisonniers de leur insomnie des corps en manque. Sans doute que sur la Montagne à cette heure-ci la pizza all dressed est prête. Dans les saunas, des sexes quêtent avec impudence une miette de tendresse. Revenu à mon point de départ je fais une moue d'archange fatigué. Je paie le chauffeur aux yeux torves. Il ne m'a pas adressé la parole. Seulement je saisis son monologue désapprobateur.

Je pitonne tout de suite le système d'alarme, referme les portes et geint de soulagement, car la chaleur et le calme mettent aussitôt du baume sur mes yeux en feu. À l'abri du monde je retrouve ma maison comme d'autres en ce moment leur amant. Si seulement je savais comment pleurer. Accueilli en héros par les chats, j'arrache mon blouson. J'arrête la radio pour Billie Holiday. Encore. «Good Morning hearthache». En allant me faire un dernier rhum et coke je jette en passant un coup d'œil au répondeur dans la chambre à coucher. À ma grande surprise aucun message ne clignote. Je mets une tonne de glaçons dans mon verre orné d'une tranche verte. On dirait un astre insolite. Le plaisir d'être saoul est d'exagérer. Je m'installe dans le hamac sur lequel délicatement les plantes se penchent. Rimbaud me saute dessus et se met à ronronner. Dans l'appartement les objets immobiles sont épiés par la nuit qui cherche à entrer par effraction. Enfoncé dans le hamac j'avale une ultime gorgée avant de m'immobiliser dans la pose de l'ange moribond. Mon bras droit pend. Une aile brisée. Champagne agresse Rimbaud qui réagit automatiquement. Ils finissent par se calmer. Ils s'installent entre mes cuisses chaudes. Ils plissent leurs yeux de sorciers complices des allées et venues des fantômes qui passent en trombe dans l'air mouvementé de la ville. Le rythme doux de ma respiration. Des orchidées rêvassent de forêts tropicales à proximité de l'aquarium. Figés dans le sommeil, des poissons dorment les yeux ouverts. Les lumières se sont d'elles-mêmes éteintes. Plus rien ne bouge, à part le vent dans les fenêtres. Perdu dans un désert rose, je reste indifférent à tout ce tintamarre. Billie Holiday finit de chanter «What's New?».

Au bout de quelque temps le poids des bêtes se fait lourd. Où suis-je? Les chats me répondent. Je m'oblige à me lever. Le temps de semer mes vêtements dans la cuisine, la salle à manger, je m'écrase dans le grand lit. Je veux retrouver au plus vite ce rêve magnifique où j'admirais un paysage d'un minéral lunaire légèrement violacé. Là neigeaient des putti. Les chats se positionnent comme à l'accoutumée de chaque côté de mon corps si seul, oh! si seul!

DEUXIÈME JOUR

J'ouvre les yeux sur le réveille-matin en forme de dé noir. Des petits points rouges indiquent dix heures dix. J'ai la gorge sèche. J'actionne une à une les parties de mon corps endolori. Je réussis à me rendre au frigo. Je bois à même le goulot d'une grosse bouteille de Coke diète. Je jette un coup d'œil découragé au miroir de la toilette. Est-ce que j'ai bien vu? Je retourne en vitesse me coucher. Dans ma tête fragile le défilé de la soirée dilue une étrange vision: un beau gars émerge pour se refermer comme une fleur marine. Je n'aurais pas dû le refuser. Qui sait? C'était peut-être lui la perle rare?

Je flatte Champagne et Rimbaud. Ils ronronnent de plaisir, car c'est pour eux l'heure exquise. Leur maître daigne enfin les remarquer pour de vrai. Dehors le vent est tombé, avalé par lui-même. Un soleil éclatant répand jusqu'au milieu de la salle à manger une lumière mordorée. L'hibiscus éclate en fleurs doubles d'un rose saumoné. Étalé sur le lit, je me demande déjà ce que je pourrais bien faire de cette journée magnifique. Si je prenais une grande marche dans la ville, je pourrais me rendre jusqu'au musée des Beaux-Arts, et bruncher là entouré d'œuvres remarquables? C'est pas que les musées soient si stimulants, mais on a toujours l'impression d'en sortir un peu plus intelligent comme le répétait le prof d'histoire de l'art au cégep. Ça fait un petit bout de temps que je n'y ai pas mis les pieds. Ce projet me plaît de plus en plus.

Par contre juste l'idée de me lever à nouveau me tue! Je me concentre pour ramasser mes forces éparpillées et réussis à me maintenir en entier à la verticale. Je tangue. Au bout de quelques pas je reprends mon aplomb. D'abord je remplis l'écuelle des chats, désappointés d'avoir été si vite abandonnés. Et les poissons multicolores. J'arrose quelques plantes. J'ai pris soin auparavant de faire bouillir de l'eau, et de tasser du thé Earl Grey dans une petite boule trouée en aluminium. Je la jetterai tantôt dans la théière de porcelaine blanche volée au Grand Hôtel de Cabourg. Peut-être que Proust s'est servi de cette même théière? Ce flash m'émeut. J'ai allumé la radio au AM de Radio-Canada. Une chanteuse parle de sa carrière. De sa vision de la vie. De son combat. De son dépassement. Bull shit! Je suis sur le point d'éteindre la radio quand un bulletin de météo retient mon attention: on annonce un temps couvert en soirée avec possibilité de pluie verglaçante ou de neige fondante. «Au centre-ville, sous le beau soleil, il fait 4 degrés.» Suivi des nouvelles. Les mêmes qu'hier. Et que demain. Quand ai-je entrevu autour d'un cou musclé une médaille dorée faite de deux cœurs entrelacés, gravée de ce vœu ridicule: «Plus qu'hier, moins que demain»? Kétaine en maudit!

Sur ce fond d'horreur je coupe en deux un énorme pamplemousse rose dont je saupoudre de sucre une moitié. Je remise l'autre au frigo dans un bac à légumes, trop fatigué pour l'envelopper dans une pellicule transparente. Je plonge dans ce fruit comme si ma vie en dépendait. Les chats se courent l'un l'autre, dérapent sur le parquet. Je me fais une toast. Je la recouvre de beurre, miel et beurre d'arachide. À côté, le cratère sombre de la tasse de thé fume. Cette fois je coupe la radio. C'est le calme plat. Je pense à ceux qui travaillent, happés par les immenses baobabs de béton. Et si je travaillais moi aussi? Pour faire quoi? J'ai une maîtrise en lettres que j'ai faite pour le fun, et de toute façon je n'ai pas besoin de travailler pour gagner de l'argent, ma tante millionnaire américaine m'a tout laissé. Je ne devrais pas avoir de problèmes de cet ordre jusqu'à la fin de mes jours, même si je vivais centenaire. Ça ne m'intéresse absolument pas. Je me traîne jusqu'à la fenêtre du salon. Je sirote le thé préféré de je ne sais plus quelle tête couronnée qui mérite, comme toutes les autres, d'être tranchée!

Dehors, c'est une avalanche de lumière. Dans le parc des écureuils fébriles sont à la recherche de leur nourriture, entre des pigeons arborant des couleurs métalliques. Elles rappellent celles des buildings. Une phrase d'une humoriste américaine me revient: «Keep your city clean, eat a pidgeon a day!» Au creux de l'étang dort le miroir concassé des flaques d'eau. De temps à autre viennent y rêver des nuages aux allures moyenâgeuses, des châteaux de ouate peuplés de dragons, ou d'autres animaux farfelus. Une fantasia à la Walt Disney. Des branches gisent ci et là. Des membres coupés. Seuls des promeneurs, pour l'instant encore vivants, donnent l'illusion du mouvement en suivant avec obéissance leur chien en laisse. Ils se penchent à l'occasion pour ramasser les excréments du bout de leurs doigts enroulés autour d'un sac de plastique blanc ou de papier brun. Le bruit strident d'une ambulance vrille l'air frais de la ville. Montréal met fiévreusement en branle encore une fois en cette matinée ensoleillée de novembre son carnaval de klaxons, de sirènes, de pneus qui crissent, dérapent, pour ne pas être en reste des autres villes. Sons exaspérants qui peuvent rendre fou. Mais c'est bien connu l'humain est capable de tout, surtout d'adaptation. Une jeune postière monte le courrier. Un bruit de chute. Je m'empresse de ramasser les différentes enveloppes: factures d'Hydro-Québec, de Bell Canada, d'American Express, et les revues *Parachute* et *Lettres Québécoises* que dans ma hâte j'échappe. Juste l'idée de me pencher me donne le tournis! Avant de retrouver le hamac je réchauffe dans le four à micro-ondes la tasse de thé. Je regarde d'abord le sommaire proposé par la revue littéraire, puis les photos des écrivains commentés. Je commence ma lecture par les comptes rendus des livres de poésie. Si j'écrivais, ce serait de la poésie. Mais je n'écris pas. Même si Charles ne cesse de me harceler là-dessus.

— Comment peux-tu aimer l'art à ce point et ne pas créer? Je comprends pas! Hein, explique-moi ça? Toi qui t'intéresses à la peinture, à la littérature, au théâtre et à l'opéra. Ah! tu peux jouer admirablement une étude de Franz Liszt, une sonate de Beethoven, ou du Gershwin, mais rien de ton cru? À part de vagues improvisations que tu ne prends même pas la peine d'enregistrer!

— Je suis le parasite suprême! Que veux-tu? La création n'est pas ma tasse de thé!

Charles mord à tous coups. Alors il revient à la charge comme *l'original épormyable*. S'il le pouvait, il me forcerait à peindre, à écrire, à composer de la musique. Car la grande force de Charles est sa parole. Il le sait et il s'en sert. Personne ne peut sortir vainqueur d'une discussion avec lui, peu importe qui a raison. Avec la patience d'un ange qui fait le sourd j'écoute ses conseils paternels.

— De toute façon les œuvres des autres me suffisent amplement.

– Hé que tu me choques quand tu parles de même!
J'ai l'impression que tu me parles de ta liste d'épicerie.
L'art c'est pas une allée de Métro!

Je mets de côté la revue littéraire et prends *Parachute*.
On parle de la dernière exposition d'un ancien amant,
Marcel. La critique est excellente. Il va être content. Je
l'appelle. Évidemment il est enchanté de l'apprendre.
D'autant plus qu'il vient de recevoir une réponse affirma-
tive à sa demande de bourse. Il ira passer l'hiver à New
York. Dans Soho.

– 111 Wooster Street! Tu vas venir me voir, hein!

Il jubile. Il demande de mes nouvelles, me raconte sa
soirée, et tendres complices, nous nous promettons de
nous rappeler. À peine ai-je déposé le récepteur que ça
sonne à nouveau. C'est Charles. Il vient de recevoir lui
aussi une réponse positive: il a le studio du Québec à Paris.
Il est tellement content qu'il pousse des petits cris de
souris.

– Tu parles d'une coïncidence, on dirait un roman!

Je lui raconte mon téléphone avec Marcel. Charles,
surexcité, n'a pas le temps de parler. C'est vraiment excep-
tionnel. Il doit partir s'il veut arriver à temps pour donner
son cours de littérature dans un cégep de la rive sud. Je
traîne dans l'appartement, arrose encore quelques plantes,
scrute l'aquarium, flatte les chats. Je finis par aller au
piano à queue dont l'aileron d'ébène attend, immobile et
brillant, l'approche d'une victime. Je pose près du clavier la
tasse de thé. Elle envoie des messages parfumés sous un
soleil de cristal. Je règle le tabouret. J'hésite. Je fixe les
touches. Je ne peux plus résister. Je joue. Les chats sautent
sur un fauteuil en velours parme, leur préféré. Auditoire
attentif ils écoutent et observent de leurs yeux bridés

l'arc-en-ciel du lustre. J'improvise du jazz. Sur le vernis du parquet en chevrons la musique rebondit en une nuée d'oiseaux qui s'envolent vers leurs oreilles. Ah! la joie perverse de contrôler l'objet! Le pouvoir divin de lui insuffler la vie! Le piano gronde, rit, pleure, grimace. En transe je ne vois enfin plus le temps passer.

La sonnerie grossière du téléphone m'arrête sec.

C'est Anna, ma grande chum italienne. On se connaît depuis au moins cinq ans. La belle Anna qui vient de laisser Serge. Ils auront quasiment vécu sept ans ensemble. Un amour d'adolescence tombé en désuétude. Anna ne l'aime plus. Lui, à la folie. Ce qui fait un beau drame. Anna se sent coupable. Elle étouffait! What's new? Anna est peintre et circule dans l'underground montréalais. C'est par Marcel que je l'ai connue. Elle me raconte sa dernière aventure avec Ronnie, le sexy barman du *Saint-Sulpice*, ce cow-boy magnifique, grand, blond, les yeux bleus comme la terre promise. Elle en est déjà tannée.

– C'est pas mon genre. Et il rit tout le temps, ça m'énerve!

– Même au lit?

– Même là! On dirait que je couche avec le Festival Juste Pour Rire.

La reine italienne de l'underground montréalais raconte sa déception sexuelle avec «le beau Ronnie», et sa rencontre beaucoup plus stimulante avec une fille qui lui a avoué la désirer depuis toujours. La conversation s'oriente vite vers son vernissage. Il doit avoir lieu dans deux semaines à la galerie *Treize*, rue Drolet. Je réserve immédiatement une immense toile que j'adore. Elle représente de façon moderne Adam et Ève, elle sans visage, lui sans tête;

ils jouent au billard sous l'éclairage terrible d'une lampe verte oscillant au-dessus du couple maudit comme la lame d'acier dans *Le Puits et le Pendule* d'Edgar Allan Pœ. Après m'avoir donné rendez-vous au *Saint-Sulpice* sa voix s'évanouit dans un «smack» mouillé.

Souvent les gens nous prennent pour frère et sœur. Anna aime déposer contre moi sa tête pour me dire, les yeux charbonnés de désir, que je suis le frère qu'elle n'a jamais eu pendant que je caresse sa chevelure siamoise. La seule grande différence, elle est loin d'être svelte!

– À la Rubens! Ah! je me suis trompée de siècle! J'aurais fait fureur au XVIIᵉ!

– More to love, comme lui disait Ronnie.

Cette histoire, à peine commencée, relève déjà du passé. Je regarde ma montre: une heure et demie! Où le temps va-t-il donc si vite tout à coup? Je me douche dans la cabine de marbre rose adjacente à la salle de bains. J'enfile un pantalon de cuir violet, une chemise couleur citron pâle achetée l'an passé à New York, justement à la boutique *Parachute*. C'est une chemise ample aux larges poches de poitrine matelassées et au col chinois. Je mets par-dessus un spencer de cuir violet mais en plus foncé, strié d'une bande de peau de serpent. Ça jette sur mes mâchoires des reflets sauvages. Je saisis une ceinture de métal argent. Avec délicatesse je la glisse dans les passants du pantalon. Je dois faire attention car les passants en question sont très fragiles. Ils se décousent à rien! Le capucin de cuir noir dépasse de quelques crans. Ça agace l'œil. Je me chausse de runnings en peau de serpent eux aussi. Je m'asperge d'*Angel* de Thierry Mugler, question d'accompagner ma solitude. Mes cheveux ont séché naturellement. Alors ils me greffent une crinière frisottante à la

Anna! J'ai à peine appliqué un soupçon de noir autour de mes yeux vite recouverts de verres fumés. J'aime porter des lunettes de soleil, façon intrigante de me protéger du regard des autres, de dire stop! beware! de jouer à divers degrés à la star qui m'habite. On s'amuse comme on peut. J'enfouis dans une des poches de chemise une cravate noire et or, pour concurrencer le *Ritz* après le musée? Why not? Je dis aux chats de se tenir tranquille! Je mets méticuleusement le système d'alarme en marche. As usual. Et en cet après-midi radieux de novembre j'affronte le vent froid en train d'assiéger Montréal. J'aurais peut-être dû m'habiller plus chaudement? Je relève le col de ma trop courte veste en jetant un coup d'œil au soleil inutile.

Sur le trottoir, des détritus sont charriés par la tempête. J'aime regarder les belles façades de pierre. Je prends la rue Roy. Je dépasse la rue de Mentana pour arriver à Saint-André. Un peu plus loin un square déprimant offre des chaises d'un surréalisme douteux, prisonnières du béton, et sur lesquelles il est impossible de s'asseoir. Certains sièges d'ailleurs sont absents, d'autres s'inclinent. Spectacle désolant! Par surcroît une fontaine s'étale, vide et plate comme la mappemonde derrière elle. Quel gâchis! Mais on a promis des arbres pour bientôt.

Rue Saint-André je passe à côté du marché *Métro*. Rue Cherrier des taxis attendent sagement devant la nouvelle école de danse. Je m'arrête à la Banque Nationale et je soutire de l'argent au guichet automatique. La facilité de ces transactions me fascine. Je passe devant le café *Cherrier*. À cette heure-ci, c'est désert. Je traverse le carré Saint-Louis rempli d'itinérants, de pushers, de prostitués des deux sexes en attente de l'offre du siècle. Des regards hargneux me poignardent. Je m'en fiche éperdument. À chacun son enfer. Arrivé à la rue piétonnière Prince-Arthur j'ignore les marchands de vêtements granola, les restaurants grecs, italiens ou polonais, les vendeurs de bijoux rétro et de pacotille exotique. Au coin de la rue Saint-Laurent je bifurque à gauche direction rue Sherbrooke. J'aurais aimé remonter la Main, ma préférée, mais le temps me manque. De toute façon j'arpente cette rue quasiment deux à trois fois par semaine, mais aujourd'hui je fais route vers l'ouest de la ville «for a change!», comme dirait ma mère. D'ailleurs, je me demande bien ce qu'elle doit être en train de fabriquer avec son milliardaire? Sans doute s'ennuie-t-elle, comme moi. L'ennui est dans nos gênes, peut-être!

Les gratte-ciel se rapprochent. Immenses tours à bureaux, basiliques dorées, elles creusent le ciel de leurs pyramides de verre. Jouets d'adultes qui brisent la nuit. Miroirs panoramiques pour les anges. Je passe devant les noms archiconnus de chaînes américaines et j'arrive à l'oasis de l'université McGill, plantée là de façon si intelligente au cœur de la ville. Le trafic s'est intensifié. C'est la cohue habituelle des porte-documents, des mallettes, Fort Knox portatifs. De la paperasse, encore de la paperasse pour des univers kafkaïens. Je suis toujours touché de voir cette foule pressée. Génération anonyme, identique, vivace. Où vont-ils? À peine réveillés ils se rasent, se lavent et déjeunent en vitesse, programmés par la marque du succès qu'ils portent au front comme celle de Caïn. Leurs paupières se sont levées en même temps que les portes automatiques de leur garage. Ils se sont engouffrés dans leur voiture. D'autres dans des autobus et des wagons de métro archibondés. L'odeur des vêtements, des eaux de toilette. Leurs visages javellisés dans des escaliers roulants, surchargés. Leurs bijoux cheap pour des vies cheap. L'abattoir est ouvert de neuf à cinq, ou de huit à quatre. Peu importent les heures c'est le même constat d'échec. Rituel absurde. Les anges ont perdu leurs plumes, les secrétaires leurs illusions. Et ils escaladent leur tronc d'acier rongé par les termites de la routine. Ils téléphonent, tapent, faxent, e-mailent comme des zombis téléguidés. Et ils font des ulcères, des cancers, des infarctus, des dépressions. Et vive les antidépresseurs! Plus ils sont sécurisés plus ils meurent sans le savoir, surtout sans le vouloir, à la fin dévorés par la peur muette qui les ronge depuis le berceau. Quand on les enterre il n'y a plus rien à dire sinon que c'est une bonne chose de faite. Encore plus quand ils ont planifié des préarrangements funéraires. Leurs dents faxent aussi des sourires lobotomisés. Là, en secret pourrissent des tristesses. Leurs yeux agrandissent leur plaie au-dessus du vide. Ils se jettent dans des ascenseurs discrets, parfois ils ne les attendent même pas. Leurs tumeurs crèvent en bas des buildings, des ponts. La mort ramasse ce qui reste. Pas grand-chose. Charmant univers aux tortures insipides. Le pire, ils pensent revivre la fin de semaine. Dans les rues du centre-ville, dans le métro, ils courent sans cerveau. Des poules guillotinées. La planète est devenue un space-ship pour rats. Un désastre de béton. Ça fait pitié. Et moi avec. Je suis aussi malheureux que les pierres qui les abritent. Ne suis-je pas d'une nullité sans nom?

Cependant, quand la nuit recouvre la ville de son tchador clouté de diamants l'espoir réapparaît possible. Les baobabs deviennent tout à coup phosphorescents, et envahissent avec élégance le ciel pour masquer les étoiles de leurs entrelacs complices, rendant la beauté presque tangible. C'est l'heure où les pharaons de la nuit arpentent l'asphalte. Comme moi.

Arrivé trop tôt devant le *Ritz Carlton*, je n'y entre pas. Le musée d'abord! Il m'accueille dans un silence religieux.

Je déambule en regardant attentivement les toiles, les couleurs, les formes. Certains univers me parlent plus que d'autres. Je me laisse imprégner par la douce mélancolie de l'endroit. Il n'y a pratiquement personne dans cette immense demeure à l'abri du millénaire. Des lumières savamment orchestrées soulignent des mondes fascinants. Certains tableaux me renversent par leur beauté surprenante, inquiétante, *convulsive*. Ici je touche le marbre d'une sculpture, froid et doux comme une neige de février, là je gravis ensorcelé le grand escalier pour être encore une fois happé par des mondes fabuleux. Je me retrouve pour mieux m'oublier. Alors une symphonie pathétique m'éblouit par le concert harmonieux de toutes ces écoles jadis ennemies, ces individus qui ont lutté, désespéré, et qui se sont jalousés jusqu'à se haïr. La vie fascinante de l'art, la seule qui vaut la peine d'être vécue. Je sais mais... Dehors des paysages éclatants m'ont parfois séduit, mais ici certaines toiles me rappellent brutalement comment la beauté peut exister en toute pureté, concentrée dans un espace de prime abord si restreint. Je suis fasciné par les perspectives étourdissantes créées par des coups de brosse, spatule, pinceaux... Les couleurs et les formes piègent la beauté comme le font les mots du poète. J'erre, content d'être perdu.

Quand je sors du musée, c'est déjà le crépuscule. L'heure bénie de l'apéro, rituel sacré auquel j'ai fait vœu de ne jamais me dérober. Le vent froid me rappelle comme l'hiver n'est pas loin, le long et pénible hiver. «Ah! comme la neige a neigé! / Ma vitre est un jardin de givre. / Ah! comme la neige a neigé!», que je chante en entrant dans le *Ritz Carlton*. Je laisse pour l'instant les buildings à leur métamorphose. La ville est en train d'appliquer son maquillage de nuit. Il va assouplir ses formes, adoucir la

43

froideur de ses jambes de béton, rendre féeriques les tours à bureaux en transformant leurs vilaines lumières en papillons prisonniers d'un immense dôme opalescent qui recouvrira avec langueur l'île de Montréal. On pourra apercevoir ce pétale rosâtre à des kilomètres à la ronde.

Le hall luxueux de l'hôtel d'un blond mat, le va-et-vient langoureux de ces corps en prière avec eux-mêmes me fascinent. Je traverse le hall et vais à la salle de bains située devant le vestiaire pour y nouer ma cravate. Je surprends dans le miroir les reflets bizarres d'une couleur qui varie d'intensité, selon que le bleu ou le rouge domine. Intrigué, je m'approche du miroir. Mon visage grossit comme un point d'interrogation. Cette lueur lilas qui saute d'une épaule à l'autre? Je baisse les yeux pour me dérober à ce spectacle étrange. Mal à l'aise, je me concentre plutôt sur mes mains. Je les lave trop longtemps. Sans jeter un dernier regard au miroir, comme je le fais d'ordinaire, je me dépêche vers le bar jouxtant la salle à manger. Dans le bleu et or suranné du décor, je choisis un fauteuil de cuir rouille très confortable. Il me rassure instantanément. Un serveur à la neutralité par trop étudiée désapprouve mon look avec l'éloquence la plus efficace: un silence noir comme son habit. Cependant je peux rester, car je ne porte pas de jeans: ils m'auraient automatiquement éliminé de l'endroit. Ma cravate et ma veste répondent au minimum des exigences de la maison. Je commande un kir royal, et me laisse aller à l'atmosphère paisible et divinement rétro.

Je suis le seul dans la place à ne pas avoir trente ans. Les gens, décatis pour la plupart, ont été sidérés quand j'ai mis les pieds dans leur sanctuaire. Je leur ai impitoyablement rappelé qu'ils avaient basculé définitivement du côté de la vieillesse. J'ai entendu leur jeunesse hurler jusqu'à la fin dans cette oubliette transformée en crypte dorée. Un moment les conversations se sont tues. Ma seule présence ravive leurs cendres sensibles, fardées et bijoutées à l'excès. Ils ont tout au plus l'assurance d'un cadavre en bonne santé. De voir ce grand jeune homme, moulé dans cet affreux pantalon de cuir violet, qui arbore avec désinvolture cette chemise éclatante et ce veston vulgaire, les a automatiquement relégués à leur préhistoire. Moi aussi un jour j'en serai là. Qu'on me claque donc le cercueil dans la face tout de suite! Mais en toute quiétude je mange des noix salées et sirote le champagne d'un rose délicat pendant qu'autour mon aura touille les débris de leurs rêves brisés. Au piano, un gros chauve joue de la musique américaine des années trente et quarante qui me ravit, comme un enfant la guimauve lors d'un feu de camp.

     – It had to be you, chante-t-il d'une voix juste mais fade.

     Il faudrait la rehausser d'une tonne d'épices, et toute une vie ne suffirait sans doute pas à l'assaisonner. Dans mon cerveau des toiles défilent, certaines dérangeantes. D'autres, plus banales, ont pourtant réussi à s'imprimer dans mes neurones. J'en suis tout étonné. Je goûte le champagne, l'élixir terrestre par excellence. Je me convaincs d'aller visiter quelques galeries d'art durant la semaine, et qui sait, à défaut d'un humain, peut-être tomberai-je en amour avec un tableau? Un prénom refait surface. Je m'empresse de le noyer dans une autre gorgée. Peine perdue. Je me force de penser à cette toile d'Anna que je viens de réserver. Elle les représente, elle et son ancien amant jouant au billard dans un éclairage glauque, menaçant, annonciateur de leur rupture. Quand j'ai vu cette peinture je l'ai immédiatement voulue. Et Anna me l'a promise. Elle est mieux de tenir sa promesse! Elle fera sensation derrière le piano à queue. Billard et Steinway.

Beau couple sous un déluge de confettis de cristal. Autour, on tue le temps, ce temps pourtant si précieux qui leur est compté, comme leurs breloques et leurs bagues, à l'once et au carat. Comment se fait-il que la plupart, comme moi d'ailleurs, ne savent pas quoi en faire? Je commande un deuxième kir en spécifiant de mettre un peu moins de crème de framboise.

– Bien monsieur!

L'air compassé du serveur aux cheveux un peu poivre et surtout sel m'amuse. J'écoute ces rengaines d'un autre âge. Il n'est pourtant pas si loin, puisque tous ces gens en témoignent. Ils sont là tout près de moi, condamnés à des dilemmes de prostate, de diabète, ou d'autres maladies toutes plus revalorisantes les unes que les autres. Elles doivent faire partie de leurs conversations, de leurs obsessions. Et moi je suis peut-être le prochain client d'une ambulance... La mort préfère se faire les dents avant de mordre et de dévorer car, et c'est tout à son honneur, elle aime bien préparer le plat à manger, question d'esthétique visuelle. Cette dernière doit exciter ses sucs gastriques, augmenter la jouissance du festin! Mais je fabule, la mort est sourde, aveugle et toujours affamée... Cette musique date tellement! Le serveur revient et renouvelle le plat d'arachides cette fois torréfiées.

– I don't know why I love you like I do. I don't know why but I do. I don't know why you thrrrrrill me like you do, I don't know why but you do, susurre le gros pianiste chauve.

Il me regarde goulûment. Tu regardes pour rien mon vieux pitou. Pas de nanan de ma part. J'aimerais lui répondre très Dalida:

– T'as oublié simplement que t'as plus de deux fois dix-huit ans!

Les bulles commencent à faire leur effet, car je me trouve drôle. Je me passe la main dans les cheveux. Je finis ce deuxième kir. L'atmosphère est franchement lourde. Tous ces corps naufragés d'eux-mêmes. J'en ai assez! Je lève l'ancre. Je vais aux terrasses *Saint-Sulpice*, le bar de mes amis Robert et Jean-Matthieu. Dans mon sillage, les têtes se retournent avec discrétion, car personne n'est resté insensible à ce paquebot étrange qui a eu l'impertinence d'accoster dans leur havre tranquille, oublié de la jeunesse. Avec soulagement on me voit partir car j'étais une belle menace, et avec plaisir, ils se retrouvent entre eux, gens riches et âgés. Et qu'est-ce que j'en sais? Le portier ouvre poliment la cage dorée du *Ritz Carlton*. Sous la voûte éteinte d'un ciel trop proche, je marche sur le trottoir détrempé. Le bruit mouillé des autos. Pourtant il n'a pas plu. Les rues ont-elles en mémoire le gros orage d'hier? L'humidité sans doute. Je hèle un taxi. La rue Sherbrooke ajuste temporairement ses buildings, devant l'auto qui fonce vers l'est dans une circulation encore dense. Le chauffeur expérimenté zigzague. Je regarde l'épidémie du portable. Branchons- nous sur le néant! Et vive l'Apocalypse de la vacuité. Décidément, je suis dû pour un autre verre!

J'aimerais croire aux anges. J'aime tellement leur image. Ah! l'image folklorique d'un paradis perdu, à l'exotisme bon marché! Elle chapeaute nos vies absurdes! Plus les édifices se rapprochent du ciel, plus ce dernier s'éloigne dans ses constellations aux géométries étudiées, classifiées. Dieu a perdu sa place pour un autre: Moloch. Regardez-les aller avec leurs serviettes bourrées de paperasse, l'armée de fonctionnaires habillés de fortrel. La douleur de cette réussite. Les anges estropiés sont obligés de ramper dans cette crèche de béton. Déchus, ils se condamnent à s'injecter les gouttes d'un soleil vitriolique. Ils quêtent aux coins des rues. Rarement quelqu'un s'arrête. La majorité ralentit pour les contourner. La monnaie tombe comme une insulte. Par milliers les fenêtres fermées comme des poings enregistrent la chute des Icare modernes en l'honneur du dieu dollar. Le taxi file dans la ville. Comme à tous les soirs, elle allume son sapin de Noël. Je ballotte entre la révolte et la pitié. Fuck! j'ai besoin d'un drink!

Entre Sanguinet et Saint-Denis le chauffeur freine brutalement sur un monumental «tabarnak!»: il a failli emboutir l'arrière d'une Mercedes blanche. Les jurons déboulent. Le feu change et la voiture peut enfin tourner à droite. De nouveau l'accalmie. Des lampadaires affreux ont remplacé ceux plus élégants de la rue Sherbrooke. On dirait des paquets de bulles glaireuses, polluées. De l'autre côté de la rue Ontario, à la porte d'un bar de danseuses nues, un frustré se chamaille avec le bouncer de la place. La misère humaine n'a pas de limite. Le taxi s'arrête devant la Bibliothèque nationale aux splendides vitraux allumés. À l'intérieur, peu de personnes sans doute, lisent sur de grandes tables de bois qui s'allongent dans un silence d'épave laquée. Je souris. J'imagine que le préposé au prêt, terroriste involontaire, échappe par terre *L'homme rapaillé* de Gaston Miron. Une détonation retentit tout à coup dans l'immense salle ambrée... Devant les deux lanternes dorées de fer forgé art nouveau je règle la course. Une vingtaine de mètres plus loin, je descends les trois marches qui mènent à la terrasse avant du *Saint-Sulpice* à l'intérieur duquel s'exhibe la faune la plus exotique en ville.

J'hésite un bref instant. Je suis frappé par le tapage de tout ce beau monde. Et la fumée est à couper à la scie mécanique! Puis d'un pas d'empereur, je fonce vers le bar où Ronnie se démène, submergé par les commandes de bière et d'alcool. Nos sourires de connivence. Oui, nous avons dû être amants dans des vies antérieures. Cette atmosphère surexcitée me plaît. Je m'installe au zinc entre deux copains comme on dit. Je fais signe à Ronnie: «Yes, the same». La foule est tellement hétéroclite! Des vendeurs de chars aux dernières extravagances vestimentaires jusqu'aux cheveux, teints si possible, le tout agrémenté d'anneaux à l'oreille, au lobe comme aux narines, ou ailleurs évidemment, et de dentelles, cuir, jeans... le tout axé sur le noir corbeau. Au-dessus de la cohue générale Klaus Nomi chante son opéra d'outre-tombe. C'est l'heure du *Saint-Sulpice*. Ronnie doit servir la clientèle du bar et, en plus, fournir deux serveurs qui n'arrêtent pas de lui commander des bières, du vin, des spiritueux. Autour, c'est le défilé des connaissances. On parle de tout, de rien, du dernier film, du dernier spectacle rock, de celui qui aura lieu ce soir au *Spectrum*, aux *Foufounes Électriques*. Les opinions, les jugements s'entremêlent fébriles, en une sorte de communion solennelle. Quand Ronnie a une minute, il se penche vers moi.

— Comment ça va mon homme?

— Pas pire. Et toi?

— Je suis tout en sueur.

— Je comprends Ronnie, t'es en charge du désert! Est-ce qu'on t'a déjà dit que tu es la plus belle oasis en ville?

— La plus belle quoi?

– Nevermind! dis-je, comme un nouveau Survenant. S'il te plaît Ronnie, oublie pas la glace. Il fait tellement chaud ici. Ce vin-là est de la pisse!

– Il faut que je te parle d'Anna!

Le téléphone n'arrête pas... La gérante, dans son bureau au troisième étage, les prendra. Un verre rempli de glaçons arrive enfin.

– Merci Ronnie!

Ronnie n'a même pas le temps de m'entendre. Un gars que je connais à peine m'offre d'aller sniffer de la cocaïne aux toilettes. Why not? Verres à la main nous traversons le récif de la foule en un temps record: quinze minutes! Aux portes des W.-C. nous devons attendre encore dix minutes. Finalement un cabinet se libère. Le type me parle d'une voix de mainate. Le gars s'installe à califourchon sur le siège blanc. Il n'a pas pris soin de nettoyer. De mes deux mains je m'ébouriffe les cheveux. Des lueurs glissent sur le miroir comme des effets spéciaux dans un ciel cinématographique. J'ouvre le robinet. Le cocktail chimique de cette eau me fait grimacer. Je fouille au hasard dans ma poche et en retire un vingt dollars. L'autre l'arrache. Il a étalé quatre lignes blanches sur la page luisante du réservoir qu'il ausculte avec le billet bien enroulé dans une narine. Le cœur me lève à l'idée de l'enfoncer à mon tour dans mon nez! Alors je sors un autre vingt et je sniffe. Je sens tourbillonner la coke dans mon larynx. Une fois le rituel terminé, je lui dis de garder l'autre billet déjà enfoui dans ses poches.

– Tant qu'à être icitte, je vais pisser. Je veux savoir si chus encore un petit gars! dit-il, s'accompagnant d'un rire niais.

Je le vois sortir un pénis ridicule. Avec maladresse il le pointe vers la cuvette. Il fixe le plafond comme s'il s'agissait de la chapelle Sixtine. Après il rentre son piètre attirail dans ses jeans et sort sans dire un mot. Je l'entends marmonner de l'autre côté de la porte à quelqu'un d'impatienté. Enfin seul, j'actionne la manette de chasse. J'assiste avec plaisir à la disparition dans un bruit de succion du remous jaunâtre. On cogne à la porte. Je m'en fiche éperdument. Je reviens au miroir. La lumière dans la toilette est crue comme celle d'une cafétéria. Je mets mes mains contre mes oreilles et entends des vagues de sang qui se brisent contre les tympans, avec en prime les bruits du bar. Dans ce tabernacle off-white j'attends bien adossé. Tout à coup je me vois en train de boire à Venise au *Harry's Bar*, un de ces vodka Martinis que ma mère, comme Truman Capote, aime tant! Mais la place Saint-Marc s'enfonce au creux de la lagune sous un amoncellement de cadavres d'amoureux oubliés. Je regarde dans l'eau trouble du miroir mes yeux américains. Je détaille mon look de dandy moderne. Je me sens tout à coup si ridicule. Si seul, malgré les deux anges assis sur chacune de mes épaules. Je frotte mon cou avec de l'eau froide. Les bruits continuent de tambouriner contre la porte. Dans mes cheveux, je passe les mains pour leur permettre de rêver un brin en terrain connu. Je fixe ma montre Mickey Mouse. Elle me dit que je suis là depuis à peine dix minutes, et pourtant il me semble y être depuis une heure. J'aimerais chasser comme un moustique ce désespoir soudain. J'enlève ma cravate et la glisse dans la poche intérieure de mon faux veston. Je détache le bouton de mon collet de chemise trop jaune avant d'ouvrir brutalement la porte pour être engueulé par un jeune punk aux cheveux arc-en-ciel.

– Aïe! T'es seul au monde toé!

51

– Oui!

Je me sers de mes bras comme de machettes et je me fraie un chemin. J'ai oublié mon verre sur le lavabo. Pas grave. Du jazz, de la fumée, des rires, des cris, des mots m'accompagnent jusqu'à un carafon de vin blanc près d'un grand verre fraîchement rempli de glaçons. Je souris à Ronnie. Il me donne une autre coupe. Le temps passe, soulagé que je suis par l'alcool. Des conversations banales sortent des mots anémiques, vite happés par les limbes. Si je veux être d'attaque pour la soirée, je devrais manger. Où? Et quoi? Seul? Ai-je vraiment un autre choix? Ce ne sera pas la première fois, encore moins la dernière! Amer constat. Décidément ce vin-là n'est pas buvable. Les glaçons disparaissent dans le Gulf Stream. Pas de sirènes en vue.

Je connais à côté un charmant petit restaurant szechwanais. Après je pourrais aller aux *Beaux-Esprits* voir Françoise, la proprio belle comme une princesse inca. Charles y sera sans doute. Ronnie me tend le téléphone. C'est Anna. Comme ai-je pu l'oublier?

– Julian. M'entends-tu?

– Oui.

– Seigneur comment tu fais? C'est l'enfer comme d'habitude, hein?

– Enfer est un euphémisme, ma chère Anna.

– Écoute Julian, je peux pas te parler longtemps. Je pourrai pas aller te retrouver, mais si on lunchait demain vers une heure chez moi, ça te va?

– Right on! Es-tu correcte?

– En pleine forme. Chus en amour.

– Hein?

– T'expliquerai tout ça demain. Bye. Et Julian, dis à Ronnie de m'oublier, O.K?

– Facile à dire. Fais-le donc toi-même.

– Moi, y m'écoute pas. Toi, si. Dis-lui que je l'aime ben mais que je l'aime pas. C'est toutte! O.K.?

– Je verrai ça d'après ses vibrations.

– D'après moi tu verras pas grand-chose!

– Méchante Anna!

– C'est ça. Bye! Et merci mon beau Julian, je t'oublierai jamais.

– J'espère bien.

– Ciao amore!

L'éclat de rire d'Anna continue de résonner. Ronnie a deviné la voix. Il est dans le jus mais il prend quand même le temps de me demander:

– Comment va le bel Anna?

– On sait jamais avec elle.

– Ça, t'as raison en maudit!

– Je pense qu'elle va bien.

Ronnie continue avec un air d'enfant gêné.

– Elle va venir plus tard?

– Je pense pas.

– Shit!

– Ronnie, fais-toi-s'en pas. Tu sais bien qu'Anna est imprévisible.

— Ça mon homme, je le sais en maudit!

Il hésite un moment. D'une voix étranglée, il ajoute:

— Elle t'a parlé de moi?

Je fais signe que non.

Ronnie baisse ses beaux yeux tristes comme son sourire. Je suis mal à l'aise. Que peut-on faire, que peut-on dire pour soulager les amours malheureuses des amis? Je cale ma coupe. Je me sens nerveux, speedy. L'effet de la coke sans doute. Le pusher se pointe et m'offre un gramme «pour pas cher». Évidemment l'échantillon de tantôt c'était pour mousser la vente. Je lui glisse l'argent demandé et prends le sachet. La soirée est jeune après tout. Je me sens subitement en forme. Au diable les malheurs du monde entier! Je demande à Ronnie de me donner plus de glaçons. Quand il aura le temps, évidemment.

Quelqu'un me tape amicalement sur l'épaule. Je me retourne pour être embrassé sur les joues par Robert.

— Alors quoi de neuf beauté fatale?

— J'arrive du musée et après j'ai fait une excursion au *Ritz*, histoire de savoir ce que je veux pas être. J'y ai bu du champagne rosé, et je me suis délicieusement emmerdé. Maintenant je bois ta piquette maudite et demain je vais avoir par ta faute un mal de tête carabiné et je pense que je vais t'actionner!

Robert est grand, svelte. Son crâne est entièrement dégarni, à part une mince couronne qui lui fait un halo de cuivre. Il sourit comme ses yeux dont il a conservé de l'enfance un bleu limpide comme une image de catéchisme. Dans le vacarme du bar, il me parle de Jean-Matthieu. Ils sont ensemble depuis dix-sept ans. Un grand amour de jeunesse. Une foule d'obstacles les séparent et les rapprochent en même temps, dans une sorte de chorégraphie connue d'eux seuls. Ça semble donner d'excellents résultats. Robert est inquiet. Il se demande ce que peut bien vouloir Jean-Matthieu en travaillant si fort pour un gouvernement si ingrat.

– Une carrière internationale en diplomatie? Mais un homosexuel est piégé s'il veut en gravir les échelons! Jamais il ne pourra, par exemple, devenir ambassadeur. Alors à quoi ça sert de jouer les seconds violons? demande Robert au Saint-Esprit, me prenant à témoin.

Évidemment dans l'optique de Robert, si on ne peut être au sommet, il faut changer ses visées, se réorienter et vite! Il aimerait que Jean-Matthieu cherche ailleurs. Mais où? Jean-Matthieu est génial pour organiser des soupers délirants, somptueux, délicieusement décadents. Quand il était vice-consul l'an passé à Strasbourg, toute la ville accourait à ses soirées. Maintenant, dans la ville de Québec, il se sent piégé, critiqué.

– Maudit que la vie est mal faite!

C'est la panique du last call de l'heure joyeuse. Ronnie se démène. Subitement, j'ai une folle envie de lui lécher sa sueur au creux de son cou, près de la jugulaire que je mordrais bien volontiers.

– Si on montait dans mon bureau se reposer de la foule un petit bout de temps?

– Why not?

– Et prendre un petit remontant?

– Genre pot et champagne?

— Parle pas trop fort! me chuchote Robert.

Je connais bien la thèse de doctorat de Robert sur le comportement du cerveau sous l'effet du cannabis, parce que j'aurais aimé lui servir de cobaye. Le gouvernement canadien a mis à la disposition de Robert quelques serres remplies de cette herbe merveilleuse. Il a analysé les diverses réactions d'une vingtaine de jeunes, sensés n'en avoir jamais pris auparavant. À l'aide de graphiques, de questionnaires, de sondages, il a réussi à tracer différents prototypes de comportements. À l'époque, sa thèse avait été perçue comme audacieuse, à peine crédible. Robert en a fait un best-seller, évidemment. Et il n'a jamais arrêté de fumer l'herbe magique.

Comme deux enfants espiègles sur le point de commettre un mauvais coup, nous montons les deux étages menant aux bureaux. Le deuxième est une sorte de bar-salon au-dessus de la cohue bruyante. Des tables rondes en marbre, très pesantes, pour décourager toute tentative de vol, ont ancré leurs pieds de bronze peint en noir sur un plancher de chêne verni. Des ombres verdâtres rôdent, libérées par un éclairage tamisé. D'un côté, une fenêtre développe continuellement le film de la rue. Devant, de filiformes roseaux d'argent jaillissent d'une immense urne pouvant facilement entasser au moins trois dynasties chinoises. Et à l'opposé une porte-fenêtre s'ouvre sur un échafaudage de terrasses, genre jardins suspendus de Babylone. Le tout surplombe la cour «la plus belle en ville» selon l'avis unanime des journaux. Des stèles de plastique formées par l'empilement de chaises blanches lui donnent en cette froide soirée de novembre une allure de cimetière déserté. Surgit la gérante, une Libanaise dans la cinquantaine, toute petite, les cheveux en bataille, toujours sur le qui-vive. Elle déboule en catastrophe vers Robert pour lui dire d'une seule traite qu'elle doit se sauver et que c'est urgent mais avant, sans faute, elle va aller porter à Ronnie ces rouleaux de petite monnaie dont il a absolument besoin et s'assurer aussi qu'il ne manque de rien d'autre. Elle tourne les talons en gesticulant avant de disparaître essoufflée dans un soupir qui en dit long sur la condition humaine!

– Parfait, comme ça on va avoir la paix! me confie Robert.

Nous nous engageons dans l'escalier de chêne éclairé du plafond par un puits de lumière transformé en vitrail. Un ange rose s'y déploie. Robert sort une longue clef de bronze et débarre la sacro-sainte porte. Un bel espace apparaît, troué de deux fenêtres allant du plafond au plancher, meublé d'un imposant bureau de direction, d'une causeuse et d'un canapé de cuir vert printanier au bout duquel jaillit un palmier. Il nous rappelle qu'il y a des endroits au climat encore civilisé sur la planète. À la grandeur, un spectaculaire tapis oriental couvre le bois franc fraîchement reverni. Avant de refermer, Robert jette par habitude un dernier coup d'œil suspicieux derrière lui. Soulagé de voir que personne ne nous a aperçus il pousse pour plus de sécurité le verrou. Je me suis déjà jeté sur le sofa et je glousse de plaisir. J'étire mes bras et je touche les palmes si délicieusement vertes.

Robert s'installe à son secrétaire d'acajou recouvert d'une épaisse vitre aux reflets embrouillés. Il fouille dans le tiroir du haut. Là il cache l'herbe magique, «la médecine» ainsi baptisée par Jean-Matthieu. Sur le verre qui aurait bien besoin d'époussetage il dépose avec cérémonie le sac transparent. Je vois les précieuses brindilles d'un vert sombre. Retourné sur le ventre, les jambes pliées aux genoux, mes pieds se lèvent en se croisant. Mon visage accoté sur mes paumes, j'examine l'agitation de la ville comme si je la voyais à travers des lorgnettes d'opéra. Robert a déjà roulé le joint comme un pro. Il l'allume et prend une grande inspiration. Il s'étouffe, son visage s'empourpre. Il réussit à me le refiler, tout en continuant de tousser et de râler comme s'il était tombé dans un cendrier. J'inhale à mon tour. C'est le va-et-vient jusqu'au moment où, au bout des ongles, le papier s'émiette en étincelles. Calmé, il saisit le téléphone pour commander une Veuve Clicquot. Je me réinstalle sur le canapé, le visage couché sous le palmier, et je me laisse aller doucement à des rêveries de voyage, d'exotisme. Sur des plages volcaniques d'un noir luisant viennent s'ébattre des otaries. Quand on cogne à la porte je suis brutalement rejeté des îles Galapagos. Robert remercie avec un accent français. Je m'esclaffe. Cette façon de parler à la française quand il a pris du pot le trahit à tous coups. J'ai l'impression que mon cerveau sourit. En voyant la bouteille, je me lance dans la narration de mon voyage à Épernay en Champagne, et Robert pousse des gloussements ponctués de «ça alors» en m'écoutant raconter mon aventure avec le comte et la comtesse Chandon et Moët, alors que je leur avais proposé la canonisation de Dom Pérignon pour avoir inventé le champagne. S'il y a un miracle permanent sur terre, c'est bien celui-là! J'étais à la fois charmé par la gentillesse du comte et de la comtesse, la beauté des serres d'orchidées, et insulté de voir l'attaché culturel québécois voler à tour de bras les cigares de la Havane que le comte avait eu la gentillesse d'offrir avec le digestif après un déjeuner somptueux. Le téléphone sonne. C'est Jean-Matthieu qui appelle de Québec. Il s'ennuie.

— Qu'est-ce que les deux comparses sont en train de comploter?

D'entendre Robert murmurer des mots d'amour me rend mal à l'aise. Ma solitude, tel un boomerang, revient me frapper. J'ai beau vouloir l'éloigner, elle revient toujours me mordre, la chienne! Je me cambre à la fenêtre près du palmier pour me perdre dans la ville. La marijuana m'a amorti, et en même temps, je me sens léger, comme détaché de tout. En bas c'est le trafic nocturne de la ville. Tellement différent de celui du jour. Sur les trottoirs d'autres visages apparaissent, d'autres corps exigent la sanctification de la nuit. Les gens flânent, libérés. Une nuit recommence et tout semble redevenir neuf. Possible.

Robert me fait signe. Jean-Matthieu veut me parler.

— Pis? Quand est-ce que tu vas avoir un chum? me demande-t-il tout de go. Ce serait tellement plus le fun pour les soupers!

— Pour Noël, Jean-Matthieu. J'ai fait une commande spéciale au père Noël.

— Ho Ho Ho! C'est pour bientôt ça. Arrange-toi que ce soit pas une fée des étoiles travestie en butch!

— Je ferai attention! Je checkerai la marchandise avant!

— Alors, comme ça, tu prends soin de mon chum?

— Full time!

— Je sais pas si je dois te faire confiance?

— T'as pas le choix. C'est moi ou les gogo-boys!

— Ou les deux?

— Mais non, Jean-Matthieu, panique pas! On est sages comme des images.

59

On s'esclaffe tous les deux tout en se racontant plein de bitcheries sur les stars locales et autres. Je connais Jean-Matthieu, il baigne déjà dans le gin. Il me répète comme il s'ennuie à Québec dans sa maison de trois étages datant de la fin du dix-huitième siècle, située «dans le cul de la cathédrale». Les travaux de rénovation sont finis, la décoration aussi, il ne lui reste plus que le désarroi d'habiter seul. De plus, son poste actuel le laisse sur son appétit. Il en a marre de travailler avec des imbéciles à l'esprit de clocher.

– Des parvenus! Des minables! La Poune était chic comparée à eux autres! Y ont juste un neurone et y ont mis le dimmer dessus! Ah! pis, évidemment, ce midi, j'ai pas aidé ma cause, mais j'en peux plus de les voir toujours magouiller!

– Comment ça?

– Ben, je te le dis juste à toi, mais jure-moi que tu vas garder ça pour toi? Sinon Robert va encore me chicaner en me disant que je fais exprès pour m'attirer des ennuis avec mes collègues.

– Une tombe, Jean-Matthieu!

– Ouverte ou fermée?

– Scellée.

– Bon, O.K., mais tu me le jures hein?

– For sure!

– Alors disons qu'à midi, au resto, j'ai pas aidé ma cause mais coudonc, un gars se tanne. Imagine-toi qu'un petit épais, jaloux là jusqu'aux ongles d'orteil qu'il doit avoir tout noirs, wouash... alors y me demande sur un ton visqueux, hypocrite, «toi qui es sensé vivre seul», tu le vois venir hein? Ça ça veut dire: pourquoi t'es pas marié? Pourquoi tu vis pas avec une fille? Vis-tu vraiment seul? Ah! j'y mettrais mon poing dans la face à celui-là! «Pourquoi tu t'obstines tant à acheter des maisons?» Sur le coup, j'ai pas compris. Des maisons? Quelles maisons? que je lui ai demandé.

– Mais oui, t'en as une sur la rue Querbes à Outremont, non? Tu la loues?

– J'haïs ça parler de mes affaires de même! Mais y savait pour la rue Querbes, j'ai dû raconter ça un soir de brosse dans un de leurs partys plates! De toute façon, la vie privée n'existe plus et je m'en sacre! Ça fait que j'ai dit oui, c'est vrai, j'en ai une autre à Outremont, pis après? «Ben, t'en as une autre icitte, pis est ben située à part de ça!» qu'y dit. Alors là, je me suis crinqué! J'ai déposé ma coupe ben tranquillement et tout le monde s'est arrêté de manger comme si je venais de donner un signal d'alarme. Pis je lui ai dit: «Tu veux savoir pourquoi je me suis acheté une autre maison, ici à Québec, ben je vais te le dire: je rêvais depuis longtemps d'avoir une maison de campagne!»

Je crie, et Jean-Matthieu lâche tout son lest en poussant des petits gloussements d'animal inconnu qui sont supposés ressembler à un rire. Quand il s'apaise il reprend sa rengaine de misères. Je l'écoute en sirotant le champagne.

– Tu connais un ambassadeur homosexuel, toi? En plus, nous vivons des temps de torpeur, mon cher. On dirait qu'on est tous tombés dans un marigot putride, et qu'on attend! Pis on attend! Et qu'en attendant tout ce qu'on trouve à faire c'est de rechigner! Comme si on était une bande de ouaouarons à coasser sous la lune pour que ça change. Y peuvent ben nous appeler des «frogs»! Que veux-tu? On n'est pas un peuple qui agit! On aime mieux se plaindre! Par le passé, on a trop prié, on a pris un mauvais pli. C'est pas pour rien que Duplessis avait copié le petit catéchisme! C'était génial d'avoir pensé à ça! Cré Maurice! Le vieux garçon de Trois-Rivières élevé près de la cathédrale avait tout compris! Et on continue encore de prier, oui oui de prier, se plaindre c'est comme prier! On est un peuple qui aime ça se plaindre! Avant, on priait, maintenant on se plaint, c'est du pareil au même. On s'installe devant la télé, on mange des chips, on boit de la bière, pis on chiale. Après le conjoint! Les enfants! Les voisins! La visite! L'univers entier! On chiale comme des débiles. Et c'est évidemment, toujours la faute des autres! Avant c'était la faute du bon Dieu! Plus ça change, plus c'est pareil!

– Ça va peut-être finir par aboutir quelque part?

J'entends au bout de la ligne des glaçons tinter contre une paroi de cristal.

– Dans la semaine des trois jeudis comme c'est là! Et je suis bien placé pour le savoir! Laisse-moi te dire que le premier ministre place des hommes de confiance, c'est-à-dire de son allégeance politique, pour mettre un stop pour longtemps à nos revendications. Ou tout simplement pour nous faire chier! Il nomme tout son beau monde pourri jusqu'à l'os à des postes clefs, et on va être poignés avec eux autres pour longtemps! Tu comprends Julian, on va les avoir dans les jambes, advienne que pourra! Comme Céline Dion! Jésus que chus tanné! Que chus donc tanné! Je pense que je vais faire une dépression ben raide! On est un peuple de peureux, de pissous! On doit avoir les plus hauts scores en statistique d'enfants qui pissent encore au lit à neuf ans! En attendant d'entrer dans l'étable pour en sortir en steak haché et finir dans un beau pâté chinois à Brossard! Ah! c'est intéressant! Pays très stimulant! Plus stimulant que ça tu meurs!

J'essaie de le calmer. Comment faire? Jean-Matthieu a raison. Il est vraiment en colère. Impuissant, je fais signe à Robert de reprendre le téléphone. Il devrait être capable de trouver les mots pour apaiser son amant.

Je remplis ma coupe et je retourne me perdre dans la fenêtre. Seulement, les mots de son ami continuent de résonner... et la fenêtre sert de page noire aux phrases de Jean-Matthieu, de palimpseste à sa révolte. À un moment donné, Robert fait aller comme une petite aile sa main gauche pour me signifier que Jean-Matthieu s'est calmé, et il me refile le combiné. On se souhaite une bonne soirée, on se redit que nous devrions nous retrouver bientôt. Je suis surpris d'apercevoir sur le bureau l'afficheur du poste téléphonique donner l'heure: huit heures quarante-huit. Je n'ai pas le temps de voir la date car Robert s'est glissé devant pour s'emparer du téléphone qu'il remplit de bisous. Il raccroche, visiblement épuisé.

— Ça alors! C'est pas un cadeau, hein?

— Le pire, c'est qu'il a raison.

— Je le sais bien, mais que veux-tu qu'on fasse? Les élections sont dans trois ans. On peut pas faire grand-chose d'ici là. Ça me met les nerfs en boule! Maudit pays! Pis y manque juste de la neige, alors là le tableau va être complet! Ah! moi aussi ça me décourage!

— En parlant de neige, si on en sniffait un peu pour se remonter?

— Hein, t'as de la coke?

Seulement, quand je lui avoue l'avoir achetée et essayée «en plus» dans les toilettes, Robert pique une crise! C'est qu'il fait tout pour chasser les pushers de son bar; il a la police à ses trousses! Il a déjà une pile de contraventions pour avoir dépassé le nombre limite de clients admis dans son établissement, et si maintenant «en plus» répète-t-il, ses amis encouragent ce commerce, il ferait aussi bien de mettre immédiatement la clef dans la porte avant que la police ne le fasse d'elle-même! Plein de propriétaires jaloux autour ne demanderaient pas mieux. «En plus» les voisins se plaignent du bruit et évoquent le principe de la qualité de vie. En entendant cette expression j'éclate:

— Qua-li-té-de-vie! Je l'haïs-tu assez celle-là! Qua-li-té-de-vie! C'est quoi la vie astheure? Une sorte de meuble de qualité? Même ça c'est pas sûr! Beau bon pas cher, hein? Comme le reste! Jean-Matthieu a donc raison! Crisse qu'ils me fatiguent avec ça! De quoi mourir de rire! Qua-li-té-de-vie! Voyons donc Robert!

— C'est ce qu'ils disent! Moi je suis pogné avec eux autres, et c'est pas jojo! Ah pis! passons à autre chose!

Il approche sa coupe de la mienne et il envoie comme une toge par en arrière ses yeux malicieux:

— *Alea jacta est*! prononce-t-il.

— Un coup de dés n'abolit pas le hasard!

— Alors là, mais alors là, on s'excite!

Je sais que le duel amical est commencé. En anglais je rétorque, la voix très Bette Davis:

— Fasten seat belt, it's gonna be a bumpy night! Me a murderess? Oh George! How could you believe such a thing? Even think of it! But Georges, you know that I wouldn't hurt a fly? Unless it's open!

Tout sourire je m'installe à son bureau. Robert «fait le call de la pizza» et celui du champagne. J'ai sorti le sachet de poudre.

– As-tu une lame de rasoir?

Il fouille dans le tiroir du haut, le tiroir à débarras, et en déniche une toute rouillée.

– Elle va faire l'affaire! Ça me surprendrait qu'on attrape le tétanos avec ça!

Je plante la lame tachée dans le monticule blanc et je hache les quelques cristaux qui s'y trouvent. Comme avec une spatule, je distribue la cocaïne en méandres granuleux. Après je les corde en quatre sillons droits. Je sors au hasard un billet orangé. À tour de rôle comme tantôt dans les toilettes, nous reniflons. Nous finissons notre champagne, en silence. Nous tombons dans un trou noir.

Je me dis que comme d'habitude, dans le bar, la clientèle doit s'être clairsemée. On est parti chez soi, ou au cinéma, ou tout simplement dans un autre bar. La ville est perméable, et les vases communicants ne manquent pas. Les atmosphères dans les villes sont comme les courants violents du ciel: des fleuves invisibles charriant les âmes déboussolées. Ses réseaux paraissent complexes au nouveau venu, mais en quelques jours il les apprivoise plus de bouche à oreille ou de bouche-à-bouche qu'à se fier aux messages publicitaires. L'effet visé finit toujours par atteindre son but car pour chaque désir, peu importe lequel, la ville doit pouvoir répondre en proposant un endroit conforme, sinon ce n'est pas une ville mais une bourgade qui joue à se croire plus grande. Parfois je me dis que Montréal flanche.

Le livreur de pizza arrive. Robert le reçoit avec circonspection: il entrouvre la porte, prend la pizza d'une main, paie de l'autre, et referme sur un merci qui se retrouve coupé en deux. Il n'a pas voulu que le livreur voit le désordre du bureau et s'imagine qu'il est en train de se farcir un beau pusher. Mais on cogne de nouveau. À travers la porte un serveur se nomme: Jean-Guy. Robert le reçoit de la même manière: il prend vivement la bouteille, et le merci de tantôt a juste le temps de se recoller que la porte claque sur un soupir de libération.

— Bon, tout est réglé! Maintenant, mangeons!

— Et faisons honneur à ce beau champagne rosé! Je pensais que tu avais demandé une Veuve?

— J'avais averti Ronnie. C'était la consigne.

Les ingrédients arrivés, la fête peut continuer. J'ai allumé la radio et du rock déferle dans le bureau. La pizza est bonne et le champagne la rend meilleure encore. Dans la ville c'est l'heure creuse. Robert parle de la débilité de la télévision.

— Des téléromans insipides! Pourtant la télé peut être un outil extraordinaire de communication! Si le contenant est efficace, le contenu est nul. Où sont les émissions culturelles, littéraires, artistiques? Nenni! Nen-ni! Ce monde-là, les producteurs, les réalisateurs, et tous ces autres cachés dans l'ombre, eh bien c'est strictement nul! De la foutaise tout ça! De la foutaise!

L'accent français de Robert, enroulé dans un morceau de pizza dégoulinant de fromage, m'amuse. Robert s'en aperçoit mais ne s'arrête pas, trop coincé dans sa diatribe contre «cet œil perverti et ridicule qui ferait mieux de rester fermé».

Nous buvons tout en planifiant fermement la réorganisation du réseau télévisuel. Nous finissons la pizza dans un grand éclat de rire all dressed.

— Bon, si j'appelais chez moi pour espionner mon répondeur? À chacun ses secrets, hein Robert?

Je compose mon numéro pendant que Robert, le visage rouge comme un piment mexicain, tente de se cacher derrière ce qui reste de son morceau de pizza. D'abord Charles qui m'invite à venir fêter aux Beaux-Esprits sa bourse pour «Paaaaris!». Biptour de ma mère: «J'aimerais tellement ça t'avoir avec moi sur le bateau de Dave.» Un autre bip! suivi de la voix chevrotante de madame Cloutier qui me demande de bien vouloir la rappeler, c'est au sujet de Maurice...

Je raccroche, songeur.

— Des mauvaises nouvelles?

— Je sais pas. Madame Cloutier avait l'air bizarre au téléphone. Elle veut me parler de mon ami Maurice. J'aime pas ça!

— Ça doit être grave! Tu sais comment il est! Est-ce que je t'ai dit qu'on l'avait mis à la porte l'autre soir?

— Non.

Il entame une description détaillée de la dernière visite de Maurice au Saint-Sulpice. Il a commandé plusieurs bières et cognacs en voulant mettre la note finale sur mon compte. En plus il était très éméché et très agressif. Il a jeté ses mégots dans les verres des autres. Il a même fracassé son verre ballon sur le mur... Ronnie a dû le mettre dehors.

Je prends sa défense en parlant de ses graves problèmes de comportement quand il boit. En temps ordinaire c'est un être exquis, brillant, voire génial. Et drôle à part ça. Je lui raconte comment, à l'université, il roulait ses joints dans du papier rose pâle, vert lime, ou jaune citron, toujours garnis au bout d'un filtre doré ou argenté, et il faisait des exposés incroyables sur Proust ou Nelligan. Même les profs en avaient le souffle coupé.

— Maurice a l'âme d'un dandy! Il veut être la réincarnation du Comte de Montesquiou. Le baron Charlus est son personnage favori.

— Tu crois en la réincarnation toi?

— Non, enfin pas vraiment. Mais j'aimerais ça y croire!

Le silence revient, chargé de la déchéance de Maurice. Je suis bouleversé. J'ai essayé de lui payer des cures de désintoxication, de lui faire du chantage genre «je veux plus te revoir», peine perdue. Maurice continue sa descente vers ses enfers... tout ça parce qu'il déteste son père pour tuer! Et il idolâtre sa mère, ancienne dame de compagnie dans une famille anglaise de Westmount, «qui s'est fait avoir par ce maudit-là!». Tout ça va mal se terminer, je le sens. Robert, nerveux tout à coup, sort ses théories de psychologue. Elles ne m'apprennent rien.

— Maintenant prépare-toi à faire une folle virée. Ça va te changer les idées.

— Ah non! pas encore tes gogo-boys!

Il m'incite à préparer d'autres lignes avant de descendre et dire bonsoir à Ronnie. Après nous filerons vers le *Campus* où se trémoussent les plus beaux corps en ville. Mon inquiétude au sujet de Maurice se faufile comme un serpent noir entre mes pensées maussades. Elles font des ronds tristes dans l'air. Des ronds de gouttes de pluie. Je quitte la fenêtre. Je regardais les taxis, ces mantras urbains, répondre anonymes aux désirs. Nous descendons au rez-de-chaussée, flûte de champagne à la main. L'endroit est redevenu plus tranquille. Ronnie fait comme à l'accoutumée son grand sourire de requin d'eau douce. Du bout des lèvres je lui esquisse un baiser. Dommage que je ne me souvienne pas de mes vies antérieures. Robert se fait happer par un serveur.

– Et comment ça va mon homme, still champagne?

– Of course Ronnie, what else?

– La vie est *beau* pour toi.

– Je me rendrais pas nécessairement jusque-là.

– Et... Anna va venir?

– Non! je te l'ai dit tantôt. Elle ne viendra pas, Ronnie.

– Qu'est-ce qu'il fait?

– Je sais pas. Tout ce que je sais, c'est que j'ai rendez-vous chez elle demain pour luncher. That's all!

– Chanceuse!

– Écoute Ronnie, j'ai peur que tu te fasses du mal.

Le mâle offusqué se redresse. Ses yeux bleus de dieu irrité me fascinent... Les dents serrées il marmonne:

– Je l'aime moé, c'est toutte!

– C'est déjà pas mal. Seulement dans ce cas-ci, c'est trop!

Je l'ai vexé. Il fouille dans ses cassettes et met Chris Isaak. La voix doucereuse de l'ancien boxeur à laquelle il serait risqué de se fier hante la place. Wicked games.

— On y va?

— *Alea jacta est!* dis-je à mon tour à Robert, impatient. À minuit au plus tard, je file retrouver Charles aux *Beaux-Esprits*. T'es averti, là!

Je salue Ronnie. Il marmonne quelque chose d'incompréhensible. Ai-je bien entendu: «Fuck you all!»? Nous affrontons l'air glacial. Après avoir reboutonné ma chemise je redresse le col de mon manteau trop léger. Il y a de l'hiver dans l'air. Il pourrait neiger n'importe quand. Une foule sort du théâtre *Saint-Denis*. Pour l'éviter, nous traversons en diagonale la rue. C'est la cohue autour d'une file de taxis. Voilà à peine quelques minutes, ils étaient condamnés à attendre que l'éternité finisse. Nous prenons le boulevard de Maisonneuve pour piquer à travers un terrain vacant. La ville a le projet d'en faire un beau parc, dit-on. Arrivés à la rue Sainte-Catherine nous allons vers l'est. De plus en plus de gars se promènent.

— Hé que tu pognes, mon Julian!

— Robert, écrase!

Nous passons devant un cinéma porno gay. Sans doute qu'en ce moment ça suce et ça se masturbe à qui mieux mieux dans les fauteuils, ou les toilettes, tandis qu'à New York derrière l'écran des corps affamés font des ombres chinoises érotiques sur les murs délavés de la caverne de Platon.

— T'es ben agressif!

— Moi agressif? Je veux juste qu'on me fiche la paix!

– T'es tellement star!

– Niaise-moi pas!

Robert comprend à mon timbre de voix que je suis «dead serious»! Au *Campus,* nous montons directement au deuxième, l'antre des fameux gogo-boys si chers à Robert. Il abandonne en vitesse son manteau au vestiaire. Un portier prétentieux nous ouvre une porte capitonnée. Je marche vite vers le fond du bar. Robert me suit de près. Trop excité sans doute, il s'enfarge pour s'étendre de tout son long sur un tapis qui aurait dû être lavé depuis des lustres, et qui avale en un temps record sa lentille cornéenne droite. Gêné, il ne la cherche pas longtemps. Les yeux de certains clients ont délaissé un instant le gogo-boy pour nous regarder, et reviennent à leur poste d'observation. Ils détaillent un jeune homme lustré qui joue avec un cache-sexe. Finalement il le détache et le lance dans la salle à un gros huileux aux cheveux teints roux qui s'en empare pour se le mettre, comblé, sur le nez. Le danseur n'a gardé que ses bottes. Il se tortille en se retournant et de ses mains écarte ses fesses. Son long sexe se replie en un savant u-turn. Sur un des murs sont projetés des films pornos. Robert commande à un beau serveur quasiment tout nu une Veuve Clicquot. Quand le jeune dieu revient et dépose le seau à champagne, les regards de nouveau se braquent sur nous. Je devine ce qu'ils doivent penser: le chauve et son gigolo. Robert s'est déjà penché à l'oreille du serveur et bientôt deux danseurs se pointent. Chacun se positionne sur un tabouret. Ils commencent lentement à se déshabiller tout en se contorsionnant à la façon des anguilles. Je suis mal à l'aise. J'aimerais me voir ailleurs. Qu'est-ce que ça donne de voir ces beaux corps si on ne peut les toucher? Ça m'enrage plus que ça m'excite. L'un des danseurs est un grand Noir musclé et sa peau d'asphalte mouillée lance des éclairs sombres sous l'éclairage discret. L'autre, beaucoup plus petit, le genre à Robert, danse tout contre ce dernier qui en salive déjà. Le Noir rôde autour de moi, remonte et redescend et remonte sur son tabouret en mimant mille poses affriolantes. Il est magnifique. Frustré de ne pouvoir promener mes mains comme je l'aimerais, j'essaie tant bien que mal de regarder ailleurs, soit vers le danseur de Robert, ou carrément dans le vide. Mais le Noir a entrepris de masser son sexe qui gonfle et devient énorme... et il me le brandit avec assurance au visage! Les danseurs n'ont pas le droit de bander mais celui-ci oublie outrageusement la consigne et secoue son sexe près de mon épaule, mon cou! Robert s'est aperçu du manège et en se penchant, subtil comme un char d'assaut, me crie à travers les décibels:

— C'est une invitation qu'on ne peut refuser!

— Étouffe Robert!

— C'est l'obélisque du pharaon ça!

Je ne sais plus quoi faire. Je me sens ridicule. J'ai hâte que la musique change et que l'autre s'en aille. Le Noir a mis ses mains sur mes épaules et écarte ses cuisses miroitantes sur un sexe olympique. Il va même jusqu'à se coucher sur le plancher entre mes jambes et, de sa langue titanesque, mime une fellation en rose des plus efficaces.

— Dommage qu'on ne puisse palper la marchandise hein! rajoute Robert, toujours prêt à courir deux lièvres à la fois.

Pris d'un fou rire, je ferme les yeux mais mes épaules qui se trémoussent me trahissent. Déboussolé, le danseur ne sait plus quoi inventer. Comme quoi le rire est un coup de poignard dans le faux sérieux de la mécanique de cet érotisme. Le grand nègre se ressaisit. Il reprend en main son corps superbe et éclaire son visage d'un sourire resplendissant. Il remonte sur le tabouret et lentement il remet en place son cache-sexe de faux léopard gonflé à bloc et laisse nonchalamment dépasser une coupole si violacée qu'on peut craindre l'explosion. Il saisit sa verge de la main gauche, et portant la main droite à sa bouche, il en humecte langoureusement un doigt, puis deux. Il les fait glisser ensuite le long de son membre avant de s'en servir pour polir délicatement le gland gigantesque. Je sens mon sexe s'affoler dans mon pantalon de cuir. J'aimerais m'emparer de ce corps sculptural. Pourtant je sais que les règles du jeu ne permettent pas aux clients de s'emparer de la «marchandise», si belle soit-elle, alors à défaut de... je saisis la coupe de champagne. Elle tremble dans ma main. Le Noir de nouveau essaie d'enfouir son sexe démesuré dans son mini-slip qui chapeaute de son bibi inutile ses puissantes cuisses. Que cette danse érotique finisse! Je surprends Robert en train de parler à l'oreille de son jeune danseur. Qu'est-il encore en train de mijoter celui-là? Je le secoue par le bras.

– Je t'en supplie, oublie-moi dans tes combines, O.K.? Je veux rien savoir!

Il fait signe qu'il a compris. Dieu merci la musique finit! Alors une voix désagréable de m.c. emplit la place. On présente la prochaine merveille:

– Pour vous messieurs, Mahogany!

Le Noir s'avance sous les feux de la rampe en essayant de coincer son membre dans son cache-sexe. Je soupire de soulagement.

– Eh ben! Tu peux dire que tu lui as fait de l'effet! C'est une pure merveille ce type-là! As-tu vu?

– Je suis pas aveugle!

– Aïe! Il me manque un verre de contact et j'ai rien manqué!

– Robert, qu'est-ce que tu veux que j'en fasse de ce beau grand corps à faire bander un pape?

– Mais tout! Tu voix bien qu'il ne demande que ça? Sinon ce sont ces petits vieux débiles qui l'attendent.

– Ben ç'est ça, qu'il y aille!

– T'es trop romantique.

– Dis que je suis scrupuleux tant qu'à y être!

– Je te comprends pas!

– C'est pourtant clair. Ce beau corps appartient à tout le monde, et encore moins à son propriétaire. Alors ça me tente pas! That's all!

– Comme tu veux! Moi, j'ai mes plans.

– Avec ce petit danseur bouclé comme un mouton?

– Et monté comme un petit étalon.

Sur la scène «Mahogany» a repris ses contorsions. À son instar, un peu partout dans la place, sur des tabourets s'installent des corps alléchants. Ils déposent leurs phantasmes à portée des yeux voyeurs qui jutent et qui, moyennant un peu d'argent, filment la star érotique. C'est la caravane des visions, le supplice de Tantale. Et dansent les anges de l'Apocalypse dans la ville insouciante en agitant leurs queues lianes comme des drapeaux de solitude. «Go go to hell» chantonne leur chœur aphrodisiaque.

– Messieurs, une bonne petite main d'applaudissements pour encourager Mahogany! dit l'animateur de sa voix exécrable.

Je n'en peux plus. Je cale mon champagne. Je veux m'en aller, fuir cette liturgie, ce culte du dieu Phallus. Qu'est-ce qui me retient sur ma chaise? J'aimerais qu'une bonne fée ou qu'un puissant sorcier me prenne et m'amène ailleurs. Mahogany continue d'exécuter des pirouettes qui font ballotter sa trompe dans tous les sens.

– Où peut-on aller pour être bien? avait toujours marmonné mon grand-père ravagé par cette question, mort d'un cancer au cerveau.

Je le revois, épave au fond d'un lit puant le camphre, les mains attachées pour qu'il ne gratte plus au sang son crâne chauve, plein de gales, sous lesquelles sans relâche s'active une puissante chambre de torture. Sa bouche édentée fait peur et hurle à la mort. Je ferme les yeux pour ne plus voir dans le bar onduler les fleurs lascives. Robert a fait revenir son même danseur. Cette fois, je vais bouger.

– Robert, je pars. Tu ne m'en voudras pas, O.K? Tu sais que j'ai rendez-vous avec Charles aux *Beaux-Esprits*. Tu t'en souviens? De toute façon t'es assez grand pour te débrouiller tout seul à ce que je sache hein?

– Moi, je vais rester encore un peu! dit-il l'air taquin.

– Oui, t'as l'air bien parti pour ça!

Hypnotisé par le jeune danseur, il me fait bye-bye de la main pendant que je retraverse le bar en star intouchable. Je descends l'escalier en vitesse et m'engouffre dans un taxi.

75

— Les *Beaux-Esprits*! Sur Saint-Denis, juste en bas de Sherbrooke.

— L'hiver s'en vient!

— Eh oui, on ne peut y échapper.

— À moins d'aller dans le Sud! Mais pour ça, il faut des sous.

Fatigué tout à coup, j'acquiesce. Le chauffeur, un homme «ordinaire» dans la quarantaine, coiffé d'une casquette à carreaux, s'étant aperçu que je ne suis pas bavard, n'insiste pas. La lune est petite comme une balle de ping-pong. Je me revois l'an passé en Égypte, à pareille date. Cette randonnée folle avec deux Américains, un soir de pleine lune, sur le toit de la pyramide de Kheops. On l'avait escaladée après avoir soudoyé les gardiens. Là-haut, nous avions fumé du haschisch et nous nous étions allongés pour admirer toute la nuit une lune immense, tellement proche qu'elle ne semblait exister que pour nous. Ça avait été une nuit unique, faite de sortilèges, et je m'étais senti pour une rare fois en parfaite harmonie avec la planète. Je m'étais vu pharaon, entouré de merveilles, et j'avais dérivé sur la felouque de la nuit, m'étais fait bercer par le chant des étoiles, par les ondes de la pyramide. Jamais je n'avais été si près d'entendre la pulsation divine. Juché dans ce désert, je pouvais voir au loin les tentes allumées de Sahara City. Elles vacillaient comme des bougies sur un gâteau de fête. J'aurais aimé que cette nuit ne finisse jamais, car j'avais l'impression de comprendre intuitivement le jeu extraordinaire des planètes. J'en faisais partie. Mes sens aiguisés entendaient à la fois le bruit infernal du Caire et le chant harmonieux des sphères célestes. Comme un papillon sorti de sa chrysalide sur la pyramide, j'avais éclos, et mon âme, comment l'appeler autrement? avait ouvert ses ailes. Je contemplais ce processus qui m'avait transformé en ange ainsi que mes deux compagnons. Jamais le ciel ne m'avait paru si près. Si splendidement vrai.

Une larme se pointe à l'orée de mon œil. Je la laisse se gonfler, dévaler le long de ma joue jusqu'au coin des commissures. Je l'avale d'un coup de langue. Son goût salé me rappelle que je suis sorti de la mer voilà des millions d'années. Il serait peut-être temps d'y retourner. Le fleuve n'est pas loin, et c'est connu : tous les fleuves vont à la mer. Une grande fatigue m'abat. Je voudrais que ce taxi roule jusqu'à l'aube pour contrer cette immense tristesse. Si seulement je pouvais me moquer de moi-même en me traitant de pauvre romantique attardé, mais je n'en ai pas la force. Je dérive, trimballé par le taxi. Ça doit être le down de la coke. Seulement je suis loin d'en être convaincu. Qu'est-ce que je vais faire de ma vie ? Mais qu'est-ce que je vais en faire ? Crisse !

— L'ange doit être purifié par la tristesse.

L'«ange» fait le saut ! Est-ce le chauffeur qui vient de parler ainsi ? Je le regarde. L'autre hoche la tête.

— Oui mon ami, l'ange se doit de passer par la tristesse.

Je ne sais quoi répondre. Je suis ahuri. Ce type «ordinaire»... un messager céleste ? J'hallucine ! Le chauffeur dans le miroir imprime son sourire énigmatique. Je me sens tomber dans une autre dimension. Montréal n'est plus qu'un nom. En proie au vertige, je tiens solidement de ma main droite la poignée chromée du taxi, comme un gage de réalité. Le monde vient tout à coup de s'ouvrir. Abasourdi, je n'ai même pas le temps d'avoir peur. Mais c'est qui ce chauffeur-là ? Ma curiosité prend le dessus. Comment ce type a-t-il pu à ce point avoir visé juste ?

— Pourquoi avez-vous dit ça?

— À quoi est-ce que ça vous avancerait de savoir pourquoi? L'important est que je vous l'ai dit. Et que ça ne vous étonne pas vraiment. C'est tout. Oubliez pourquoi et méditez sur cette phrase. Quand je vous ai vu entrer comme un ange souillé, j'ai compris votre désarroi. Vous n'êtes pas le seul. Mais je vous le répète, il vous faut passer par la tristesse. Les humains qui ne sont pas tristes s'illusionnent. Vous voyez le monde tel qu'il est mon bel ami, et y a-t-il un calvaire plus pénible? Pourtant vous avez raison d'espérer un monde meilleur, car il existe vous savez. Je ne suis pas un fanatique religieux, je ne suis pas un sage vaguement fou qui philosophe, je ne fais pas partie d'une secte. Non à tout ça. Je vous rappelle simplement que le monde est terrible, et que la larme qui a coulé sur votre joue est aussi une perle que produit notre corps pour nous dire que nous sommes faits d'étoiles, nous aussi, et que nous aspirons à y retourner, et que nous y retournerons. L'homme est un ange qui a chuté et qui doit souffrir pour remonter là-haut. Ce n'est pas moi qui le dis, c'est écrit dans toutes les religions. Voyez-vous, l'humain est le démon fait homme, avec toutes ses contradictions. Seulement ce démon-là, contrairement aux autres, a accepté de se repentir, c'est sa seconde chance vous comprenez? C'est pour ça que ses anciens compagnons d'enfer s'acharnent sur lui. Mais les anges qui sont restés en parfaite harmonie avec Dieu, ces anges-là l'aident à traverser cette vallée de larmes à laquelle vous venez à l'instant même d'en ajouter une! Toute contribution vous rapproche de Dieu, vous ramène au paradis que vous avez perdu. Le paradis terrestre a existé, comme le ciel existe, ou l'enfer, hélas! Gardez courage, les anges vous protègent puisque vous avez accepté d'en redevenir un!

Après un bref moment de silence, il rajoute:

– Et croyez-moi, vous ferez un très bel archange!

Son sourire répand dans le taxi une si douce chaleur, comme si la vie s'illuminait.

– Je sais pas quoi vous dire! Je...

– Ne dites rien et méditez. Confiez-vous à vous. Vous seul pouvez vraiment écouter la musique céleste qui vous habite. On a tous notre façon de l'entendre, différente et pourtant pareille, comme au concert.

– Vous êtes... spécial!

– Vous trouvez vraiment?

Il éclate d'un rire franc avant de reprendre ce sourire unique.

– Ne faites pas cette tête-là! Je ne suis qu'un chauffeur de taxi qui vous dit: voilà, vous êtes rendu mon ami! Voici les *Beaux-Esprits*, quel joli nom n'est-ce pas?

Comment fait-il pour conserver ce sourire à la fois insoutenable et fascinant? Je le paie généreusement avant de me retrouver éberlué sur le trottoir. Le messager céleste descend la côte glacée de la rue Saint-Denis et, en tournant la rue Ontario, fait disparaître sa ferraille grisâtre. Très nouvel âge celui-là. Mais l'ironie n'arrange rien. Je reste saisi. Eh ben! Je vais commencer à croire aux anges gardiens astheure! S'il fallait que je raconte ça aux autres, je passerais pour un fou! So what? Je monte les quelques marches recouvertes d'un vilain tapis brun, sale et déchiré. Je m'arrête pour pencher ma tête vers le sol et l'agiter en passant mes mains dans les cheveux. Je la redresse d'un coup sec, la secoue cette fois vers l'arrière avant de la ramener en position normale, tandis que ma crinière retombe mollement sur mes épaules en un Niagara ténébreux. Satisfait, j'ouvre grande la porte.

Ce qui frappe d'abord quand on pénètre dans Les *Beaux-Esprits*, c'est l'éclairage. Sur des comptoirs de chêne, cernés de tabourets installés le long des murs, ou au milieu de la place, en parallèle au bar, et sur des tables basses, des lampions rougeâtres flageolent près de larges fauteuils, anciens mais confortables, trouvés au hasard des excursions chez les brocanteurs. Ils occupent tout l'espace mis entre parenthèses par une façade trouée de deux hautes fenêtres. Au milieu du bar, une porte-fenêtre mène à une mini-terrasse, encadrée de murs de béton, toujours vide. Devant cette mini-terrasse «qui n'a jamais marché», quatre lampes à suspension d'un vert bouteille flottent au-dessus de l'imposant bar en bois. Quelques clients, dont Charles, y sont installés. Sur les murs d'un rouge sombre, Bernard, un des barmen, a peint des scènes de l'Égypte ancienne.

– Mon Dieu, Julian, te voilà! s'exclame Françoise.

D'un bloc, à part Charles, les quelques clients du bar se sont retournés. Denis, le barman attitré de la semaine, affiche un sourire large comme la place Tian'anmen. Il me prépare déjà un rhum et coke.

– Julian, Julian, que je suis heureuse de te voir mon beau Julian!

Sur un air de java, calvados à la main, Françoise-la-patronne s'avance et m'étreint fougueusement en m'embrassant sur les deux joues.

– Je suis tellement soulagée que tu sois arrivé!

Elle me chuchote que Charles n'est pas bien du tout. Qu'elle ne l'a jamais vu de même. Jamais!

– Il y a que toi au monde pour le raisonner.

– Comment ça?

– Sais pas! Il est complètement saoul, et tout ce qu'il trouve à dire c'est que tout est d'la marde!

– Hein! Oh boy! Oh boy!

Devant une des fenêtres, la pleine lune pend comme un fruit défendu. Un couple d'amoureux se bécote, installés sur un vieux divan. Françoise, moulée dans son éternelle robe noire, m'entraîne vers le bar. Ses cheveux brun foncé déferlent en larges vagues sur ses épaules. Elle me montre Charles et lève les yeux au ciel.

– Maître Julian va bien? me demande amicalement Denis.

Il m'avance un verre orné à profusion de tranches d'orange. Il n'y a jamais eu de limettes aux *Beaux-Esprits*.

– Pas pire. Et toi, ô grand alchimiste?

– Mieux que le grand poète.

D'un air contrit il me désigne Charles qui fait mine de m'ignorer.

– Merci Denis. Je crois qu'un bon rhum et coke ne peut pas faire de tort à personne.

– Et moi Denis, un calva. Ce soir, c'est la pleine lune et ça m'excite!

– À vos ordres, madame!

Il s'incline respectueusement devant Françoise et il lui fait un baisemain.

– Grand fou! Arrête donc!

Je m'approche de Charles et lui tape amicalement l'épaule.

– Toc toc toc! Hello! Êtes-vous mort? Coudonc, y a-tu quelqu'un là-dedans?

Charles reste imperturbable.

– Bonsoir Charles, tu salues pas ton vieux chum? C'est moi, Julian! You hou!

Péniblement, il redresse la tête, les yeux cachés dans sa tignasse blonde, et marmonne d'une voix pâteuse:

– Si c'est pas le beau grand ténébreux! Le Survenant des ruelles de Montréal. Le revenant du parc Lafontaine lui-même en personne! Eh ben! Ah pis d'la marde!

– Ben voyons, Charles, qu'est-ce qui te prend?

Charles, grand et costaud, me toise de ses yeux dont le bleu menace à tout moment de sombrer dans une sclérotique érubescente. Comme s'il venait d'appuyer sur un détonateur il ouvre les écluses d'une immense fosse septique où le mot «marde» fait des remous. J'en reste estomaqué. Sa conversation, d'habitude brillante, n'est plus qu'un magma de mots. Ses yeux de poisson mort. Je regarde Françoise comme un appel au secours. Cette dernière me fait un air qui veut dire: «Tu vois bien que j'ai pas exagéré!» Je suis débouté. J'essaie de comprendre. Je me retourne vers Charles mais peine perdue, ce dernier est enfoui dans son délire. Je prends une bonne gorgée de rhum et coke. Je ne sais plus quoi dire, quoi faire. Françoise, les yeux au ciel comme la vierge de Lourdes, glisse sa main autour de ma taille.

– Viens danser, mon beau. Il y a juste avec toi que je peux danser la java!

Et tout en m'entraînant entre les fauteuils, elle entonne d'une voix de cendrier:

C'est la java bleue
La java la plus belle
Celle qui ensorcelle
Celle que l'on danse les yeux dans les yeux
C'est la java bleue

– La java de marde! pousse Charles.

Tout le monde s'esclaffe. Françoise s'arrête pour tirer de sa manche un mouchoir de batiste avec lequel elle essuie ses yeux parce qu'elle rit trop. Moi j'hésite, mi-rieur mi-triste, à côté des amoureux partis pour leur planète, frénétiquement enlacés sur le sofa.

– Les chanceux! dit Françoise.

Elle me tire vers le zinc et s'installe à sa place habituelle, tout à fait au bout. Là, une partie du comptoir est amovible et permet ainsi au barman d'aller servir les clients quand il n'y a pas de garçon sur le plancher. Françoise n'a que des serveurs masculins.

– C'est ma gang de chums! Mon harem! Pis pas de filles pour venir mettre du trouble!

Chaque fois qu'elle dit ça, je pense à mes amies féministes et je me demande comment elles prendraient cette remarque. D'autant plus que toutes admirent Françoise qui s'est hasardée à acheter un bar rue Saint-Denis, et surtout qui mène sa barque toute seule.

Elle me désigne un tabouret pour que je m'installe près d'elle. Charles égrène sa litanie scatologique. Mais à quel démon est-il donc en proie? Charles réussit à prononcer un autre mot, le mot «scotch»!

Denis se demande s'il doit lui en donner un autre, alors, en quête d'une réponse, il regarde Françoise qui me regarde regarder Charles.

– Why not? De toute façon, il est trop tard!

Comme s'il venait de m'apercevoir pour la première fois, il me dit:

– Merci, Julian. Aïe! sais-tu pourquoi je bois du scotch?

– Non, mon cher Charles, mais je sens que je vais le savoir! Pis j'suis pas sûr que ça me tente de le savoir! Question de couleur hein? Laisse tomber veux-tu!

Denis me glisse un nouveau rhum et coke, encore plus décoré de tranches d'oranges qui coiffent, ironiques, une mer de pétrole. La porte du bar s'ouvre bruyamment. Une dizaine de personnes s'engouffrent en riant très fort. Elles s'installent dans les fauteuils du fond. Françoise et moi, nous nous levons pour laisser passer Denis, plateau à la main, torchon blanc en bandoulière. Un imitateur célèbre survient et va rejoindre le groupe.

– C'est Guy Lalonde!

– Tu tiens un bar de stars, ma chérie!

– Y a l'air mieux à la télé.

Elle change la musique. Elle met une cassette que je lui avais donnée pour son anniversaire l'an passé, une anthologie de chanteuses de jazz. Ah! la voix cristalline d'Ella Fitzgerald! Françoise et moi, nous nous racontons les derniers développements de l'histoire de notre vie. Pas grand-chose. Charles sur son banc reste tranquille, les yeux perdus dans la brume dorée de son alcool. Après quelques minutes, je décide d'aller le voir. J'essaie de lui parler, de le faire sortir de cette torpeur. Rien n'y fait. Charles, complètement hébété, est une véritable catastrophe. Il vaudrait mieux le ramener chez lui. Ça ne sera pas facile sans sa collaboration. Or il ne veut rien savoir. Je me choque, le supplie... de guerre lasse je reviens m'asseoir à côté de Françoise.

– Je suis découragé! Il est vraiment incroyable ce soir! Comme si son cerveau avait capoté. C'est embêtant, Françoise! Je sais plus quoi faire. Pourtant il était si content de m'annoncer qu'il avait le studio du Québec à Paris!

– Y a dû se passer quelque chose pourtant!

– Oui sans doute! Mais y a pas moyen de rien savoir. C'est déprimant en maudit!

– Il va revenir à lui. Pour l'instant y a rien à faire. Il est correct, là, il bouge même pas!

Là-dessus, un bruit épouvantable nous fait sursauter, comme si un arbre s'était abattu dans le bar. Charles vient de s'étendre de tout son long. Je me précipite vers lui.

– Charles! Charles! Es-tu correct?

– Ah, mon Dieu! gémit Françoise.

Les autres clients se sont arrêtés de parler et regardent la scène avec curiosité et désapprobation. J'essaie de relever Charles. Denis vient enfin me secourir. Charles, les cheveux hirsutes, récite:

– Chus tombé dans marde! Tombé dans marde! Dans marde!

On réussit à le caler dans un fauteuil. La tête penchée, il s'endort tel un bébé géant. Ses cheveux ont la décence de lui faire un rideau sur son visage. Je demande un double rhum et coke.

– Ça va aller. Laissons-le cuver son alcool jusqu'à la fermeture. Après tu le ramèneras à la maison. Il ira mieux à ce moment-là. T'as beau être costaud, tu peux quand même pas le mettre dans un taxi arrangé de même! On va attendre un peu. On va le laisser là tranquille, y dérangera plus!

– J'espère ben! Pourvu qui ronfle pas!

– Fais-moi pas peur!

– Je niaise, Françoise! O.K. on va le laisser là pour un petit bout de temps.

– Oui oui, y est en sécurité ici.

– C'est ça: on va être ses anges gardiens!

Et on regarde Charles échoué dans son fauteuil. Sarah Vaughan chante «Lover Man Where Can You Be». Un peu rassurés, on retourne à notre conversation. Elle raconte le dernier film qu'elle a vu. On ne l'a pas entendu venir mais une voix chaude, et surtout sûre d'elle tant elle est posée, demande à Françoise si tout va bien. C'est le célèbre imitateur. D'un œil critique, elle le dévisage sans pudeur, visiblement agacée.

– Je vous demandais si tout allait bien? insiste-t-il d'un air amusé.

– Tout va très bien merci. Si j'ai besoin d'aide, j'ai tout mon monde!

Françoise scrute agressivement cette figure qui traîne partout au petit écran. Un homme encore beau et qui le sait, un peu trop. Elle va le réduire en charpie s'il insiste. Je la connais. Surtout qu'elle a pris quelques calvados, alors qu'elle boit du Perrier d'ordinaire. Ça doit être à cause de Charles. Mais l'imitateur qui n'est pas habitué à se faire ainsi rabrouer plaque ses yeux d'un bleu mobile dans ceux dorés de Françoise qui ne baissent nullement pavillon. C'est un combat muet entre ces deux-là soudainement mis face à face. L'imitateur ne tient nullement compte de moi. Au bout de quelques secondes, gêné par ce duel, je me détourne et préfère observer Denis en train de s'affairer à préparer des drinks. À intervalles réguliers je jette des regards vers Charles. Tout semble tranquille de ce côté-là.

— Permettez-moi de me présenter, mademoiselle? Je m'appelle Guy Lalonde.

— Je sais! dit-elle sèchement.

Je trouve qu'elle exagère un brin. Guy Lalonde, lui, fait mine de rien. S'il a délaissé son groupe, ça doit être qu'il s'ennuyait. Avec Françoise il a de maudites bonnes chances d'en avoir pour son argent! C'est elle qui mène le show maintenant. Ça doit lui faire changement. J'esquisse un sourire de connivence vers Françoise.

— Et vous vous appelez, charmante demoiselle?

— Françoise, dit-elle à contrecœur.

Elle écarte ses lèvres sur une série de dents étincelantes et dit mielleusement:

— Et je vous présente mon ami, mon beau, mon tendre, mon merveilleux Julian!

L'imitateur se retourne et fait mine de m'apercevoir pour la première fois. Il crache d'une voix qui imite celle d'un politicien connu:

– Ah ben si ça parle au yâble, c'est Julian! Eh ben! eh ben! Julian-ne? Tu parles d'un prénom! Envoye qu'on se serre la pince! et secouant mon bras il l'agite comme s'il s'agissait d'une branche morte.

Je me laisse malmener sous le regard sévère de Françoise. L'imitateur insiste et continue son petit numéro. Ne sachant plus quoi faire, nerveusement je me mets à rire. Françoise aussi. La glace est rompue. Maintenant le chemin est libre pour le célèbre artiste de variétés. Françoise aussi devine ce qui se passe et, furieuse de s'être laissée prendre à si bon compte, boit une grande lampée de calvados.

– Barman! Une tournée pour nous trois! clame-t-il d'une voix triomphante.

Libéré, je vais vers Charles. Il roupille. Un peu de bave coule de ses commissures. Des mèches de cheveux lui collent au visage. Je m'empresse de les rejeter derrière ses oreilles. Le groupe du fond a l'air de s'amuser ferme car ça crie et ça hurle. Le couple d'amoureux se lève et s'en va, amenant leur paradis comme une radio portative d'où sortirait une musique céleste. Soulagé d'être seul avec Charles, car je ne tolérerais pas qu'on juge mon ami, j'essaie de comprendre ce qui a pu se passer. Subit-il cette bonne nouvelle comme un choc postopératoire? Je retourne au bar prendre mon verre et fais un clin d'œil à Françoise en train de se faire carrément chanter la pomme et l'arbre au complet. Je reviens m'installer près de Charles. J'écoute Tammy Grimes raconter de sa voix enfumée: «Miss Otis regrets, she's unable to lunch today, madam!» Un réverbère, sfumato vacillant, continue de hanter les fenêtres. On peut voir exceptionnellement la lune ce soir tant elle est brillante. Je me cale dans un fauteuil défraîchi et douillet. Je me laisse aller, faiblement éclairé par le ventriloque vaporeux qui continue d'insister sur le trottoir. L'effet de la cocaïne s'estompe. Un immense bien-être m'envahit, comme si mon corps et mon âme se sentaient tout à coup soulagés. Mais de quoi? Aux fenêtres se superpose celle de ma chambre d'enfant à Valleyfield, 4 rue Tully, alors que couché j'observais un autre lampadaire diriger le trafic de la poudrerie tel un phare à fantômes. Même pas trente ans et cette enfance aussi loin qu'une vie antérieure. Je n'y crois pas aux vies antérieures. Que je me dis! Et tel un paquebot enneigé qui disparaît dans un horizon tourmenté, j'assiste dans la pleine maturité de ma jeunesse au naufrage de mon enfance, comme s'il ne s'agissait pas de la mienne. Insomniaque déjà, cette lancinante question me torturait : qu'est-ce que je vais faire de ma vie? Et ce soir, toujours aussi insomniaque, je reformule comme un avant-goût de reddition ma sempiternelle question : qu'est-ce que je pourrais bien faire de ma vie?

Je reste là à regarder bêtement le spectacle de la rue. Quelques passants aux ombres couleur d'obsidienne se dépêchent. Faut dire que le froid, comme la mort, les talonne. Charles maugrée un poème qui l'ensorcelle : *La Romance du vin*. Petit à petit, la voix, d'abord gutturale, s'éclaircit comme ces après-midi d'été après l'orage. Le son, de plus en plus ferme, précis, monte dans le bar. Guy Lalonde et Françoise arrêtent leur conversation. Elle baisse la musique. Charles sur sa lancée bouge maintenant les bras et les projette devant lui. Comme en transe, il se lève et commence à déclamer, d'une voix forte et prenante, le poème du poète qu'on dit mort fou, comme on dit mort d'amour. Le silence s'est fait dans le bar. Charles est un grand prêtre qui balaie la place de ses bras devenus des ailes. Elles me rappellent les ailes de l'albatros de Baudelaire. Les mots tombent bien en place, bouleversant le monde autour. Quand les derniers vers arrivent,

> Lles cloches ont chanté; *le vent du soir odore...*
> *Et pendant que le vin ruisselle à joyeux flots,*
> *Je suis si gai, si gai, dans mon rire sonore,*
> *Oh! si gai, que j'ai peur d'éclater en sanglots!*
> *Il s'écroule en larmes dans un silence total.*

Puis une salve d'applaudissements et de bravos éclate. Ému, comme beaucoup d'autres, je laisse moi aussi les larmes m'envahir. J'ai retrouvé la beauté de mon ami. Il a donc raison: la poésie peut changer la vie! Hélas! Charles est retombé dans sa grande noirceur. Dépité je vais vers Françoise. L'humoriste, secoué par l'envolée lyrique de Charles, est parti voir sa gang. Françoise, encore sous le choc de la lecture, remonte le volume et gênée, comme si elle ne voulait pas trop montrer son émotion, m'apostrophe:

– T'aurais pu au moins rester! J'ai été prise avec un agrès pareil!

– T'exagères! Moi je le trouve pas si mal!

– Ben cruise-le!

– C'est pas pour moi! De toute manière, c'est pas mon type.

– Ah! vous autres les hommes! Tous pareils! Vous trouvez toujours ça drôle quand une fille se fait cruiser par un gars. Pis en plus, il vient jouer les matamores parce qu'il est une star de la télévision, alors monsieur se croit tout permis évidemment! Comme si j'étais une petite groupie!

– Écoute! je savais pas quoi faire. Je t'aurais pas laissée toute seule avec le grand loup, avoir su que t'étais sans défense, mais comme c'est pas le cas je présume...

Radoucie, elle se met à me raconter comment elle lui a rivé son clou «au chanteur de pommes sur son retour d'âge» qui insistait pour l'inviter dans sa suite *Aux Quatre Saisons*. Elle rajoute ne plus s'inquiéter pour Charles car il revient à la poésie.

– Comme il va avoir mal à la tête demain! Oye! Oye! Ça sera pas un cadeau!

– Je vais m'arranger pour qu'il prenne deux aspirines avant de se coucher, et des litres d'eau!

Denis revient avec un plateau rempli à pleine capacité de verres et de cendriers sales. Françoise, obligée de se lever, change la cassette pour celle de Nino Rota. Aussitôt les images de Fellini envahissent la place, tourbillonnent autour des figures égyptiennes. Et de drink en drink, la soirée s'achève. L'heure du last call approche. Ce soir, je pourrais boire jusqu'à l'aube sans devenir saoul. L'alcool, mystérieux comme Dieu. J'entasse les morceaux d'orange au fond du verre. Il n'y a pratiquement plus de place pour en mettre d'autres. Je me demande ce que Robert peut bien être en train de fabriquer, quoique je m'en doute! Il va me raconter tout ça demain.

Denis a commencé son dernier service. L'imitateur, qui croit le champ libre, en profite pour délaisser à nouveau sa bande de chums, et recommence son même manège. Françoise fait mine d'être occupée. Elle lui tourne carrément le dos. Guy Lalonde habitué à son fan-club n'en revient tout simplement pas. Il reste là, comme un grand adolescent ne sachant plus quoi faire. Penaud, il s'en retourne au fond du bar. Il est accueilli comme s'il n'était jamais parti.

– Y est fatigant! soupire-t-elle, très impératrice sur son tabouret.

– Il va revenir.

– Maudit que j'haïs ça du monde collant de même!

– C'est pas bon pour l'ego ça?

– T'es tellement romantique!

– Tu penses?

– Et comment? Mon pauvre Julian, quand vas-tu vieillir?

– Quand je serai tombé amoureux.

– C'est jamais arrivé?

– Non!

– En es-tu si sûr? De toute façon, veut veut pas ça va t'arriver!

Une grande nostalgie tout à coup me saisit. Prenant à témoin une gorgée de rhum et coke je me retourne carrément vers Françoise et la regarde fébrilement dans les yeux.

– Peut-être. Peut-être que si, une fois!

– Tu vois! dit-elle triomphante, et, tout excitée, elle me prend les mains. Dis-moi tout! Tu sais que tu peux me faire confiance!

– Mais je sais pas si c'est ça l'amour?

– Laisse faire je m'en charge! Physiquement, il avait l'air de quoi?

– Un grand brun aux cheveux frisés courts... magnifique! Mais surtout ses yeux, noirs, brillants, des yeux d'enfant triste comme...

– Comme?

– Comme une ville un jour de pluie.

– Arrête! Tu vas me faire brailler!

Je me mets à lui raconter mon aventure avec Donald. Durant quinze mois à des intervalles très peu réguliers nous nous somme vus, parfois dans des bars gays, et surtout aux petites heures du matin quand Donald, en manque, venait sonner chez moi. À chaque fois c'était la fin du monde. Nous baisions et rebaisions et rerebaisions. Une fois «la chose» finie en vitesse Donald repartait, honteux, voulant effacer au plus vite de sa mémoire ce que son corps venait de vivre. Car le but de Donald était, et reste d'ailleurs, de tomber en amour avec une fille, d'avoir des enfants et de vivre «une vie normale». Pas une vie de tapette! Il est terrorisé à l'idée d'être piégé avec un autre gars par son entourage, sa famille. J'avais beau lui dire que l'un n'empêche pas l'autre, Donald, têtu, s'en voulait et se faisait mille reproches en disant toujours «que c'est la dernière fois». J'ai tout fait pour essayer de minimiser son angoisse. J'ai même essayé l'humour! Par exemple, je lui ai répété la phrase de Woody Allen: «le privilège d'être bisexuel augmente les chances de pas être tout seul le samedi soir!»

Françoise éclate de rire. Charles sursaute, comme si cette voix le ramenait brutalement au réel. Les clients du fond s'en vont. Le célèbre imitateur revient faire ses adieux à Françoise. Elle lui rend un de ces sourires...! Chaque dent imite un poignard.

– Je vais revenir.

– Si vous pensez que je suis ici tous les soirs!

Il la regarde d'un air méchant, fait demi-tour et sort avec les autres. Les derniers clients finissent leur verre. Quand Denis arrête la musique c'est le signal: ils doivent partir. Vers trois heures trente ne restent plus que Denis, Françoise, Charles et moi.

Denis fait un dernier nettoyage. Il ramasse les verres et les bouteilles de bière, essuie les tables, nettoie les cendriers. Il lave les verres ramassés et les laisse sécher dans un égouttoir. Charles essaie à quelques reprises de lever la tête; elle retombe comme une pivoine après l'averse. Il cherche à garder les yeux ouverts. Entend-il les mouvements de Denis qui ferme à clef la porte d'entrée, qui met Diane Dufresne? Les mots que nous échangeons Françoise et moi coulent comme des roches dans l'eau trouble de son coma.

– Pis qu'est-ce qui s'est passé? demande Françoise qui veut tout savoir.

Je voudrais parler d'une voix neutre, mais je la sais marbrée de tristesse. Je lui raconte comment Donald a rencontré une fille en Floride. Et depuis nous ne nous sommes revus qu'une fois, par hasard en septembre, dans un restaurant de l'ouest de la ville où il travaille comme garçon de table. Là encore, tout en me servant le plus gentiment du monde, il m'a signifié qu'il ne voulait plus me revoir dans la place. Je l'ai regardé aller entre les tables, je me suis abreuvé une dernière fois de sa beauté, et je suis sorti en lui laissant une liasse de dollars que j'aurais aimé imprimés à son effigie.

– Y est ben bête.

– Mais non! Juste mélangé.

– Vous allez vous revoir j'en suis sûre!

– Je pense pas. C'est trop compliqué. Il l'aime cette fille-là, ou en tout cas il veut l'aimer. Même si je sais que ça ne marchera pas. De toute façon il veut rien entendre!

– Pourquoi tu dis ça?

– Parce qu'il est comme ça. Il veut mener une vie normale, et il est prêt à tout pour ça, quitte à se tuer pour se prouver qu'il en est capable. Les statistiques prouvent qu'il y en a des milliers comme lui. C'est plein de suicides de jeunes déguisés en accidents, et la cause en est souvent qu'ils ne veulent rien savoir de leur homosexualité. C'est un fardeau si lourd à porter! Alors voilà pour ma grande histoire d'amour! Des fois, j'aimerais sauter dans un taxi après avoir acheté un gun et aller le voir dans son resto de débiles et le tirer à bout portant, et me tuer après. Tu vois ça d'ici dans les journaux: jeune homme violent tue son ex-amant par dépit! De toute beauté! Chic hein?

Je plonge dans mon rhum et coke lourd de silence. Françoise caresse mon bras pendant que je cherche dans le fond du verre le visage aimé. Un autre ange passe de son aile goudronnée.

– De toute façon, c'est tellement difficile des histoires de gars!

– Pourquoi tu dis ça?

– Parce que c'est comme ça. Un gars avec un autre gars c'est compliqué. Ça joue rough.

– Tant que ça?

– Écoute Françoise, le monde est dur. Dur pour les femmes, encore plus dur pour les tapettes!

– T'exagères!

– Ah oui?

Vexé, les lèvres tremblantes, les yeux sans doute étincelants, je me penche vers Françoise et lui dis d'une voix frémissante de colère:

– Et tantôt? Hein Françoise? Tantôt? Le beau petit couple? Le beau petit couple d'amoureux? Tu les trouvais cutes? Hein? Ah! cutes à mort! Ah! c'est tellement beau de voir un gars et une fille qui s'embrassent! C'est le plus beau tableau du monde hein! Pense à la photo de Robert Doisneau qui apparaît partout sur la planète en poster! Mais si ça avait été un gars avec un autre gars? Hein? Aurais-tu encore trouvé ça beau? Hein? T'aurais crié au meurtre Françoise! Tu les aurais sacrés dehors! À porte! Ben raide! Comme des chiens!

– Voyons Julian!

Incapable de m'arrêter je hausse le ton:

– Dehors, Françoise! Dehors les moumounes! Et ça aurait pas traîné à part ça! Ah! tu les tolères, en autant qu'ils soient discrets hein? Si c'est comme ça ici, imagine-toi ailleurs? Hein? Penses-tu que ce serait mieux au *Ritz* calvaire! Non! Dans certains pays on les tue! Les gars qui aiment les gars sont obligés de se cacher pour se caresser. Pis c'est pour ça qu'ils ont trouvé toutes sortes de places pour le faire. Les bars gays, les parcs, les toilettes, les saunas, les coins noirs... y a rien à leur épreuve. Ni vu ni connu! Est-ce qu'ils ont le choix? T'imagines-tu qu'un gars peut se promener avec un autre en le tenant par le cou pis que ça va passer inaperçu? Hein Françoise? Penses-tu vraiment qu'un gars à Montréal peut ce soir se promener avec un autre, lui prendre la main, l'embrasser sans se faire traiter de maudite tapette par toute la ville! Un gars qui ose montrer qu'il aime un gars dans la rue c'est l'enfer assuré. Crisse de tabarnak! On va dire qu'il s'affiche! Qu'il... ah pis fuck!

– Voyons donc Julian!

– Y a pas de «voyons donc Julian!». C'est vrai, trop vrai ce que je dis! J'ai mon maudit voyage! Mon crisse de voyage! Pis Donald, inconsciemment, c'est de ça qu'il a peur, pis je peux pas le blâmer, parce qu'il a raison au fond! Il sent toute la cochonnerie qui entoure ces amours-là! Faut être inconscient, ou fou, ou vouloir jouer à l'exhibitionniste si tu te promènes dans la rue, main dans la main avec ton chum. Le monde vont t'écœurer à la planche!

– Mais Julian je...

– Tu les aurais crissés dehors parce que... parce que c'est pas un bar gay icitte, pis il y a des places pour eux autres, comme y a des pavillons pour les cancéreux, des endroits pour les sidéens, des prisons pour les criminels! Ah! je le sais que cette charmante planète est faite pour qu'un homme rencontre une femme, pis qu'y fassent des enfants. Ben oui! Seulement pourquoi est-ce qu'ils se choquent, pis ben plus, pourquoi est-ce qu'ils sont outrés, viscéralement dégoûtés, quand ils voient un gars embrasser un autre gars? Hein? Pourquoi? De quoi est-ce qu'ils ont peur? Ça peut pas les empêcher de faire des enfants? Veux-tu ben me dire en quoi je les dérange si je frenche mon chum au coin de Saint-Denis et Sainte-Catherine! Hein? C'est pas une maladie, encore moins contagieuse! Depuis des siècles que c'est de même! Des siècles, des millénaires crisse qu'on est piégés! Poursuivis!

Dénoncés! Maltraités, Françoise, tu comprends? On est ridiculisés tout le temps! Et dans un pays qui se dit le plus libre au monde, si tu te promènes dans la rue avec ton chum par le cou, t'es fait à l'os madame! Et pas à peu près! Pourquoi ça les dérange de même? De quoi est-ce qu'ils ont peur? Hein? Qu'est-ce que ça peut bien te faire à toi si j'embrasse férocement un gars? Hein? Que je frenche Donald icitte devant toi? Hein? Veux-tu ben me le dire!

– Je suis pas si pire que tu le dis!

– C'est même pas toi Françoise, c'est plus fort que toi. C'est comme instinctif, socialement parlant! Un gars a le droit d'aimer un autre gars dans sa chambre à coucher, mais pas ailleurs. C'est écrit dans la loi. Faut pas que le monde voit ça! Toute la société se met des œillères pour plus rien voir, ni rien entendre. Politically correct! Les tabarnak! Les aveugles sont des non-voyants, les sourds des malentendants, pis les tapettes ben... c'est des gays! Hon, si c'est pas cute ça! Y a rien de plus triste au fond qu'un gay! On doit les cacher par exemple. On les tolère en autant qu'ils ne s'affichent pas! Pis s'ils osent se montrer, tant pis pour eux autres! C'est à leurs risques et périls! Et vlang! Maudite tapette! Fuckin' queers! Un petit triangle rose tatoué avec ça pour incruster le message?

– Que c'est triste tout ça!

– D'ailleurs, quatre-vingts pour cent des fifs ne demanderaient pas mieux que d'être straight.

– Seigneur! Quel enfer!

– Mets-en Françoise! Mets-en! Parce que moi je suis là-dedans jusqu'à l'os de l'âme. Pis quand je me regarde dans un miroir social, c'est pas un beau gars en santé que je vois, c'est une maudite moumoune qui mérite juste de mourir empalée sur un cactus!

– Arrête pour l'amour!

– Ben quoi! C'est vrai Françoise! Le monde est tellement cheap! Alors on se fait des ghettos pour respirer un peu. Seulement à la longue c'est pire là-dedans. On manque vite d'oxygène, comme dans un garde-robe. D'ailleurs, l'expression «sortir du garde-robe», hein, c'est parce qu'on se met des robes? Maudit que le monde m'écœure!

– Calme-toi!

– C'est ça, je vais prendre un downer pis la vie va être belle à nouveau! Tu vois Françoise, hier j'y suis allé dans un bar gay, ben c'est pus des gars qui te jasent là, mais des marionnettes lobotomisées qui ont un cerveau atrophié avec une queue dedans! Pis comment faire autrement? Hein? Comment changer tout ça? Pourquoi qu'un gars n'aurait pas le droit d'en embrasser un autre dans le métro? Pourquoi? Qu'on me réponde sincèrement à cette question-là. Pourquoi?

– Maudit que c'est compliqué!

– Pas vraiment Françoise. Les gens sont bornés, pis y sont surtout terrifiés. Parce qu'un gars qui aime un autre gars ça les insécurise. C'est pas pour rien que ce sont les mâles qui s'énervent! Qui nous crachent dessus! Mais qui peuvent bander n'importe quand pour en enculer un par exemple... pour l'humilier! Ou se faire faire une pipe quand ils font semblant d'être paquetés... ça compte pas ça! Alors, c'est ça! Donald a peur de moi! Oh! pas lui! mais tout son être social me crie des injures quand on s'embrasse pis qu'on baise comme deux anges!

– C'est décourageant!

– Ben oui. Ah! pis fuck je suis fatigué! Un autre drink pis je pars! Pis tiens, je vais te donner un break Françoise, je vais aller voir mon ami Charles pour savoir ce qu'il lui arrive de bon dans son no man's land! Belle expression hein? No man's land! Et ceci était encore une belle page d'histoire des pays d'en bas! Et vive le sexe! And I'll drink to that! Excusez-la!

Je fais cul sec. Françoise se lève en vitesse pour m'en faire un autre. Ses mains tremblent. Denis, qui a assisté à la scène, les yeux pleins d'eau, se fait lui aussi un rhum et coke. La musique s'est arrêtée. Comme si elle ne s'en rendait pas compte, Françoise remet Diane Dufresne: «Secrétaire, infirmière, qu'est-ce que j'vas faire?» Je vais rejoindre Charles, toujours dans les limbes. Il se laisse faire quand je lui passe la main dans les cheveux. Au bout de quelques minutes il réagit en poussant un grognement. Il ouvre les yeux, glaireux. Petit à petit un mince sourire se dessine sur sa bouche. Il réussit à prononcer faiblement:

– Qu'est-ce qui arrive? Oh! ma pauvre tête!

– Attends, Charles, je vais t'arranger ça. Je reviens tout de suite.

Je demande deux aspirines à Denis en train de lire la caisse enregistreuse. Les recettes de la soirée ne doivent pas être mirobolantes. Il s'empresse de me donner deux comprimés d'un blanc de craie, accompagnés d'un grand verre d'eau. Charles réussit à les avaler. Un peu d'eau coule sur son menton. Il s'essuie du revers de sa main. Il essaie de se lever. Il retombe. Je l'aide à se soulever. Tant bien que mal il se tient debout. Il me sourit béatement. Il dit qu'il veut aller à la toilette. Je me retiens pour ne pas rire. Ce n'est pas le temps de le brusquer. Il s'agrippe après le dossier des fauteuils, des comptoirs, massacre au passage quelques tabourets qu'il arrache comme des brindilles. Il parvient enfin à la terre promise, à savoir un bel urinoir blanc infesté de boules à mites qui le font vomir. Des bruits rauques nous parviennent et Françoise en catastrophe monte le son. «J'ai pas besoin de champagne pis d'chocolats / J'ai besoin d'un chum!» chante en même temps Françoise qui s'avance vers moi, un verre dans chaque main. Elle m'embrasse doucement sur la joue droite et me tend un superbe rhum et coke orné de cinq rondelles d'orange qui font une étoile juteuse. Je devrais peut-être aller voir si Charles se porte bien. Orgueilleux comme il est, aussi bien le laisser seul encore quelque temps.

– Je t'aime mon beau. Oublie-le jamais!

– Moi aussi je t'aime Françoise. Ma belle princesse inca. Tchin-tchin!

– Tchin-tchin!

Nous cognons nos verres mais c'est dans la porte que les coups retentissent.

– Maudit j'espère que c'est pas la police! chuchote un Denis paniqué.

Françoise enlève le verre de mes mains et le cache avec le sien, parmi les bières dans un des frigos sous le comptoir. Les coups martèlent la porte à nouveau, cette fois accompagnés d'une voix autoritaire qui crie:

– Police! Ouvrez tout de suite!

Françoise fait signe à Denis de baisser la musique. Elle essuie ses mains sur sa robe noire. Nerveuse, elle se retouche les cheveux pour être sûre qu'ils sont en place et roulant des hanches comme des yeux elle se décide à débarrer la porte, qui s'ouvre sur un immense bouquet de fleurs derrière lequel se tient un Guy Lalonde triomphant!

Quelques minutes plus tard, sur le zinc l'immense bouquet de fleurs trône de façon obscène. Françoise et Guy discutent ferme pendant que Denis et moi essayons de rassurer Charles qui ne se souvient plus de rien. Sinon qu'il a commencé à boire dans l'après-midi, ce qui n'est pas son habitude. Il était trop énervé à l'idée d'aller vivre six mois à Paris et pour se calmer il a ouvert une bouteille de vin, et une deuxième. Tout s'arrête brutalement là. Le reste est du domaine du black-out. Il ne se souvient pas d'être parti de chez lui, d'être venu aux *Beaux-Esprits*. En ce moment le verre de Perrier entre ses mains ferait 7 à l'échelle de Richter. Son visage est verdâtre. Françoise et Guy s'amusent.

— Ça m'a l'air d'aller plutôt bien de ce côté-là! dis-je à Denis.

— On dirait!

— Qui c'est cet énergumène-là? demande Charles.

— Tu le replaces pas? C'est un comique!

Comme je sais que Charles déteste les «comiques», j'espère pouvoir le ramener encore plus vite à l'heure locale, c'est-à-dire cinq heures et demie du matin.

— Je trouve qu'il y en a déjà trop!

— Charles, mêle-toi-s'en pas O.K.?

— Bon ben moi, ajoute Denis, je vais aller changer de disque.

— Mets-moi Alain Souchon!

— O.K.

Françoise nous fait signe de venir les rejoindre. Charles préfère rester assis encore quelques instants, trop en dehors du focus pour la verticale. Je lui serre affectueusement l'épaule avant d'aller les retrouver.

– Dis-moi donc Guy, comment t'as fait à cette heure-là pour m'amener toutes ces fleurs?

– Oh! ça n'a pas été compliqué. J'ai vu dans le hall d'hôtel des bouquets monstrueux, et j'ai donné un bon pourboire au garçon de la réception qui m'a laissé choisir les fleurs que je voulais.

– Elles sont vraiment impressionnantes!

– Surtout la nuit, comme ça, on dirait qu'elles prennent... encore plus d'ampleur, conclut Françoise pendant que Souchon chante: «Ultra moderne solitude».

Guy parle de petit déjeuner. Françoise me regarde d'un air suppliant. Je fais celui qui ne comprend rien. Je dis d'un air détaché qui l'enrage:

– Je pense que je vais raccompagner Charles chez lui. Le pauvre!

– Tu viens avec nous après! dit sèchement Françoise.

Je pense pas. Je dois rencontrer Anna dans... quelle heure est-il Denis?

Ce dernier consulte la caisse enregistreuse.

– Elle marque exactement cinq heures et quarante-trois.

– Merci. Donc dans sept heures je dois être chez Anna. Si je veux dormir un brin je ferais mieux de rentrer chez moi, hein ma belle Françoise?

— Viens manger avec nous autres, tu rentreras après! supplie-t-elle.

— Je dois y aller, merci bien. De toute façon, avec le temps que je vais prendre pour reconduire Charles...

— Il reste juste l'autre bord du Carré. C'est quand même pas loin!

— Peut-être, mais il n'est pas encore rendu. Et pis j'ai pas faim.

— On se reprendra, hein? me dit Guy en grimaçant un sourire trop grand.

— Certainement.

— Toi Denis, tu viens avec nous!

— C'est une amie qui parle ou la patronne?

— Les deux! siffle Françoise.

— Bon... ben... à l'amie je dirais oui, à la patronne je dirais non. C'est compliqué.

— Arrête, Denis, c'est pas le temps de niaiser!

— O.K. patronne! Franchement Françoise, j'en ai ma claque de la soirée!

— Justement déjeuner te fera du bien. Je t'invite!

— Bon... ben... correct d'abord!

Il a pris son air de chien battu.

— C'est moi qui vous invite, on va aller au *Lux*! enchaîne un Guy Lalonde qui décidément ne perd pas son temps.

– D'accord! grince Françoise en me jetant un regard à la Joan Crawford, auquel je rétorque en faisant une moue très James Dean.

– Julian! crie Charles. On part! J'ai mon voyage de...

– O.K. Charles! Ben fais-moi donc penser de t'acheter un dictionnaire de synonymes pour ta fête, hein?

– C'est quoi la farce grand niaiseux?

– Laisse faire, on t'expliquera tout ça en temps et lieu.

Charles avance lentement vers la sortie. Je le surveille de près. Puis à la Liza Minnelli dans Cabaret, je leur fais un dernier bye-bye du revers de la main pendant que la porte se referme sur Charles qui maugrée:

– Tout! Tu m'entends? Tout! Je veux tout savoir de ce que j'ai fait! Et surtout ce que j'ai manqué!

– Compte sur moi! Mettons comme prémice que t'as déconné toute la soirée en disant tout le temps la même maudite affaire: «De la marde!». C'est tout ce que t'étais capable de dire!

– Intéressant!

– Mets-en!

– Ouan! c'est pas un cadeau!

– Pas vraiment, non! Faut croire que t'étais rendu à boutte!

– De quoi bon dieu? Moi ça va bien. Je suis content. Une bonne nouvelle comme ça! Depuis le temps que je veux aller vivre à Paris.

– Faut croire que l'euphorie te convient pas!

– Maudit que je me trouve épais!

– Oublie tout ça! Ça arrive à tout le monde ces con-neries-là! On perd la carte, on la retrouve. C'est tout!

– Ouan! Des fois, après, elle est changée! Entéka!

Les fantômes pétrifiés du square nous écoutent. Ils tracent de leurs branches menaçantes une toile d'araignée géante. Il fait froid et j'ai hâte de rentrer chez moi. Nous contournons, couple loufoque, la fontaine vide, enfouie dans le paysage tel un cratère de béton. Il n'y a personne. Rue Laval un taxi passe. Le vent se lève. Charles en profite pour s'extasier sur l'hiver modéré de Paris. Il m'engueule parce que nous contournons la piscine.

– Ben coudonc fais-tu exprès? C'est par là que je reste! À moins qu'ils aient changé de place la rue Drolet durant la soirée?

– Je voulais juste t'aérer un peu avant de te laisser chez toi. Un tour de fontaine vide, y a rien de mieux pour se remonter le moral!

– Maudit freak!

En silence nous foulons les feuilles mortes. Nous arri-vons enfin à la rue Drolet.

– Tu vas venir me voir hein?

– Pour sûr! On retournera en Champagne?

– Oh oui! Maudit qu'on avait eu du fun, hein?

Rendus de l'autre côté de l'avenue des Pins, au pied de l'escalier nous nous arrêtons; je demande à Charles s'il a besoin d'aide pour grimper au deuxième.

– Ça va aller Julian! Et... merci mille fois!

106

Il m'embrasse gauchement sur le front. Une haleine non pas juste de cheval mais d'écurie en entier!

– On s'appelle demain, O.K.?

– Cet après-midi tu veux dire?

– Non c'est vrai je pourrai pas, je vais être avec Anna! Je vais luncher chez elle dans son nouvel appartement!

– Ben c'est pas grave, de toute façon on garde le contact à ce que je sache!

– Ben oui!

– Ah pis! aide-moi donc comme tu dis à grimper ces maudites marches-là!

Dans la façade de briques rouges l'escalier prend des allures maléfiques, il s'étire à l'infini dans le vent froid et humide. Belle musique de fond! Enfin arrivés à la porte, Charles fouille dans la poche de son pantalon et trouve une clef argentée, toute neuve. Il m'invite à entrer. Je refuse. J'ai quand même un bon prétexte, je vois Anna dans quelques heures!

– Bon, comme tu veux! Et merci encore.

– La prochaine fois, ce sera à ton tour de prendre soin de moi.

– J'y compte bien. Bye.

– Bye.

La porte se referme dans un bruit sourd sur Charles et ses fantômes. De la rue Drolet j'enfile Roy. Devant la façade en pierres ocre de l'église Saint-Louis-de-France je me détourne dans la nuit froide pour voir à l'ouest les cierges allumés de la ville, sentinelles insensibles qui espionnent plus d'un ange. De l'autre côté de la rue Berri se profile l'affreux building de l'école de l'hôtellerie, monstre gris qui dévore inutilement un coin du ciel. «Les néons las» de la ville. Je suis comme eux. J'abandonne la ville à sa carte postale de nuit et traverse la rue Saint-Hubert, déserte comme s'il y avait un couvre-feu. Je passe devant un fast-food des années cinquante. Souvent l'avant-midi Gaston Miron y est installé, en train de manger un copieux déjeuner et à lire les journaux. Je lève les yeux vers l'appartement d'Anna, noir comme de la suie. Je marche au ralenti sur le ciment crevassé des trottoirs. Dans le champ rosé du ciel, le puits de lumière de la pleine lune s'est tari. Les éclairages de la ville m'empêchent aussi de voir les étoiles. Elles s'estompent de toute façon. Arrivé enfin au parc Lafontaine, j'aperçois quelques promeneurs. Ils osent encore espérer une dernière caresse. Pauvres damnés qui veulent un répit à l'enfer de leur solitude. Je tourne à gauche et monte ma rue. Derrière de minuscules terrains gazonnés une muraille de pierre et de brique s'allonge jusqu'à la rue Rachel, trouée par les rues Napoléon et Duluth. Dans le parc, l'étang vide m'apparaît comme une détresse de plus.

Je finis par arriver à l'escalier vert foncé que j'escalade résigné, accompagné du tam-tam survolté de mon cœur. Clef en main, je contemple une dernière fois le parc dont les arbres se sont eux aussi renversés comme les tables du *Saint-Sulpice*. Ils montrent avec obscénité des racines plantées dans la nuit frigorifiée de Montréal. Machinalement je débranche le système d'alarme près de la porte du vestibule que deux chats grattent obstinément. Je m'empresse de leur ouvrir. J'enlève mon spencer, prends dans mes bras les deux bêtes qui se débattent pour la forme.

— Mes amours! Mes chéris! Vous vous êtes ennuyés, hein? Vous avez faim?

Leur plat regorge de nourriture sèche. Je saoule les chats de caresses. Je soulève le couvercle de l'aquarium et y jette une pincée de flocons beiges aussitôt happés par les poissons multicolores. Je me déshabille en vitesse, au hasard des fauteuils. Je me brosse les dents. Le miroir joue à l'aurore boréale. Je suis trop abattu pour m'inquiéter de cette vision post-cocaïne. Après une toilette superficielle, j'avale une grande gorgée de Coke diète. Enfin je m'engouffre dans le lit! À ce signal les chats sautent sur l'édredon et se cachent dans ses replis. Sentinelles hiératiques, ils veillent sur mes rêves perturbés alors que le ciel se teinte d'une hémorragie couleur lilas.

TROISIÈME JOUR

Un bruit de crécelle me réveille. La sonnette d'entrée. Je saisis le peignoir de soie safran. Le facteur attend. Entre ses mains gantées une enveloppe brune, matelassée. C'est une édition originale des poèmes de Nelligan que Maurice avait volée à la Bibliothèque nationale. Je m'en souviens comme si c'était hier. Nous avions commencé à boire au Café Campus puis avions fini notre cuite rue Saint-Denis. Il était disparu le temps de cacher «dans sa barbe» le précieux livre. Je le dépose religieusement dans la salle à manger sur le verre teinté de la table. Je fixe le recueil. Pourquoi me l'envoie-t-il? Un mauvais pressentiment m'assaille. Je compose aussitôt son numéro de téléphone. Aucune réponse. Je me se souviens du message de madame Cloutier sur mon répondeur. Je me réinstalle dans le lit et compose le numéro de sa mère. Dès qu'elle entend ma voix, elle se met à pleurer. De peine et de misère elle me raconte comment il a glissé dans la rue Ontario sous les roues d'un autobus pour se retrouver aux soins intensifs de l'hôpital Saint-Luc. Il n'a pas repris conscience depuis. On le maintient en vie de façon artificielle. Non il n'était pas ivre, semble-t-il, pour une fois. Peut-être avait-il ingurgité quelques calmants? On n'en est pas encore sûr. Les médecins hésitent à se prononcer mais ils doutent qu'il revienne comme avant. Le cerveau est sérieusement

111

endommagé. Quand je raccroche, une avalanche de sentiments me cloue. Maurice, le brillant Maurice, condamné à être... «un légume»!

Je voudrais chasser de mon esprit la scène horrible qui revient sans cesse... comme une séquence de film maudit: Maurice qui glisse sous les roues de l'autobus, le sang qui gicle sur l'asphalte... La nausée me prend. Je ferme les yeux sur des larmes. Les chats se pelotonnent contre moi et partent leur moteur d'avion sur le point de décoller. Terrifié par cet accident absurde je reste là, à flatter les chats comme un robot. Champagne se secoue la tête et m'asperge de quelques gouttes de salive. Indifférent, je me laisse aller au maelström d'images, de souvenirs... Un Maurice délicieusement insolent me démonte le mécanisme ridicule des codes sociaux. Comme la fois où il a volé, au nez de la vieille vendeuse de chez Ogilvy's, un œuf en cristal représentant mon signe astrologique, le Verseau. Ou encore quand il avait rasé sa barbe pour se déguiser en vieille dame dans les toilettes de l'université et qu'il avait demandé d'une voix toute chevrotante, durant mon exposé sur Germaine Guèvremont, si c'était vrai que le Survenant était homosexuel? Ou bisexuel peut-être? Pour sûr que je l'avais reconnu, et toute la classe s'était esclaffée! Le prof, un vieux Français détestable qui ne se doutait de rien, avait volé à mon secours en le sommant de poser des questions plus littéraires. Toute la classe croulait de rire! Il avait une façon unique de tout transgresser, parfois de manière violente, ou tellement insolente. Il pouvait aussi être si drôle!

Je délaisse les chats. Je me verse un verre de Coke diète pour faire quelque chose, et le bois d'un coup. Et encore un autre. Dans la serre, la lumière de midi m'aveugle. Il ne faut pas oublier mon rendez-vous avec Anna. Dans une demi-heure! Vite la douche! Mes cheveux mouillés se torsadent comme d'habitude pendant que je fais le lit en vitesse. Les lits en désordre qui gisent comme de jeunes souvenirs dépérissant à vue d'œil me désolent. Les portes-miroirs de la penderie écartées, je prends des jeans délavés, une chemise de coton ouaté noir, et des bottes de cuir noir elles aussi comme mon blouson. Le Coke diète me fait du bien. Les chats nourris, je remets à l'annulaire gauche la drachme d'argent. Une bouteille de champagne rosé sous le bras, une écharpe de cachemire noir autour du cou, je dis «à bientôt» aux chats. Leurs yeux cruels me crient: «Menteur!»

Un air vif me griffe le visage. Ai-je branché le système d'alarme? J'ai dû. Je resserre le foulard autour du cou. J'ai pas envie d'attraper une grippe! Je me dépêche vers le nouveau logis d'Anna. La mort dans l'âme je monte l'escalier extérieur, hanté par l'image de Maurice écrasé... Dès que je sonne, la porte s'ouvre sur un escalier intérieur. Une chaude odeur de café dévale. En haut, tout sourire, Anna lève les bras comme le Corcovado de Rio.

– Julian! j'ai tellement de choses à te raconter!

– Moi aussi!

– Monte vite! Que c'est plaisant de te voir enfin ici!

On s'enlace.

– Content moi aussi. Hé maudit! j'ai oublié de t'amener des fleurs! Shit! J'ai la tête trop folle ce matin. Au moins j'ai pas oublié le principal!

Je sors d'un vulgaire sac de plastique blanc la précieuse bouteille.

– J'aurais dû en prendre deux, car «too much of a good thing is wonderful».

Je cherche à imiter la voix nasillarde de la plantureuse Mae West. Et je me jette comme un loup sur Anna qui crie et se démène pour la forme.

– Oh! dit-elle en reprenant son souffle, t'as des cheveux magnifiques!

– T'as remarqué? J'ai un nouveau coiffeur.

– Ah bon!

– Et voici sa recette : d'abord les laver sous la douche, ne pas les essuyer trop trop, parce que vous n'avez pas le temps puisque vous êtes attendu chez la fille la plus excitante en ville, alors vous les laissez sécher à froid au soleil de novembre par un beau trois degrés, au risque d'attraper votre coup de mort! et là...

– Arrête, grand fou!

– Mais toi!... Laisse-moi donc te regarder un peu... ma parole, tous les plaisirs des damnés se cachent dans ces reflets-là!

– C'est juste du henné!

– Splendide! Wow!

– Des compliments de même, j'en prendrais à la tonne! Mais entre donc!

Comme de vieux complices, bras dessus bras dessous nous pénétrons dans l'appartement. Ce qui frappe d'emblée ce sont les couleurs des grandes toiles disposées un peu partout dans les pièces, du plafond au plancher, qui éclatent en un amas étourdissant. Anna, fière d'avoir déniché pour presque rien ce grand cinq et demie, me montre la hauteur des plafonds, les planchers d'érable qui brillent telles des patinoires ambrées. La salle de bains est immense, agrémentée d'un puits de lumière qui donne la chance de se prélasser sous les étoiles. J'imagine facilement les bains fabuleux que seule, ou à deux, Anna va pouvoir prendre là! Il faudrait lui faire la surprise de le remplir de lait et de miel, comme pour Cléopâtre, ou de champagne comme dans les années folles d'Hollywood. Anna se promène en conquérante, contente de sa nouvelle solitude, malgré le handicap du manque de fric. La vue magnifique sur le mont Royal! Le soleil toute la journée! Anna est heureuse. Ses yeux sont une vitrine de Cartier.

Dans la cuisine traînent du saumon fumé, des crevettes, un pâté de foie au cognac, des fromages, des raisins verts, du pain, une bouteille de rouge, et dans un bol de verre une montagne purpurine de framboises.

— Je vais faire pour dessert des crêpes fourrées avec ces petites merveilles. Elles sortent du congélateur de ma mère!

— Ça va être chouette!

Ma voix doit manquer d'enthousiasme car elle s'arrête pour mieux me regarder.

— Toi, t'es plus ou moins dans ton assiette.

— Je vais tout te raconter, Anna. Parlant assiette, j'ai faim!

— Parfait, tout est prêt. Ou presque. Tu vas tout me dire?

— Si tu le fais toi aussi.

— D'accord.

– It's a deal.

Et elle commence à chanter, bientôt secondée par moi: Bambino! Bambino! / Les yeux battus / la mine triste / les joues blêmes / tu ne dors plus / tu n'es que l'ombre de toi-même / seul dans la rue / tu rôdes comme une âme en peine / et chaque soir / sous sa fenêtre / on peut te voir...

– ... Ce n'est pas ça / qui dans son cœur / te vieillira, et les deux nous entonnons en valsant dans la cuisine:

– L'amour et la jalouzzzzie! / Bambino! Bambino! / ne sont pas des jeux d'enfant / Bambino! Bambino! / Mais tu as toute la vie / Bambino! Bambino! / pour jouer comme les grands / Et gratte gratte sur ta mandoline mon petit bammmmbiiiiino / ta mousique est plus jolie / que tout le ciel de l'Italiiiiiiiie.

Nous ne pouvons continuer, car nous nous écroulons, riant aux larmes sur le plancher où estomaqué, je reçois un fulgurant baiser dans l'oreille.

– Arrête ça Anna! Tu me chatouilles!

– Si je pouvais te chatouiller d'autre chose aussi!

– O.K! O.K! Juré craché! Dans une autre vie par exemple!

– Je vais être patiente, parce que je pense que ça en vaut la peine!

Nous nous relevons. Elle baragouine, un peu mal à l'aise:

– Pendant que je prépare tout ça, regarde mes nouvelles toiles. Moi je n'en ai que pour quelques minutes pour monter la table!

Je sors de la cuisine, traverse la salle à manger adjacente au salon et examine, une par une, les toiles qu'elle a faites depuis deux ans. J'en reconnais certaines. D'autres, plus récentes, me surprennent agréablement. Les toiles débordent de couleurs, de nuances qu'on peut explorer comme des canyons. L'œil attrape le vertige. Certains formats sont carrément gigantesques. Les toiles s'accotent sur les murs en rangée double, voire triple à certains endroits. À l'odeur forte de la peinture se mêle le soleil qui les aborde avec un sans-gêne royal.

Très peu de meubles dans l'appartement et pourtant on peut à peine y circuler tant les œuvres prennent toute la place. Je me laisse choir sur un vieux canapé, défoncé, sur lequel est jetée une couverture mexicaine. Tout près un palmier racorni, coincé entre d'autres tableaux, agonise de soif. Mes yeux vagabondent sur ce salmigondis de vieux meubles et de toiles résolument modernes. Mon front est en sueur. Des plaques de chaleur attaquent mon cou et mon visage. Les oreilles, rouges elles aussi sans doute, me picotent. La pression. Je ferme les yeux et écoute la musique rock qui déferle de la cuisine où Anna promène son corps à la Rubens. Elle crie:

— Veux-tu du café maintenant?

— Oh oui! J'en ai bien besoin!

— O.K. je te l'amène tout de suite!

Aussitôt dit, aussitôt fait, et trop fatigué pour me lever, je me retrouve avec un double expresso dans mes mains tremblotantes qui font cliqueter la petite tasse noire sur la soucoupe ébréchée comme moi.

— Humm! Dure soirée, hein?

– Dure nuit plutôt. J'ai à peine dormi quelques heures. Je me sens en overdose d'alcool, de pot, de cocaïne...

– Ouan! Une soirée all dressed ça!

– Mets-en!

– C'était le fun au moins?

– Pas plus qui faut. Surtout que ce matin j'ai appris une très mauvaise nouvelle.

– Quoi donc?

– Tu connais Maurice?

– Maurice Cloutier?

– Oui. Il est aux soins intensifs de Saint-Luc. Le crâne fracassé par une roue d'autobus.

– Wouash! Quelle horreur!

– Alors je vais aller le voir tantôt.

– Moi j'irai pas! Je suis pas capable! Ça m'énerve trop ces affaires-là!

– Je comprends! Ah! que ça me fait de la peine! Je l'aimais bien moi, malgré toutes ses conneries.

– Tu parles de lui comme s'il était mort!

– On dirait hein?

– C'est peut-être pas si grave que ça? Les mères en remettent toujours, tu sais ben!

– J'espère que t'as raison.

– Bon ben, bois ton café. Moi je finis de préparer le brunch.

Anna passe sa main dans mes cheveux et me sourit amoureusement. Je lui prends la main et l'embrasse dans le creux de la paume. Gênée, elle la retire un peu trop vite en disant pour cacher son émotion:

– Tu me chatouilles!

– Faut croire qu'on est chatouilleux tous les deux!

– Ça a l'air!

Elle s'enfuit vers la cuisine, me laissant à mes idées noires comme le café que j'ai failli renverser. Je le dépose sur le plancher et me réinstalle de tout mon long sur le divan. Je regarde le soleil fouetter les toiles d'Anna qui rugissent. Comme le palmier fait pitié! Alors, de peine et de misère, je me relève. Je vais à la salle de bains chercher plusieurs verres d'eau que je déverse avec compassion sur la terre. Elle les avale en laissant à la surface des bulles. Je me promène dans le salon et regarde la place désolée aux coins des rues Roy et Saint-André. Perdu dans la ville, je n'entends pas Anna. Quand je me retourne, je suis surpris par une nappe d'un rose cendré, «crochetée par ma grand-mère». Même s'il fait soleil elle allume un chandelier mexicain en terre cuite qu'elle installe au milieu de la table à côté d'une amaryllis aux trompettes saumonées. Elle place les différents plats et le seau en plexiglas. Elle y dépose le Tattinger rosé. Elle jette un dernier regard approbateur et elle s'approche doucement de moi. Elle s'installe à mes côtés à la fenêtre, puis elle pose sa tête sur mon épaule. Je mets mon bras autour de sa taille bien en chair. Nous regardons les gens passer dans ce décor à la fois laid et sublime.

– On dirait un village, tu trouves pas? Des petites rues, l'église, la Caisse populaire.

– Montréal est un ramassis de villages.

– C'est peut-être ça une ville?

– À l'européenne, oui. Mais pas à l'américaine. Ce qui fait le charme déroutant de Montréal c'est le mélange des deux, car elle a son centre-ville bourré de gratte-ciel, et tous ces petits villages dispersés autour.

– New York aussi est comme ça!

– Oui mais... New York, c'est une exception. Comme disait Octavio Paz: «On a fait par accident quelque chose de merveilleux ici.»

– Je suis tellement contente d'avoir trouvé ce logis! Tellement! Je vais enfin pouvoir respirer, tu comprends? Je suis libre! Libre comme je ne l'ai jamais été!

Nous observons les gens entrer dans le troquet d'à côté. Anna passe sa main dans mes cheveux.

– Il n'y pas juste eux autres qui vont manger, nous autres aussi. Viens!

La table est si belle.

– Je ne t'ai même pas aidée!

– C'est parfait comme ça. Tu méditais sur tes prochaines folies!

– Folie est un bien grand mot.

– Seulement si on la pousse à l'extrême. «De la pure folie» comme on dit! Comme s'il pouvait y en avoir une autre sorte? C'est la seule qui compte, la pure! Je suis toujours pour ça, moi l'excès. Car l'excès mène à l'extase. À quoi ça sert de vivre si on ne vit pas au maximum? Julian, nous autres parfois on vit plus en vingt-quatre heures que bien du monde durant toute leur vie.

– Est-ce que c'est ce qu'on appelle brûler sa jeunesse?

– C'est en plein ce qu'il faut faire! J'ai pas envie à soixante ans de me dire j'aurais ben dû! Faut vivre ce qu'on a envie de vivre, le reste c'est de l'anecdote, ça compte pas!

– Oui. Seulement faut savoir ce qu'on veut. Moi, j'ai l'impression d'être ballotté d'un bord et de l'autre, de suivre le courant sans savoir où ça mène.

– Tant mieux! Où serait le plaisir si on savait où on s'en va? L'important c'est de bouger, c'est ça la vie. Le mouvement! Regarde les nuages filer là-bas au-dessus de la montagne! Ben c'est ça vivre!

– Et la montagne, elle?

– Fais-toi-s'en pas, elle bouge elle aussi.

– Je pense que je vais virer comme elle: contemplatif!

– En attendant viens sustenter ton beau grand corps qui habite une âme aussi triste!

J'essaie de sourire. L'esquisse doit être plus ou moins réussie car Anna s'empresse de me prendre par le bras et me fait asseoir. Elle me tend le seau à champagne.

– T'as plus le tour que moi.

– Ça! Ça va me faire du bien.

En retenant le bouchon, j'ouvre la bouteille et verse immédiatement les bulles d'un rose pastel dans les flûtes. Pendant que la mousse se dégonfle, nous portons toast sur toast.

– À nous!

– À ta nouvelle vie Anna! À ton appartement! À ton vernissage! À la gloire!

– À l'amour!

– À la vie!

Nous croisons nos verres. Les yeux dans les yeux, nous buvons le nectar terrestre le plus divin et nous entamons le repas en poussant un ah! de satisfaction même si le champagne n'est pas assez froid à mon goût. Pendant que le soleil fouille les coins et recoins de l'appartement, nous nous racontons nos dernières histoires. Je parle du *Saint-Sulpice*, de mes randonnées dans le village gay et de la cuite monumentale de Charles. Anna rit et me fait ouvrir une bouteille de Saint-Émilion. Les minutes papillonnent, sereines. Je dévore. Anna, radieuse, m'ayant tenu en haleine décide finalement de me raconter sa dernière aventure.

Aussitôt qu'elle prononce le nom de Johny, je pique une crise.

– Ce minable pusher baise la reine de l'undergroud montréalais!

Je déverse toutes les horreurs que je connais sur lui, ou que j'ai vues moi-même. Hélas! je sais que c'est peine perdue! Pendant qu'elle était chez ses amis profs, Johny est apparu pour remplir tout le cadre de porte. Quelques joints et disques des Beatle plus tard, on jouait à la nostalgie. Johny a raccompagné Anna chez elle et là, dans la douche, sur le tapis, puis finalement dans la chambre, ils ont baisé toute la nuit comme deux bêtes apocalyptiques.

Elle soupire profondément. Ce qui me met encore plus en rogne.

— Un dieu! Il baise comme un dieu!

— Anna, c'est un freak de la pire espèce! Redescends sur terre, maudit! Je le connais, Anna! Je le vois aller dans la ville, c'est un minable drogué qui fait la loi du plus fort parce qu'il est bâti comme un taureau et...

— Ça tu peux le dire!

Je m'entête à la mettre en garde contre ce type dangereux, pusher officiel de la rue Saint-Denis, à la solde de n'importe qui, n'importe quoi, pourvu que ça paie. Il va et vient de la prison à la rue, comme on entre et sort d'un drugstore, c'est le cas de le dire. Il a flairé une bonne tanière chez Anna. Il n'en déguerpira plus!

— Coincée ma pauvre! Et dangereusement!

Elle essaie de minimiser cette aventure en disant qu'elle garde le contrôle de la situation. Ce n'est que pour la baise. Point à la ligne. Mais je la sens secouée. Alors je repars de plus belle.

— Baiser! Baiser! je le connais Anna! Tout le monde le connaît! C'est un freak! Point final! Tu lui donnes un pied, il va prendre un mille! Si je peux te donner un conseil, Anna, et je t'en supplie, écoute-moi: arrête ça pendant qu'il est encore temps. Je le sais qu'il est beau et qu'il est membré comme l'étalon du siècle, mais Anna, couché ça peut encore aller, debout c'est un malade! Un rat dans les égouts est plus chic que lui! Écoute, Anna, pas plus tard que la semaine passée au *Saint-Sulpice* où il était saoul ou stone ou les deux sans doute, il m'a demandé s'il pouvait venir dormir chez moi. Et crois-moi, c'était clair qu'il voulait pas juste dormir. Ça c'est pas grave. Ce qui l'est, c'est qu'il cherche tout le temps un endroit où crécher, pis après il ne décolle plus! Faut toujours le sacrer dehors!

— Si ça peut te rassurer, je te jure qu'il ne vivra pas ici. J'ai pas laissé tomber un gars pour en faire entrer un autre tout de suite! Seulement tu ne peux pas non plus empêcher un corps d'exulter!

— C'est ça, chante-moi un vieux Brel! Écoute, pour le corps, je suis d'accord! Tout ce que je te demande, c'est de faire attention, d'être prudente ma belle! O.K.? T'as pris tes précautions au moins?

— Ben oui! Ah! t'es pire que ma mère!

— Avec tout ce qu'il se plante dans ses gros bras je ferais attention moi-même en maudit!

— Toujours est-il qu'on a baisé et rebaisé et rerebaisé toute la nuit!

— Tant mieux si vous vous êtes envoyés dans les étoiles. Avec lui, je te le redis, les étoiles tombent vite!

— Un toast! Je te promets de ne pas me faire embarquer de force sur un bateau.

— T'es aussi bien! Parce qu'avec lui le bateau est comme le Titanic!

Elle rit et retourne à la cuisine. L'orage est passé. Elle me défend de l'aider. Elle parle maintenant de son vernissage, la semaine prochaine. Elle est excitée au plus haut point. Les cartons d'invitation sont déjà partis. Je la regarde aller, belle et confiante, et j'ai un serrement au cœur. Si tout allait s'écrouler par la faute de ce maudit Johny? Seulement je sais que ma chum en a vu d'autres. Elle a un caractère de feu sous son regard d'ange. Je sais aussi que la vie aime bien jouer de mauvais tours, histoire de faire croire au destin implacable derrière elle. Elle revient avec les crêpes aux framboises.

– Malheureusement, je suis pas assez riche pour acheter du cognac, mais il me reste au moins ça!

Elle débouche une bouteille de rosé de Provence. Je me sens remis de la veille. Je m'élance dans l'après-midi comme cet oiseau qui traverse la lumière dans la fenêtre. Elle me montre les tableaux choisis pour l'exposition et demande mon avis. Je lui rappelle qu'elle m'a promis celui où, complètement nue, elle tient d'une main gantée de bijoux une coupe de vin rosé devant une table de billard.

– Où tu vas le mettre?

– J'ai trouvé l'endroit. Surprise! Tu verras quand tu viendras chez moi.

Nous batifolons d'une toile à l'autre, papillons heureux. Je suis bien avec Anna. Nous nous racontons à nouveau mille folies, faisons un million de projets que le temps s'empressera de balayer. La vie s'ouvre devant nous comme le ciel devant une fusée. Le malheur nous entend rire, tapi dans l'ombre des heures. Il est patient le malheur. Pour l'âme aussi il y a une loi de la gravité. Dans l'appartement d'Anna une lumière de miel nourrit notre cœur, et comme les pétales sereins de l'amaryllis nous nous élançons, complices, dans la fureur de l'éclairage de l'après-midi. Elle me demande de l'accompagner jusqu'à la galerie. De mon côté je veux aller voir Maurice. Elle comprend. Nous ramassons les restants du brunch et une fois la salle à manger débarrassée, elle se maquille, met un long manteau de laine noir sur lequel elle laisse retomber ses cheveux aux reflets de braise. Juste avant de partir, la galerie Treize appelle pour l'avertir qu'en début de soirée ils vont passer prendre les toiles. Elle donne son accord et leur dit de les prendre toutes, et qu'elle arrive de toute façon. On fera le tri là-bas. Le froid nous brusque.

JEAN-PAUL DAOUST

Décidément, jamais je ne m'y habituerai. Je hèle un taxi.
Au moins il fait chaud dans la voiture.

– Rappelle-moi aussitôt que tu peux. J'espère que ce
sera pas trop pénible. Courage et à bientôt.

Je l'embrasse et la remercie pour ce beau brunch. Rue
Drolet, elle disparaît. Le chauffeur ne perd pas de temps à
me complimenter sur ma blonde... Je lui rétorque:

– Et elle est aussi intelligente qu'elle est belle.

– Eh ben, ça doit être un génie cette fille-là!

– En plein ça!

Dieu merci, il arrête de parler. Il va jusqu'à la rue
Saint-Urbain. Je me demande pourquoi il prend ce grand
détour. Il n'avait qu'à descendre la rue Laval. Pour faire un
peu plus d'argent sans doute... je m'en fous! Je suis si fatigué! Je regarde sans rien voir, obsédé par la vision de
Maurice ensanglanté dans la rue. J'essaie de me préparer
au choc. Je visualise les appareils qui ressemblent à des
monstres assoiffés de chair et de sang. Le taxi roule rue
Sainte-Catherine et passe devant le *Spectrum*. Je remarque
les grosses lettres noires sur la marquise illuminée qui annonce le spectacle de Marjo. Surgit la *Place des Arts*, et en
face l'implacable façade vitrée qui permet à l'œil d'entrer
dans le tunnel du complexe Desjardins. Les reflets du crépuscule le transforment en aquarium chatoyant. Les gens
serrent leur manteau autour du cou. Ils ont déjà leur look
d'hiver. Je croise le boulevard Saint-Laurent. Un enfer de
néons promet des paradis sexuels. Le trafic est intense et le
taxi avance à peine. J'aperçois l'imposante discothèque
Métropolis, un ancien cinéma porno que narguent les
prostitués de tout acabit. Suit la façade postpunk des *Foufounes Électriques*, qui fut lavée de toute trace de jaune pour

126

satisfaire le caprice du maire Drapeau. Il détestait le côté criard de cette couleur qu'il trouvait même criminelle! La grisaille ambiante reprend vite le dessus. Rue Saint-Denis le taxi tourne à droite. L'hôpital Saint-Luc surgit dans toute sa laideur. L'architecture ingrate de ces années-là! Le chauffeur s'engage dans l'entrée en demi-cercle. D'autres taxis lui barrent la route.

– Tenez pour la course... non non gardez la monnaie, j'ai adoré le sightseeing! Je me suis pris pour un touriste, et vous?

Je claque la porte. Je couvre les quelques mètres qui me séparent de l'entrée, accompagné du bruit lancinant d'une sirène. Son chant d'apocalypse. J'aimerais me voir ailleurs. Je traverse le hall qui bourdonne de conversations, et d'allées et venues au milieu de chaises de plastique blanc sur lesquelles on attend la fin du monde. Je voudrais aller chercher des fleurs dans le kiosque tout près mais l'ambiance générale me déprime trop. Je demande à la réception le numéro de chambre de Maurice Cloutier et m'enferme dans l'ascenseur d'une lenteur d'escargot. Arrivé à l'étage des flèches m'indiquent les numéros. Les battements de mon cœur accélèrent quand je m'engage dans un couloir aux odeurs fortes de médicament et de Javel. La porte est entrouverte. Est-ce bien lui dans ce lit blanc? Il est méconnaissable. Je panique. J'aimerais faire demi-tour. Il est trop tard. Je suis prisonnier de l'antre de la calamité.

Maurice, branché à un respirateur artificiel, disparaît sous le masque embué qui l'alimente. Dans ses bras piqués d'intraveineuses reliées à de fins câbles transparents circulent le sérum et autres potions modernes. On dirait une mise en scène d'un mauvais film de science-fiction. Pour moi il ne fait plus aucun doute que Maurice est condamné. Une fois le choc initial passé, j'avance et mets ma main sur celle de mon ami. L'appareil respiratoire amplifie de façon infernale le bruit de l'air qui s'engouffre dans ce corps secoué automatiquement. Les ordinateurs rassemblés pour une veillée funèbre parlent de la vie qu'il faut continuellement traquer. Maurice flotte-t-il dans ce qu'on appelle les limbes? Voit-il se faufiler des anges curieux des beautés terrestres? Je m'installe sur une chaise pliante en tôle grise. Le bruit lancinant de sa respiration secoue la chambre de sa litanie machinale. Son crâne est recouvert de bandages. Des taches de sang y font des ombres brunâtres. Je guette sa bouche. Ses râlements. J'aimerais débrancher tous les appareils pour libérer ce corps où l'âme patauge. Par la fenêtre, le soir entre et dépose à son chevet un éclairage discret. Une infirmière survient et vérifie les machines. Je suis trop accablé pour lui demander des informations. Va-t-il survivre? Et surtout: est-ce que ça en vaudra le coup? L'état de vulnérabilité du corps, à la merci de toute cette mécanique. L'infirmière repart en me faisant un triste sourire. Dans le couloir, les bruits obscènes de la vie continuent. Mes deux mains encerclent la main fiévreuse de Maurice. Je maudis l'univers entier. Dans l'interphone, une voix monocorde psalmodie des noms de médecins, d'infirmiers et d'infirmières demandés à tel ou tel poste. Je pèserais volontiers sur un bouton pour faire sauter tout le décor. Car de voir ainsi réduit à l'état larvaire ce Maurice hautain, sarcastique, toujours un mot brillant et cruel à la bouche, me démolit. Je cherche le bon côté des choses; le fait qu'il ait survécu à ce stupide accident ne suffit pas à adoucir ma douleur. Un jeune homme talentueux vient d'être fauché par une roue d'autobus, et la vie continue aussi bête et ridicule qu'avant. Dégoûté, je laisse la main de Maurice retomber mollement sur le drap blanc.

Je marche tel un zombi, frappé par les néons violents du couloir. Je repasse devant le poste des infirmiers pour entrer dans l'ascenseur. Il tombe comme un échafaud. Ce désastre intime, copié à des millions d'exemplaires sur une planète absurde. Je retraverse le hall de l'hôpital et me retrouve dehors accroché à un poteau de ciment en train de vomir. En larmes, je remonte la rue Saint-Denis. Les enseignes d'un cinéma m'arrêtent. Je choisis au hasard la salle numéro deux. La caissière me remet un billet repris par un portier habillé comme un singe de cirque. Après être allé chercher au comptoir un gros Coke diète, j'entre dans la salle quasiment vide et m'installe n'importe où. Sur l'écran passe l'image surréaliste d'une caravane. Bien calé dans le fauteuil, le Coke entre les mains, je ferme les yeux pour mieux pleurer. Je me sens en sécurité ici.

Le film me parvient en bruits, paroles, conversations et musique, rarement en images. Je reste là les yeux à moitié fermés. À travers les fentes de mes paupières, je devine au changement d'éclairage s'il fait jour ou nuit, si l'action se passe au dehors ou en dedans. C'est à peu près tout ce que je perçois. Je reste plongé dans cet état de torpeur. Mes membres refusent de bouger, sauf pour porter machinalement à mes lèvres la boisson gazeuse. J'ouvre alors quelques secondes les yeux pour mieux les refermer sur le spectacle grandiose de l'écran. Des Berbères essaient de défendre une oasis. Des images d'hôpital se superposent à celles-ci pourtant gigantesques. Je revois Maurice, pantin attaché à tous ces fils. A-t-il senti la pression de mes mains sur les siennes? A-t-il reconnu le son de ma voix? Je m'enfonce dans le fauteuil en appuyant le cou contre le siège, mes longues jambes à cheval sur le fauteuil avant. Le film continue de retranscrire ses scènes exotiques. Et si nous vivions quelque chose de déjà mort? Si cette planète où toutes les strates grouillent de vie n'était en fait qu'un immense fruit pourri, en train de sécher au soleil, visité par des fantômes de chair et de sang, mais fantômes quand même? Peut-être que l'allégorie de l'ange est plus vraie qu'on ne le croit? Nos désirs, nos peurs, nos ambitions sont autant de fils qui nous maintiennent artificiellement en vie; car ne sommes-nous pas que seulement des cadavres en gestation? Pire, en vitrification! La nuit ne grouille-t-elle pas d'étoiles mortes? Dans le cinéma je vis ces questions mille fois remâchées par d'autres. Des images simulent la vie sur un écran blanc en la colorant de mouvements. Enlisé dans le goudron de mes pensées, je fixe parfois le tunnel lumineux qui s'ouvre sur ces illusions, comme ces gens déclarés cliniquement morts affirmant avoir vu une lumière éblouissante! Pourtant tout semble si vrai qu'on a l'impression d'être dans ce désert aux hallucinants mirages. Les couleurs glissent sur l'écran et forment des silhouettes attachantes aux gestes si familiers qu'il m'est impossible de ne pas les enregistrer. Même si je sais que tout cela est faux, et pourtant aussi vrai que moi, actuellement assis devant ce talisman qui bouge, parle, vit! Quand je prends la peine de lever les yeux, je ne vois qu'un horizon peuplé de fantasmagories multicolores. Dans ce puits l'œil cueille des merveilles. Je reste sur le bord de la margelle, à regarder le miroir agité de la vie. Ou est-ce de la mort? Je ne me sens plus capable de trancher, de voir la différence entre la simulation et le réel tel qu'il paraît exister. La vérité du virtuel. Je prends machinalement une gorgée de Coke et dépose le verre en carton en dessous du fauteuil. Je croise mes mains et les appuie derrière la nuque. Je mâche de la gomme pour chasser le goût mauvais qui persiste dans ma bouche. Parfois une musique tonitruante me fait sursauter. Alors mes paupières lèvent leur rideau. Mais dans mes coulisses ricanent mes

démons familiers. Des histoires de contes de fée reviennent me hanter: Le Petit Poucet, Le Petit Chaperon rouge,
Alice, Hänsel et Gretel, tout ce beau monde perdu pour de
bon dans le tourbillon de la vie ordinaire d'où personne ne
revient. «No one gets out of here alive» chantait le beau
rocker américain. Je reste là cloué au fauteuil. J'aimerais
mourir pour ne pas avoir tantôt à me lever, sortir du cinéma pour aller où? Pour faire quoi?

Quand un beau grand jeune homme s'assoit près de
moi, laissant ostensiblement un banc entre nous, je me retourne à moitié pour apercevoir le visage anxieux de
Donald. Je me redresse trop vite: un de mes pieds heurte le
verre de Coke qui se renverse dans un bruit de glaçons.

– Shit!

– C'est pas grave Julian. J'en ai moi.

Sa voix! Je regarde piteusement Donald, et mes yeux
le supplient de rester là, de ne pas disparaître dans cette
fournaise béante où s'agitent les ombres en technicolor. Je
ferme les yeux pour mieux rebobiner la voix de Donald.
Elle ricoche sur ma peau tel un galet de lumière. En disant
ces simples mots, il vient d'appuyer sur le ON de la machine de la vie. Je sens le sang à nouveau circuler avec vo-
lupté dans les tuyaux délicats des veines, reliés aux
mystères de la vie. Elle reprend d'un coup, à cause d'une
voix, toute sa fulgurante beauté. Branché à la voix de
Donald, instantanément, je remonte à la surface. Là luit
un soleil immortel. Je m'entends demander:

– Le film est-il bon au moins?

Son sourire! Il me tend un verre de carton rempli de
Coke que j'avale, nouveau berbère dans cette oasis, hébété
devant un mirage qui paraît si cruellement vrai. Pourtant

Donald reste là, trop loin, protégé par l'espace d'un banc que j'aimerais voir tomber comme le mur de Berlin. Alors tous les désirs, toutes les rancœurs reviennent installer leur horde de barbares. Je repasse le Coke à Donald. Il me frôle la main. Était-ce volontaire? que je me demande comme une question à cent mille dollars d'un jeu infernal que je connais par cœur. Plus fleur bleue que ça, tu meurs! Je voudrais rester indifférent, faire semblant d'être au-dessus de toute cette panoplie de sentiments. Mais mon corps s'enlise au fur et à mesure qu'il se débat. Je vois le diamant noir de ses yeux.

– Comment tu vas?

– Ça ne va pas du tout!

Je lui raconte en bref ma visite à l'hôpital.

– Maudit sida!

– Tu n'y es pas du tout!

Je suis tout à coup enragé.

– Ah bon?

Tu comprends rien et t'as jamais rien compris et tu comprendras jamais rien! que je crie dans ma tête.

– Un accident! Le cerveau en bouillie sous une roue d'autobus!

– Oh excuse-moi! Et... je le connais?

– Tu connais peu mes amis Donald, pour la très simple raison que tu n'as jamais voulu les connaître!

Je regrette aussitôt ce reproche. Un silence frileux se glisse entre nous.

LE DÉSERT ROSE

Donald s'est raidi sur son siège. Évidemment, je m'en
veux. Ça va bien!

– Excuse-moi. Je suis trop écœuré! L'hôpital m'a mis
dans tous mes états. Je suis entré ici par hasard.

En me penchant vers ce corps dont la convoitise
m'exaspère je rajoute:

– Quel merveilleux hasard!

Donald ne bronche pas. Je l'ai effarouché. Vite, les
mots justes qui me feraient retrouver sa confiance! Sur
l'écran s'entremêlent chevaux et chameaux. Des humains
se tapent dessus. Des cris assourdissants. Je me retourne
vers Donald et carrément lui demande:

– Le film t'intéresse, toi?

– Pas vraiment. De toute façon, il achève.

– Comment tu sais ça?

– Il dure deux heures et quart. Il a commencé à six
heures, donc il finit dans dix minutes, dit-il en pointant sa
montre.

– On va le toffer jusqu'à la fin?

– Ce sera pas long. J'aime voir la dernière séquence
d'un film. La soirée est jeune. On a tout notre temps.

Ce «on» qui d'ordinaire indiffère tant, sorte de
fourre-tout commode, s'allume tout à coup comme un
astre dans ma tête. Je me recale, rasséréné. Cette fois, je
prête plus d'attention aux images. Ce n'est pas tant l'action qui m'intéresse que les costumes, les décors, la phy-
sionomie des visages, enrobés d'une musique aux accents
si mélodramatiques! Et les paysages du désert sont fabuleux. Je repense à ma randonnée dans le Sahara. Il

faudrait peut-être repartir. N'importe où, pourvu qu'il fasse chaud. De toute façon c'est pas compliqué : quatre-vingt-dix pour cent de la planète sont plus chauds que ce beau pays que la neige va attaquer d'un moment à l'autre. Je ferme à nouveau les yeux pour mieux sentir la respiration de Donald tout près. J'ai une envie folle de lui prendre la main. Je n'ose pas. C'est mieux ainsi. Sinon il serait effarouché pour de bon. Comme je sais aussi que Donald peut être une bête sexuelle merveilleuse, je me contente de rester là, à bouger le moins possible, pour ne pas faire fuir ce fauve racé qui me tourmente, ce tigre qu'il fait bon écouter feuler tout près. Je devine qu'il me regarde furtivement. En amour, on devine toujours tout. Je sens avec plaisir ses yeux qui se promènent sur mes cheveux, mon front, mon nez, ma bouche, qui glissent le long de mon cou, de ma poitrine et qui s'attardent au creux de mes jeans. À ce moment-là, je profite de l'occasion pour lui faire un fracassant sourire. Aussitôt, il se replie sur l'écran. Or c'est le générique... ! Je ne bouge pas. Les quelques spectateurs se lèvent et font des ombres d'éclipse. Les images s'estompent dans un apogée de violons. La lumière du cinéma nous tombe dessus comme une douche froide. Nous sortons ensemble. Donald est un peu plus grand que moi, ce qui m'étonne toujours. Nos yeux semblent pourtant au même horizon, et notre confusion pour sûr au même diapason.

— Je t'amène dans ma voiture ?

— T'as une voiture ?

— Oui, une japonaise que j'ai achetée de seconde main mais qui roule bien.

— Montre-moi ça !

Soulagé, je le suis qui marche légèrement en avant. Je contemple ce grand dos, ce corps moulé dans des jeans qui proposent l'extase. La voiture est garée en face du magasin Archambault. C'est une voiture sport, rouge, à l'intérieur tapissé de moleskine noire. Il débarre les portières et s'installe sur le siège-baquet en enclenchant le baudrier dans la boucle. J'ajuste la ceinture de sécurité. La sangle me traverse le bas du ventre. Je déteste ça. Je dépose sur l'appui-bras mon coude et d'un air craintif je regarde Donald qui met la clef dans le démarreur électrique. Sa main droite sur le levier de vitesse, il enfonce la pédale de débrayage et nous voilà propulsés dans la rue Sainte-Catherine. L'indicateur de vitesse marque déjà soixante-dix. Donald allume la radio et une musique rock secoue la voiture. Je suis bien tout à coup, même si Donald conduit comme un vrai cow-boy! De toute façon, il en est un! Et un maudit beau à part ça!

– On va où? me demande-t-il brusquement.

– Je sais pas, moi. As-tu faim?

– Oui.

– Si on allait à *L'Express*?

– O.K.

Je n'en reviens pas. Cette facilité de vivre tout à coup. Donald ose aller avec moi dans un endroit archiconnu? Que la ville est belle! Les lumières plus brillantes. L'asphalte devient un ruban de soie. Même les gens semblent de bons complices. Momentanément, j'oublie Maurice pour penser à la nuit merveilleuse qui m'attend... peut-être! Suis-je dans un roman Harlequin! So what?

Donald tourne à gauche, rue Amherst.

– Ce sera un miracle si jamais on réussit à rendre belle cette rue!

Donald me répond d'un sourire. Un ange! Rendu en haut de la côte l'auto s'arrête au feu rouge. Deux gars sur le trottoir s'embrassent à pleine bouche sans se soucier de qui les voit. Donald fronce les sourcils. Mal à l'aise, je devine ses pensées. Ces deux gars-là lui renvoient un miroir par trop efficace. De plus ils passent devant la voiture en se tenant par le cou.

– Sont pas gênés!

Il pèse sur l'accélérateur. Je redoute ce terrain piégé, archiconnu pourtant. Je cherche désespérément comment je pourrais détourner l'attention de Donald de la scène dont nous venons d'être témoins. Je sais combien notre entente est fragile. Cela ne m'empêche pas d'envier les deux gars qui s'en vont dans la ville ouvertement amoureux, chevaliers modernes osant braver tous les tabous. Exactement ce que j'aimerais faire avec Donald. Cela paraît tellement impossible. Jamais il n'accepterait de faire ça au vu et au su du monde. Peut-être tantôt, après L'Express, consentira-t-il à entrer chez moi pour tomber fougueusement dans mes bras, peut-être... Rien n'est moins sûr. Brutalement je lui demande:

– Comment va Francine?

Il me regarde surpris. Au bout de quelques secondes, il me dit d'une voix qui se veut neutre:

– Bien. Elle est allée voir son père malade en Abitibi.

– Je vois.

– C'est pour ça que je suis allé seul au cinéma. Je ne travaille pas ce soir et je savais pas trop quoi faire.

Je suis tellement nerveux que j'en suis tout étourdi. Je songe que je suis assis à côté de celui que j'aime comme un fou et que je ne peux même pas le lui dire. C'est de la démence! Je ris, excité.

– Qu'est-ce que t'as?

J'hésite à répondre. Puis je décide de me jeter à l'eau, si bouillante soit-elle.

– Je pensais que j'étais assis à côté d'un maudit beau gars pis que, surtout, je ne devais pas le dire! Surtout pas à lui!

Donald sourit, encore! J'en suis estomaqué! D'autant plus que l'autre, l'aimé, l'adoré, rajoute :

– Moi aussi je pourrais dire la même chose!

– Eh ben! Si je m'attendais à entendre ça!

– Et moi à le dire!

Nous nous regardons un bref instant, oui, amoureusement. La glace est rompue et les Tropiques d'un coup viennent de s'installer : piscine, parasol, daïquiris, mariachis, vent tiède et mer turquoise, le tout assaisonné d'un coucher de soleil à photographier sans faute. Donald fait aller les essuie-glaces. Une pluie fine tombe sur la ville comme un poème verlainien. Nous revoilà rue Saint-Denis, au coin de Roy. Ce soir j'aime, j'adore les feux rouges qui me font gagner du temps. Il déniche une place devant le fleuriste Marcel Proulx dont la vitrine met en évidence des orchidées, des azalées, du jasmin... tableau intimiste que la bruine enveloppe d'une mince pellicule transparente. Donald ignore le parcomètre.

– On y va?

Je hoche la tête. Je suis avec la personne que j'aime le plus au monde et voilà, je ne sais même pas quoi lui dire! que je me redis en regardant nos pieds se marier sur le trottoir humide en une chorégraphie que je trouve digne des meilleurs comédies musicales.

– J'espère qu'il n'y aura pas trop de monde?

– À cette heure-ci, fais-toi-s'en pas, ça va être plein!

Une lueur de panique brille dans ses yeux d'obsidienne.

– C'est grand, Montréal, après tout!

– Pas si grand que ça Donald. Et les places le fun sont plutôt rares.

– T'aimes ça *L'Express* hein? qu'il dit d'un ton moqueur.

– J'aime l'atmosphère de *L'Express*. Montréal là se prend pour une grande ville, pis ça a l'air de marcher. Agréable, non? Écoute Donald, on va jouer à être en voyage, O.K.?

– O.K.

La place est effectivement bondée. Le maître d'hôtel me salue amicalement. L'attente pourrait être de trente minutes, qu'il me dit. Je lui rétorque, sans consulter Donald, que nous allons patienter. Alors nous restons là quelques minutes au bout du zinc, mal à l'aise. Je prends les devants.

– Tu veux boire quoi?

– Toi?

– Un rhum et coke.

– Moi aussi.

Je me penche à côté de l'immense bouquet qui veille toujours au bout du bar, et passe la commande. Le barman a un petit air snob qui fait chier. Des regards en abondance coulent vers nous : deux beaux grands gars qui flottent au-dessus de la mêlée comme des anges insouciants... Je saisis les verres. J'en ai bien besoin. Dès la première gorgée, je me sens mieux. Dès que l'alcool coule dans ma gorge, le cerveau cesse peu à peu de s'alarmer. Donald prend coup sur coup deux grandes gorgées. Lui aussi est énervé. Je me dis : fuck! Qu'il apprenne à affronter le monde à mes côtés!

Tout le long du zinc des gens placotent, mangent mais placardent le miroir de convoitise.

– J'ai toujours l'impression d'être dans un train quand je viens ici.

– Ah! Tu viens souvent?

– Ben... O.K. Julian! Ben non je viens pas souvent, pis tu le sais! On est venus ici deux fois, c'est ça?

– En plein ça. Donc ce soir c'est le jamais deux sans trois. Donc parlant de train, celui-ci se veut l'*Orient-Express* de Montréal.

– T'exagères.

– Je sais.

Je fais signe au barman de renouveler nos verres. Nos regards se croisent, se heurtent et repartent follement comme ces balles d'aluminium qui zigzaguent dans ces machines remplies de pièges, et qui peuvent tilter à la première maladresse. Je reste sur mes gardes. Je doute même de la présence de Donald, je crains qu'il disparaisse entre deux cillements. Cependant il reste là. Son corps remplit l'espace d'un parfum qui me fait crier d'envie, d'épouvante et de joie. Je lèche ses grands yeux noirs, troublants comme des éclipses de soleil, et mon cœur se met à genoux comme un prêtre inca qui supplie l'astre divin de le rendre aveugle; ainsi je pourrais garder éternellement au fond de mon âme cette dernière vision: le visage éclatant de Donald. Des mots d'une chanson de Cole Porter me reviennent: «Your fabulous face». Il l'avait écrite pour Gary Grant dont il s'était follement entiché.

Le maître d'hôtel revient et nous amène à une table pour deux, tout contre le mur près d'un immense palmier qui louche vers la section vitrée du plafond, si bien pensé par l'architecte Luc Laporte. Je suis content. C'est une place de choix. Nous serons un peu à l'abri de la cohue. D'autres regards nous observent. Une fois assis, tout revient à la normale. Ce n'est qu'une soirée comme tant d'autres dans toutes les villes de la terre, seulement j'exulte, enchanté d'être en tête-à-tête avec Donald. Je détaille ses mains magnifiques qui tiennent le menu plastifié. Quand le garçon demande si nous voulons renouveler notre apéritif, je commande du champagne. Donald tressaille. Après le départ du garçon de table, il me souffle:

— Mais t'es fou!

— Dis-moi pas que tu le savais pas?

— Sais-tu que c'est plus qu'une journée de travail pour moi?

— Je le sais. Pis! Qu'est-ce que tu veux que je fasse! Ailleurs, c'est un mois! Je m'en sacre! Pense pas à ça! J'en ai de l'argent, alors qu'on en profite, calvaire! Qu'est-ce que tu veux que je fasse? Que j'aille laver la vaisselle? Je ne suis pas en charge du tiers monde!

– Je sais ben mais...

Une ombre de nouveau passe devant le soleil.

– Écoute, Donald, oublie l'argent pour un soir, O.K.? Penses-y plus. Je suis content que tu sois avec moi, ici, ce soir à *L'Express*. Le champagne est le pire alcool à boire seul. Je suis heureux de t'avoir là, et j'ai pas envie de boire de la piquette. Pourquoi on célébrerait pas le hasard? Hein? Qu'est-ce que t'en dis?

– Moi j'ai même pas assez d'argent pour faire semblant!

– On s'en crisse de l'argent, O.K.? Je veux pus entendre ce mot-là!

Donald retourne résigné au menu qu'il scrute d'un œil averti. Il compare sans doute les plats affichés avec ceux de «son» restaurant, et surtout leurs prix. Le champagne arrive. D'un geste bien rodé le garçon me montre la bouteille, puis il l'ouvre avec un bruit étouffé. L'avalanche de bulles légères, dorées, remonte la paroi du verre en une illusion magnétique. Je goûte. J'éloigne de quelques centimètres la coupe, les yeux rivés sur Donald je donne le verdict:

– Parfait!

Le garçon lui en verse, et de nouveau dans ma flûte, et encore un peu dans celle de Donald avant de remettre la bouteille dans le seau d'aluminium. Le paquebot de la soirée est officiellement lancé. J'avance mon verre.

– À nous!

Ses lèvres s'écartent sur des dents blanches comme une page où il ferait bon écrire des poèmes d'amour à la Louise Labé. Je voudrais être capable de me moquer de moi, de mon cœur prêt à toutes les naïvetés. Doris Lessing n'a-t-elle pas écrit justement que l'on mesure le degré de l'amour à son degré de naïveté? Je dois être en amour rare!

— À nous! renchérit-il.

Donald avance ses lèvres vers la flûte. Elles s'impriment dans un geste gracieux. J'envie les bulles qui les mouillent.

— Maudit que c'est bon!

— Tout le monde devrait boire au moins une bouteille de champagne par jour, je suis sûr qu'il n'y aurait plus de guerres, que les gens seraient moins malades et...

— Que les pauvres seraient plus pauvres!

La phrase tombe dans un silence sifflant de guillotine.

— Je suppose que je devrais mieux m'en aller tout de suite cueillir un itinérant et le faire asseoir avec nous?

— Choque-toi pas, mais des fois je trouve que t'es déconnecté de la réalité!

— Des fois! Des fois! Ça fait même pas vingt fois qu'on se voit, alors généralise pas! De toute façon, si j'aimais ça, moi, m'amuser un brin! Quand l'humanité en sera rendue à sa bouteille de champagne quotidienne, le monde ne s'en portera que mieux.

Il pige dans le panier à pain.

— C'est niaiseux peut-être, mais je regarde tout ce beau monde et que veux-tu, moi je suis de l'autre côté des choses. C'est moi qui les sers, pas toi! Et parfois ils m'écœurent!

– Moi aussi. Et pourquoi tu changerais pas de job?

– Facile à dire. Pour faire quoi? Je sais rien faire d'autre!

J'essaie de l'embrayer sur d'autres voies comme suivre des cours d'histoire de l'art à l'université, car je sais qu'il est habile en dessin, ou approfondir un autre métier qu'il aimerait faire. Il lui faudrait absolument changer de milieu. Que va-t-il pouvoir faire dans quelques années? Rester un waiter? Il riposte en expliquant qu'il a trop de choses à payer: l'auto, l'appartement, et la vie commune avec Francine. Il n'a pas le temps, surtout aucun argent «pour se perfectionner en art». Son ton sarcastique me met en rogne. Je suis prêt à lui avancer l'argent s'il le faut. Horrifié par cette idée, il me somme d'arrêter ce manège tout de suite. Sa vraie vie n'a rien à voir avec celle dorée que je mène.

– Donald! On va pas parler d'argent toute la soirée, hein?

– Non. O.K. Je laisse tomber. T'es riche et tu n'y peux rien. Ce soir je bois du champagne, demain midi je me déguise en serveur souriant et je compterai mes pourboires. Belle vie!

– On dirait que tu m'en veux! C'est pas de ma faute! Je me contente de te faire des suggestions qui me semblent possibles. Tu pourrais faire des choses plus intéressantes. La job alors ne serait plus que secondaire. Je le sais que je suis une exception, que tout le monde travaille pour vivre. Et crois-moi, je les plains vraiment. La plupart travaillent pour arriver, et non parce qu'ils aiment ça! J'arrive quand même pas de la planète Mars!

– On oublie ça! Pis, qu'est-ce que tu vas faire cet hiver?

Sur le coup je ne sais pas trop quoi dire. Très sérieux je réponds :

– Je t'emmène avec moi.

– Ah oui? Où ça? reprend-il, amusé.

– Où tu voudras, mais dans le Sud.

Il soupire en me regardant d'un air découragé.

– Et le pire c'est que t'es sérieux!

– Dead serious my friend!

– Tu vois, je crois pas que Francine aimerait ça!

Et v'lan! Mon cœur bondit comme s'il cherchait à quitter son orbite. Je prends une gorgée de champagne. C'est du dépit que je bois.

– C'est pas un voyage organisé, Donald! Je disais ça seulement pour voir jusqu'où je peux aller avec toi. Pas plus loin que deux ou trois rues, j'ai l'impression.

– Tu sais que jamais je me permettrai d'aimer un homme. Jamais!

– Tu me l'as déjà dit.

– Alors pourquoi tu t'acharnes?

– Parce que je n'y peux rien. Je t'aime plus que tu ne peux te l'imaginer. En tout cas, plus que tu ne t'aimes toi-même.

– Ah oui? Et pourquoi tu m'aimes?

– C'est compliqué de répondre à ça. C'est à la fois évident et mystérieux.

– Ben on va laisser ça mystérieux. Écoute-moi, je suis bien avec toi, c'est vrai. Avec toi je me sens pas un gars qui aime un gars mais un gars qui peut-être pourrait aimer tout court... mais...

– Mais comme en bout de ligne je suis un gars, tout casse!

– Je pense souvent à notre rencontre, et je trouve ça correct. Seulement je suis pas assez bien dans ma peau pour t'accoter, surtout si je trouve que je suis...

– Que je suis?... allons, dis-le!

Terrorisé, il s'arrête, le verre suspendu dans l'air pendant que je brandis le mien comme un glaive.

– Que je suis homosexuel? C'est ça? Tapette? Un fif hein? Rien d'autre qu'une moumoune? Regarde-moi donc comme il faut, est-ce que j'ai l'air de ça? Des centaines de filles dans cette ville voudraient coucher avec moi, de toutes les sortes. Des filles super belles et super intelligentes. Et tu t'imagines-tu que j'aimerais pas mieux ça, hein? Seulement c'est pas mon désir. Et crois-moi, je suis le premier à en être désolé. Seulement moi, je ne leur fais pas des accroires, j'essaie d'être ce que je suis. J'ai pas choisi d'être comme ça! Tu le sais-tu ça au moins? Pis en plus, même si j'étais efféminé, so what!

– Correct!

Il a presque crié. Sa voix a fait des remous jusqu'aux tables voisines.

– Donald, je ne te demande rien. T'es avec moi en ce moment et je suis content. On s'en tient à ça, O.K.?

– O.K. Excuse-moi. C'est sans doute moi qui suis trop fucké!

Il réussit à balayer les voisins d'un sourire enchanteur pendant qu'on nous amène l'entrée. La douceur des mets installe une trêve. Je n'ai plus faim, même si je me force à ne rien laisser paraître de mon trouble. Que je l'aime me semble aussi évident que la nuit dehors. Et comme je me retiens pour ne pas me lever et l'embrasser fougueusement au vu et au su de l'univers. Je plonge mécaniquement ma cuillère dans la soupe de poisson en me disant que la vie est tout simplement ridicule à cause de nous. Nous nous regardons, nous nous épions et nos moindres gestes prennent des allures d'opéra. Le bruit des conversations, les reflets dans les miroirs, les allées et venues des serveurs, et moi qui attends le moment propice pour saisir la phrase idéale qui le ferait basculer dans mes bras. Donald dévore avec enthousiasme, s'extasie avec candeur. Je l'observe, le contemple. Que faire d'autre? Cependant, pour rien au monde je ne changerais de situation. Cet enfer est un paradis quand il braque sur moi ses yeux noirs et brillants comme deux ailerons de requin.

– Tu manges pas?

– J'ai pas tellement faim.

– Moi ce film dans le désert m'a ouvert l'appétit. Et la soif!

– Moi ma visite à l'hôpital m'a tué!

– Il est dans un si piètre état?

– Affreux! Il est prisonnier dans une chambre de torture. Maudite vie! Ou comme disait une vieille voisine: «P'tite vie maudite!» Quand j'étais petit, une voisine très vieille passait ses jours à se bercer devant la fenêtre sur le prélart de sa cuisine et tout ce qu'elle trouvait à dire c'était: «P'tite vie maudite, p'tite vie maudite!» Et son incantation suivait le beat de sa chaise berçante. Ça finissait par être hallucinant de l'entendre marmonner: «P'tite vie maudite, p'tite vie maudite, p'tite vie maudite, p'tite vie maudite» du matin au soir. J'en ai encore la chair de poule!

— Moi quand j'étais petit...

Et nous nous confions notre enfance comme si nous nous montrions un trésor fabuleux, top secret. Les anecdotes se suivent, se ressemblent dans leur démesure. Médusé, je regarde des lèvres aimées choir des mots que j'avale goulûment. Nous nous racontons des histoires qui nous font rire, nous émeuvent. Je commande une bouteille de Gamay bien frais et le repas poursuit sa trajectoire qui ne peut finir autrement qu'en apothéose. Nous sommes lancés sur le terrain miné de l'enfance dont on ne se remet jamais. Nos cœurs comparent leurs cicatrices, nos yeux brillent d'une rosée alchimique. Nous sommes bien. Nos voix ont pris la tonalité d'amants comblés qui oublient le terrain risqué de l'amour. Je le regarde tendrement, il m'écoute avec ferveur. Le monde autour a disparu dans une autre dimension qui ne nous touche plus. Comme deux anges, nous planons entre des nuages que nous façonnons à notre image. Ensemble, nous nous éloignons pour entrer dans cette contrée sans frontière qui nous accueille les bras ouverts pour mieux nous en chasser par la suite. Nous sommes là, assis à une table de restaurant, à parler de ces riens qui prennent aux yeux des amants l'ampleur des séismes.

Les moindres détails ont des saveurs extraordinaires, les moindres secrets deviennent des pactes avec l'absolu. Nous plongeons dans la mer chaude de nos yeux sans craindre les déceptions qui rôdent pourtant. Chaque battement nous fait avancer au pays de la blessure. Nous sautons dans des torrents de confidences que nous remontons comme des saumons joyeux. Nous oublions le temps qui est en train de nous forger un souvenir doré. Nos mots s'entremêlent plus sûrement que les vignes au soleil. Nous sommes tout simplement amoureux. Car je sens Donald près de moi, comme moi près de lui qui appuie mon enfance contre la sienne. Nous ne voyons pas le temps passer et pourtant il passe, occupé à comploter contre nous, à rendre déjà au passé une histoire qui ne fait que commencer. Nous ne nous méfions pas assez, trop emportés par la rage de vivre. Pourtant, y a-t-il une autre façon de vivre? À un moment, sans faire attention à mon geste, je saisis la main de Donald. Il se laisse faire. Le monde est si loin derrière nous, caché dans le brouillard de l'alcool. Un instant après, Donald sursaute et retire en vitesse sa main. Aussitôt la méchanceté me mord.

– J'espère que personne ne nous a vus!

– Ah! Julian, t'es incorrigible!

– Donald, j'ai faim par exemple pour un dessert. Je veux du chocolat. C'est fou comme j'en ai envie!

Il sourit jusqu'aux yeux. Derrière l'horizon de ses lèvres les perles éblouissantes de ses dents s'estompent. J'aimerais passer ma vie dans ces yeux-là qui dansent comme les soleils des miracles.

– Moi, ça va être le gâteau au coulis de framboises.

Le garçon prend la commande et disparaît. Tout à coup, une chaleur subite électrifie ma jambe. Il me regarde de l'air assuré du vainqueur. Il ose appuyer délibérément sa jambe contre la mienne qui subit instantanément une attaque de fièvre. Rien ne peut donc résister aux vases communicants du désir. À mon tour, j'appuie fermement la mienne contre la sienne. J'ai envie de toi, lui dit-elle sauvagement. Tout en maintenant sa jambe ficelée à la mienne, il avance son visage d'une beauté démoniaque.

— Qu'est-ce que t'aimerais le plus Julian?

Je suis un loup pris au piège. Il enchaîne:

— Moi, être heureux. Mais toi?

— Être heureux, c'est vague ça!

— Régler mes problèmes d'argent. Et toi?

— Partir immédiatement avec toi pour Venise.

— Toujours les voyages?

— C'est un des rares endroits où le décor se comporte en personnage. Et Venise me semble actuellement la seule place faite à notre mesure. Ce serait un témoin magique!

— On pourrait vraiment partir, comme ça, tout de suite? me demande-t-il, incrédule.

— Pourquoi pas? Oui, on saute dans ton char, tu passes faire ta valise, moi la mienne, et hop! on va à l'hôtel de l'aéroport. Là, on attend le premier vol pour l'Italie et on se rend à Venise, en train par exemple! Ah Donald! Sortir de la gare et descendre les marches de marbre qui sombrent dans l'eau, c'est comme tomber dans un conte de fée. Pour toi et moi Venise serait la ville la plus exacte, la plus conforme à notre état d'âme. Ah! pis fuck les valises! On part tout de suite! Un taxi et on attend le prochain vol Alitalia!

— Arrête! Je peux pas partir!

— Je sais. Tu m'as demandé ce que j'aimerais le plus au monde? Je te l'ai dit. Et toi, qu'est-ce que ce serait vraiment?

– Je te l'ai dit: être heureux.

– C'est trop vague. C'est bon pour les imbéciles!

Offusqué il retire sa jambe.

– Ben, merci!

Son ton est redevenu d'une neutralité si sèche.

– C'est pas de toi que je parle. Pour moi le bonheur, ça n'existe pas.

– Venise alors?

– Venise serait une métaphore. C'est la seule comparaison terrestre qu'il ferait bon vivre en ce moment. C'est ce qui pourrait nous rapprocher le plus du bonheur. On pourrait même peut-être avoir la sensation de le toucher! Car vois-tu, Venise est une loupe grossissante, ou encore un télescope pointé sur la beauté. Y touche-t-on vraiment? Je sais pas. Autant vouloir toucher le ciel.

– Alors aussi bien rester ici.

– On a le choix, et moi je te dis que ce soir, entre Montréal et Venise, je choisirais Venise, parce que c'est le lieu qui convient le plus à un projet... mettons amoureux?

– T'es trop romantique!

– On ne l'est jamais trop.

Les desserts arrivent et nous nous jetons dessus comme des enfants dans une piscine de sucre. Envoûtés par les saveurs, nous dévorons tout en menant une conversation débridée et sérieuse que seuls les amoureux ou des amis de longue date peuvent tenir. L'endroit bruyant ne dérougit pas. D'autres clients se sont installés près de nous qui les remarquons à peine. Pourtant la femme est une chanteuse de rock célèbre, et lui un jeune premier actuellement la tête d'affiche d'un film. Sans nous soucier des gens autour nous continuons notre exploration. Chaque petit détail prend des proportions gigantesques, un peu comme les géologues qui, à partir d'un morceau de poterie, reconstruisent toute une civilisation. Nous n'en finissons plus de nous raconter. Les digestifs arrivent, deux rhum et coke. Une superbe tranche de limette flotte, astre vert dans un ciel noir. Nous déballons nos souvenirs comme des enfants des cadeaux. Les minutes tombent, gouttes d'or dans l'éternité. Il dit qu'il aimerait aller ailleurs.

– Où?

– Sais pas, mais ailleurs. J'ai envie de bouger.

– O.K., on va au *Lézard*, c'est pas loin. C'est juste au coin de Rachel.

– On pourrait aller au *Passeport* aussi?

– On fera les deux.

– D'accord.

– Et je m'occupe de l'addition.

– Quand bien même je voudrais, je pourrais pas. J'offre les verres là-bas.

– It's a deal!

Je fais signe au serveur en traçant des mots dans l'air. Je traverse la place comme si j'étais sur un char allégorique dont la thématique serait l'amour toujours l'amour. Pauvre de moi! À la sortie de *L'Express* la pluie froide s'acharne sur nous.

– Attends-moi, je vais aller chercher l'auto.

– Je vais y aller avec toi.

– Pour quoi faire? Reste à l'abri, j'arrive dans deux minutes.

Je n'ai pas le temps de répliquer qu'il court déjà. Quelle bête! Je rentre dans le restaurant. Une immense solitude me saisit. Je suis un enfant qui vient de perdre son père dans une ville grouillant de monde et qui ne sait plus quoi faire sinon brailler. S'il ne revenait pas? S'il était parti pour toujours? Je regarde la porte assiégée par la pluie. Le vacarme du restaurant devient infernal. Quelle place bruyante et broyante tout de même! Piégé par une angoisse que je juge ridicule, j'espère avec impatience son retour. Toute la vie semble tout à coup d'un vide ahurissant. Je suis là, comme un saint qui viendrait d'être expulsé de l'extase. Tout prend des proportions démesurées. La nuit devient plus noire, le bruit plus accablant, et l'heure me jette férocement au visage ma solitude. J'ai chaud. La sueur perle à mon front. Et si j'allais rester là, abandonné jusqu'à la fin des temps? Pendant que je rumine ces scénarios tous plus noirs les uns que les autres, la voiture de Donald surgit comme un joyeux coquelicot. Je cours m'y engouffrer.

– Tu vois? Qu'est-ce que ça aurait donné que tu te mouilles pour rien?

Ses cheveux dégoulinent au-dessus de ses yeux qui brillent comme deux étoiles en enfer.

– Alors c'est où déjà cette boîte?

– Juste au coin de la rue Rachel.

– Sur Saint-Denis?

– Oui.

– Allons-y!

La voiture fonce à nouveau dans la ville. Le trajet ne dure que quelques minutes. Donald réussit à caser l'auto près du Lézard. Nous voilà dans l'escalier pour aller au troisième étage secoué par une musique lourde, très heavy metal. Nous frôlons des graffitis qui habillent le gris délavé des murs. Nous nous nous. Que j'aime ce mot-là ce soir! Un mastodonte nous ouvre une porte grise, elle aussi, et nous sommes happés par des éclairages aussi violents que la musique. De la glace sèche rampe sur la piste de danse et noie dans un brouillard multicolore des corps qui se démènent, enchaînés à cette musique agressive. Nous nous rendons au bar, placé devant la piste de danse. Je commande deux Cuba Libre à la barmaid coiffée d'une crête de cheveux violets. Donald insiste pour payer. Un type aux vêtements savamment déchirés, au crâne rasé et tatoué d'un rat, me sourit de ses dents noircies. Donald se penche à mon oreille.

– Je pense que tu lui fais de l'effet.

– J'aime pas les geishas.

Donald éclate de rire. Ah! son rire! Il cogne son verre contre le mien.

– Viens danser, me dit-il.

«I could have dance all night» all right! Nous prenons une bonne gorgée avant de nous risquer à abandonner sur le comptoir nos verres pour disparaître dans un tourbillon de fumée. Un éclairage ultra-violet peint de couleurs fluorescentes les visages et les vêtements. Les yeux brillent comme des cigarettes fumées par des démons. Sur la piste de danse le son est tellement puissant que le corps bouge malgré lui. C'est l'euphorie. Les danseurs s'accrochent, se repoussent, se bousculent et j'ose saisir Donald à bras-le-corps. Ses dents éclatent comme des craies brandies par un maître en colère alors que la fumée s'enroule autour de nous tel un poulpe insaisissable. Des morceaux de danseurs apparaissent et s'estompent, ectoplasmes attachés aux violents décibels. Des bras se précisent un moment et trouent l'écran de fumée dans une mise en scène digne des meilleurs films d'horreur. À mon tour je suis happé par une main qui m'entraîne vers le zinc.

– J'ai chaud et j'ai soif comme ça se peut plus! dit-il.

– Moi aussi.

Nous retrouvons, ô miracle, nos verres intacts. Une fille à la crinière orange, les yeux beurrés de noir, le nez percé d'un anneau d'argent, vêtue d'un maillot noir plongeant dans une crinoline qui passe du rose au mauve, regarde à travers nous. Je commande d'autres verres. Partout des corps résolument modernes font une cohue où se mêlent anges et gargouilles. Nous reprenons notre conversation. Nous oublions toute cette bacchanale désopilante qui nous entoure et, serrés l'un contre l'autre, les mots sortent parfumés de nos bouches qui hésitent, à quelques centimètres l'une de l'autre. Et nos bras, nos yeux qui se touchent disent des mots que nos lèvres ne prononcent pas. Le vacarme de la place nous isole plus sûrement qu'un lit. Protégé par cette ambiance Donald peut se livrer en toute quiétude. Il ose des poses contre mon corps, avoue des regards éloquents de caresses. Nous prononçons des phrases sans importance pendant que nos corps émettent des ondes pures et harmonieuses. Tout à coup, il passe sa main autour de mon épaule et me dit au creux de l'oreille qui frissonne ces quelques mots qui m'emplissent d'un vent chaud.

– Je suis bien avec toi!

Je souris. Je dois avoir l'air idiot de la Joconde! Autour de nous c'est la parade des armures actuelles, des maquillages contemporains. Des odeurs de haschisch se mêlent aux odeurs de bière, aux sueurs de ces corps entassés pendant que dans des toilettes aux remugles saisissants d'autres se piquent ou aspirent des bonheurs portatifs, si rageusement éphémères, terrestres quoi! Je me penche à mon tour vers Donald et contre, tout contre son oreille que j'aimerais laquer de ma salive, je murmure:

– Moi aussi.

Délicatement je frôle de mes lèvres le lobe de son oreille. Donald baisse la tête, confronté à son double qu'il fuit dans son verre qu'il vide d'une grande lampée. Il en commande deux autres. La barmaid, indifférente mais efficace, obéit prestement. L'heure du sortilège et de la fascination vient de sonner. Dans ses yeux des éruptions d'or.

– On s'en va!

– Où ça?

– Ben... chez toi!

Nous finissons en vitesse nos drinks et sous les étoiles artificielles nous fonçons vers la lourde porte de métal qui se referme derrière nous dans un bruit de mâchoire. À mesure que nous approchons de la rue la musique perd de sa force, ne reste que le squelette des basses qui font vibrer les marches de métal. Nous arrivons à l'auto, escortés d'une pluie qui tombe en neige mouillée. J'ai une image de confettis sur un parvis d'église. Décidément la fleur bleue est en forme. Il tourne à droite sur la rue Rachel et se rend jusqu'au poste de police. Juste après un fast-food au nom éloquent de *La Banquise*, l'avenue du Parc-Lafontaine commence. À la lueur des réverbères nous pouvons voir le parc se recouvrir d'un blanc féerique. Montréal est devenue une star habillée d'hermine. Après tout, ce soir, j'ai le cœur Hollywood! Donald met une cassette et la voix lancinante de Chris Isaak illumine plus sûrement la voiture qu'un rayon laser.

À la fenêtre, deux chats, dans leur habituelle pose de sphinx, jouent aux divinités de l'ennui. Je débranche le système d'alarme pendant que les divinités miaulent de l'autre côté de la porte à la vitre dépolie. Donald referme derrière lui la porte du balcon. J'aime ça. Il est déjà chez lui. La chaleur parfumée de l'appartement nous frappe de son exotisme. Donald, estomaqué, voit d'un coup d'œil l'espace impressionnant. Ici et là flottent des lampes allumées.

– Que c'est beau chez vous!

– C'est mon havre de paix.

– C'est tout simplement magnifique!

– Pourtant tu connais la place.

– Oui mais je ne m'y habitue pas! Je ne m'y habituerai jamais.

J'aime pas le mot «jamais», mais je ne dis rien. Je tire doucement Donald par le bras, et je referme la porte givrée du vestibule. Je prends son blouson en jeans et enlève le mien. J'allume la chaîne stéréo. La voix éraillée de Billie Holiday chante: «I'm a fool to want you».

– Mets-toi à ton aise. Je nous sers à boire. Rhum et coke toujours?

Je reviens avec deux longs verres remplis de notre alcool favori. Deux rondelles de limette sont accrochées sur le rebord. Donald, langoureusement étendu sur le Duncan blanc du salon, prend le verre que je lui tends. L'amour ce soir a de fabuleux complices.

– Tu joues du piano souvent?

Il pointe le mammifère qui bâille au lustre de cristal.

– Ça m'arrive.

– Et là, ça te tenterait pas?

– Pas vraiment. Pis les voisins, qu'est-ce que t'en fais?

– Ah oui, c'est vrai. Je les oubliais eux autres.

– À nous!

– À nous!

– Julian, tu fais les meilleurs rhum et coke en ville!

– Je sais.

– Quand je pense que je travaille demain matin.

– Demain matin?

– Ben, à l'heure qu'il est, c'est plutôt ce matin. En fait il faut que je sois au plus tard au restaurant pour dix heures trente. Le temps de monter les tables et de se préparer pour le rush de midi.

– Ça marche bien?

– Au boutte! Que veux-tu? c'est plein de tours à bureaux autour! Pis il y a aussi les étudiants de Concordia, et comme la pizza est bonne et pas chère, c'est bondé tout le temps!

– Je comprends.

– Non, tu peux pas comprendre. T'as jamais travaillé toi, tu peux pas comprendre toute cette pression, les patrons, les clients, faut rusher tout le temps tout le temps! Des fois, je sacrerais tout ça là, mais pour faire quoi? Hein? Je sais rien faire de mes dix doigts! En plus, j'ai aucun diplôme.

– Aucun diplôme?

– Non! J'ai même pas fini mon secondaire! Tu vas pas chier loin avec ça!

– T'aimes Billie Holiday? Ça va pour la musique?

Comment éviter cette conversation qui mène à un cul-de-sac?

– Je suis dans ce mood-là.

Debout, j'hésite à m'asseoir près de lui. Il devine mon embarras et de sa main fascinante m'appelle.

– Viens près de moi. As-tu peur?

Je dépose mon verre sur la table laquée noire et m'installe près de lui. Une seconde passe en prenant tout son temps. Il se retourne et se penche vers mon visage pétrifié qu'il saisit entre ses deux mains douces oh! si douces! Cette bouche vermeille qui menace de s'ouvrir, ces lèvres qui osent s'écarter, qui s'approchent et qui s'emparent furieusement des miennes et... fougueusement qui m'embrassent! Qui déclenchent la tornade! Pas plus qu'on ne peut, une fois lancée, arrêter la capsule Colombia qui fonce du cap Canaveral vers l'inconnu des sphères célestes, nous ne pouvons nous empêcher de nous aimer à même nos corps qui se convulsent en un orage de caresses. Nous nous jetons furieusement l'un sur l'autre comme une mer déchaînée jusque-là pourtant impassible, se jette sur des rochers. Nos bouches et nos mains n'ont pas assez de peau pour se rassasier. Les doigts s'accrochent aux cheveux, les bouches aux oreilles, aux lèvres. Il me mord dans le cou, il déchire de ses dents la chemise de soie pendant que mes mains tirent désespérément sur ses jeans coincés par une ceinture qu'elles travaillent à défaire avec acharnement. Ma langue lèche une épaule enfin nue pendant que j'arrache à mon tour sa chemise, encouragé de sentir contre moi son sexe! Nous tombons sur le tapis persan et, contournant adroitement la table, nous nous retrouvons presque en dessous du piano! De mes pieds, je réussis à enlever mes bottes tandis que mes jeans glissent comme par enchantement. Sa bouche s'empare de mon pénis pendant que je baisse la fermeture éclair de ses jeans. Un sexe long et épais jaillit. Je me mets à le lécher frénétiquement. De mes mains, je tire sur sa chemise. Je m'agrippe à sa toison d'ébène. Je lutte pour ne pas sombrer immédiatement dans l'éternité de l'extase. Donald maintient toujours mon sexe dans sa gorge tapissée de pétales. Enfin je baisse ses jeans et m'enfouis la tête dans les astres fermes de ses fesses. Les chats, immobiles, assistent à cette scène d'amour démentielle. Je sens la langue chaude de Donald lécher mes cuisses, prendre dans ses mains douces oh! si douces! mon sexe gonflé. De mes doigts, j'écarquille la raie de sa croupe pour mieux saisir l'anus qui m'offre son astre rose. Donald se lamente. Ce dernier retire doucement mon sexe de sa bouche en le léchant lentement pendant que ses mains font des prouesses avec mes testicules. Je gémis alors que dans la nef de ma bouche s'avance le pénis enflammé de Donald qui lèche mon bas-ventre et remonte le long de mon torse. N'en pouvant plus, il retire son sexe pour y enfouir violemment sa langue. Les mains moissonnent les images et, dans la sueur, on pourrait voir plus d'un ange rugir. Je saisis le visage de Donald et le lape comme un chat. L'appel de nos sexes est plus fort que tout. Je lèche son cou. J'y imprime mes dents.

– Non non, faut pas Julian. Pas de marques!

Plus excité que jamais, je lui mordille le ventre et tout en regardant Donald je prends dans ma bouche son pénis dont le gland turgescent a l'air d'un ciel d'orage.

– C'est bon! Oh! c'est bon!

Je l'enfouis le plus lentement possible dans ma gorge en faisant glisser autour de la tige mes deux mains.

– Moi aussi j'en veux! se lamente-t-il.

Il se retourne et prend à nouveau le mien. C'est la chorégraphie savante de la passion, le savoir-faire de deux corps affamés l'un de l'autre. Les mains, les bouches, les sexes se rencontrent, s'arrachent l'un à l'autre, et, dans un va-et-vient implacable, tissent l'extase qui nous amènera à contempler la lumière de la mort. Nos sexes se frottent, creusent les orifices que nous prêtent ces corps rendus fous. Donald s'est étendu sur mon dos et, tout en me mordant le cou à son tour, il cherche à enfouir son sexe en moi. Je me rebiffe.

– Non non Donald, c'est trop dangereux!

Emporté par la folie de l'heure, il me chuchote qu'il est en parfaite santé. Il entre en moi. Je me mets à crier. De peur. De plaisir. Il amorce la cadence qui hypnotisera nos corps. J'écarte de mes mains mes fesses pour qu'il puisse aller le plus loin possible en moi. Il se retient et se retourne sur le dos en m'entraînant. Il s'empare de mon membre qu'il masturbe à pleines mains pendant qu'il enfonce le sien à grands coups de rein. Nos cous se tordent pour que nos bouches réussissent à se toucher. Dans une apothéose que seuls des corps en perte de contrôle connaissent, nous éjaculons en hurlant notre bonheur et notre désarroi. Les chats se sauvent en jetant de petits cris dans le silence velouté de l'appartement. Billie Holiday a arrêté de chanter depuis un bon moment. Blottis l'un contre l'autre nous regardons dans la pénombre ruisseler la source secrète du cristal.

– Je t'aime! Je sais que je ne devrais pas mais c'est plus fort que moi. Il faut que je te le dise. Je t'aime Donald. Je t'aime comme un fou!

Donald reste silencieux. Il m'effleure les paupières de ses lèvres.

– Je sais, mais je veux pas que tu me le dises!

– Pourquoi puisque c'est vrai?

– Justement pour ça. C'est entre nous deux que ça se passe et je veux que ça en reste là.

– Mais! Il n'y a personne!

Il se lève pour prendre les verres. Les glaçons ont pratiquement disparu. Il m'en tend un. Dans le silence pleuvent les poignards des secondes. Nous buvons. Les chats reviennent et tournent en miaulant tout bas. Donald flatte Champagne pendant que Rimbaud se hisse jusqu'à ma joue. Il me frôle de son museau humide. Il se retient d'enfoncer ses griffes qui plient légèrement sur ma peau.

– Donald, je suis si bien!

– Moi aussi.

Il cherche ma main et la ramène sur son membre durci. Je le masturbe délicatement pendant que nos lèvres se joignent pour faire la prière des amants. La fougue nous reprend. Les verres sont déposés au hasard et nos corps embarquent à nouveau dans le tango des anges. Alors les caresses millénaires, toujours nouvelles, remettent nos corps en émoi. Donald s'est penché sur mon sexe qu'il suce avec ferveur. J'enfouis mes mains dans ses cheveux courts et frisés. Il se lève et il s'empale lentement sur l'obélisque de marbre rose en se soutenant de ses puissants avant-bras. Il grogne et se plaint pendant que je fouille sa bouche. Nos cuisses musclées se heurtent, s'embrasent. Les chats déguerpissent à nouveau. Donald touche le membre raidi qu'il maintient bien en place dans sa bague dorée pendant que mes mains caressent frénétiquement le sien qui s'offre en toute générosité. C'est à nouveau l'apogée divin, la seule familière à l'humain. Nous électro-cutons l'éternité. Donald se retire de moi qui étouffe un dernier cri en lui mordant une main toute proche. Nous restons là, affaissés sur la plage du plaisir, pendant qu'au creux de nos corps-coquillages gronde toujours la tempête du désir.

– Je t'aime trop Donald! Ah! comme je vais te haïr!

– Je sais.

Dans son sourire, il y a tant de tristesse. Je détourne les yeux pour ne pas être le voyeur de cette âme qui perle au coin des lèvres, que je ne peux me retenir d'embrasser et d'embrasser encore. De concert, nous nous réfugions dans nos verres.

– Je reviens tout de suite.

Il reste là, à fixer le cristal du chandelier. Des avalan-ches de lumière grise et mauve tombent. Dans l'air plane à nouveau la voix envoûtante de Billie Holiday. Je le re-trouve avec un verre rempli de glaçons et une serviette chaude et mouillée avec laquelle je lave minutieusement son corps somptueux. Il se laisse faire comme un bébé heureux. Je m'attarde autour du sexe que je nettoie doucement. Je souffle dessus.

    – Je le fais sécher!

Je glisse à l'intérieur de mes joues quelques glaçons tout en réussissant à y enfouir le sexe long mais mou de Donald qui crie de surprise.

    – Qu'est-ce que tu fais là?

Je m'acharne sur son membre qui se gonfle et à son tour il se penche sur le mien qu'il avale. La lente ascension de la béatitude recommence. Les corps fiévreux recherchent le paradis de l'enfer qu'ils avaient entrevu voilà à peine quelques instants et qui réapparaît tout près. Systématiquement nos bouches en harmonie vont et viennent le long du phallus dressé dans toute son arrogance qui, pour l'instant, nous défie. Nos dents se retiennent pendant que nos lèvres, nos langues spiralent et font une danse sauvage autour du totem de chair qui les fascine. L'euphorie intime de notre bouche, agenouillée à même l'arbre de la vie, dresse son mirage fabuleux dans le désert rose de l'heure. Quand la sève descend se coller à la tendre paroi de nos gorges, qu'elle nous emplit jusqu'aux yeux de l'âme, nous réunissons nos bouches pour échanger la semence exquise que nous venons de recueillir si frénétiquement. Le nectar de l'ange. Nous retombons sur le tapis qui vient de voler jusqu'au pays des amours interdites.

Dans la fenêtre du salon, la lumière glacée de Montréal donne aux contours des objets une allure insolite. Billie Holiday chante: «Glad to be Unhappy». Les chats reviennent de leurs pas feutrés et reniflent les vêtements épars. Donald s'étire. Il va partir, je le sais. Médusé, je regarde ce corps olympique s'éloigner de moi, tel un voilier luxueux qui quitte la rade pour s'engager dans le bleu mouvementé du monde. J'enfile une gorgée de rhum et coke, avant de me lever à mon tour. Je frissonne. Je vais dans la chambre m'emmitoufler dans un peignoir de soie noire bordé de blanc et je prends l'autre de couleur safran pour Donald. Je jette un regard furtif sur le répondeur qui clignote. Comme si j'avais la tête à prendre les messages! Je m'installe sur le Duncan blanc. Je remarque avec mélancolie les vêtements arrachés dans la tempête amoureuse. Perdu dans mes rêveries j'écoute la chanteuse noire parler du malheur des amoureux. Donald emplit l'embrasure de la porte et me fixe d'un air sérieux qui lui dessine deux sillons parallèles à la racine du nez. Nous nous regardons avec intensité. Nous devinons le temps qui creuse déjà entre nous un fossé, lequel deviendra immanquablement un charnier. Nous sommes là à surveiller nos corps qui se rapetissent dans un espace qui s'agrandit, qui installe implacable ses règles sociales. La politesse barbare de l'anonymat établit sournoisement des distances. Nos peaux, voilà à peine quelques instants euphoriques de leur mélange, se referment inexorablement sur leur solitude. J'offre le peignoir à Donald qui cherche dans le désordre son slip sans doute!

– Non, merci! Il faut absolument que je parte!

Je garde un silence douloureux.

– Je dois y aller!

Essaie-t-il de se convaincre?

– Pourquoi?

– Parce qu'il est plus de quatre heures du matin, parce que je travaille, moi, cet avant-midi, parce que...

Des reproches maintenant. What's new?

– Parce que?

– Oh tu le sais! Fais-moi pas parler pour rien!

– Parce que Francine pourrait, ou a peut-être déjà appelé hier soir, et qu'elle va sûrement le faire ce matin? Et qu'elle est jalouse! Possessive! En plein ce que je serais!

J'essaie un rire qui sort dévasté de ma gorge, de cette gorge qui voilà à peine quelques instants... Le chien sale! Qu'est-ce qui me retient de lui arracher ses beaux yeux de lave froide?

– Peut-être que oui? Peut-être que non? Je prends pas de chance! Je veux que mon histoire marche! C'est toute! Je suis prêt à toutes les concessions pour ça!

– Et moi j'en suis une?

Je lance la robe de chambre. Elle vole à travers le salon comme une chauve-souris topaze qui crashe dans les branches d'un yucca.

– En ce moment, Donald, je comprends clairement pourquoi on peut tuer un amant!

Il est en train d'enfiler maladroitement son jean.

– Tu comprends trop de choses!

– Je ne comprends qu'une chose: c'est que je t'aime et que tu t'en sacres!

– Non! Laisse-moi faire ce que j'ai à faire, on verra plus tard. Écoute, Julian, laisse-moi du temps O.K.? On verra plus tard. Mais là, demande-moi rien! Je ne peux pas!

Je joue avec mon verre vide. J'ai tellement soif que je boirais la mer et ses poissons comme avait coutume de dire ma vieille tante bien-aimée. J'assiste à la disparition de sa peau sous les vêtements. Ça me ferait tellement de bien si je pouvais pleurer de rage, de dépit. Habillé il s'assied non pas sur le Duncan, mais plutôt sur un fauteuil de cuir noir.

– Il est confortable ce fauteuil.

– C'est un Wassily.

– T'es snob, hein?

– Fuck you!

Il me regarde, l'air méchant.

– Tu veux un autre drink?

– Non, merci. Il faut vraiment que je rentre!

– Moi, je vais m'en faire un dernier. One more for the road. Comme j'ai pas loin à aller...

Il flatte Champagne qui l'a adopté. J'amène les deux verres que je tiens à remplir. Billie Holiday a de nouveau fini de chanter. Je dépose sur la table qui nous sépare deux rhum et coke, portion adulte.

– Qu'est-ce que t'aimerais entendre for departure?

– Ce que tu veux. Ah! pis non, reste dans le même genre, j'aime ça.

– De toute façon, ces temps-ci il n'y a que les voix des chanteuses qui me calment.

Je vais sous les blanches boiseries victoriennes remettre un autre disque. Ella Fitzgerald entonne: «Someone to watch over me». Quand je retourne au salon, Donald flatte toujours Champagne.

– À nous.

– À nous, répète-t-il d'une voix mate.

– Tu te sens-tu correct?

– Oui oui, ça va aller. Je suis juste un peu fatigué. Faudrait que j'aille me coucher, mais ça ne me tente pas.

– Pourquoi tu resterais pas ici? Repose-toi quelques heures. Après je te ferai un bon petit déjeuner pendant que tu te prélasseras dans le bain tourbillon. Comme ça tu pourrais partir pour le travail un peu moins pucké! Je sais que t'aimes le blanc de tes œufs bien cuit.

– Une autre fois. N'insiste pas, je pourrais céder et je m'en voudrais.

– Comme tu veux.

– Surtout je t'en voudrais!

– O.K.! O.K.!

Il s'approche et cogne son verre contre le mien.

– Sans rancune?

– Sans rancune.

J'ai à peine ouvert la bouche. À mon tour de caresser Champagne. Rimbaud doit être sous le lit en train de bouder. Donald ramasse son blouson et s'approche solennellement de moi. Cet autre qui était mien voilà à peine quelques minutes. Il me prend par les épaules et il dépose sur mes lèvres un subtil baiser dont je hume l'ultime parfum.

– Merci pour tout! À chaque fois que je te rencontre tu me traites comme un prince!

– Parce que tu en es un Donald, parce que tu en es un! Ne l'oublie jamais!

— J'ai ton numéro de téléphone. Je te rappellerai.

— Don't call me, we'll call you!

— Ne sois pas agressif, c'est pas le temps!

— Donald, je passerai pas mes jours à t'attendre. Si jamais je faisais ça, j'espère qu'un bon ami aura le guts de me tirer à bout portant.

— Pourquoi t'essaierais pas de te trouver un chum? Ça te serait tellement facile.

— Je devrais te tuer mon grand tabarnak! Tu comprends vraiment rien.

— C'est pas ça mais...

— Tu ne m'aimes donc pas? Ah! pis laisse faire! Ne dis plus rien! Laisse faner en paix cette nuit magique.

Il effleure de sa main douce oh! si douce! mes cheveux ébouriffés. Inexorablement, il se met en route vers la porte givrée du vestibule. Nouvelle Eurydice, je le suis. Je ne peux résister à l'appel violent de son corps que j'enlace dans un baiser magistral. À son tour, il m'embrasse fébrilement. Tout doucement nos lèvres se déchirent dans le silence mouillé de la neige qui tombe sur la ville. Il joue avec la serrure tubulaire et la porte obéit. La neige a totalement envahi la nuit. Le balcon s'est transformé en une immense aile de papillon qui palpite sous l'éclairage ambré du lampadaire. Les méandres d'un érable argenté surplombent Donald qui amorce sa descente. Dans les marches ses empreintes font des creux bleutés que l'averse de neige recouvre machinalement. Il se retourne une dernière fois vers moi, immobile comme une apparition en noir et blanc. Il agite sa main douce oh! si douce! dans ma direction. Il se revire trop rapidement et va de l'autre côté du terre-plein. Il s'engouffre dans sa voiture. Il n'a même pas pris la peine d'enlever la neige. Il démarre en donnant deux petits coups de klaxon qui me confirment que je ne rêve pas. Ella chante: «An empty ball room». Une dernière image: une voiture rouge souffle derrière elle la neige comme un voile de mariée. J'aimerais pouvoir en rire. La porte se referme sur moi comme le couvercle vitré du cercueil de la Belle au bois dormant. Ben le fun!

Je vais au salon me confronter à un désordre intime. J'enlève du feuillage rigide du yucca la robe de chambre. Je l'accroche maladroitement à la patère de cuivre où elle pend de son aile brisée. Les verres sont presque vides. Le tapis et la table ont été déplacés. Le parfum tangible de Donald me heurte si brutalement! Je m'écroule sur le sofa blanc. La réalité sort totalement de ses gongs. Les candélabres sur la cheminée de marbre, le piano, le lustre, les fauteuils valsent comme la valse de Ravel. Saccagé par la meute d'images qu'a abandonnées le corps de Donald, le mien contemple le paradis perdu.

Je reste là, hébété, pendant que Rimbaud réapparaît en sentant minutieusement les moindres détails qui lui parlent de la trajectoire de cette nuit, quand deux corps d'un même sexe se sont éperdument aimés. Je le regarde aller à travers un brouillard mauve. Je pense au parfum enivrant des lilas de mon enfance. Je revois le soleil se fracasser sur le miroir cruel d'un lac. Dans le silence maintenant revenu, pourquoi ne puis-je éclater en sanglots? À défaut de larmes, je me gave de rêveries. Je m'imagine, avec Donald, dans un château médiéval construit sur une banquise en route pour le Gulf Stream. Une nuée de poissons volants s'élève et fait un arc-en-ciel dément sur une mer étale et tiède. L'iceberg s'amincit. Nous finissons naufragés sur une plage au sable volcanique d'un noir ardent.

Les chats se blottissent contre moi. Mon mirage en lambeaux, je roule vers l'autre versant de la vie. Là complotent les rêves sanguinaires. La fleur bleue fane dans son désert rose.

QUATRIÈME JOUR

Une douleur lancinante au cou me réveille. Il fait encore nuit mais le noir n'est plus aussi dur. Il pâlit, se lézarde. À moitié endormi, je suis surpris par ce salon pourtant familier. Je titube jusqu'au frigo. Ah! le Coke diète! Les hamburgers dessinés sur l'horloge marquent six heures trente. J'ai donc dormi un peu plus d'une heure. Je me réfugie sous mes draps imprimés d'orchidées. J'écoute les messages sur le répondeur. D'abord, c'est Charles qui se plaint, qui me dit qu'il sera «exposé de 5 à 7 chez Alfred Dallaire!». Ensuite, Anna voulait prendre de mes nouvelles. Et Robert qui me dit qu'il en a de belles à me raconter. Ça, je n'en doute pas. Finalement, ma mère, sur le bateau de Dave, son richissime nouveau mari, quelque part dans les Bahamas, «ou les Barbades, je ne sais plus... je mélange toujours les deux», et qui m'invite à aller les rejoindre. Je l'écoute décliner toutes sortes d'informations. J'ai autant envie de me ramasser avec toute cette belle bande de millionnaires américains que de cruiser un requin. Ma peau songe aux caresses de Donald... Elle le rappelle à grands cris. L'avoir encore là, allongé tout contre moi... La fatigue m'emporte. Mon corps bascule de l'autre côté du réel pendant que le froid et la neige continuent d'assiéger la ville. Les chats sautent avec grâce dans le lit et s'installent à leur place habituelle, à bâbord et à tribord.

Sur les parois de la serre la neige se colle comme une invasion de sangsues albinos. Montréal, l'écume aux lèvres, sombre peu à peu dans sa rage hivernale. La sonnerie du téléphone me force à revenir. C'est ma mère, déjà saoule, «aux Mai Taï». Elle commence de bonne heure aujourd'hui. Ça va être beau tantôt! Avec empressement, elle réitère son invitation.

— On ira même à l'île Maringouin si tu veux!

— Moustique maman! Moustique!

J'entends le cliquetis des glaçons contre le combiné du téléphone. J'ai mal au cœur. Je l'écoute patiemment me raconter les dernières anecdotes, toutes plus chlorées les unes que les autres. Elle me décrit les amis de Dave et leurs épouses, platines jusqu'à l'indécence. Elle insiste pour que j'aille la rejoindre.

— Tu n'aurais qu'un jet à prendre et on irait te chercher. Name it, we will be there!

— J'ai pas la tête à ça!

Alors jaillit une explosion de reproches. De plus en plus agressive elle se met à pleurer. Elle joue ainsi la dernière carte de son chantage que nous ne connaissons que trop bien. Finalement je m'en tire en prononçant les mots «Anna» et «vernissage». Subitement, tout attendrie, elle me dit qu'ils seraient enchantés, Dave et elle, de nous recevoir.

— Tu fais très «my husband and I».

— Qui dit ça?

— La reine Élisabeth. La deux!

— Parle-moi pas d'elle hein! A l'air tellement bête!

– Je te taquine maman!

– Votre chambre à coucher est déjà prête.

Elle jubile. Je rage. La voilà qui se remet à décrire la piscine fastueuse faite comme un gâteau de noces, chaque partie se déversant dans une autre, et le beau monde «tellement fin» tout autour. Enfin ce sont les adieux mouillés sur «Comme j'aimais ton père mon p'tit, il me manque tellement, si tu savais!». J'essaie tant bien que mal de la consoler. La conversation finit sur des promesses de se reparler bientôt.

Soulagé, je retourne au frigo boire à même la bouteille de «Coca light» comme ils disent en France. Coke diète? Coke léger? Je m'en sacre mais que ça fait du bien. Ça remet! Je m'aventure, c'est le mot car je suis très fragile, jusqu'à la fenêtre du salon. Je suis estomaqué par le spectacle d'une forêt de cristal. La neige de la nuit, transformée en pluie verglaçante, a recouvert les branches des arbres de tuyaux de verre. Cela donne dans le parc Lafontaine un concert inattendu d'orgues translucides qui s'élancent dans le ciel montréalais en une féerie déroutante sur laquelle le soleil, en diva, chante sa solitude. Quelques branches (qui ne peuvent supporter ce poids inusité) penchent dangereusement vers le sol. Cette mascarade pèse des tonnes! Je m'arrache à ce spectacle unique pour étendre mon corps qui crie famine, en manque total de Donald. Sur l'écran mat du plafond mon ombre se plaint. Le portrait de ma mère s'y imprime de façon machiavélique. Alors que je devrais partir pour Venise avec Donald! Freeport! Shit!

Sans cesse les mêmes lancinantes images. Moi et Donald sur la place Saint-Marc. Donald et moi comme George Sand et Alfred de Musset au café Florian. Moi et

Donald. Donald et moi. J'aimerais fermer les yeux pour les ouvrir ailleurs. Sur le plafond imperturbable défilent ces cartes postales de notre amour, non encore écrites. J'essaie de me trouver encore plus ridicule, si c'est possible. Je ne peux m'empêcher de me dire comme ce serait merveilleux d'être là sur un vaporetto avec mon bel amant en train de siroter un Campari. Comme Venise dans sa lagune, je m'enlise dans mes regrets. Mais tous les amours mènent à la sérénissime. Je sais que je ne pourrai plus me rendormir, d'autant plus que les chats ronronnent trop fort. Ah! partir! Partir avec lui! Le rêve ultime. L'enlever à sa vie médiocre, lui faire voir le monde et ses splendeurs, comme ses misères, et finir les soirées torrides dans ses bras dignes des meilleurs clichés hollywoodiens. Toutes les comparaisons me mènent à ce cul-de-sac dérisoire. C'est plus fort que moi, Donald ne cesse de m'obséder. Tous mes projets mènent à lui, «comme tous les chemins à Rome». De cliché en cliché, j'imagine d'autres voyages fastueux à bord de transatlantiques, de Concorde, et de Malibu aux Seychelles, de Singapour à Paris, c'est la liste des scénarios déments. Je devrais sur-le-champ le kidnapper et le crisser dans un avion en partance pour Rio de Janeiro! La vision de Maurice ligoté sur son lit, branché à tous ces appareils, fait une collision d'images qui flambent comme des jets. La vie est trop courte pour faire des manières avec elle! Une litanie de citations, de situations, me confirme dans mon rêve dément d'enlèvement. Je sais aussi que Donald, effarouché, ne me pardonnerait jamais cette intrusion dans sa vie privée, et l'oiseau au plumage chatoyant qu'il est s'envolerait à tout jamais hors de ma vie. Juste l'idée de ne plus le revoir me plonge en phase terminale!

Après avoir envisagé une foule de combinaisons toutes plus insensées les unes que les autres, je me redresse sur un monumental «fuck!». Je remets le peignoir de la nuit dernière, et je me gave du scintillement du parc métamorphosé en bijou étrange qui retient prisonniers tous les arcs-en-ciel depuis l'arche de Noé. Je ne me lasse pas d'admirer ces arbres momifiés dans leurs parures cristallines aux ramifications de plantes spectrales. Le soleil a beau se déverser sur eux, ils restent là, immobiles, à imiter des chandeliers transparents que promènent dans cette forêt ensorcelée des anges aux ailes de cire diaphane qui fondent à mesure que le jour avance. Les voitures contournent, comme des insectes inquiets, le spectacle du parc. Il déploie dans le ciel de novembre des racines luminescentes qui pleurent en chœur avec l'astre solitaire. Encore une fois Montréal surprend. Un voyageur arrivé la veille, qui se réveille au milieu de cette installation fascinante, doit se demander s'il n'a pas débarqué dans un pays imaginaire. Les lampadaires, les moindres fils électriques sont retenus dans cette gangue vitreuse. Et le soleil n'arrête pas de courser les chimères de la ville. Elles coulent dans ce réseau limpide tel un sang de fantôme. Montréal, encore une fois, prouve au reste du monde qu'elle est une folie, cette fois merveilleuse. Mais il faudrait que la glace fonde, sinon la carte postale pourrait s'avérer très maléfique. Certains arbres ne résisteront pas. Et j'ai pas envie de manquer d'électricité.

Absorbé par ma quête, je vérifie les traces du passage de Donald pour me prouver que je ne rêve pas, tel ce paysage dans sa bulle de cristal. Les verres vides comme ma vie attestent trop que le souvenir dont je ramasse précieusement les miettes est aussi réel qu'au dehors cette ville de verre. Je fixe le tapis persan, chiffonné, qui ne bouge plus sous le piano. Excédé, je vais dans le boudoir aux moulures blanches pour éteindre le système de son. J'aimerais poursuivre mon rêve même si la réalité me saute à la figure,

Donald est reparti. Je suis bel et bien seul, naufragé sur l'île dévastée de mon cœur Harlequin. Si la fleur bleue pouvait donc se faner une bonne fois pour toutes! Je me vois très bien genre Le Noir au Père-Lachaise...

Pourtant je ne me convaincs pas, et mon corps encore moins qui garde partout sur lui, en lui, ses caresses si efficaces. Je m'adosse à une colonne de stuc blanc d'un dorique douteux, décoré de rosettes et de volutes superbement inutiles. Comme son chapiteau où trône un immense plant d'orchidées. Le luxe de ces pétales. Le vide me happe. Je cherche subitement un point d'appui. Je ne trouve sur la dureté du parquet mosaïque que des sanglots. Comment garder foi en cet autre qui n'est plus là? Les chats, contents de m'avoir à l'horizon de leurs yeux, pensent que je veux jouer. La sonnerie du téléphone, et si c'était Donald? répond à mon appel au secours. Je me relève en vitesse pour décrocher. Charles me semonce aussitôt:

– Julian, oh Julian! T'es enfin là!

– Ce qu'il en reste!

La conversation continue, comme à l'accoutumée, l'art, l'amour et toutes ces choses qui rendent la vie plus intéressante, et qui parfois la changent. Évidemment, Charles veut savoir ce qui s'est passé l'autre soir aux *Beaux-Esprits*. Je n'en remets pas trop. Dehors le cristal se défait sous l'incantation du soleil. Montréal reprend son air de chat mouillé. Les gens doivent patauger dans la gadoue, arrosés accidentellement (?) par des automobilistes insouciants. Je parle de ma rencontre avec Donald et ça me soulage. Charles me console en me disant que cette histoire-là est loin d'être niaiseuse.

– J'ai le sentiment d'avoir frenché son âme!

Charles s'esclaffe. Quand nous raccrochons, je me trouve un peu mieux, un peu moins perdu. De lui avoir parlé a remis les choses dans une perspective plus juste, sinon plus encourageante. Je m'installe au piano. Les chats, contents, sautent sur le Duncan Five ivoirin, le divan des amours, et écoutent religieusement. Je ne pianote pas longtemps, la faim me tenaille trop. Je vais glaner quelque chose au frigo qui n'offre, à part un Camembert un peu durci, rien d'intéressant. Alors j'opte pour la routine: des toasts abondamment beurrées de beurre d'arachide, de miel. Et le sempiternel thé Earl Grey. Le soleil dans l'appartement fait oublier l'hiver qui a bien failli arriver. Après ce festin olympien, je décide d'arroser les plantes. Je mets de l'engrais aux hibiscus, bougainvillier, jasmin et orchidées qui aspergent de leur parfum robuste les rhododendrons, fougères, cretons, ficus, crassula. Et plusieurs autres s'entremêlent dans une chorégraphie digne d'une forêt tropicale, décorée d'oiseaux de faïence peints à la main que j'ai ramenés de mes multiples voyages. Après l'arrosage, je prends un recueil de poèmes d'Anne Hébert et me glisse dans l'eau chaude du bain que je n'ai pas activé pour ne pas être dérangé par le bruit du moteur. J'ai la tête trop fragile. Les vers qui jonchaient une page oubliée revivent tout à coup dans cet après-midi de novembre :

> *Qui dont m'a conduite ici?*
> *Il y a certainement quelqu'un*
> *Qui a soufflé sur mes pas.*

Et plus loin d'autres vers me troublent, ravivent ma peine :

> *Il y a certainement quelqu'un*
> *Qui m'a tuée*
> *Puis s'en est allée*
> *Sur la pointe des pieds*
> *Sans rompre sa danse parfaite.*

De temps à autre j'ajoute de l'eau chaude. Rimbaud vient poser ses pattes bariolées sur le rebord de la baignoire. Il se sauve en poussant des petits cris plaintifs alors que je l'ai à peine aspergé. Dans la fenêtre, des ciseaux d'or taillent des colonnes de poussière qui dérivent dans l'air humide de la salle de bains. Dans le miroir embué un Narcisse moderne se demande ce qu'il va faire de sa vie. La vie qui est là, calme et limpide comme un livre ouvert déposé sur mon visage, dont je hume l'odeur de papier vieilli, imprimé de ces fabuleux poèmes. Les yeux fermés, je revois le dos grandiose de Donald penché sur mon sexe. Le corps sait toujours ce qu'il veut. Pourquoi Donald fait-il semblant de ne pas le savoir? Pourquoi le nie-t-il? Toutes sortes d'excuses tourbillonnent et disparaissent, même si je m'entête à trouver touchantes les hésitations irritantes de Donald. J'aimerais penser à autre chose. Je lis:

J'ai mon cœur au poing.
Comme un faucon aveugle.

Le téléphone sonne. L'appareil sans fil est à la portée de ma main. C'est Anna. Elle veut me raconter sa soirée avec Johny. Le visage de l'amour aux mille et un masques qui se faufile dans ses multiples clichés de mascarade. Anna me décrit sa nuit dans le plus menu détail comme s'il s'agissait d'une rencontre du quatrième type. Une nuit torride pour elle aussi. Combien d'entre nous cette nuit, dans la ville de verre, ont-ils frôlé l'extase? Amours qui tombent et repoussent, plus vivaces que ces beaux nuages dans le terre-plein d'un ciel bleu de soleil. J'essaie d'engager la conversation sur le vernissage mais peine perdue, Anna tient à tout raconter de sa nuit d'amour, ce qui m'agace superbement. J'aurais aimé me croire seul au monde à avoir côtoyé le bonheur la nuit dernière. Alors je me tiens coi. Je veux garder pour moi seul la tempête de nos corps. Comme si le fait de garder secrète notre rencontre la prolongeait. Finalement, Anna en arrive aux modalités du vernissage, les toiles sont déjà rendues à la galerie *Treize*, et elle passe à la radio communautaire cet après-midi.

– Il fait trop beau pour rester en dedans! Laisse tomber l'émission, Julian, et profite du beau temps!

Elle retourne à sa vie. Je goûte le silence pudique qui a séduit plus d'un poète. L'eau du bain est tiède et je juge que j'ai assez fait le crocodile. Ou le flamand noir. J'examine la pièce et trouve que ça fait vraiment trop vieux garçon bien rangé! Trop tapette tout ça! Va falloir revoir ce décor. Avec l'aide de Donald peut-être?

Je pars à la recherche de vêtements. Je ne sais quoi porter, comme je ne sais non plus ce que je ferai de ma journée. Pour l'instant, je dérive dans une sorte de nirvana, ce nowhere cosmique aussi vide que cette camisole d'un orange brûlé à manches longues que je glisse dans ce pantalon de soie noire signé Yves Saint-Laurent, mon couturier favori. Satisfait de voir mes yeux s'agrandir sous l'effet mordoré de cette couleur aux reflets mats, je les enchâsse d'une fine ligne noire à peine visible. À l'annulaire droit je glisse une améthyste ovale lâchée lousse dans une arène d'argent. Je laque mes cheveux en une pose tango. Sur la table de chevet le cadran numérique marque trois heures trente-trois. L'émission d'Anna est à quatre heures. Je n'ai pas la patience d'attendre jusque-là. J'écouterai donc ses conseils puisqu'il fait vraiment trop beau pour rester encabané. L'hiver peut arriver d'un moment à l'autre. Ne neigeait-il pas cette nuit? Il neige encore dans mes yeux... Contre le bleu de la serre, des cumulus me rappellent la douceur de sa peau. J'ajuste à mes pieds des chukkas qui complètent la chemise par leur couleur idoine. Bien ajusté derrière mes verres fumés, j'abandonne à leur paresse Rimbaud et Champagne. Je sors, dandy urbain. Un air mordant me fait relever le col du blouson. Je cache soigneusement mon cou dans un foulard de laine noire. L'air vif me ragaillardit. La ville m'appartient.

Je me promène d'abord rue Rachel puis monte le boulevard Saint-Laurent jusqu'au *Lux*. Je mange un croque-monsieur accompagné d'un café brésilien. J'aime cet autre espace imaginé par Luc Laporte, cette cathédrale d'acier surmontée d'un dôme d'un blanc opalin. Je feuillette quelques revues mais décide de ne pas en acheter pour ne pas avoir à traîner un sac. Je fais du lèche-vitrines. Je ne trouve rien à mon goût et je m'en fous. Je folâtre. Je m'amuse. Cette ville est la mienne, je la connais sur le bout de mes cils. Les moindres perspectives, les moindres odeurs, jusqu'à l'éclairage tamisé de cette fin de novembre, cette lumière étiolée, me rappellent où je suis et que je suis content d'y être. J'entre au *Whisky Bar* et je jase un brin avec la barmaid, la belle Jocelyne. Il n'y a pratiquement personne et je peux à mon aise admirer la place, jouer au Manneken-Pis dans la chute d'eau qui longe un mur en stainless steel. Je sirote un verre de vin blanc pendant que Jocelyne me raconte qu'elle a été mannequin la semaine dernière et qu'elle a plus ou moins aimé l'expérience.

— T'es là sur le stage et tu t'inventes un regard neutre, chiant même, comme si tu regardais l'Apocalypse et que tu t'en fichais éperdument.

— Genre: «Is that all there is?»

— En plein ça!

– C'est donc à ça que les mannequins pensent quand elles se pavanent! Elles ont toujours l'air choquées ou ennuyées. Et quand elles sourient on a l'impression de voir des vampires tout maigres, blasés comme après vingt vies!

– C'est pire que ça! Les filles là-dedans se regardent des ongles au trou-de-cul et faut pas qu'il y ait quelque chose qui les dérange, sinon c'est l'hystérie. J'ai jamais vu des gens si peu sûrs d'eux! Les gars, parlons-en pas, plus snobs que ça tu meurs! Pourtant, c'est juste un paquet de pingouins avec de la guenille dessus!

– Ça doit pas être drôle de vieillir dans ce milieu-là!

– Ça doit être l'enfer! Moi, j'ai fait ça pour m'amuser, mais pratiquer ce métier-là tout le temps, non merci! Et faut être un top modèle pour gagner beaucoup d'argent, parce qu'une parade de mode à Laval, c'est pas ça qui te met dans le jet-set! Tu t'es promenée ben gorgeous, pis tu comptes tes sous pour savoir si t'en as assez pour flyer un taxi pour te rendre jusqu'au métro Henri-Bourassa! Ah ça passe vite la gloire! Le temps d'un flash!

– Bah, t'as eu du fun au moins?

– Pas mal! Au deuxième degré s'entend. À un moment donné, je portais une minijupe en mailles de fer plaqué argent et des collants oranges qui me transformaient les jambes en carottes, et des souliers hauts comme ça! Avec un bustier fait en entier avec des cartes de crédit. En plus un boléro qui matchait ma jupe. J'avais les cheveux six pieds de haut. Je peux pas voir qui peut acheter ça? Bah! on s'en sacre pas mal hein, de toute façon je me suis bien amusée. On me voudrait à Toronto, paraîtrait-il. Je sais pas si je vais y aller. Faut dire qu'ils paieraient toutes mes dépenses.

– Qui ça «ils»?

– Eux autres, deux gars, des gays sans doute!

– Why not?

– C'est ce que je me dis, pourquoi pas? C'est juste qu'il faut que je m'arrange ici pour l'horaire. Pour ça, c'est pas un gros problème!

Elle renvoie vers l'arrière sa crinière de lionne et montre des dents au blanc tranchant qu'adoucissent ses yeux d'un bleu d'Italie. Ils lui donnent cet air de gamine prisonnière d'un corps de déesse. Le 5 à 7 amène sa clientèle habituelle. Je m'éclipse dans le soir de Montréal qui vit un scénario écrit par le froid. Je flye un taxi pour le *Saint-Sulpice*, histoire de voir comment le beau Ronnie s'en tire. Dans la rue, c'est la cohue, le bouchon des insectes tapageurs qui ont pris d'assaut la rue Saint-Urbain. Même le sens unique n'empêche en rien le flot de véhicules de couler au compte-gouttes. Sur l'asphalte de la ville s'égrène le long chapelet de misères qui se sont échappées des édifices à bureaux. Ma foi, je dois être allergique au 9 à 5. Pauvre de moi, snob en plus! Je remercie le ciel et ma vieille tante de m'avoir épargné tout ça. Le chauffeur de taxi n'est pas bavard et je lui en sais gré. Derrière mes lunettes de soleil, même s'il fait noir, je regarde le cinéma des autres, les multiples prises de vue me renvoient toujours à ma solitude. Le taxi, indifférent, m'emporte dans la ville qui piétine, prisonnière d'elle-même. Je suis happé par un cercle vicieux; car que puis-je faire d'autre à cette heure dans cette ville? Aller boire du champagne au *Ritz*? Faire du bénévolat dans un hôpital? Illico l'image de Maurice me traumatise. Même pour lui, je ne puis rien. Visiter une galerie d'art en son honneur? Aller voir Donald à sa job? Mon agenda est vide et lisse comme les fenêtres des buildings qui multiplient le ciel de Montréal. Je me penche au-dessus de la page vierge de l'heure et le vertige m'étreint plus sûrement qu'une caresse. Je n'ai rien à faire et n'y peux rien. Donc, en route pour le *Saint-Sulpice*, pour frotter ma solitude à celles des autres, la faire briller encore plus! Lanterne magique alors que je n'ai qu'un souhait: le revoir au plus vite! Des bruits de sirènes se font entendre entre Rachel et avenue des Pins. Encore un feu sans doute. Je ne regarde même pas de ce côté-là. Le spectacle de la ville m'est si familier! Comme je connais cette cohue intime qui vit et respire bruyamment. Au coin d'Ontario, le taxi tourne à gauche jusqu'à Saint-Denis et me laisse devant la Bibliothèque nationale aux grandes portes grillagées vigoureusement fermées. Comme d'habitude, je laisse un généreux pourboire et je m'enfonce dans le bar survolté. Il y a tant de monde que sur le coup je ne peux mettre aucun nom sur cette murale de visages. J'aperçois Ronnie au-dessus de la mêlée qui distribue des bières à pleines mains. Je réussis à progresser vers le bar. Ravi de me voir, il me fait un sourire mur à mur. Il me désigne un verre sur pied. Je fais signe que oui. Il le remplit en tirant sur une poignée comme il le fait pour la bière en fût. Un vin trouble, mousseux, coule pour devenir d'un jaune pâle à peine civilisé, pendant que je distribue automatiquement des sourires comme des œillades. Robert, de l'autre côté du bar, m'appelle du bout de ses bras. J'entreprends une houleuse traversée. J'échoue entre lui et un client qui manifestement a beaucoup bu. Robert porte un habit gris acier qui détonne beaucoup dans cette atmosphère postnucléaire. Il a remarqué mon regard inquisiteur sur son costume.

— Tu vois, je suis déguisé en prof d'université.

— C'est chic!

– Tu trouves?

– Disons que c'est une autre facette de Robert-le-caméléon!

– En plein ça! J'ai pas eu le temps de me changer. Il fallait que j'arrive ici en toute vitesse parce qu'un policier voulait me voir. Encore un avertissement! Je sais plus si je dois les soudoyer, ou quoi? Je suis mélangé! Je suis surtout ben tanné!

Robert raconte comme il en a marre de «tout ça». Il baisse le ton jusqu'à celui de la confidence quand il me décrit son aventure au sauna. Je hurle. Robert, interloqué, prend un air de César offusqué. Finalement mon hilarité le rejoint, et c'est en pleurant de rire lui aussi qu'il continue sa narration.

– Volé! Tu comprends? Il ne me restait plus rien. À part la serviette. Et je ne voulais appeler personne. J'étais trop gêné. Alors on m'a passé une vieille robe de chambre, sale en maudit, et je suis sorti incognito j'espère! C'est pas drôle d'avoir les pieds nus dans la slutche de la rue Sainte-Catherine, à cinq heures du matin! On avait eu l'amabilité de m'appeler un taxi. Or j'avais pas de clefs. Il a fallu que je passe par ici réveiller le concierge qui a défoncé la porte du bureau pour prendre mon autre set de clefs. J'en menais pas large à l'université aujourd'hui.

– Pauvre Robert! Ça en valait la peine au moins?

– Bah, un sauna c'est un sauna!

Ronnie qui déborde de commandes demande à Robert de lui amener de la monnaie, surtout des 25 et des 10 cents.

– Ça va mon homme?

– C'est plutôt à moi de te le demander.

– Ça va. C'est comme ça tous les jours, je le sais bien, mais maudit je finis toujours par être dans le jus, même si je m'y suis préparé. J'ai pas le temps d'être fatigué!

Ses cheveux dégoulinent sur la blondeur de son front sillonné de trois rides, cadeaux des trois Parques. C'est vrai qu'il fait terriblement chaud dans cette serre! Ici poussent de drôles de plantes carnivores. J'enlève mon blouson que je dépose sur mes genoux. J'ai pris la place de Robert, parti en vitesse chercher les rouleaux de monnaie. Bien assis sur le tabouret, je regarde le spectacle toujours hallucinant de cette clientèle bariolée même si le noir est roi. C'est le triomphe du kitsch, la folie sinistre de la décadence. Je pense encore à Babylone. Les jardins suspendus penchent du côté du Styx. J'assiste au spectacle désolant d'une génération qui se croit condamnée à un cul-de-sac définitif, surplombé d'un ciel troué, alors que sur terre la pollution, les guerres, les crises économiques et autres violences de toutes sortes leur font un beau paradis. Mourir relève du domaine de la chance. Il faut vivre en vitesse avant que tout ne saute, tel un Challenger en route vers les étoiles. Ne reste plus que l'énergie du carnaval, de ses maquillages outranciers auréolés de chevelures démentielles, des vêtements déchirés comme l'azur pour dire au reste du monde: «Fuck you!»

– As-tu vu Anna dernièrement? demande Ronnie d'un air contrit.

– Dernièrement? Ça fait si longtemps que ça que t'as eu de ses nouvelles?

– Une semaine mon homme. Je suis toute bouleversé! Anna m'a rejeté! Pour la maudite Johny, je le sais!

Entéka, je lui en souhaite avec la maudite Johny! C'est une garçon dangereuse!

– Je le sais Ronnie! Je lui ai dit d'ailleurs. Mais que veux-tu qu'on y fasse?

– Rien! Maudite que ça m'écœure!

Il s'enfouit la tête dans le frigidaire pour en ressortir avec cinq bouteilles de bière.

– Pis qui vienne pas icitte en plus! Y est barré! Robert veut pus la voir parce qu'il vend de la dope cette maudite-là! Et c'est pas moi qui va changer les rules! No sir!

À l'entendre mélanger l'anglais et le français à ce point, et se tromper dans les genres, je sais que Ronnie est hors de lui. Effectivement, que peut-il bien faire? Installé aux loges, je n'ai qu'à suivre le sordide déroulement d'un spectacle archiconnu. Robert revient avec les rouleaux de monnaie.

– Pourquoi est-ce qu'il y a tant de fumée dans la place?

– Je vois bien ça! J'y comprends rien. Ça fait deux fois qu'ils viennent réparer le système de ventilation et ça ne fonctionne toujours pas!

– Les yeux me brûlent.

– Je comprends! Moi mes verres de contact risquent de fondre!

Je lui montre le monde qui se presse autour.

– Un peu d'huile sur tout ça pis tu pourrais faire un commercial de sardines fumées!

Robert disparaît dans la foule vers l'arrière pour aller dans la chambre à fournaise voir ce qu'il pourrait faire pour régler la ventilation. De nouveau seul, je me sens tout à coup perdu dans cette faune bizarroïde. J'aimerais me voir ailleurs, mais où? L'invitation au voyage de ma mère me revient. Pas les Bahamas! Je me vois coincé sur le bateau, d'un côté ma mère un peu saoule qui se répète, de l'autre un beau-père réactionnaire qui ne parle que de politique, d'économie. Et leurs invités, aussi ennuyeux. Le seul divertissement serait de voir le soleil faire des paillettes sur la mer traversée de temps à autre par de surprenants poissons volants, spectacle qui aurait vite fait de me lasser. Confronté à cette promiscuité je sais que ce serait trop pénible. Pourtant, dans ce bar de Montréal qui appartient à un de mes bons amis, je me sens bizarre, étranger, perdu. À la dérive comme ceux qui m'entourent. Mais qu'est-ce que je pourrais bien faire? L'enlever, il n'y pas d'autre solution!

J'entonne alors l'éternel refrain du dandy qui s'ennuie scandaleusement au milieu de la misère universelle. Pourquoi ne suis-je plus surpris par rien? Je sais que l'argent peut être une honte. Car je ne fais que remplir le vide avec! Et le vide s'agrandit à vue d'œil! Je suis plein de possibilités, et comme Alice au pays des merveilles, je ne sais quel chemin choisir. J'ai l'impression qu'ils mènent tous au même résultat. Comment en suis-je arrivé à un tel désabusement? Je bois le vin ocre. L'ivresse tarde à venir. Le froid me tenaille l'âme, et comment appeler cette sensation qui n'a rien à voir avec le corps? Mais qu'est-ce que je vais faire de ma vie? Cette sempiternelle litanie me hante. J'en ai assez. J'attends juste que Robert revienne pour lui dire que je m'en vais. Où? Je lui répondrai «chez moi». Même si c'est pas vrai. Où puis-je aller?

Et voilà Johny qui se pointe dans le bar. Johny qui ose s'y promener comme un paon. Il est aussi grand que moi, mais beaucoup plus costaud. Il porte un foulard rouge à pois blancs autour du crâne et, à l'oreille gauche, pend un anneau doré. Il a des jeans savamment déchirés aux genoux, et une chemise à carreaux digne d'un coureur de bois. Pourtant, il ne connaît pas la campagne. Il n'y a jamais mis les pieds. Il a été élevé à droite et à gauche sur l'île de Montréal. Et il en a mangé de l'asphalte! On m'a raconté que sa mère s'est suicidée quand il avait six ans en avalant toute une bouteille de valium avant de s'enfouir la tête dans un sac de plastique. Finir dans un sac de poubelle! Les cris de Johny ont alerté une voisine qui l'a retrouvé à côté du cadavre. Il ne connaît pas son père. On l'a charrié de famille d'accueil en famille d'accueil et, à quatorze ans, grand et fort «comme un homme», il s'est retrouvé dans la rue à vendre de la drogue. Depuis ce temps, il n'a pas changé de métier. «Moé, chus pusher à vie» comme il dit. Les policiers ont beau le mettre en dedans, il y reste un temps symbolique et en ressort pour reprendre aussitôt sa carrière, pour retrouver son poste, comme un prostitué, dans la ville qu'il voudrait voir sauter. Et le *Saint-Sulpice* est un cadre idéal pour son commerce. Même si Robert et ses gérants le fichent dehors, il revient périodiquement s'installer pour vendre sa drogue: hasch, coke et pot, un peu de mescaline avec ça? Ou un buvard de LSD? Ou des downers peut-être? Le marché en redemande. On dévalise son sac en bandoulière qui regorge de merveilles chimiques de toutes les couleurs. Elles peuvent vous envoyer instantanément au ciel comme en enfer, ou dans les limbes. Il m'a aperçu. Je me tiens sur le qui-vive. Il s'approche et il me chuchote en ouvrant à peine la bouche des sons traînards:

– Que ma blonde aime les tapettes, moé j'ai rien contre.

Pris au dépourvu, je calcule en vitesse une riposte pendant qu'il enchaîne sur le même lent débit :

— T'es encore plus beau quand tu te choques. T'es vraiment une belle tapette !

— Johny, fais ce que t'as à faire pis crisse-moé la paix !

— Bon bon, à la prochaine... beau mâle ! qu'il rajoute en me pinçant fortement la joue gauche comme ferait un grand-père démoniaque.

Il s'éloigne dans un sillage de soufre.

— Qu'est-ce qu'il te voulait cette maudite-là ? demande un Ronnie surexcité.

— Des niaiseries Ronnie, laisse faire !

Je suis furieux. Ma joue doit être rouge comme un rond de poêle à high.

— S'il te dérange, moé je vais y casser la gueule à cette tabarnak-là ! D'abord il devrait le savoir qu'elle est barrée icitte !

— Oublie ça Ronnie, y a rien là !

— Si tu le dis mon homme ! Mais moé, y me niaisera pas longtemps ! Ça, je t'en passe une papier !

— Fais-toi-z-en pas avec ça !

Robert revient. Ronnie lui montre Johny du doigt. Aussitôt Robert fonce vers le faux pirate. Dans le tapage du bar, je ne peux rien entendre du monologue de Robert. Je vois seulement ses mains flageller l'air autour d'un Johny impassible, qui tout à coup donne une légère tape sur l'épaule de Robert. Ce dernier réussit de justesse à l'esquiver. Souriant comme un gorille, lentement, il s'achemine vers la porte, superman imperturbable que Robert

189

suit comme quelqu'un qui aurait décidé de se suicider. L'autre sort. Robert le regarde marcher sur le trottoir. Il veut être sûr que Johny est bel et bien parti. Il revient, pas mal énervé.

— Maudit caractère de chien! Ça fait au moins dix fois que je lui dis que je veux plus le voir ici, c'est toujours à recommencer! Une maudite tête de cochon!

— Tu peux passer tout le zoo si tu veux. Qu'est-ce qu'il t'a dit?

— «T'énerve pas comme ça bonhomme, dit Robert en l'imitant plus ou moins fidèlement, tu vas perdre ce qu'il te reste de cheveux! Je m'en allais justement. Je suis juste venu faire mes salutations à la belle tapette. T'es tapette toé aussi han?» Ah! des fois je vendrais tout ça!

— Mais non, qu'est-ce que tu ferais?

— Enseigner à l'université c'est amplement suffisant!

— Pour bien du monde peut-être, mais pas pour toi. T'as besoin du bar, ça t'occupe, ça te met en contact avec toutes sortes de gens, et avoue-le donc: t'adores ça! Après tout, quelle belle manne pour un psy!

— Peut-être... Seulement quand il faut que je deale avec du monde de même, là ça me met en rogne!

— It's part of the game.

— Comme tu dis.

Un afflux de connaissances refait surface et m'emporte dans la frénésie du bar. Ce sont les mots d'esprit, les histoires incroyables, les dernières anecdotes. Les verres se remplissent comme par enchantement. Une copine me raconte justement sa dernière aventure avec le fameux Johny.

— C'est vrai qu'il bande comme un taureau mais sa piaule est dégueulasse! Imagine-toi que je me demandais c'était quoi ces taches d'un brun foncé sur les murs de la cuisine? Enfin, si on peut appeler ça une cuisine! C'était comme s'il en avait aspergé toute la pièce, y compris le plafond, avec un goupillon, enfin façon de parler, parce que tu vois ben, c'est pas son genre les goupillons... Alors, sais-tu ce qu'il m'a répondu, l'animal? Il a dit qu'il aimait ça baiser avec les filles menstruées et ce que je voyais là était tout simplement du sang ramassé avec les seringues avec lesquelles il se shoote. Il m'a décrit comment il entre son aiguille là où il faut et comment il rejette sa récolte sur les murs. Alors j'ai imaginé le sang gicler et j'en ai eu la nausée! J'ai vomi là! Carrément sur le plancher affreusement sale de la cuisine et je sais même pas comment j'ai réussi à me sortir de là! Tout ce dont je me souviens, c'est de son épouvantable rire! C'était affreux! Tu parles d'un maudit maniaque! Je me rappelle qu'il me disait que c'était une façon concrète pour lui de collectionner ses conquêtes. Un maudit malade! Et c'était sale! Mais sale! É-CŒU-RANT! Et ça sentait le yable en plus!

— Mais pourquoi t'es partie avec lui, crisse?

— Écoute, j'étais faite à l'os! J'avais pas mal bu et j'étais cokée... je le sais plus trop... juste que j'ai dessaoulé ben raide quand j'ai catché quel énergumène c'était! Ah! le cœur me lève encore! Plus malsain que lui tu meurs!

Je songe à Anna et je me demande si elle est au courant des mœurs de son cher Johny. Manifestement pas! Elle le prend pour la baise, seulement elle joue avec un feu loin d'être purifiant! Il va falloir que je lui en reparle. Elle est sans doute à la galerie en train de préparer l'exposition. Je suis mal à l'aise: elle est en danger avec Johny. Il faut que j'agisse, mais comment faire comprendre cela à Anna? Je noie mes noirs soupçons dans ce pitoyable vin blanc. Un glaçon tristement tourne en rond.

— Julian, comment ça va?

C'est Luc qui vient de finir de travailler. Tous les soirs, avant d'entrer chez lui, il passe au bar prendre une bière ou deux, ou trois. Certains soirs, il traîne plus longtemps que prévu. C'est un pince-sans-rire qui aime m'entendre déblatérer sur une foule de choses. Il me raconte qu'il vient de casser avec sa blonde. Elle trouvait que le *Saint-Sulpice* prenait trop de place dans leur vie. Et lui a rétorqué que c'était la télévision. Voilà une belle histoire d'amour envolée en l'espace de six semaines. Robert réapparaît et me demande quels sont mes plans pour la soirée. Il a deux billets pour l'opéra *Carmen*. Je lui rétorque que je l'ai déjà vu trois fois, et que j'en ai marre. La dernière fois j'avais plus trippé sur les murales de Chagall que sur la grosse cantatrice qui aurait dû prendre la place du taureau.

— J'ai des billets aussi pour aller voir Marjo au *Spectrum*.

— Ah ben ça, ça me plairait plus!

— C'est la compagnie Labatt qui m'a donné gracieusement ces billets. Bon ben prends-les. Ils sont dans le tiroir-caisse, t'auras juste à les demander à Ronnie. Quant à moi, je vais à l'opéra.

— Passe chercher ton petit danseur! Invite-le à l'opéra!

— T'es pas drôle!

– Qui a dit que je l'étais? C'est peut-être lui qui t'a volé au sauna. Tu lui avais donné rendez-vous là je suppose?

– Comment tu sais ça?

– Mon pauvre Robert! Je te connais comme un livre... mettons un livre de chevet!

Vexé, il me rétorque:

– Pis toi, t'amènes qui?

– Johny.

– Hein?

– Ben non! es-tu fou?

– Ouf! Avec toi, rien n'est impossible.

– Je vais prendre les billets et si je vois quelqu'un de sympa au guichet je vais lui en refiler un. Qu'est-ce que t'en penses?

– Bonne idée.

C'est à Donald que je songe. Si je ne peux pas passer au restaurant et l'enlever, je pourrais peut-être le lui envoyer par taxi? Robert m'invite à son bureau. Je refuse. J'ai besoin de monde, de bruit autour de moi.

– Comme tu voudras!

Il me laisse à mon obsession de Donald, pendant que dans l'atmosphère enfumée Tom Jones chante: «It's not unusual». Je promène mon regard de cuivre sur quelques corps mais la comparaison victorieuse, obsédante de Donald resurgit. Alors je bois. Comme d'autres prient. Ou se jettent du haut d'un pont. Je bois parce que je ne sais plus quoi faire dans cette vie d'une insupportable beauté.

Ronnie continue de me servir, beau lui aussi, comme une annonce de Marlboro! Et seul et délaissé. Comme moi. Ça se peux-tu? Qu'est-ce qu'on pourrait bien faire pour être heureux? Peut-être me retirer avec les iguanes dans les jardins de l'enfer des îles Galapagos? Ou carrément arpenter les rues de New York, mais à la recherche de quoi? Déboussolé, l'avenir clos comme un œuf, je regarde les corps modernes qui véhiculent les codes contemporains de la beauté, celle toujours scandaleuse que la nouvelle génération installe contre la précédente. Mon tour n'est pas loin. Entre une coupe punk ou une perruque Louis XIV où est la différence? Entre la coupe GI et Mohawk où est la transgression? Je bois «systématiquement» et me laisse divaguer à mes rêveries.

– Ça va mon homme?

Ronnie tient les deux billets du concert de Marjo. Je dois sourire tristement, encore perdu dans mes pérégrinations intérieures, car il hoche la tête comme pour me dire qu'il comprend. Je fixe ma montre Cartier et les deux billets. Il est huit heures vingt-cinq. Le show a lieu à dix heures. J'ai tout mon temps. Comme d'habitude. Peut-être devrais-je aller manger? Je pourrais inviter Robert. L'opéra doit commencer plus tôt. Si ce n'est déjà fait. Comme à l'accoutumée, il sera en retard. Il descend justement, l'air serein de quelqu'un qui vient d'apprendre à voler.

– Je dois y aller.

– Le contraire m'aurait surpris. Tu vas manquer le premier acte, non?

– Eh oui! Que veux-tu, j'ai pas encore le don d'ubiquité. Alors là pas encore!

– Ça viendra.

– Il me semble que ce serait bien du trouble d'avoir ce don-là!

– Je pense que oui.

– Alors là j'y pense: donne-moi un billet, comme ça, si l'opéra est infect, j'irai te retrouver au *Spectrum*. Ça te dérange pas, comme t'es tu-seul... alors là je pourrais me joindre à ton agréable compagnie.

– O.K. alors là!

– Tu te moques de moi? Bon, alors là j'y vais. Même si l'opéra est potable, j'irai pareil au *Spectrum*. Je verrai la fin de l'un et le début de l'autre. Et à l'heure où je vais arriver, alors là je tomberai dans le meilleur du show.

– Sans doute. «Alors là» moi je serai au bar, à droite, tu sais celui qui est juste au début de la salle?

– Oui, parfait.

– Bon opéra.

– T'es sûr que ça te tente pas de venir?

– Alors là, sûr! sûr! sûr!

– À tantôt alors...

– Là! oui, à plus tard.

Robert plisse ses yeux, ce qui les rend plus narquois encore, et il s'en va. Moi je ne sais plus qui, quoi regarder. Je bois et je parle aux gens qui vont et viennent. Le temps, cet allié si précieux, dans les vapeurs de l'alcool se perd sur la fumée des cigarettes. Quand je regarde à nouveau ma montre, il est neuf heures vingt. Je suis agréablement surpris de voir qu'il y a encore tant de monde à cette heure-là. Peut-être est-ce le chiffre de nuit qui commence? Je décide de changer de décor. Je dis au revoir à Ronnie et me retrouve quelques minutes plus tard sur un trottoir à me frotter contre l'air glacé de Montréal. Je marche jusqu'au coin du boulevard De Maisonneuve. Je saute dans un taxi. Une fois installé, je ne sais pas où aller. Je dis au chauffeur de continuer vers l'ouest. Après quelques minutes, au coin du boulevard Saint-Laurent, je lui demande d'arrêter. Je paie le double du montant et sors me promener sur La Main. Entre deux annonces porno, je traverse la Catherine et entre au célèbre *Montréal Pool Room* pour commander un classique: un hot-dog steamy avec frites et Coke diète. Les lumières crues des néons rendent les visages si verdâtres! Deux travestis tiennent du bout de leurs ongles caricaturaux des frites dégoulinantes de ketchup. Elles m'ont jeté un regard meurtrier quand je suis entré. Elles font exprès de parler fort, pour que je les entende.

— Beau de même! ça doit être ben du trouble! dit l'un.

— Je trouve qu'il ressemble à Jim Morrison.

— T'as ben raison. Pis y as-tu vu le cul? Ah! mon dieu, vous qui n'existez pas, le dixième de ça ferait l'affaire!

— Maudite folle!

— En plus y a l'air riche, ça se sent!

— Beau et riche, bâtard! Y en a qui ont toute! C'est pas juste!

— Énerve-toé pas, tu vas faire décoller ton faux cil!

— Pis moé, je vais te péter une varice si tu continues à niaiser!

Les deux crient. Je reste imperturbable. J'en ai vu d'autres. Le chou dans le hot-dog est délicieux. J'en commande un autre. Les frites larges et longues, dorées à point, sont graisseuses comme je les aime. J'observe le vieux serveur. Il plonge une longue fourchette dans la vapeur et en retire une saucisse qu'il engouffre prestement dans le pain. Il le badigeonne de moutarde. Il ajoute le chou indispensable. Deux policiers entrent et font leur ronde. Le serveur les salue avec empressement. L'un des deux travestis leur demande:

– Où est-ce qu'on peut s'installer à soér pour avoir la paix?

– Au poste ma chouette.

– T'es ben drôle toé!

– Non, je suis de service.

– J'ai toujours rêvé de me taper une police! renchérit l'autre.

– J'aime les femmes moé, les vraies!

– Mon chéri, le temps de fumer ta cigarette, j'aurais ton sperme collé à mes amygdales.

– Un autre soir. En attendant, souffre ma belle!

– Arrête de l'énerver, tu vois bien qu'y entend pas à rire. Un beu c'est un beu!

– Bon ben on diguidine? dit sa copine.

– Pour sûr!

Ils sortent, juchés sur des talons hauts et pointus comme des cathédrales. L'un, au look afro d'un noir corbeau, moulé dans des jeans, a enfilé un jacket en lapin qui a déjà été blanc; l'autre, plus platine qu'une annonce, arbore une minijupe en cuirette rose, revient tout essoufflé reprendre son manteau «en peau de coquerelle», et, tout en envoyant des bye-bye aux policiers, me crie:

– À tantôt mon trésor! si ça te tente pour toé c'est gratis! Je vais juste être là, au coin de Sanguinette!

– Maudites folles! grince le plus gros des deux policiers.

Les travelos montent à l'assaut de la ville dans un déhanchement de samba.

– Des folles pareilles! Ça mériterait ben d'être écrasées par mon char! Mais faudrait le laver après!

– Bah, elles font de mal à personne! dit l'autre policier qui revient en jouant du bâton. Il a lui aussi un ventre énorme qui cache à moitié son étui à pistolet.

– As-tu faim?

– Pas tout de suite. Mais je dirais pas non pour un beigne.

– O.K., on va aller au Dunkin's. Bye Jerry! dit-il au vieux serveur.

– C'est ça les gars, à la prochaine. Faites attention à vous autres.

Les policiers sortent et, soulagé de les voir partis, le vieux serveur marmonne quelque chose d'inaudible entre ses dents. Un robineux entre qu'il agresse aussitôt.

– Va-t'en, bout de Viarge! Je t'ai dit que je veux pus te voir icitte! Cé-tu clair kâlisse? Décrisse! Pis vite à part ça!

L'itinérant à la barbe et aux cheveux gris aurait pu passer pour un honnête patriarche dans la Bible. Ce soir, c'est loin d'être le cas. Enveloppé dans un long manteau brun qui tient par miracle sur ses épaules, les mains emmitouflées dans des gants troués, il s'avance vers moi, précédé par des effluves nauséabonds, le dos courbé et la main tendue, comme s'il n'avait rien entendu. Son silence me supplie. D'une surprenante agilité pour son âge, le vieux «Jerry» lève la partie amovible du comptoir et enjambe les quelque trois mètres qui le sépare de l'indésirable; il le saisit par la manche et l'entraîne vers la sortie en criant comme un damné.

— Vas-tu crisser ton camp d'icitte une fois pour toute mon hossetie de tabarnak de chien sale! Je veux pus te voir icitte! Cét'y clair ça kâlisse! Va-t'en! Dehors les chiens sales! Viens pus écœurer mes clients, O.K. mon crisse? Y a des places pour vous autres! As-tu compris ciboère? Je veux pus te voir icitte calvaire! La prochaine fois je t'ébouillante de mon huile chaude saint-chrême!

Et il jette brutalement dehors le vieil itinérant qui n'a rien vu venir et qui n'a que le temps de pousser des cris de bête qu'on égorge. Me prenant à témoin, il dit satisfait:

— T'en laisses faire un, pis t'es as toutes sur le dos! Y en aura pus un tabarnak qui va entrer icitte! J'en ai pogné un la semaine passée à chier à côté du bol, crisse! C'est pas un dépotoir icitte tabarnak! Qu'y aille se faire ramasser ailleurs sacrament! J'ai assez de passer ma vie dans l'huile bouillante, chus pas obligé de faire de l'overtime dans la marde ciboère! Y a des égouts pour du monde de même! J'ai lu que les égouts de New York en sont pleins. Je comprends! C'est là que je les mettrais tous! Avec plaisir à part ça!

Je me souhaite encore une lobotomie passagère. Je lèche mes doigts et je passe sur les lèvres la serviette de papier sur laquelle était déposée une fourchette de plastique blanc que j'ai ignorée. Manger des frites, c'est tellement meilleur avec ses doigts! La scène du vieux clochard m'a secoué. Qu'est-ce que je pouvais bien faire? Je suis si superbement inutile. Ils sont combien de milliers de même ce soir à arpenter les trottoirs de la métropole? Et je reste là, orchidée accrochée à la pourriture du système. Découragé par mon impuissance, je paie et sors sur le boulevard où piétinent des prostitués des deux sexes. Il fait froid, et en prime, il pleut! J'entre dans un magasin à souvenirs et achète un parapluie noir. Je marche sur Sainte-Catherine. Les autos s'entassent dans des bruits de succion, ce bruit mouillé des pneus qui s'accrochent à l'asphalte miroitant. Arrivé devant le complexe Desjardins, je regarde en face, *La Place des Arts*, déposée telle une pâtisserie. Les lampadaires accrochent leurs boules de crème gonflées à l'hélium. Un courant d'air dévale la rue et se jette sur moi comme un chien mouillé. Le parapluie entre mes mains transies me protège pour la forme. Je vois à ma montre qu'il est 10 h 44. Il est temps d'entrer au *Spectrum*. Une chaleur bienveillante me fait soupirer d'aise. Je montre mon billet qu'on déchire pour que j'en garde une partie. Je décode toute la mécanique de cet accueil comme si je vivais au ralenti, comme si c'était quelqu'un d'autre qui se faisait déchirer un billet qu'il remet dans une poche de pantalon en soie noire signé Yves Saint-Laurent, s'accusant de «name dropping».

– T'es snob, hein? que m'a dit Donald.

C'est peut-être vrai. J'ignore le bar déprimant du hall et j'entre dans la salle aux murs constellés de petites lumières vacillantes qui cherchent à copier un fastueux ciel d'été. La place est bondée. Des gens sont debout sur les chaises, d'autres dansent devant la scène. La chanteuse platine se démène. Sa voix rauque, si unique! Comme prévu, je m'installe au bar. Rhum et coke. What else is new? Le show est bien parti. L'atmosphère vibre de décibels en délire. «On n'apprivoise pas les chats sauvages.»

Bien d'accord! J'en connais un, un hoss'tie de beau à part ça. Ce que je donnerais pour penser à quelqu'un d'autre, mais Donald a tatoué dans mon cœur son visage d'ange luciférien. Je suis dans les limbes. Le drink ne goûte rien! Comme c'est dense les limbes. J'exige un autre drink. Un double. Je hais les limbes.

– Laisse faire pour le Coke, j'en ai assez de même!

Les gens sifflent et crient des bravos en tapant des mains et des pieds. Le show est définitivement bien amorcé. La chanteuse juchée sur des talons aiguilles vertigineux, moulée dans une minijupe de cuir noir et dans un chandail échancré d'un blanc phosphorescent qui joue au caméléon sous les feux de la rampe, bouge comme si elle s'électrocutait. Les faisceaux de lumières annoncent un vaisseau spatial sur le bord de s'envoler en une glorieuse assomption au-dessus de moi, plus seul que jamais, dans cette ville qui est la mienne. Je sais par cœur les paroles que j'entends. J'ai vu des dizaines de spectacles dans ce bar à l'atmosphère endiablée. Je hais cette sensation schizophrène: je me dédouble en étranger catapulté en plein concert rock! Les lumières charcutent sans cesse l'air. Des volutes de fumée multicolores se contorsionnent. Le spectacle a lieu autant sur la scène que dans la salle et, ahuri, je me trouve à des milliers de kilomètres de là. Je me dis que c'est le meilleur endroit, ce soir, dans cette ville, assiégée peut-être cette nuit même par un hiver inhumain. Je me regarde avaler ces rhum et coke au milieu de cette foule en délire. Je ne comprends plus rien à rien. Je me laisse sombrer pour pouvoir toucher enfin le fond. Au lieu de rebondir, je suis happé par des remous noirs comme ces murs. Mais aucune lumière n'y brille. Est-ce que je fais un bad trip? Pourtant les effets de la coke devraient avoir disparu! Alors, pourquoi ces anges me suivent-ils d'un miroir à l'autre? Je survole cette salle pleine qui, le plus simplement du monde, me renvoie le vide de ma vie luxueuse. J'exige d'autres rhum et coke. À chacun sa bouée. La mort rôde. Je la renifle, même si elle n'est pas encore là pour moi. L'ovation de la salle m'arrache à ces pensées stériles. La chanteuse fait des salamalecs. Son âme transpire au troisième degré. Elle part, revient, et à nouveau sort de la scène pour réapparaître. Les applaudissements, les cris ont redoublé. Elle tourne le dos au public qui hurle. Elle se penche dans une pose provocante pour parler quelques secondes avec ses musiciens pendant que des sifflements fusent de partout, autant de la part des filles que des gars. Quand on reconnaît les premières mesures d'un de ses grands succès, la salle saute en un grandiose délire que la voix chaude et âcre de la chanteuse enveloppe comme une fumée de marijuana. À mon tour, je suis subjugué par l'énergie foudroyante de ce petit bout de femme platine qui se promène en déesse rock sur des escarpins écarlates plus hauts que le ciel. Une fois la chanson terminée, la salle s'enflamme d'un coup. Leur délire me conquiert et je crie avec la meute des spectateurs dithyrambiques des «bravo! encore!», sifflant à tue-tête des notes qui risquent de réveiller les morts enfouis à même le mont Royal pour leur faire accroire que le Jugement dernier est enfin arrivé! Hélas! Un à un les plafonniers s'allument pendant que ceux de la scène faiblissent. Ne reste du show qu'une fumée qui vogue au-dessus de la salle comme une tristesse grise. Après trois rappels, la chanteuse, surexcitée et exténuée, disparaît dans les coulisses d'où lui parvient le chahut de la rançon de la gloire. Je tourne le dos aux gens qui se bousculent vers la sortie et fais comme ces autres qui sagement restent assis à finir leur bière, hantée par certaines images du spectacle. Un dernier rhum et coke. Peut-être Robert viendra-t-il? L'opéra, c'est souvent long.

Je me revois à l'opéra de Paris, et à celui de Buenos Aires copié sur lui, et à ceux de Milan et de Vienne; tout ce beau monde parfumé, habillé en aristocrates modernes. Les fresques fastueuses de Chagall! De l'opéra de Paris au *Lincoln Center* dont un ange rouge fracasse les longues fenêtres pour se jeter, très Anita Ekberg, dans la fontaine devant laquelle attendent des limousines longues comme des cous de girafes. J'ai même pas trente ans et il me semble que j'en ai cent! La phrase de Baudelaire me trotte dans la tête: «J'ai plus de souvenirs que si j'avais mille ans.» Une chance que le rhum et coke est bon. Il me donne l'énergie nécessaire à me reprendre en main.

Après tout, le spectacle de Marjo m'a revigoré! Des parcelles d'énergie pétillent dans mes yeux pharaoniques. La salle est pratiquement vide, comme mon verre. Je n'ai plus rien à faire ici. Le show est bel et bien fini. La scène est terne, dépouillée. La chanteuse en partant a tout emmené avec elle. Je cale ce qui reste de mon verre. Je saisis le parapluie et je sors m'abriter sous la marquise. J'attends quelques secondes un taxi. Le même défilé des rues, creusées entre les buildings familiers, repasse son vieux film en noir et blanc. Seules les enseignes font des taches sur les Montréalais pliés en deux, accrochés à un parapluie qui menace à tout instant de les transformer en des Mary Poppins. Le chauffeur écoute *La Mer* de Debussy. Ça va bien avec le mood ambiant. Protégé comme une perle noire dans ce coquillage métallique, j'admire la fresque frémissante de la ville changer de couleur, de tonalité comme la murale de Jean-Paul Mousseau dans l'entrée de l'édifice d'Hydro-Québec. La voiture super confortable, d'une grande marque américaine, roule sur du velours, pendant que la musique rappelle qu'il y a plein d'univers qui s'imbriquent les uns dans les autres pour n'en former qu'un seul, inconnu.

Et de le voir dans toute sa magnificence me tuerait sans doute aussi sûrement que de voir Dieu, ce qui revient peut-être au même. Au coin de Saint-Laurent, j'entrevois l'un des travestis de tantôt, celui à la minijupe rose qui s'engouffre dans un taxi au bras d'un vieux. J'accote ma nuque sur l'appui-tête. J'aimerais être ailleurs. Mais où? Et pour quoi faire? Après avoir donné l'adresse des *Beaux-Esprits*, je ferme les yeux pour mieux succomber encore une fois au vertige du vide.

L'oreille collée contre le coquillage de la glace, j'enregistre le concert réconfortant de la ville. Rendu au coin de Sherbrooke et Saint-Denis, j'ouvre les yeux, mon corps connaît la distance parcourue. Le taxi s'engage dans la côte et stationne devant les *Beaux-Esprits*. Je remets dix dollars au chauffeur avant de m'éclipser. J'oublie le parapluie. J'enjambe les quelques marches pour pénétrer dans l'atmosphère feutrée du bar où folâtre un essaim de lucioles. Il y a beaucoup de monde. Les fauteuils sont tous occupés, de même que les tabourets qui longent les murs et le bar du centre. Évidemment il n'y a aucune place sous les quatre abat-jour tronconiques qu'un rhéostat transforme en prières émeraude. Je suis surpris comme quelqu'un qui entrerait chez lui et trouverait une foule d'inconnus. J'hésite avant de m'avancer vers Denis qui prend quand même le temps de m'envoyer un retentissant:

— Bonsoir monsieur Julian!

Charles se retourne.

— Te voilà toi! Y était temps! T'arrives d'où?

— On a rendez-vous? que je lui demande sur un ton ironique.

Décidément les tabourets sont rares. Une jeune fille enlève l'imper fluo installé comme un insecte tropical à côté d'elle.

– Pas de problème! dit-elle en mettant sur ses genoux le ciré.

– Toi, t'as encore des étoiles dans les yeux, dit Charles.

– Et j'ai une pleine lune à la place du cerveau!

D'autres gens arrivent du théâtre, du cinéma, ou du *Spectrum* comme moi. Je m'empresse de raconter comment Marjo a donné un bon show.

– On aurait dit qu'elle avait des micros dans ses talons aiguilles hauts comme ça.

Je cherche Françoise parmi tout ce beau monde. Je ne la vois pas. Je demande à Charles s'il l'a vue. Puis je l'aperçois qui s'en vient en ondulant des hanches comme une vague de Copacabana. Elle brandit un cabaret rempli de verres vides. La partie amovible du bar est levée, ce qui signifie un grand soir. Elle dépose ses verres et entreprend aussitôt de les laver. Quand elle me voit, son visage s'éclaire comme une fenêtre en été.

– Hello mon beau! Contente de te voir.

– Tu veux-tu que je t'aide?

– Ben non! C'est juste un petit rush.

Elle repousse d'un coup de tête une mèche rebelle qui lui griffe l'œil. Denis revient ouvrir précipitamment les portes des glacières et empoigne une dizaine de bières. Il les entasse sur le bar. Et il me prépare un rhum et coke.

– Un gin tonic aussi si tu peux? demande Charles.

Denis cherche les verres mais il n'en trouve qu'un.

— Sers-toi du mien, c'est pas grave!

Denis amène la bouteille de Tanqueray et remplit la mesure. Une once du précieux liquide tombe dans le verre; il y ajoute des glaçons, une tranche de citron, et dans une burette verse le tonic.

— Parfait! dit Charles qui remplit son verre de tonic et brasse le tout avec un petit mélangeur de plastique rouge.

Je fais de même avec le mien, comme un petit numéro de cirque.

— À la nôtre!

— Yes sir!

Les verres se cognent pendant que Juliette Gréco chante: «Déshabillez-moi!».

— T'es en amourrrrr! roucoule Charles.

Superbement agacé j'opte pour le silence et enfouis une bonne rasade dans ma gorge qui a connu d'autres extases. Devant son regard moqueur, j'ajoute:

— Arrête de me regarder de même, sinon je crisse mon camp!

Après un court silence, il me demande:

— Qu'est-ce que tu vas faire?

— Tu devrais plutôt me demander: qu'est-ce que je peux faire?

— T'aimes ça, hein, les affaires compliquées?

Piqué, j'élève la voix.

– Qu'est-ce que tu veux que j'y fasse? C'est pas moi qui ai programmé cette affaire-là!

– O.K., les nerfs! Je le sais bien que c'est pas de ta faute! Seulement avoue que Donald de la façon qu'il se conduit met du piquant en masse! Tu sais jamais ce qui t'attend! Tiens par exemple, il pourrait arriver ici comme un cheveu sur la soupe. Hein? Ou encore sonner à ta porte comme l'autre fois à trois heures du matin? Tout d'un coup que sa blonde a été obligée de rester plus longtemps que prévu! Hein? Ça s'est déjà vu ça!

– Julian! Je te mets une chanson juste pour toi! lance Françoise.

– Vas-y ma belle! Pis après on renouvelle les consommations!

La voix limousine de Jacques Dutronc entonne: «J'aime les filles, han han han, j'aime les filles, han han han».

Charles hurle de rire. Je jette un regard meurtrier à Françoise qui s'esclaffe elle aussi. À mon tour, je ris plus fort qu'eux tous. Les gens au zinc ne comprennent pas, à part Denis. Il est trop occupé à remplir les verres. Il esquisse un maigre sourire exténué.

– Comment va Anna? demande Charles.

– En super forme. Mais ce sera pas pour longtemps.

– Comment ça?

– Elle prépare son vernissage qui aura lieu la semaine prochaine, mais elle est pognée avec un drôle d'agrès.

– Quoi! Elle aussi!

Je regarde mon ami avec la nette intention de lui crever lentement les deux yeux.

    – Maudit que t'es susceptible à soir! Hmmm, je sens que ça va être heavy ce que tu vas me dire. C'est qui l'heureux élu?

    – Johny.

    – Hein! pas Johny-le-pusher?

    – En plein ça.

    – Pauvre Anna!

    – J'ai beau lui avoir parlé de tout ça, l'avoir mise en garde, aussi bien parler à un poteau de téléphone.

Françoise revient laver des verres pendant que Denis court d'un client à l'autre. Certains viennent directement au bar car Françoise peut les servir plus vite. Jeanne Moreau a succédé à Jacques Dutronc, «elle portait des bagues à chaque doigt, des tas de bracelets autour des poignets».

    – Ah! Paris! Je vais avoir mon studio, boulevard Raspail. Je vais me promener, j'aurai tout mon temps pour écrire. La grande et belle liberté! C'est ça le grand luxe, avoir tout son temps à soi pour faire ce qu'on veut! Et moi je veux écrire les meilleurs poèmes au monde!

    – Ben d'accord avec ça!

    – Oui. Toi par exemple tu fais rien!

    – Je voyage.

    – Tu voyages pas mal sur place ces temps-ci! Pis c'est ben beau les voyages, mais il faut qu'il en reste quelque chose. Non, je comprends pas que quelqu'un puisse passer par cette planète sans faire le moindre geste de création. La création, ça fait partie de nous. Je dirais même que si on fait partie de Dieu comme on dit, eh bien, c'est tout à fait normal de créer, c'est dans nos gênes. C'est là que Dieu écrit ce qu'il est!

– Peut-être! Tu sais, je t'envie d'avoir des choses à écrire, de travailler avec les mots comme Anna avec les couleurs. Le pire c'est que je comprends tout ça, mais voilà, je suis sec comme une bosse de chameau après une traversée de Sahara... J'y suis toujours d'ailleurs... à checker des mirages genre Donald! Donald Duck serait plus juste! Parlant de dessins animés, as-tu déjà vu celui dans lequel Bugs Bunny surgit d'une dune de sable, et tout en plantant son parasol il s'écrie à tue-tête: «Miami at last!»? Il s'élance tout pimpant dans les dunes de sable du Sahara. Ben c'est moi ça! Donald est un beau mirage, mais un mirage pareil! Et le Sahara, c'est un continent de sable.

– La création, Julian, t'oublies la création! c'est la seule raison de vivre! C'est pas pour rien que partout sur la planète on procrée malgré le taux élevé de la population. C'est plus fort que nous autres. Je ne te comprends pas!

– Je me tue à te le répéter! Eh oui, je lis de la poésie, mais j'en écris pas! Je regarde les toiles et j'en achète mais je n'en peins pas! J'écoute de la musique, je vais au concert, classique, jazz ou rock, mais je suis pas un compositeur, sinon un minable interprète! Si je savais quoi faire je le ferais, tu comprends? Je gaspille les plus belles années de ma vie en tournant en rond. Les fois où je passe des belles nuits, je sais en partant que c'est éphémère. Y a de quoi déprimer en crisse!

– Pauvre Julian! Au moins tu viendras me voir à Paris?

– You bet! Après tout, c'est une ville fascinante, même si je préfère New York et que je trouve que c'est Venise la plus belle ville au monde!

– Venise est plus touchante.

– Oui, plus vaporeuse, plus mystérieuse. C'est la ville qui correspond le plus à mon état d'âme. As-tu remarqué que partout sur la planète il y a toujours une ville qui correspond à notre état d'âme?

– Comme Venise en novembre? J'en ai froid dans le dos.

– En même temps ça doit être le meilleur temps pour voir la ville, y vivre comme un fantôme de chair et de sang.

– Arrête, tu me fais peur!

J'en remets.

– Arpenter la ville avec ses milliers de chats pour guides, circuler sur les canaux et regarder le marbre moisi des palais. Ce jeu du brouillard que les lampadaires rendent terriblement efficace quand ils déversent leur mélancolie sur l'âme humide comme la chambre d'hôtel. Aller au *Harry's bar* et...

– Là je te suis! En parlant de *Harry's bar*, on est dû pour un autre drink!

Charles réussit à attirer l'attention de Françoise en lui parlant en espagnol, «por favor». Nous continuons de parler de voyages, de création, de désir. L'ambition de Charles est rendue au même niveau que le nouveau gin tonic.

– Alors à Paris?

– À Paris!

Nous portons un toast dans l'atmosphère fébrile du bar. Yves Montand chante: «Bilbao Bilbao». Des gens défilent, s'arrêtent pour nous parler, friands de nos conversations si drôles, de nos mots d'esprit hilarants. C'est la fête. Même si dehors le lampadaire signale qu'une pluie verglaçante est en train de transformer Montréal en patinoire géante, en igloo à ciel ouvert. Nous menons le bal pendant que Françoise lave les verres. Denis les remplit. Même les lampions battent la mesure. Personne ne voit le temps passer car, comme des rois en goguette, nous nous sommes emparés du terrain. Nous nous amusons ferme, bruyants comme une fanfare. Nos neurones carburent à l'alcool. Ils font sauter les frontières. Et nos conversations, comme des désirs grisés d'impunité, brasillent. Le bar entier s'embrase puisque la nuit vient de promettre de ne jamais finir. Je me jette corps et âme dans les conversations, dans le rhum et coke pour oublier Donald, et ça marche. Les anecdotes, les potins, les discours sur l'art s'entremêlent. Les insipidités, les coups de scalpel et les traits de génie s'entremêlent. La conversation habituelle, quoi!

Vers une heure trente du matin, le bar commence doucement à perdre de son monde. Françoise peut souffler un peu. Elle s'installe à sa place accoutumée. Denis peut prendre soin de la clientèle à lui seul.

— Les fleurs sont encore belles!

Françoise lève les yeux au plafond dans un mouvement d'impuissance.

— Oh lui! Parle-moi-z-en pas! C'est un fou! Complètement marteau!

— Qui ça? dit Charles.

211

Je lui raconte l'histoire de cet humoriste de renom qui lui fait la cour. Il ne se souvient pas de l'avoir rencontré lors de sa cuite mémorable.

— Ah non! Pas un comique! Je les haïs! dit Charles. Tu nous plonges dans la pire des déchéances si tu nous fais ça!

— Arrêtez d'en parler, vous allez l'attirer!

— Pourquoi? Y est pas si pire que ça!

— Julian, les gens qui imitent les autres ne sont que des singes savants. Des clones qui ont l'air intelligent et qui ne servent à rien. Montre-moi un imitateur qui a fait avancer quelque chose, hein? Montre-moi un imitateur qui a déjà dit quelque chose d'intelligent? Ah! ils en ont l'air parce qu'ils se mettent au deuxième degré, mais c'est de la frime. Ils font semblant de se mettre au deuxième parce qu'ils ont raté le premier!

— Tu trouves qu'ils sont si parasites?

— Même pas! Les orchidées sont des parasites, tu devrais le savoir, t'en as plein chez vous! Aïe! On leur déroule le tapis rouge, on les voit partout, moi, ils me font vomir! Je les mettrais tous dans une fosse septique que j'enverrais vers un trou noir!

Sur les murs d'un rouge sombre, les fresques à la lumière fébrile des lampions animent leurs visages égyptiens et leurs yeux maquillés de khôl me lancent dans le bar des éclairs bleus qui m'aspirent, me ramènent dans un des tombeaux de la vallée des nobles. Ces regards incrustés sur le mur, que je vois si souvent, bougent tout à coup. Le belvédère dans la fenêtre se transforme en flambeau, comme s'il faisait partie intégrante de la procession mortuaire. Les conversations spiralent dans mon oreille en rumeurs incompréhensibles. Les lampes suspendues grimacent comme des araignées vertes. J'hallucine! Pourtant je reconnais bien Charles et Françoise et d'autres qui jasent et rient pendant que Denis rince les verres. Je vois leurs gestes et en même temps je tombe dans cette autre dimension émergeant d'un temps si ancien. J'ai peur. Qu'est-ce qui m'arrive? Il faut que je bouge. Je vais aux toilettes. J'avance au ralenti. Mes pas piétinent des nuages. Je me penche au-dessus du lavabo et m'asperge le visage d'eau froide. J'ai vu les lèvres bouger des personnages peints. J'ai reconnu le bruissement du sirocco. Des relents de cocaïne sans doute. Comment en être sûr? Tout ce générique redoutable d'images égyptiennes qui défile dans mon cerveau. Dans le miroir des rouges violacés, des blancs grisâtres forment autour de moi des ectoplasmes en formes d'anges. J'ai peur. Les visions s'estompent et laissent derrière elles une buée d'un bleu sombre. Je retourne dans le bar et m'arrête plus particulièrement à un dessin. Deux yeux Néfertiti flottent tels des nénuphars mauves sur le plâtre rouge. Et j'ai une vision de Montréal qui brûle. Ce feu que je vois près de chez moi! Je m'arrache à ces yeux de braise et revient m'asseoir près de Charles. J'en arrache. Je suis en sueur. J'ai peine à suivre les conversations.

– Qu'est-ce que t'as? T'as vraiment pas l'air dans ton assiette!

– Je suis sans doute fatigué. Je pense que je vais rentrer.

– Déjà! Mais voyons donc, il n'est que deux heures!

– Je le sais. J'ai pas beaucoup dormi ces derniers jours.

– Ces dernières nuits, tu veux dire.

– Arrête, Charles! Sinon je te jure que je ne te dirai plus rien!

– On a du fun entre chums!

– Tu t'en vas pas, hein? me supplie Françoise. Attends, je te fais un autre rhum et coke.

J'hésite. Charles revient à la charge.

– Fais pas cette tête-là! Quand tu seras mort, t'auras tout ton temps pour dormir!

– Je l'ai entendu trop souvent celle-là. Je me sens vraiment très fatigué!

– Prends un dernier rhum, c'est pas une demi-heure de plus ou de moins qui va te rachever! coudonc, es-tu en train de nous préparer notre club de l'âge d'or?

– Tiens mon beau Julian, je t'en ai fait un, maison! Comme tu les aimes! Portion adulte comme tu dis!

Charles me glisse à l'oreille:

– Ben profites-en, parce que ça c'est rarissime mon cher! Un rhum et coke maison, cadeau de la patronne! On rit pus!

Françoise avance sur le comptoir mon verre. Le coke, devenu aléatoire, rend les glaçons à peine ambrés. Elle met une cassette de Marlène Dietrich. La voix voilée de la star étend son brouillard dans la place. Le mot «love» brille de son phare trompeur: «falling in love again»... Je joue avec les glaçons dans le verre, absorbé comme si je fouillais les entrailles d'un autre monde, aruspice à la recherche de présages.

Un ancien étudiant s'avance vers Charles et lui demande s'il écrit toujours. Charles, troublé de voir ce véritable sosie de Rimbaud, me laisse tranquille à mon grand soulagement. Il se lance dans son sujet favori: la poésie.

– Vous nous aviez dit que, pour vous, écrire était la respiration de l'âme, dit l'adolescent ciselé à la perfection à même le marbre de ses dix-huit ans!

Je connais Charles: il va se mettre en frais de déployer toute sa batterie de séduction, tel ce poisson-scorpion qui se retourne sur le dos en ouvrant toutes grandes les voiles de ses ailes vénéneuses pour attirer sa proie. De son côté, Françoise est en grande conversation avec une amie qui vient d'arriver. Laissé à moi-même, j'écoute Marlène chanter: «It's a quarter to three, there's no one in the place, except you and me»... Je cale mon rhum et coke en grimaçant. Françoise m'en a servi un corsé, portion adulte en effet! Denis me fait un sourire complice auquel je cherche trop tard à répondre car ma bouche ne suit pas. Je laisse choir tristement des lèvres à la James Dean. Je n'en peux plus. Mais de quoi? Je mets mon blouson et fais mes adieux. Charles, en train de se perdre en palabres rutilants, sursaute quand je lui dis au revoir.

– Hein! Déjà? Mais ton drink?

– Il est rendu là où il doit être.

– Eh ben, tu bois vite!

– Alors on s'appelle?

Charles fait un geste pour me retenir, mon bras lui échappe. Françoise m'embrasse sur les deux joues et nous nous souhaitons mutuellement une bonne nuit. D'un pas martial je sors pour me jeter dans l'air vif de la ville. Une bruine désagréable hésite entre la pluie et la neige. Sans y penser je monte la côte qui mène à la rue Sherbrooke. À la rue Roy, un spectacle terrible m'attend. Coin Saint-André, devant le square pitoyable des maisons flambent. Anna! Je fonce vers la flotte de véhicules d'incendie à l'œuvre. Il en arrive d'autres. C'est une congestion d'échelles. Elles disparaissent dans une épaisse fumée noire que ligotent des flammes tapageuses, bruyantes comme des nuées de sauterelles grillées vives. Où est Anna? Je suis affolé. Pas dans sa maison métamorphosée en dragon? Les flammes pourlèchent des sapeurs-pompiers, affublés de casques et de masques branchés à des tubes qui les alimentent en oxygène. Leurs vêtements ignifuges et hydrofuges leur donnent l'air de cosmonautes d'une planète maudite! D'autres, juchés dans leur parc à échelles, tiennent des tuyaux dérisoires qui jouent aux cure-dents dans la gueule du monstre. Au sol, c'est la cohue pour installer des barrages métalliques qui me repoussent. Je hurle:

– Anna! Anna! Oh non! Anna!

J'ai beau leur signifier que j'ai une amie qui habite l'immeuble, que je veux savoir... peine perdue! On me répond qu'on ne sait rien. Qu'il n'y a rien d'autre à faire que d'attendre, et les haut-parleurs des voitures de policiers vocifèrent:

– Reculez! Reculez!

Confronté à l'incendie, je cherche Anna. Je ne veux surtout pas la voir là, au milieu de ces colonnes de feu qui embrasent le ciel telle une vengeance biblique. Les projecteurs des camions les éclairent méchamment. Ils en remettent à ce spectacle d'une indécence terrifiante. Des gyrophares hallucinants d'autos-patrouilles tournent, et montrent momentanément des hommes prisonniers de nacelles. Ils cherchent en vain à circonscrire cet enfer qui menace d'enflammer la nuit à tout jamais. Les bruits de sirène, les walkies-talkies, les téléphones cellulaires se répondent au milieu des cris, des pans de mur qui s'écroulent et éclaboussent de braises des spectateurs horrifiés. J'assiste à cette scène dantesque le regard rivé à l'appartement d'Anna. Par des fenêtres éventrées des ailes enflammées s'échappent. Pourvu qu'elle soit sortie! Pourvu qu'elle ne soit pas restée là! que je me répète dans mon cauchemar live comme mes mains impuissantes qui tordent leur désespoir. Mes yeux fouillent sans relâche le sinistre pour apercevoir quelque chose que je ne veux pas voir. Tout un pâté de maisons se consume sous les regards incrédules de centaines de spectateurs. Dans ce vacarme, je cherche désespérément Anna. Elle reste introuvable. La chaleur est telle que les gens sont forcés de battre en retraite. L'eau a beau gicler, le feu s'en moque et continue de faire danser ses immenses serpents érubescents. Sur les toits courent des extraterrestres armés de gaffes, de haches, pendant que dans les haut-parleurs des voix distordues ordonnent à la foule de se disperser. Peine perdue, comme si les gens voulaient vivre l'incendie, ne rien perdre de son ampleur pour communier avec les forces maléfiques qu'ils admirent et craignent en même temps. Certains se lamentent, d'autres souffrent en silence. Je détaille la foule dans l'espoir de retrouver Anna. Je voudrais me convaincre que j'assiste au tournage d'un mauvais film à catastrophe. Je sais bien que tout cela, hélas! n'est que trop vrai! Les sapeurs-pompiers vont et viennent comme des insectes fluorescents, papillons humains que frôlent dangereusement des flammes gigantesques. Tout près de moi, une voix que je reconnais élève enfin son cri d'écorchée vive! Anna! Je pivote instantanément pour recevoir Anna qui s'est jetée sur moi en hurlant à en faire trembler les étoiles! Anna retrouvée! Dieu merci! Que je maintiens de force dans l'étau de mes bras où elle rue, cogne, crie.

— Je veux mourir! Je veux mourir!

Je me mets à pleurer.

— Ma pauvre Anna! ma pauvre Anna! Au moins tu es vivante! Vivante! Dieu merci! Vivante Anna! Vivante!

— Je veux mourir Julian! Je veux mourir. Mourir!

— Anna! Anna! Viens! Je t'amène loin d'ici! Viens, on s'en va! Vite!

— Je veux mourir! Je veux mourir!

Puis elle lance un cri tel que les gens autour s'écartent comme pour laisser plus de place à son chagrin. Toujours serrée dans mes bras, j'entraîne Anna vers la petite rue Saint-Christophe. Là aussi le sinistre gronde et les flammes étranglent le ciel de leurs mains rougeoyantes. Anna essaie de s'arracher à mon étreinte pour mieux hurler comme une louve blessée. De force, je la ramène contre moi. Il faut nous éloigner de ce lieu maudit. Où aller? De chez moi, le spectacle doit être trop effrayant! Mes pensées sont assiégées par la litanie obsessionnelle d'Anna entrecoupée de cris déchirants:

— Je veux mourir! Je veux mourir!

Rendus au coin de Cherrier et Saint-Hubert, j'hésite. J'essaie de penser vite. Les cris et les pleurs d'Anna m'embrouillent jusqu'au tréfonds de ma conscience. Il fait froid et je me rends compte avec horreur qu'Anna est nue sous sa robe de chambre rose. Ses pieds sont chaussés d'une paire d'espadrilles, et elles ne sont même pas lacées. Charles! Françoise! Les *Beaux-Esprits*! Voilà autant de noms pour une même réponse!

— Viens!

J'agrippe solidement Anna qui pousse des cris de bête blessée.

— On va aller aux *Beaux-Esprits*!

Anna ne répond que par un imperceptible:

— Je veux mourir!

Aucun taxi ne passe. Évidemment! Nous piquons à travers le petit parc adjacent à la bouche du métro Sherbrooke, pour arriver devant le carré Saint-Louis. Finalement nous traversons la rue Sherbrooke. Je me retourne pour me convaincre que l'incendie ne nous talonne pas, même si une vague incandescente reste là, menaçante, au-dessus de nos têtes. Anna qui a suivi mon regard pousse un cri si grand que j'enfouis de force sa tête dans le creux de mon blouson. Ainsi, soudés l'un à l'autre, nous montons les marches. D'un coup brusque je pousse la porte. Elle frappe le mur dans un bruit de détonation qu'enterre le hurlement sauvage d'Anna, figeant les drinks dans les mains de tous ceux et celles qui se trouvent encore là. Paolo Conte chante: «Dancin'».

— Mon Dieu! s'écrie Françoise qui court presque, ce qui ne s'est jamais vu, mon Dieu! mais qu'est-ce qui arrive?

Tout le monde nous regarde avancer vers le bar. Charles se tient immobile. Anna se remet à hurler.

— Je veux mourir! Je veux mourir!

Charles dépose son verre.

— Mais qu'est-ce qui se passe pour l'amour?

— La maison d'Anna brûle.

— Pas vrai? Oh non!

— Oh mon Dieu! Pas vrai? reprend en écho Françoise.

La nouvelle se répand dans le bar et comme la plupart vivent dans le quartier, ou y ont des amis, ils se dépêchent d'aller voir ce qui se passe.

— Ah! mon Dieu! répète Françoise.

— Je veux mourir!

— Chienne de vie! dit Charles.

— Vite un cognac! dis-je à Françoise.

Denis s'empresse de remplir de cognac un ballon que je bois avant de le passer à Anna. Elle le goûte à peine. Dès que le souffle lui revient, elle crie:

— Je veux mourir! Je veux mourir!

— Il faut faire quelque chose! dit Charles.

— Crisse! Qu'est-ce que tu veux qu'on fasse? C'est tellement écœurant ce qui arrive? Tellement écœurant! Si tu voyais ça. L'enfer calvaire!

— Mon Dieu! gémit Françoise, un feu à une heure pareille!

— Un feu est toujours écœurant à n'importe quelle heure! dit sèchement Charles.

— Je sais bien, sais bien, les nerfs me pognent! Je dis n'importe quoi!

— Je veux mourir! Je veux mourir!

— Viens Anna, viens t'asseoir un peu, tiens... ici... installe-toi sur ce sofa, près de moi.

Anna se laisse conduire docilement vers un divan de velours bourgogne. Elle serre contre elle l'unique vêtement qu'elle a réussi à sauver du désastre. Françoise s'amène avec une boîte de Kleenex.

    – Mon Dieu, qu'est-ce qu'on peut faire?

    – Au moins elle est vivante! dit Charles.

    – C'est la première chose que je me suis dite!

Anna ne voit rien, n'entend rien d'autre que sa douleur qui lui dit et redit qu'elle a tout perdu! Une chance que les toiles sont rendues à la galerie *Treize*! Son chez-soi qu'elle venait d'amadouer et que ce destin lui reprend! Une vilaine blague qui la révolte, qui la fait crier et crier. Françoise sort un calmant de son fourre-tout en cuir noir et force Anna à l'avaler dans un grand trait de cognac, pendant que Marilyn chante: «Diamonds are the girl's best friends». Le bar est maintenant quasiment vide. Il ne reste qu'une poignée de clients, des inconditionnels de la place. Tiens, le sosie de Rimbaud a déjà disparu...

    – Je pourrais l'amener chez nous, dit Charles.

    – Ça c'est une excellente idée! Car de chez moi, on peut voir le feu. Alors faut pas en remettre, calvaire!

J'aurais jamais dû prononcer le mot «feu» qui remet Anna dans tous ses états! Denis se promène comme un somnambule avec la bouteille de Rémy Martin. Anna finit par tomber dans une léthargie. Elle continue faiblement de geindre, pendant que Françoise lui tient la main et lui chuchote comme un mantra:

    – Ça va aller ma belle! Fais-toi-z-en pas, on est là. Ça va aller tu vas voir!

Je me suis remis au rhum et coke. J'ignore la bouteille de cognac qui oscille comme un encensoir doré entre les mains de Denis. Pauvre Anna! couchée sur le sofa et recouverte d'un manteau de drap noir, veillée par les lampions qui donnent au bar des airs de salon funéraire. Le gros bouquet de l'autre se fane au coin du zinc.

– Eh que la vie est mal faite! A commençait à peine à se remettre de sa séparation d'avec Serge. Chienne de vie! dit Charles.

– Et le pire est à venir!

– Chut! pas trop fort les amis! A dort! dit Françoise.

– C'est la meilleure chose qui puisse lui arriver! enchaîne Charles.

Je scrute avec tristesse la forme noire aux deux sneakers toujours délacés. Je décide d'appeler Ronnie. Je vais au téléphone payant pour avoir plus d'intimité. Déjà au courant du feu Ronnie est atterré de savoir qu'Anna fait partie des sinistrés. Il va organiser une collecte au bar pour elle. Oui, oui, il connaît le numéro de téléphone de Charles. Il va appeler demain midi, sans faute. Je retourne à mon tabouret, un peu soulagé. Le secours s'organise. Je raconte ce que Ronnie veut faire. Françoise approuve l'idée d'une collecte et dit qu'elle va faire la même chose. Anna s'est retournée en poussant un faible cri. Françoise va la voir et lui passe la main dans les cheveux embroussaillés qui sentent le feu!

– Ça va aller ma belle, tu vas voir, ça va aller!

J'aimerais le croire. Je glisse ma langue dans mon verre comme un malheureux sa tête dans un nœud coulant. Je suis si fatigué.

– Décourage-toi pas! me dit Charles qui met exceptionnellement sa main sur mon épaule.

– C'est tellement écœurant un feu! Si tu voyais ça!
Tout flambe si sauvagement! C'est épouvantable! Pauvre
Anna! Et le pire c'est que t'as raison: ça ne faisait que com-
mencer à aller bien pour elle.

La porte du bar s'ouvre sur le grand Johny. Il s'avance
et regarde autour de lui comme si à tout moment une
meute enragée pouvait lui sauter dessus! À la vue d'Anna,
il s'arrête net devant elle. Françoise a immédiatement pris
la situation en main. Elle l'a déjà vu rôder dans son bar et
une chose est sûre: il est hors de question qu'il y reste!

– Dérange-la surtout pas! lui commande-t-elle.

– Crisse! Il manquait plus juste lui! Là c'est trop!

– Mais qu'est-ce qu'il vient faire ici celui-là?

– Devine! En tout cas, il va sacrer son camp d'icitte
ben vite, on en a assez vu pour à soir! J'ai les nerfs à vif!

Johny regarde durement Françoise qui ne bronche
pas. Elle est chez elle et entend bien le lui faire comprendre. Elle le regarde, comme un touriste regarde un
monument bizarre. Ce soir, au chevet d'Anna, il redevient
l'enfant démuni qu'il a sans doute toujours été. Ses yeux
vont d'Anna à Françoise à Anna. Charles et moi le sur-
veillons adroitement.

– Je veux lui parler.

– C'est pas le moment! lui répond-elle, en colère.

– Ça, ça me regarde!

– Ça, ça nous regarde!

Son ton a monté d'un bon cran. Johny se tourne vers moi. J'ai les yeux rivés aux siens, prêt à foncer sur lui.

— Je vais l'amener chez nous! qu'il me dit.

— Où ça, chez vous? réplique méchamment Françoise. Pour l'instant elle se repose. Ce sera à elle de décider. Pas à soir! Pas dans l'état où elle est!

— À soir, elle vient chez nous! dit Charles qui se lève lentement.

Les deux se toisent ouvertement. Je m'approche à mon tour. Je n'ai pas lâché Johny des yeux. Je lui dis calmement en détachant bien mes mots:

— Anna reste avec nous. C'est-y assez clair?

Johny ne dit rien. Un sourire moqueur se dessine sur ses lèvres gonflées qui lui font toujours cette moue d'enfant boudeur.

— De toute façon, elle sait où me trouver.

— C'est ça. Pour l'instant va-t'en!

Il s'approche de moi. Il faut toujours fixer le fauve dans les yeux. Il me marmonne entre ses dents serrées qui lui font un méchant sourire:

— Pis c'est pas toé qui va lui donner ce qu'a veut!

Et lent comme un enterrement, il s'oriente vers la sortie quand les mains serrées en poings, je lui crie:

— Si tu reviens icitte ce soir, je te casse la gueule mon sacrament!

Johny se retourne et oscille sur place comme un naja prêt à cracher. Françoise s'est jetée entre nous.

– Va-t'en Johny! On t'a assez vu. On a assez eu d'émotions de même! Va-t'en! Anna reste chez nous à soir, c'est toute! Je lui dirai que t'es passé, O.K., là? Astheure va-t'en! C'est mieux pour elle, c'est mieux pour tout le monde!

Johny lui fait un resplendissant sourire de requin. À mon intention, il rajoute:

– Vous lui direz que Johny, son Johny, est venu la voir. C'est-y assez clair, la tapette?

Il retourne maladroitement dans la porte ses larges épaules, comme un char allégorique au coin d'une rue trop étroite. Le vent froid en profite pour coucher quelques lampions pendant que le diable disparaît dans un gouffre noir que Françoise s'empresse de colmater.

– Maudit chien sale! dit Charles. Veux-tu ben me dire ce qu'elle fait avec un chien sale de même? Je sais je sais, il la baise comme une machine! Car c'est ça Johny, rien d'autre qu'une belle grosse machine! Pour le cerveau, on repassera! C'est tordu là-dedans comme un amas de ferraille!

– Bon, j'espère qu'on va avoir la paix astheure! souffle Françoise.

Je reste silencieux. Je vais à la fenêtre regarder la rue Saint-Denis. Personne ne passe. Johny doit être déjà rendu à la rue Sherbrooke. Dans ma tête repasse la vision exceptionnelle de tantôt quand j'ai bel et bien aperçu le sinistre prendre d'assaut le ciel, à deux rues de chez moi. Anna se retourne et pousse des soupirs profonds comme sa douleur. Les mains sur le comptoir Denis la regarde avec tristesse.

– Maudite planète! dit Charles.

Françoise met la musique du film *Le Dernier Tango à Paris*.

Quelle musique envoûtante! Je reste collé à la vitre comme si j'attendais quelqu'un. Donald? Quelques minutes plus tard je retourne au bar. Françoise répète:

— Ça va aller Julian, ça va aller.

— Oh moi? Ça va, mais Anna? Qu'est-ce qu'on peut bien faire pour des amis dans le malheur? Rien d'autre que d'être là et d'écouter et d'attendre que ça passe. La plupart des vies sont perdues d'avance anyway. À quoi ça sert de s'entêter.

— Si tu faisais quelque chose de la tienne, tu penserais pas de même! dit Charles. Tu prêches comme un prophète de malheur, pis mal à part ça!

— Peut-être! Mais ça se peut aussi que des êtres soient incapables de créer même s'ils le veulent.

Un silence nous secoue. Nous buvons alors que Françoise est retournée près d'Anna qui grogne comme une panthère malade.

— Charles, je regarde passer la vie comme une belle rivière tumultueuse où j'ai envie de plonger, et même quand je plonge, quand elle m'emporte, je n'ai jamais rien à quoi m'accrocher! Toi, tu écris, Anna fait de la peinture, Françoise a son bar, Denis y travaille, moi tout simplement je dérive.

— Et si Donald apparaissait?

— Si Donald apparaissait? J'espère juste qu'il n'apparaîtra pas trop tard! Et après un long silence, j'ajoute: si tu savais comme je me sens vide, mais vide! À en être étourdi de vertige! Parfois je me fais peur! Quel philosophe a dit que la nature a horreur du vide?

La voix apeurée d'Anna répond:

— Julian! Julian!

— Je suis là, Anna! Je suis là!

Je cours l'entourer de mes bras que j'aimerais ronds comme la terre.

— Oh mon dieu! Je rêve donc pas? C'est pas un cauchemar? C'est pour de vrai?

— Panique pas Anna, t'es vivante, et c'est ça qui compte!

— Qu'est-ce qui s'est passé? demande Françoise.

— Je le sais pas. Je me suis réveillée en toussant, il y avait de la fumée partout, j'ai pris ma robe de chambre, mes running shoes qui étaient juste à côté et je me suis carrément jetée dehors. J'avais tellement besoin d'air, j'étouffais! J'étouffe encore!

— Anna, t'es en sécurité ici!

— Après je me souviens plus de rien! Sinon que je me promenais devant ma maison en feu! Toute la rue était en feu! Ah! c'était effrayant! J'ai pus rien sauver! Une chance que mes toiles sont à l'abri! Une chance! Sinon je serais folle à l'heure qu'il est!

Elle lâche des petits cris de souris qui restent coincés dans sa gorge.

— Maudite planète! Maudite planète de cul! redit Charles.

— Par boutte, je crois que l'enfer on est en plein dedans! dit Denis.

— Par boutte? 99.9 pour cent du temps!

Phrase qu'il ponctue d'une grande gorgée de gin tonic. Denis s'est ouvert une bière et la verse dans un bock givré qu'il porte à ses lèvres. Il les essuie ensuite du revers de sa main gauche. Il a laissé la bouteille de cognac sur la table près d'Anna.

— Quelle heure il est? demande Charles.

Denis va à la caisse enregistreuse:

— Il est deux heures cinquante-sept.

— On a juste le temps pour un autre verre.

— Pour sûr! dit Denis qui s'affaire immédiatement.

Les verres arrivent, triomphants. Charles s'empare de son gin tonic. Denis distribue à la ronde les drinks. Ils sont plus que bienvenus. Aznavour chante: «La Bohême». Anna, plongée dans un papier-mouchoir, renifle et se plaint en parlant au cognac. Françoise est restée près d'elle. Denis jase avec Charles, et moi je suis retourné à la fenêtre. À genoux sur un fauteuil, je sirote mon rhum et coke. Je fixe le vide de la rue. Mes yeux la remplissent de silhouettes. Elles prennent la forme nébuleuse de mes pensées qui passent en trombe comme des outardes noires au-dessus de la toundra de mon cerveau. Maurice. Donald. Je suis si las que j'irais volontiers m'étendre près d'Anna. Il vente et le grésil tambourine dans les vitres. Des dards blancs foncent et se brisent net devant mon visage protégé par la fenêtre. Un étrange silence s'abat sur moi. J'oublie la voix cassée d'Aznavour, le vent, les plaintes étouffées d'Anna, le bruit que font les bouches de Charles, de

Françoise, de Denis. Dans ce brouillard inquiétant, connu des fantômes seulement, je m'enfonce. Mes cils pataugent dans un écran incompréhensible. Je suis dans un état de stupeur. Je me cogne contre un mur vaporeux et irréel qui pourtant m'apparaît d'une exactitude troublante. Pendant que mes mains se joignent autour de rhum et coke, j'assiste à la cérémonie de ma propre désintégration. Je surprends le tourbillon des atomes de mon corps. Y a-t-il quelqu'un en charge de cette manœuvre? Qu'un ramassis d'atomes. Tout n'est que ça: une collision spectaculaire, inutile. Divine? Où donc est Dieu? Le verre tournoie dans ma main en un torrent d'écume noire. Quand je l'échappe et qu'il gicle pour se briser en mille miettes dans un tonnerre étourdissant, je bondis, horrifié, comme si je venais d'échapper une grenade. Denis accourt.

– Es-tu correct?

Ne pouvant parler, je fais signe que oui. Il part chercher un balai et ramasse les éclats de verre qui jonchent le plancher de leurs étoiles sombres. Françoise et Charles se sont retournés vers moi. Je sais qu'ils s'inquiètent de moi aussi. Je devrais aller dormir. J'entends Charles dire à Françoise:

– Faut dire que je connais bien Anna. Elle est au plus bas. Demain elle va remonter. Elle va toucher le fond et donner un bon coup de pied pour remonter. Dans une semaine, tu sauras me le dire, elle va être radieuse à son vernissage, fière d'avoir su remonter la pente. Elle va s'être trouvé un autre appartement et sera sans doute en train de songer à son prochain vernissage!

– Tu crois vraiment?

– J'en suis sûr! J'exagère tout le temps, Françoise, c'est pour ça que j'ai raison la plupart du temps.

Il prend une gorgée. Françoise me regarde en train de caresser Anna qui pleure de plus belle.

— Tout ça est d'une tristesse! dit Charles.

Françoise lui tape doucement l'épaule et va derrière le bar fouiller dans ses cassettes.

— Bon, je l'ai trouvée!

Bette Midler de sa voix joyeuse entonne: «Friends». Anna zigzague vers la salle de bains.

— Je pense qu'on devrait enlever la bouteille de cognac et aller coucher Anna. Moi-même je n'en peux plus!

— Oui, t'as raison. Je vais l'amener à la maison tout de suite. Elle sera mieux comme ça!

— Un somnifère, de bons draps, et mañana.

— Et toi?

Je fais un geste de la main qui semble englober le monde entier.

— Moi, je rentre aussi. Je n'ai plus rien à faire. Ni à dire. Je suis à bout.

— Je comprends. Veux-tu venir à la maison?

— Oui, je vais aller avec vous. Anna a besoin de me savoir avec elle. Après, ça sera à mon tour d'aller me coucher!

— Mais tu vas voir le feu!

— Puisque je l'ai déjà vu, alors... de toute façon j'ai pus de nerfs!

Anna réapparaît le visage bouffi, maculé de mascara. Armé d'un papier-mouchoir, je lui essuie les joues. Elle tente de sourire. Une grimace accompagne ses larmes. Je frotte mon nez contre le sien.

– Tu vas passer à travers, ma grande. Tes toiles sont sauvées, et toi aussi, c'est ça le principal. Un appartement? Y en a toujours des dizaines à louer à Montréal, c'est pas ça qui est un problème. Tu vas voir, on va t'organiser un gros party genre shower pour te monter tout un trousseau digne d'une reine!

– Hé que t'es fin!

Elle continue de pleurer.

– On devrait partir! rajoute Charles.

Elle le regarde, indécise.

– Denis? Veux-tu nous appeler un taxi, s'il te plaît? demande-t-il.

Je suis trop las pour parler, trop las pour vivre. Des questions sans réponse grêlent dans ma tête. J'aimerais me voir ailleurs, à New York par exemple, en train d'arpenter Soho. J'entre dans un petit bar de jazz et je bois jusqu'à concurrencer l'ivresse du blues. Tout ça pour donner quoi? Pour jouer à la diva inconsolable? À l'ange meurtri aux ailes figées dans la slutche? Je regarde Anna. J'aimerais la revoir comme cet après-midi quand débordante de vitalité elle parlait d'avenir avec fougue. Tout est continuellement à refaire, et Dieu n'existe pas. Et s'il existe, qu'est-ce que ça change? La terre est une planète maudite qui roule dans l'infini de l'abîme et je m'en crisse! J'aide Anna à enfiler le long manteau noir de Françoise qu'elle lui dit de garder.

– Fais-toi-s-en pas Anna! J'en ai une douzaine de semblables à la maison!

— Le taxi arrive! dit Denis.

— Parfait! dit Charles.

Anna se laisse habiller sans dire un mot, sans manifester le moindre étonnement. Ses cheveux noirs tombent devant son visage comme des algues mortes. Une lumière jaune scintille dans la fenêtre et simultanément des bruits de klaxons se font entendre.

— On y va! dit Charles.

Anna se laisse entraîner jusqu'à la porte que Denis tient ouverte. Welcome le vent froid et mouillé de novembre!

— Crisse!

— Pays maudit! me réplique Charles.

Surprise par la rafale, Anna crie:

— Je veux m'en aller d'icitte!

— Le taxi est là qui nous attend, on n'aura pas long à faire! dit Charles.

— Je veux m'en aller!

— Viens! Un dernier effort Anna!

Comme piquée par la folie, Anna refuse de bouger. Elle supplie maintenant:

— Je veux m'en aller! Loin! Loin loin loin! Comprenez-vous? LOIN! Pas dans un taxi, dans un jet! Julian, toi tu peux le faire, amène-moi dans un jet? Il faut que je parte d'ici! C'est trop dur ici! J'ai peur!

Denis qui maintient toujours grande ouverte la porte ne sait plus quoi faire.

— Pays de cul! Et en plus on nous pitche de l'eau frette! dit Charles. Envoye, Anna, on prend le taxi. Le jet sera pour demain matin! Envoye! Grouille!

D'un commun accord, nous la soulevons jusqu'au taxi. Françoise a pris ma place dans la fenêtre et contemple notre triste appareillage. L'enseigne des *Beaux-Esprits*, écrite en néon mauve, s'éteint. Les mots s'enfoncent dans la page grise de la façade. Le taxi se met à rouler. L'air chaud nous fait du bien. C'est le calme plat du désespoir. Personne ne dit mot. Une musique sirupeuse essaie en vain de faire oublier le vent qui grésille dans le pare-brise. Au bout de cinq minutes, le taxi s'arrête rue Drolet devant la maison de Charles, et je serre très fort Anna:

— Tu vas être bien ici Anna! Je vais continuer jusque chez moi. Je t'appelle sans faute demain matin.

— Tu viens pas? Seulement pour un petit moment! dit Charles d'un ton plaignard.

— Non, je suis trop fatigué! Et faut qu'Anna reprenne des forces au plus vite.

Anna m'a-t-elle entendue? Elle me regarde béatement. J'essaie de lui sourire. Je l'embrasse dans le cou:

— À demain ma chouette, essaie de dormir.

Elle glisse sa bouche dans mes cheveux. Elle recommence à pleurer. Ses épaules sautillent dans mes bras. Je la serre encore plus fort.

— Ben, comme tu veux! dit Charles, décontenancé.

— On se donne des nouvelles demain.

— Bon, comme tu voudras. Alors, on y va? demande Charles sur un ton affectueux.

Anna renifle.

— Je vais essayer.

Charles ouvre la portière à la pluie brutale qui leur fond dessus et répand dans le taxi ses sortilèges maudits. Il tient solidement Anna par le bras. Je referme la portière sur une «'ne nuit» qui m'arrive charcutée. Le taxi repart vers le parc Lafontaine. Let's go to hell!

— Vous savez monsieur, il y a le feu là-bas.

— Je sais. Laissez-moi à la hauteur des rues Roy et Saint-Hubert.

— Bien monsieur.

Pourquoi ne pas avoir choisi un autre chemin? Sans doute pour m'assurer que le cauchemar que je viens de vivre est bel et bien réel. Je règle et sors pour me buter au spectacle apocalyptique de l'incendie qui n'a pas l'air d'avoir faibli. Partout des tuyaux d'aspiration, de refoulement, se tortillent comme des anacondas antédiluviens. C'est le bruit de l'eau qui siffle, les cris des pompiers et la foule massée qui ne semble pas se lasser du triste spectacle, malgré le vent et la pluie givrée qui les bombardent. Je me faufile entre deux barrières et je me retrouve dans la rue Roy. Je vois l'embrasement sous un autre angle, encore plus sinistre! Au coin de l'avenue du Parc Lafontaine, je jette un dernier regard. J'ai peur de me métamorphoser comme la femme de Loth, non pas cette fois en statue de sel mais en sculpture de lave. Je bifurque à gauche pour aller à l'appartement. Des chats énervés grattent dans la vitre. Je fais machinalement le rituel d'entrée.

— Oh mes amours! Mes pauvres et tendres amours!

Je les flatte un bon moment, puis je me débarrasse de mes vêtements trempés qui sentent la fumée. J'endosse un peignoir mauve. Dans la serre arrière, j'ai une vue néronienne des drapeaux de l'enfer qui claquent victorieux sur les maisons ravagées. Au frigo, je prends la bouteille ambrée de Havana Club et me fais un Cuba Libre. J'y ajoute deux grosses tranches de limette. Je fais jouer Billie Holiday: «Porgy». Je retourne à l'arrière et m'installe dans une causeuse de rotin noir. Sous l'immense margueritier, au joli nom d'anthémis, je regarde le feu balafrer Montréal. Pourtant j'oublie Anna pour Donald. Ses caresses me reviennent toutes aussi fascinantes que dévastatrices, comme ces flammes qui crevassent la nuit. «Somebody's on my mind».

Le feu si près. Deux rues me séparent du brasier! Je ne cours aucun danger car le vent le rabroue vers l'ouest. Les chats hypernerveux se poursuivent à la grandeur de l'appartement. Parfois l'un me saute dessus et déguerpit aussitôt dans un coup de griffes bien placé. Je ne bronche pas, sinon pour boire. Je n'ai plus sommeil. Le spectacle m'hypnotise. Des rafales secouent violemment les fenêtres. Égoïstement à l'abri, je déguste cette tempête qui ne peut rien contre moi. Seule l'idée d'Anna m'afflige. Bah! on se remet de tout. Même de sa propre mort sans doute. Les poissons glissent tels des animaux féeriques dans l'onde bleutée, alors que le reste de l'appartement est plongé dans des clairs-obscurs que soulignent quelques veilleuses et les élans assassins de l'incendie. Dégoûté, j'arrête Billie Holiday comme je finis mon verre. Je donne les glaçons à demi fondus et les morceaux de lime au broyeur qui m'écorche les tympans. Dans la chambre, je peux entrevoir un ciel veiné de pourpre et de safran. Je m'enfouis la tête sous l'oreiller. Les chats sautent contre moi qui ai peine à dormir, harcelé par les hurlements d'Anna auxquels se mêlent la voix grave de Johny, les cris de jouissance de Donald, les bruits stridents des sirènes, les rires éclatants de Charles et de Françoise, les grimaces des fresques égyptiennes aux paupières lourdes de mystère... Sur le point de me résoudre à prendre un calmant, je suis happé par cette fournaise qu'alimentent les chimères les plus cruelles.

CINQUIÈME JOUR

Je me réveille à midi pile. De la poussière voltige que les rayons du soleil érigent en colonnes obliques. Bibliques? Les chats font leur toilette. La lumière envahit la chambre, me fait mal, vampire surpris en plein sommeil. J'ai oublié de fermer les tentures imprimées d'une orgie de fleurs d'hibiscus. Je dessille mes yeux. Je me retourne dans le lit, mets un oreiller sur ma tête. Rien n'y fait, le sommeil m'a abandonné. Rimbaud s'approche et gratte l'édredon. Il me mordille le bout du nez. Le champ de bataille des draps atteste que la nuit a été mouvementée. Pourtant, je ne se souviens d'aucun rêve précis. Les deux chats me marchent sur le cou, sur la tête. O.K., j'ai compris! C'est l'heure sacrée des caresses. Rimbaud s'installe sur le dos et ses griffes à demi rentrées saisissent ma main pour que je lui gratte le ventre. Champagne s'attaque à mon lobe d'oreille. De la chambre s'élève un concert de ronronnements, de soupirs.

– Mes amours! mes tendres amours!

Les chats renversent leurs yeux dans ce paradis fait de flatteries et de mots doux. Le téléphone casse sec cette séance de massage.

– Julian, bonjour! C'est moi. Je te la dérange?

237

— Non Ronnie, je suis encore au lit mais réveillé. C'est une longue histoire entre les chats et moi.

— Tu dors toujours aussi tard toi!

— Que veux-tu, je vis la nuit, et le jour je m'embête!

— T'as bien raison.

Je devine le pourquoi de son appel: Anna. Après quelques hésitations, longues comme un chapelet de virgules, je prends les devants et lui raconte la fin de la soirée. Le hasard lui envoie une chance inespérée de pouvoir recueillir chez lui Anna, et de la séquestrer dans son donjon comme tout amoureux conséquent, passionné. Je lui sape tout espoir. Je lui conseille de laisser Anna se reposer chez Charles. Autrement ça ne ferait qu'empirer sa cause. Ronnie piaffe au bout de la ligne, l'écume au cœur. En bon samaritain, je le laisse cependant sur une note d'espoir: je le rappellerai dès que je saurai de quoi il en retourne. De plus, je promets de passer le voir au bar vers six heures. Surexcité, Ronnie parle de son grand amour pour Anna. Et moi, j'ai juste envie de m'enfouir dans les bras vigoureux et tendres de Donald. Le beau cow-boy s'empêtre dans les genres de la langue, ça me met de bonne humeur.

— Hé que le langue française est mélangeant!

— Pas mal mélangeante!

— C'est féminin le langue?

— Oui Ronnie. Écoute, je suis pas assez en forme pour te faire un cours de grammaire ce matin.

— Cet après-midi mon homme, cet après-midi.

— Mettons.

Il éclate de ce rire qui mettait tellement Anna hors d'elle.

– Bon ben je te la laisse. À ce soir alors?

– Je te la donne mon beau Ronnie.

– Hein?

– Laisse faire. Oui à ce soir. Et bonne journée.

– Yeah! Bye.

– Bye.

C'est fou comme le téléphone a le don de me siphonner! C'est pas Donald qui s'énerverait pour moi comme ça! C'est une bête immonde! Il a peut-être lu les journaux. Craint-il pour moi? Je ferme les yeux pour mieux le voir dans toute sa magnificence. Ses mains si douces oh! si douces! Je me masturbe en reprogrammant nos caresses délirantes. Les chats se sauvent. Ma respiration se fait de plus en plus saccadée et quand je viens c'est tout le désespoir de ma solitude qui m'atteint de plein fouet. J'arrache des Kleenex à la boîte tout près et m'essuie avec dégoût. Que pourrais-je bien faire pour le revoir? Aller déjeuner à son restaurant? Il est déjà trop tard pour déjeuner. Ce soir peut-être? Cette idée m'excite encore plus. Je vais me faire un look d'enfer et j'irai nonchalamment me faire servir par lui. Je vais pouvoir l'admirer à mon aise. Même si je sais que cela lui déplaira souverainement. Ah! pis so what! J'ai bien le droit d'aller où je veux! Une fois ce souhait formulé, j'en deviens de moins en moins convaincu. Je me répète que Donald m'a expressément demandé de ne pas aller le voir à son travail. Il a été très clair à ce sujet. Je grimace sur une gorgée d'eau tiède. Je rejette avec mes pieds les draps et l'édredon et vais au frigo me chercher un verre de Coke diète. Et vive la civilisation! L'image de Maurice branché à tous ses appareils me fait d'un coup vomir.

J'allume la radio. Dick Rivers chante: «Viens, viens me faire oublier, qu'avant toi j'ai aimé». Je fredonne la chanson. Je me demande comment je peux bien la connaître. Un autre mystère enfoui dans les sables de l'enfance qui nous avalent toujours une fois adultes. On annonce la météo: «beau et frais, maximum trois». Le feu! Comment ai-je pu oublier? Dans une robe de chambre en ratine noire, je me précipite à l'arrière. Un mince filet gris monte des ruines. Je ne peux plus voir la bâtisse qui, hier encore, abritait Anna. Comment va-t-elle? Il est midi quarante-trois aux hamburgers. Je pèse sur le numéro de Charles. Quand Anna sait qui est au bout de la ligne, elle prend un autre téléphone, et tous les trois nous nous mettons à jacasser comme des perruches. Anna a l'intention, le plus rapidement possible, de se mettre à la chasse aux appartements. Charles a un cours dans peu de temps et, le premier, il raccroche.

— Mon beau, mon unique Julian! Comment te remercier?

— Eh ben, t'as l'air en forme malgré tout.

— Fuck le feu! Je suis comme la Piaf, je repars à zéro!

— Eh ben moi, je suis plus secoué que toi!

— Parce que toi, mon beau Julian, t'es un catalyseur. Tu filtres les émotions de tout le monde, c'est pour ça que parfois t'es si soufflé. C'est pour ça aussi que tout le monde t'aime. Et c'est moi la présidente de ton fan club, oublie pas ça!

— T'es surprenante vraiment!

240

– J'ai bu trois cafés et je suis un peu speedy car il faut que je me dépêche. J'ai déjà deux trois places à voir cet après-midi. Donne-moi une semaine et je te fais un bon petit lunch comme avant-hier! Parole de sorcière! Et Antoine, le proprio de la galerie *Treize*, m'a déjà confirmé que je pourrai travailler dans un atelier situé boulevard Saint-Laurent. Tu vois, tout s'arrange!

– Eh ben! Tu me coupes le souffle.

Quand je glisse le nom de Ronnie, Anna s'offusque et réitère qu'elle ne veut rien savoir. Elle a tourné la page, fermé le livre. Cependant, elle fait dévier la conversation et le nom de Johny la met en transe, ce qui moi, me met en crisse! Maudit cul! Anna me dit de laisser tomber, qu'elle est assez grande pour mener sa barque toute seule, même si c'est l'Achéron qui coule en dessous. Notre tendresse prend le dessus sur son agressivité, et nous nous donnons rendez-vous pour l'apéro au *Saint-Sulpice*, même si Ronnie y travaille. Quand l'amour fout le camp, il y a toujours celui qui est rendu ailleurs, pendant que l'autre souffre en faisant du sur-place. Je me dis que je pense comme un courrier du cœur. Profond... Charles a repris la ligne pour se plaindre d'un mal de tête. Il répète qu'il sera exposé, et cette fois pour de vrai, de cinq à sept chez *Alfred Dallaire*. Si les amis pouvaient être assez gentils pour venir le voir et réciter au pied de son catafalque les poèmes les plus tristes et les plus durs du monde, genre *La Charogne* de Baudelaire. Il rajoute qu'il a réservé des billets pour nous trois demain soir au théâtre du *Quat'Sous*. C'est une reprise d'une des pièces célèbres de Michel Tremblay.

– Ça nous changera les idées, qu'il crie dans le téléphone. Je me sauve, Julian. Je m'en vais faire l'école. Tourlou!

Anna rit et nous raccrochons en nous disant «à bientôt». Soulagé de la savoir prête de nouveau à affronter tous les monstres de la terre, et il n'en manque pas, je me mets à la préparation de mon petit déjeuner classique. Le festin habituel, quoi! J'ai pris soin auparavant de nourrir les poissons et les chats. À Radio-Canada AM une intervieweuse à la voix pétillante interroge «la grande dame» du maquillage québécois: Lise Watier. Après le déjeuner, je circule dans l'appartement, l'arrosoir à la main, dans lequel j'ai ajouté de l'engrais à fleurs. Je verse le précieux liquide bleuâtre dans les pots qui regorgent de merveilles: les hibiscus aux larges corolles rouges, l'oranger aux minuscules étoiles blanches qui répandent un arôme si intense, un gardénia au parfum fait pour l'amour, des géraniums à l'odeur virile, et des violettes africaines, et une foule d'autres qui me font une jungle odoriférante. Pendant ce temps-là, à la radio, les nouvelles du monde entier défilent et, what's new? Elles ne sont pas bonnes. La panoplie des malheurs terrestres. J'arrose méticuleusement. Et j'enlève les fleurs fanées, les feuilles brunes, bref je tente de remettre d'aplomb toutes ces plantes que j'ai un peu trop négligées ces derniers temps. L'énumération des malheurs aux nouvelles me tanne. Je change la radio pour Barbara Streisand qui chante les meilleurs hits de Broadway. Mon cœur se prend pour une star! Je pense à Donald que j'anticipe de revoir. Car j'ai décidé d'amener Anna manger ce soir au restaurant où il travaille. Tra la la. Ce n'est pas une bonne idée mais elle n'est pas si mauvaise que ça non plus. C'est plus fort que moi: il faut que je le revoie! Sinon je vais virer fou, si ce n'est déjà fait! Je joue avec le danger, ben oui ben oui! Je veux le revoir et je le reverrai. Une fois le tour des plantes accompli je me fais couler un bain mousseux. Dans le four à micro-ondes, je fais réchauffer ma tasse de thé avant de m'installer dans le bain tourbillon que j'ai programmé pour dix minutes. Dans l'appartement se répand une lumière de miel. Les chats craintifs se pointent le bout du museau dans l'entre-bâillement de la porte et se sauvent à toute vitesse. Une fois la mécanique arrêtée, je fais mousser mes longs cheveux qui me chatouillent les épaules. Je me rince méticuleusement. J'ai horreur d'un restant de mousse ou de savon. Je m'enveloppe d'une grande serviette de bain couleur saumon. Pour chacune de ses ablutions Proust en avait besoin de combien déjà? Dans la cuisine, sur le mur de briques couleur citron, les hamburgers marquent trois heures trente-trois. Devant les portes-miroirs de la garde-robe j'essaie plusieurs looks. Je ne trouve rien de vraiment à mon goût. Un pantalon de cuir, une ample chemise échancrée en coton matelassé, et des bottes de cuir. Je serai encore une fois tout de noir vêtu. Je passe mes cheveux au séchoir qui les gonfle pour les laisser retomber en Iguaçu spectaculaire contre mon visage et mon cou basanés. Je mets un soupçon de noir autour des yeux, «par habitude». Au salon, je fouille dans la penderie. Des manteaux, blousons, imperméables de toutes sortes y sont alignés. Je saisis une veste longue, tissée de laines multicolores à dominance de bleu et de mauve, achetée au Costa Rica. J'enroule un foulard indigo autour du cou et me plante devant un miroir. Je suis rassuré de l'effet, car je me veux encore plus beau pour atterrer Donald. Je veux le coincer jusque dans ses moindres désirs. J'enlève le manteau et prends une poire. Il est quatre heures cinq aux hamburgers. Je débouche un Muscadet. Le silence de l'appartement me pèse. Je mets Judy Garland: «It had to be you». Je m'installe dans le hamac. Je sirote le vin blanc auquel j'ai ajouté quelques gouttes de sirop de cassis. Le soleil m'éblouit trop. Je vais chercher des lunettes de soleil et me réinstalle comme un lézard. Les chats viennent me rejoindre. Tout autour, c'est une avalanche de feuilles vertes, de fleurs, et l'arôme de la terre fraîchement mouillée prend le dessus. Malgré cette envie si ridicule de mourir et mon désir de me voir ailleurs, je suis quand même bien. Judy chante «San Francisco». Peut-être. Une ville vraiment exceptionnelle que j'ai adorée. À deux reprises. Je me rappelle un restaurant... Après un fastueux repas de fruits de mer, le garçon de table m'avait signifié que l'addition venait d'être payée par le patron. Le patron s'était avéré être un charmant Américain, blond, musclé, au début de la trentaine. Il m'a montré la ville de fond en comble. Il me saoulait de chandon californien en m'appellant «my beautiful».

Dans la serre, ce souvenir aptère saute de branche en branche. La mélancolie trace au fusain des troncs d'arbre calcinés sur lesquels de larges corbeaux croassent. Culbuté dans une fantasmagorie inquiétante, je serre la coupe de vin. Le hamac vogue tout à coup sur une mer tumultueuse. D'immenses tentacules tentent de m'agripper. Du ciel pleuvent des sangsues. Je renverse mon verre. Le soleil disparaît derrière une draperie safranée. Je m'extrais péniblement du hamac et vais au lavabo. La nausée m'étreint à nouveau. Il ne se passe rien. Je mets de l'eau froide sur mon front en sueur. J'essuie sur mon pantalon miroitant les traces de vin blanc. Dans le miroir, deux anges pourpre et gris sautillent. Je me sauve. Je bois à même le goulot de la bouteille une bonne rasade de Coke diète. Je me reverse du vin blanc. Judy chante: «Stormy Weather». Il fait une chaleur torride. J'hésite à retourner au hamac. Le téléphone décide pour moi. Je m'installe à la table grise de la cuisine, insérée à même le mur de briques, et prends le combiné. C'est deux comprimés d'aspirine que j'aurais dû prendre à la place!

C'est ma mère. La même rengaine repart. Le charme époustouflant des tropiques, les vodka martini, le yacht, les amis super de Dave... Elle en met trop: je ne la crois pas... et elle le sait. Je promets un jour d'y aller, mais pas maintenant, vu le malheur d'Anna. Une double invitation refait surface. Comme je connais d'avance toute la conversation, je n'écoute que d'une oreille distraite. Je glisse ici et là un mot, quand ce n'est pas carrément un borborygme en guise d'assentiment. Je lui dis que les flamands roses qu'elle voit sont roses parce qu'ils mangent des crevettes, sinon ils seraient gris. Elle la trouve bonne et se met à la raconter aux gens autour. Je les entends rire grassement. J'ai les nerfs écorchés. Je peux si facilement imaginer la scène que je me trouve chanceux rare d'être à des milliers de kilomètres de ce paradis plus débile que les limbes. Ma mère se met à ressasser le passé: comme ils étaient bien quand ils n'étaient pas riches mais heureux, quand mon père vivait. Et patati! et patata! J'enregistre patiemment les sempiternelles élucubrations de ma mère que les vodka martini ont le tour de rendre épiques. Quand elle se met à me critiquer parce que je reste dans un quartier franchement laid, je me mords la langue pour ne pas l'envoyer promener.

– Un beau grand appartement avec plein de fenêtres qui donneraient sur le centre-ville, une piscine chauffée, un sauna, un parking. Un butler à porte! Et pour l'amour, veux-tu ben me dire pourquoi t'as pas encore d'auto? J'ai vu la nouvelle Jaguar, un rêve! Tu devrais t'acheter ça, mon grand! Je te vois très bien en train de conduire ça! Les filles seraient folles de toi! Et pis comment ça se fait que t'aies pas de blonde, hein?

Je garde par miracle mon calme. Je la laisse divaguer jusqu'à la fin. En larmes, elle me dit qu'elle m'aime, que je suis la seule personne au monde qui compte vraiment pour elle. Gagné par la fatigue, je lui jure d'aller la voir à Noël avec la promesse qu'elle ne m'amène pas en croisière, et surtout qu'elle me laisse filer à Key West. Je veux y être pour le jour de l'An. Dans un dernier reniflement, dans un ultime effort pour prendre sans que ça ne paraisse trop une gorgée de son drink, elle me fait des adieux, à la Sarah Bernhardt. Le rideau déchiré tombe enfin. Une autre affaire de réglée!

Cette conversation portée à bout de bras m'a secoué. Tout le terrain d'entente avec ma mère est miné. Je ne sais jamais quand je vais faire un impair qui déclenchera instantanément le drame. Et l'alcool ouvre si facilement les vieilles cicatrices. Je vois très bien la scène: elle doit être en train de pleurer son cher mari disparu si jeune dans les bras de Dave, «et que la vie est donc injuste!». Et un autre vodka martini pour faire passer la peine pendant que des poissons volants planent au-dessus d'une mer d'un bleu irréel genre Fleecy.

Je me verse plus de vin blanc. Je change de disque: David Bowie, «Let's dance». Les chats me suivent de leur fourrure tachetée d'or. Je me glisse à nouveau dans le hamac pour mieux penser à Donald. Et si je ne l'aimais pas? Si ce n'était qu'un vulgaire kick? Tout mon corps, tout mon cœur me disent le contraire. Je caresse une fougère tout près, imagine sur les miennes ses lèvres fougueuses. Le vin est froid comme je l'aime. Le crépuscule achève déjà. Aux hamburgers, il est cinq heures dix. C'est le temps de partir pour le *Saint-Sulpice*. Je vais au miroir, cette mare froide et cruelle... là plus d'un être exquis a sombré... Je paraphrase Mallarmé astheure! Ça va mal! Je replace quelques mèches. De toute façon elles se rebelleront dans le vent. Tout ça pour choisir l'habituel blouson de cuir noir! J'ai remisé dans le placard la veste de laine, trop granola. Le cou emmitouflé dans un foulard noir, je dis bye-bye aux chats. Bien sûr je n'oublie pas le système d'alarme, gardien moderne de la paranoïa style cocooning. Alors que j'ai l'allure destroy.

Le soleil n'est plus qu'un symbole. Le froid me frotte les oreilles. Comme le méchant Johny avec ma joue. Rue Roy je tourne à droite par habitude. Au coin de Saint-André, c'est le choc: la ruine glacée de l'ancienne demeure d'Anna. De la maison éventrée rien ne bouge à part la fumée qui élève une incantation maudite. Son odeur âcre m'agresse. Quel triste spectacle! Des glaçons sales pendent des toits éventrés. J'aimerais détourner la tête mais c'est plus fort que moi, j'examine, scrute cette immense sculpture de glace qui représente la Désolation. Des gens vont et viennent sans s'arrêter, comme s'ils ne voyaient pas, ou ne voulaient pas voir. La vie comme toujours plus forte que tout. La gorge serrée, je cherche à m'arracher à ce cauchemar live. J'ai peine à avaler ma salive. Je me détourne enfin de cette tristesse. La maison Usher. Je descends la rue Saint-André jusqu'à Cherrier. Je traverse de biais pour aller au guichet automatique de la Banque nationale retirer des précieux morceaux de papier à l'effigie d'une reine étrangère. En prince atlante, je flâne le long de la rue Saint-Denis. J'arpente avec indifférence le macadam qui m'appartient autant qu'à la ville turbulente. La chorégraphie des piétons. Je me faufile comme un long serpent noir. Je plonge dans les yeux des autres qui me mordent avant de baisser automatiquement leurs paupières, des stores qui cachent l'indécence d'un désir. Je le sais et je m'en amuse. Le plaisir de la beauté n'est-il pas d'être incontestablement roi et maître partout? Ah! la beauté! Mon beau Donald que j'aimerais faire mien jusqu'à la fin de mes jours! Qui a dit que la beauté était la calligraphie de Dieu?

Fauve déguisé en antilope, le sexe bien ajusté au corps, j'ondule sur mes bottes comme John Travolta dans *Saturday Night Fever*, fascinante créature lâchée lousse dans New York. Les vitrines débordantes d'inutilités me renvoient une image que la mosaïque de mes mouvements concasse sans cesse. Les arbres dénudés griffent de leurs ongles noirs un ciel de ville rarement pur. Comme il fait froid! Les bouches font de la buée. Elles forment des mots de fantômes. La ville fourmille d'odeurs, de couleurs, de reliefs, de bruits... pourtant la mort est partout. Une erreur et le corps fastueux pourrait glisser sous cette roue d'autobus qui démarre avec peine. L'image de mon ami sur son lit d'hôpital m'atteint directement au plexus solaire. Je m'arrête. La vie me pousse dans le dos et m'invite à reprendre ma marche vers Maurice qui gît au bout de la rue.

À l'endos de mes paupières, la beauté de Donald, protégée de la vulgarité du monde, comme celle de cet endroit sordide où deux vieux s'engouffrent comme des rats bedonnants. Ils disparaissent derrière les vitrines noires sur lesquelles en lettres fluorescentes est écrit le seul mot qui se dit encore tabou: sexe. Sans hésiter, je pique à travers la rue pour arriver devant la Bibliothèque nationale, question d'esthétisme, voire de survie. Je m'engouffre dans le bar enfumé du *Saint-Sulpice* où Ronnie m'accueille à la porte d'un sourire iceberg.

— Bonjour mon homme!

— Qu'est-ce tu fais ici? T'es pas derrière le bar?

— Toute à l'heure! Pour l'instant Robert m'a demandé d'être doorman, il y a trop de monde, il a peur de pogner un autre ticket. Je fais semblant de compter jusqu'à dix!

Son rire que j'aime bien, moi!

— Eh ben! c'est charmant d'être accueilli par toi.

Il me regarde d'un air malicieux et doucement, très doucement, m'embrasse sur les joues. Interloqué, je reste là, à attendre que le miracle se poursuive.

— Ça c'était pour Anna!

— Méchant Ronnie!

— Pourquoi? demande-t-il d'un air faussement naïf.

Ses yeux de piscine à la David Hockney.

— Ben tu vas pouvoir lui faire toi-même ton message parce qu'elle s'en vient ici mon cher! Tu me vois donc obligé de te rendre la monnaie de ta pièce comme on dit! Allons, approche-toi! Plus près!

Je lui plaque deux baisers aussi sonores que les deux autres étaient doux!

— Anna s'en vient!

Il est terrifié.

— Oui. Je l'attends ici même mon beau cow-boy! Pis on va aller manger ensemble tantôt.

— Chanceuse!

— Qui ça?

— Ben toé!

— Ah oui? Veux-tu prendre ma place?

— Et comment? Ah! c'est toi la méchante!

Je vois sa mine dévastée. Alors je lui mets ma main à la base du cou et le serre tendrement.

— Voyons Ronnie, ce n'est pas qu'elle ne t'aime pas, elle t'aime bien, c'est pas pareil je sais.

— Elle ne m'aime pas! répète-t-il d'un air buté, comme s'il effeuillait une marguerite, et tous les pétales redisent ce refrain maudit: elle ne m'aime pas, elle ne m'aime pas...

— Such is life!

— Pourquoi le vie est si mal fait? reprend Ronnie.

— Parce que le bon Dieu s'amuse à nous faire chier!

Sur le rire éclatant de Ronnie, Anna fait son entrée. À sa vue la bouche du beau cow-boy reste ouverte et le rire aussitôt rentre s'y cacher.

— Hello Ron! dit nonchalamment Anna avant de m'embrasser exprès sur la bouche.

— Pis moi! demande-t-il timidement.

— Toi, t'en as assez eu!

Elle saisit mon bras et m'entraîne à travers la cohue du bar. Elle a laissé avec une indifférence cruelle le blond Hadès à son enfer. Quand on n'aime pas...

— Eh ben, pour quelqu'un qui a passé au feu, t'es solide ma chouette!

— Y rit toujours aussi plate, lui!

— Voyons Anna!

— Eh oui tout a brûlé! C'est vrai. Mais «so what?» comme tu dis si bien!

Une lueur triomphante traverse ses yeux plus chatoyants que jamais.

— T'es vraiment extraordinaire!

— Je le sais! Pour l'instant, j'ai soif! Si on peut réussir à s'approcher du bar. Tiens c'est Marguerite qui sert! Ça va aller vite avec elle!

— Qu'est-ce que tu veux boire?

— Un bon Bloody Ceasar bien épicé. Marguerite sait comment les faire, elle!

— Et Ronnie?

— Laisse tomber, O.K.? Je suis enchantée qu'il soit dehors celui-là!

— Bonne idée de boire un Bloody.

Anna fait de grands signes à Marguerite qui souffle sur la couette rousse qui lui descend jusqu'à la racine du nez.

— Deux Bloody Ceasar bien corsés, Maggie, O.K.?

L'autre fait signe qu'elle a compris.

— Maudit que je suis contente de te voir!

— Moi aussi.

— J'ai pris un express pour l'enfer, et je suis passée au travers.

— Je vois bien ça!

— De toute façon, ça va vite un express non?

— J'en reviens tout simplement pas! Hier soir t'étais...

— J'étais complètement démolie. Folle! Complètement folle de douleur! De rage! D'impuissance!

Ronnie subtilement s'est glissé derrière nous.

— Anna, j'ai quelque chose pour toi.

— Quoi? demande-t-elle, impatiente.

— On a fait un petite collecte pour toi au bar hier soir, c'est pas grande-chose, mais c'est de bonne cœur. Je vais aller te le la chercher.

Radoucie, elle le prend par le cou et l'embrasse sur le front.

— T'es fin mon grand.

Pauvre Ronnie qui s'enfarge dans ses mots.

— C'est rien, c'est juste un petite quelque chose...

Je ne comprends toujours pas pourquoi Anna a repoussé et repousse encore un si beau spécimen. Des yeux d'un bleu à tromper les anges, des cheveux blonds comme les plaines d'où il vient, et ce corps de joueur de football! Je ne catche pas! Ronnie promet de revenir aussitôt, ce qui dans son cas est une évidence. Je lui donne une tape amicale sur l'épaule. Son pauvre air de chien battu.

— De le voir de même, ça me chavire!

— Le voir comment?

— Tu le sais bien trop!

— Écoute, dit-elle fermement, tu l'as entendu rire tantôt quand je suis arrivée. Eh ben comprends que je suis pus capable d'entendre ce rire-là! Ça me met les nerfs en boule! Je pourrais crier! Je débande! Comprends-tu là? Y me fait débander ce mec-là!

— O.K., O.K.! On n'en parle plus.

— On n'en parle plus certain! Cruise-lé à mort si tu veux, moi ça m'est complètement égal!

– O.K.,.O.K.! On parle d'autre chose.

– Y arrivent-tu les Bloody? J'ai soif! Après toute, j'ai passé au feu non?, dit-elle en riant.

Je suis mal à l'aise. Sans doute que je mérite bien ça pour l'emmerder à propos de ce Ronnie qu'elle qualifie de «si fatigant». Dans les haut-parleurs les Rolling Stones exigent: «Sympathy for the Devil». Les Bloody Ceasar surviennent, chacun orné d'une branche de céleri coincée dans le verre qui prend l'apparence d'un bonsaï de baobab! Anna lèche le pourtour saupoudré de sel de céleri. Nous cognons nos cocktails avant de les déguster. J'aperçois Robert habillé d'un trench. Il traverse d'un pas pressé la terrasse arrière. Le méchant froid de novembre occupe à lui seul toute la place. Ronnie revient à la charge. Il tient dans ses mains une enveloppe froissée dont le blanc est taché de partout.

– Tiens! Cest pour toi!

Anna le regarde et voit l'enveloppe. Elle lui sourit pour de vrai avant de l'embrasser dans le cou.

– T'es un ange!

– Moi, ça fait longtemps que je le sais!

– Toi, mêle-toi pas de ça!

– Bien madame!

Je regarde autour. Rien. Personne. Le vers célèbre de Lamartine sert de tocsin à mon cœur. Ce qui n'empêche en rien mes oreilles de pilier de bar d'entendre les bribes de phrases qu'Anna et Ronnie s'échangent. Anna vient de lui promettre un rendez-vous. Fier de son abordage Ronnie fend la foule.

— Tu vas le revoir? Chanceuse!

— Ce que tu peux me faire suer des fois!

— Faut dire qu'il fait chaud!

Anna me dévisage. Elle est furieuse. Moqueur, je tapote l'enveloppe qu'elle tient entre ses mains.

— Trouvez-vous madame que le contenant est plus important que le contenu?

— Ah! t'es vraiment pas drôle!

Elle déchire avec fébrilité l'enveloppe qui contient quatre billets verts et un bleu.

— Wow! Quatre-vingt-cinq dollars!

— Ça paie une belle nuit à l'hôtel. Un hôtel dans les deux étoiles, évidemment.

— Évidemment. Et tu viendrais avec moi?

Touché par ce coup inattendu je ne dis mot.

— Ah Julian! Je m'amuse moi aussi! Eh ben! Quatre-vingt-cinq dollars, c'est le fun! Je vais aller faire une rafle à l'Armée du salut. Pis je vais faire comme tout le monde ici, je vais tout sacrer ça dans un bac rempli de teinture noire; comme ça tous mes vêtements vont avoir l'air du dernier cri!

Marguerite nous demande si nous aimons notre drink.

— Dé-li-cieux ma chérie! réplique Anna. Épicé comme je les aime!

— Comme les hommes que t'aimes? demande insidieusement Marguerite.

– Les hommes? Je les aime le feu au cul!

Marguerite et moi nous nous regardons, ne sachant trop quel comportement adopter. Anna rit sauvagement!

– Oui oui, le feu! C'est un mot dans le dictionnaire à ce que je sache! Ben oui, disons que je le connais plus que vous autres astheure, ce mot-là! On ne connaît vraiment les mots que lorsqu'on les a vécus. La plupart du monde vit à peine le temps d'une page dans le dictionnaire! J'arrête là! Je suis quand même pas pour le barrer de mon vocabulaire ce mot-là. Feu! Feu! Feu! Feu! Au feu! beugle-t-elle maintenant, en larmes.

Je couche son visage sur mon épaule. Anna s'excuse de s'être moquée de nous. Sa peine est si profonde! Il faut que je dise quelque chose.

– Tu sais, c'est comme faire des jokes sur les infirmes, c'est jamais clair, même quand ça vient d'eux!

Elle acquiesce en me piochant l'épaule de son menton comme un oiseau blessé.

– Tu finis toujours par tout comprendre, mon beau. Hé que je t'aime!

Elle m'embrasse le menton, et menace d'aller vers mes lèvres quand Robert surgit de la tapisserie humaine.

– Je dérange les amoureux?

– J'sais pus! répond Anna. Tiens, il y en a un aussi pour toi!

Elle embrasse son crâne dégarni qui se transforme en coquelicot. Des larmes brillent encore dans ses yeux.

– Fais-toi-z-en pas, elle est comme ça depuis son arrivée. Elle s'amuse!

Sur son ton paternel de psychologue, Robert cherche l'âme d'Anna. Elle lui indique que la seule chose qu'il lui faut est de trouver au plus sacrant un appartement.

– Un appartement?

– Ben oui, que veux-tu, j'ai pus rien! J'étais censée faire ça cet après-midi, seulement j'étais tellement bien chez Charles que j'ai pas vu le temps passer. Et quand il est parti pour le cégep, j'ai pris un bon bain mousseux comme je les aime et j'ai remis ma quête à demain.

Comme un barrage qui cède subitement elle se remet à pleurer. Désemparé, Robert me regarde. Je prends Anna dans mes bras et lui caresse les cheveux. Très *deus ex machina*, Robert vient à la rescousse. Il a un appartement disponible sur la rue de la Commune vers l'ouest, pas loin du Vieux-Montréal. Toute surexcitée, Anna demande des renseignements. Il avoue candidement ne pas en savoir trop long sur «son» triplex, sinon que le type du troisième a déguerpi et y a laissé tous ses meubles.

– Une histoire de drogue sans doute.

Anna essuie ses larmes imbibées de khôl. Elle demande plein d'informations. Elle est frénétique.

– Ben... j'ai comme ça... sur la rue de la Commune, une vieille bâtisse de trois étages. Au premier, il y a un genre de resto fast-food que gère un Grec, au deuxième il y a une vieille dame de plus de quatre-vingt-dix ans qui reste là depuis toujours. Quant au locataire du troisième, il est parti depuis quatre mois sans laisser d'adresse, sans payer comme de raison. Alors le logis est là, disponible quoi!

– Il est là à rien faire? répète Anna comme dans un rêve.

256

– Ben oui! Il a tout laissé. Le gars est parti avec seulement une partie de son linge. La vieille pense que c'est un pusher qui avait peur pour sa peau. Une affaire qui a dû mal tourner. Elle s'était souvent plainte d'un va-et-vient continuel, jour et nuit.

– Robert, dit Anna convaincue, c'est magnifique! Rue de la Commune! Je vais avoir la paix là-bas. C'est où au juste, rue de la Commune?

– C'est près du métro Victoria. Juste plus bas. C'est la rue qui longe le port.

– Tu loues ça combien, Robert? demande-t-elle.

– Il me semble que le type payait autour de quatre cents par mois.

– T'es même pas sûr du prix?

– Ma gérante le sait sans aucun doute, elle.

– Il y a combien de pièces.

– Je le sais plus trop au juste... un quatre et demie je pense, ou peut-être cinq! Je l'ai vu seulement une fois!

– Je le prends! Ah! tu me sauves la vie!

Elle se jette à son cou et lui macule allégrement le col impeccable de sa chemise blanche.

– Eh ben, c'est magnifique! Champagne pour nous tous, on fête ça! Une Veuve! que je commande à Marguerite.

– Tu me sauves la vie, Robert! C'est super génial! Quand est-ce que je peux aller le voir?

– Ben, n'importe quand! Je dois avoir un set de clefs dans le bureau en haut, faudrait que je demande à la gérante. Comme tu peux voir, elle est plus au courant de ces choses-là que moi. À moins qu'elle ne vienne de partir!

— Dis-lui que je veux les clefs, ça me les prend au plus sacrant! Appelle-la si y faut! insiste-t-elle avec un sans-gêne digne d'elle.

— Attends, je vais aller vérifier si elle est encore là!

— Robert t'es génial!

Tout sourire, il s'éloigne.

— Tu vois? Tout s'arrange pour le mieux.

— Ah! que je suis contente! Les anges sont avec moi.

Elle m'embrasse de nouveau. Cette fois elle pleure des larmes de soulagement.

— Essuie tes beaux yeux qui pleurent du pétrole!

— Maudit mascara!

— Attends! Je vais te nettoyer ça!

— Avec plaisir mon beau! dit-elle en avançant un visage faussement ingénu.

Quand je me penche vers Anna, je sursaute en voyant derrière elle un petit rat blanc qui me fixe de ses yeux rubis.

— Qu'est-ce qu'il y a?

— Checke à côté.

Elle se retourne et aperçoit une grande fille musclée aux cheveux vert lime qui arbore à l'oreille gauche trois pendants en argent. Un petit rat blanc attaché à l'un deux se promène nonchalamment sur son épaule nue. Anna hausse les épaules; elle se retourne vers moi qui regarde incrédule le petit animal trottiner comme une fée.

– Ben, reviens-en! C'est pas la fin du monde!

– Décadent, tout simplement décadent!

– Ben non, maudit que t'es romantique! Y a rien de décadent là-dedans! Un rat c'est un rat! Pis il est blanc à part ça! Mignon comme tout! T'as toujours ce mot-là à la bouche pour rien! On dirait qu'il est en peluche! C'est mieux qu'un serpent autour du corps d'une danseuse. Pis à part ça, pourquoi tu dis que c'est décadent?

– Quand l'humain a besoin de l'animal pour s'afficher, c'est qu'il ne sait plus à quel saint se vouer?

– La décadence n'a rien à voir avec un rat! Et encore moins avec les saints! Qu'est-ce que tu penses alors du XVIIe siècle, dit classique, ou l'autre dit des Lumières, où on se promenait avec des perruques hautes comme le *World Trade Center*, infestées de bibittes, et outrageusement maquillées, à pisser et à chier sur du marbre, pendant qu'un roi qui se prenait pour Dieu mangeait comme un glouton alors que les paysans affamés le regardaient avec admiration s'empiffrer? D'un pur classicisme, non?

– Tout ce que je sais, c'est que ce rat à un mètre de moi, sur une épaule nue, me fait frissonner!

– De plaisir? Eh ben! Si tu prends tes phantasmes pour de la décadence! Moi je trouve qu'y a rien là!

– Si tu le dis, ma chouette! Ça me donne quand même la chair de poule!

– Alors là, de la chair de poule sur un squelette comme le tien, ça c'est de la pure décadence!

Nous trinquons au champagne.

— Tiens, voilà saint Pierre avec les clefs du paradis!

Robert prend la main d'Anna, l'ouvre et, dans sa paume, laisse tomber deux longues clefs en cuivre terni.

— Voilà, Anna, avec les compliments de la maison.

— Robert t'es vraiment un ange! dit-elle en l'embrassant encore.

Il rougit de nouveau jusqu'au sommet du crâne qui se coiffe cette fois d'une calotte de cardinal.

— Tiens, j'ai quatre-vingt-cinq piastres sur moi, c'est un acompte!

Il arrête Anna qui s'apprête à sortir l'enveloppe salie de son sac.

— On oublie le loyer jusqu'à l'année prochaine.

— Mais tu me gênes!

— Non, je te gâte.

— Jusqu'en janvier? Que je vais pouvoir me renipper vite!

— Et je le baisse à trois cents. Avec toi, je sais que j'aurai la paix!

— Si l'autre revient? Je ne veux pas être un casseux de party, mais ça se peut, non?

Robert plisse le front.

— J'y avais pas pensé!

— Ben, si tu veux Robert, on va faire changer les serrures, rajoute Anna.

– Parfait. On va régler ça de même!

– Dis donc Robert, depuis quand t'acceptes des rats dans ton établissement?

– Hein, des rats? Qu'est-ce que tu veux dire? Où ça? T'en as vu?

– Regarde à côté de toi.

Il se retourne dans la direction que je lui montre et, apercevant l'animal, il pousse un petit cri d'effroi. Anna et moi pouffons de rire. La fille nous lance un regard dégoûté, pendant que les Rolling Stones surfent allégrement sur les bruits du bar en chantant: «Sister morphine». Le beau Ronnie installé à la porte poireaute. Les clients attendent en grelottant. Dans le bar surpeuplé il fait une chaleur d'Acapulco. J'offre du champagne à Robert. Il fait un grand sourire d'enfant qui va recevoir un cornet de crème glacée à deux boules.

– La prochaine fois, je veux qu'un de tes serveurs sabre la bouteille! Et en plus, faut que ce soit le plus beau!

– Je sais pas s'y en a qui sont capables?

– Moi, je suis sûre que je pourrais! dit Anna.

– Ah oui?

– Pourquoi pas Julian? Tout s'apprend!

– Je préférerais que la leçon commence quand il y aurait moins de monde, dit Robert.

Je propose un toast au nouvel appartement. D'autres suivent. À la réussite du vernissage! À l'amour! À la vie! Robert s'esquive en disant d'un air bizarre qu'il doit absolument parler à Ronnie. Avant que je lui demande pourquoi, il est déjà dans la cohue. Il se fait arrêter plusieurs fois par des gens qui sollicitent une faveur, une demande d'emploi, quand ce n'est pas carrément de l'argent, ou changer un chèque douteux. Je parle franchement à Anna de Johny. Je vide mon sac. Hélas! et les millénaires sont là pour le prouver, personne n'écoute personne. Et Anna est loin de faire exception à la règle. Elle se vexe. Elle me somme de ne plus l'achaler avec ça. J'insiste. Pour sa défense elle me révèle le passé tourmenté de Johny. Je dis que je le connais déjà. Elle fait comme si je n'avais rien dit.

— Tu vois, Johny refuse ses racines amérindiennes, comme il refuse le suicide de sa mère, retrouvée la tête enfoncée dans un sac de poubelle, en ayant pris tous les somnifères qu'elle avait!

— Je sais déjà tout ça! Tu ne veux pas m'écouter. Et tout ça n'est pas une excuse pour te retrouver en enfer avec lui. T'as pas eu assez d'hier crisse!

— Sois pas méchant Julian! Écoute bien: Johny refuse le bonheur. Il n'y croit pas, pour la simple raison qu'il ne l'a jamais vu, le bonheur, comprends-tu? Johny ne croit en rien, encore moins en lui. Je pourrais peut-être l'aider. Et quand la formidable machine de son corps entre en contact avec la mienne, eh ben ça fait des étincelles grosses comme le Stromboli. Au lit, Johny c'est un dieu! Debout, c'est juste un homme fucké. Comme la plupart des autres, d'ailleurs.

— Pis moi?

— Toi?

Un silence grand comme les plaines s'installe.

— Toi, je t'aime. Je t'aime parce que t'es resté un enfant, et que tu regardes avec des yeux neufs la vie, même si t'aimes jouer au blasé.

— Je ne joue pas au blasé!

— Pour être blasé faut avoir vécu.

— Ah oui? Ben là tu te trompes, ma belle, on peut très bien être blasé parce qu'on n'a pas envie de vivre!

— Peut-être, dit Anna, songeuse. Et... c'est ton cas?

Que puis-je répondre?

— Je sais pas... je sais vraiment pas.

Nous retournons à notre coupe. Les bulles se sont évanouies. À côté de nous, à une année-lumière d'ici, la grande fille au rat blanc flirte toujours avec le vide. Elvis Presley chante: «Heartbreak Hotel». Je pense à Tommy Durden qui a écrit les paroles et qui jouait dans l'orchestre au bar de ma tante aux États-Unis, Le Sand Bar à Prudenville dans le Michigan. Il avait vendu ses droits d'auteur pour quarante dollars! «That's life!» comme claironne Sinatra. Depuis il joue dans des orchestres minables, et il chante son *Heartbreak Hotel* qu'il semble copier misérablement. La vie aussi a de l'humour. Souvent noir. Of course.

— Alors, quand est-ce qu'on mange, ma chouette?

— J'ai pas ben ben faim.

— Faudrait quand même manger, je n'ai avalé que deux toasts depuis ce matin.

— Moi un croissant et deux cafés.

— Ça nous fait pas une grosse moyenne.

— Non, pas vraiment.

— On dit que le foie est le centre de l'imagination, alors avec tout ce que j'ingurgite, je peux accoter Hollywood n'importe quand.

263

— C'est pas Hollywood qui en a le plus!

— Tant qu'à ça.

— As-tu vu la maison ce matin?

Je reste bouche bée. Je finis par lui raconter combien le spectacle était sinistre et que ça ne sert à rien d'en parler parce que justement il ne reste plus rien.

— Rien qu'un amas de ruines. On dirait la maison Usher sous glace!

— Ça se peux-tu!

— Oublie pas que tu repars en neuf!

Nous trinquons à nouveau. Autour de nous, les pichets de bière font une danse bavaroise. James Brown chante: «I feel good». Le bar enfumé est sur le bord de l'éruption. Ça rit, ça jase, ça gueule, et ça boit. Beaucoup. Pendant que dans les toilettes ça fait de la poudre.

— Et si on y allait? me demande subitement Anna.

— Aller où? Manger?

— Non, à l'appartement?

— Vraiment, tu y tiens tant que ça?

— Oui.

— T'aimerais pas mieux attendre qu'il fasse jour?

— Qu'est-ce que ça changerait? Je le prends anyway. Ai-je vraiment le choix?

— On finit le champagne d'abord.

— J'ai hâte de le voir!

– Figure-toi donc que moi aussi. Si on va à l'appartement, on va faire ça vite. Après on ira luncher.

Robert repasse, et à travers la cohue, nous envoie la main. Anna lui fait signe de s'approcher.

– Ouf! trop de monde! Beaucoup trop! J'ai dit à Ronnie de ne plus faire entrer personne. Si la police vient, ça va aller mal.

– Bah! Trop de monde, c'est bon pour la caisse! ajoute Anna.

– Peut-être. Seulement à la cour, ils niaisent pas. Surtout que les bars voisins m'en veulent. Ils sont jaloux. À tout bout de champ, ils déposent des plaintes, et la police n'a pas le choix que d'obéir. J'ai pas envie de les voir débarquer encore une fois. Je suis tanné de les avoir sur le dos!

– Robert, ça te dérangerait si nous allions voir l'appartement?

– Pas du tout! Il est à toi, Anna, fais-en ce que tu veux! T'as les clefs, non?

– J'ai trop hâte de le voir!

– J'espère juste qu'il n'est pas trop en désordre. Ça fait des mois que ce freak-là ne m'a pas payé de loyer et la vieille d'en dessous m'a dit que ça fait bien un bon trois mois, ou quatre, qu'elle n'a pas vu le locataire en question, en tout cas qu'elle ne l'a plus entendu marcher.

– Toi, tu n'y es pas allé? demande Anna.

– Ben, dit Robert d'un air coupable, j'ai pas eu le temps.

– Et si? mais je m'arrête, horrifié de la vision que je viens d'avoir.

— Et si quoi? demande Robert, pendant qu'Anna me dévisage.

— Et si? Mais non c'est impossible. On l'aurait su!

— On aurait su quoi? crie Anna.

— Ben, un cadavre, ça pue, non!

— Oh, mon Dieu! dit Robert.

— Maudit que tu peux être plate des fois! dit Anna qui me menace avec sa coupe de champagne.

— C'était juste pour rire.

— Ben est plate! Ben plate!

Robert reprend la conversation.

— Alors là! Donc c'est ça, je n'y suis allé qu'une fois!

— C'est beau d'être riche! soupire-t-elle, tout en continuant de me lancer des éclairs noirs.

— Non non c'est pas ça! C'est que... avec l'université, le bar, les employés, et tout le reste... dit-il en balayant l'horizon de sa main qui accroche le visage de la grande fille au rat...

— Oups! pardon mademoiselle!

La fille s'injecte un regard à la Frankenstein.

— Alors, avec tout ça, j'ai pas eu le temps d'aller voir ce qui se passait sur la rue de la Commune. Je me suis entretenu avec la vieille au téléphone. C'est comme ça que j'ai su qu'il était parti. En parlant de la vieille, elle est quelque chose!

— Faudrait peut-être l'avertir? dit Anna.

— Ah oui, vaudrait mieux! Faut que je monte au bureau de toute façon, alors je vais l'appeler. Vous partez pas tout de suite?

— Ben, quasiment! J'ai hâte de le voir, «mon appartement».

— Bon, alors j'y vais. Vous allez repasser par ici après? Pour me raconter comment c'est là-bas?

— D'accord, que je lui dis. Peut-être pas immédiatement après, parce qu'on voudrait aller manger et ensuite on va au théâtre. De toute façon on te tient au courant.

— Alors bonne soirée et à plus tard.

Il effleure chacune de nos joues.

— Bonne médecine! que je rajoute.

Il rougit encore. Quelques minutes plus tard l'escalier l'avale.

— Bon, un dernier toast et on y va.

— Tchin-tchin ma belle!

— Tchin-tchin!

Nous croisons nos flûtes en regardant le film de nos yeux.

— Julian, j'aimerais ça coucher avec toi!

— Tu vas pas recommencer!

— Juste pour la tendresse Julian. Juste me coller contre toi. Je te promets que je ne ferai rien de pas correct!

— Anna!

Elle rit. Dépité, je bois en silence.

– On y va? demande-t-elle.

– On y va.

D'une main je tiens Anna pendant que de l'autre je fends la vague humaine. Nous nous retrouvons enfin sur le trottoir, après avoir dit «bonsoir» à un Ronnie triste comme un dimanche après-midi d'enfance. Il fait si froid que j'arrête immédiatement un taxi.

– Attends! J'ai oublié de prendre l'adresse exacte!

Elle se précipite hors de l'auto. À la radio, le calvaire des nouvelles internationales. Le chauffeur a mis le compteur en marche. Il s'allume une cigarette. Il m'en offre une. Je refuse poliment. Le temps dans le compteur rouge cliquette en argent sonnant. Time is money. «Time is always now» comme le dit si bien à New York une galerie d'art dans Soho. À bout de souffle Anna réapparaît.

– Je l'ai! Ouf!

– Je suppose que Robert ne savait même pas exactement où c'était?

– En plein dans le mille! C'est la gérante qui m'a donné l'adresse exacte. C'est too much d'être riche, hein!

Elle donne l'adresse au chauffeur pendant que je continue:

– Bah! Riche? Ça dépend! Ça se passe rarement comme le monde aime bien l'imaginer.

– En tout cas moi si j'avais un appartement je saurais où il est! C'est... c'est...

– Décadent?

– Mais non! C'est plutôt...scandaleux!

– Vraiment?

Le conducteur sourit à nous entendre rire.

– Le mot scandale est un mot que je hais! dit-elle.

– Me semblait bien aussi!

Le taxi s'enfonce dans la pulsion urbaine. Anna a posé sa tête sur mon épaule. J'aime la serrer contre moi, trésor intime qu'approuve dans son rétroviseur le vieux chauffeur à la soyeuse chevelure blanche. Nous ne parlons pas. À la radio, une musique de big band rappelle un passé où tout semblait beau, rythmé et chromé. Sous les lustres titanesques du *Waldorf Astoria* les couples habillés de strass et de satin dansaient avec fébrilité jusqu'à l'aube qui teignait en rose Manhattan. Ou comme ici à l'Hôtel *Windsor*. «J'aime les nuits de Montréal.» Les hôtels du centre-ville ont proliféré. Ils affichent leurs écussons en néons spécifiques. Nous observons ces gens qui sortent des autos aux coffres remplis de valises, qui s'engagent dans les halls, attendus par un chasseur déguisé selon les codes de la chaîne. Entre les voitures c'est la danse en noir et gris des passants. Parfois une couleur au pastel surprenant mais rare tombe tel un pétale perdu. Le taxi tourne à gauche dans la rue University encadrée d'un gratte-ciel d'un bleu sombre. Là, la ville nouvelle émerge, dans ses miroirs redondants de narcissisme, dans ses constructions qui visent le ciel avec leurs falaises de verre. Aux fenêtres, suspendus comme des jardins d'acier, des bureaux s'additionnent pour mieux soustraire la vie, bébelles de Babel, jardins fréquentés par des insectes au métal bruyant. Nous sommes confrontés à une ville typiquement américaine: le béton est souverain. J'aperçois un instant les yeux de crapauds morts d'amour de l'hôtel *Champlain*, puis, après avoir dépassé le boulevard René-Lévesque, baptisé en l'honneur de celui qui a dit au début des années quatre-vingt: «À la prochaine fois!», nous arrivons devant le square Victoria, prénom repris à trop d'endroits sur la planète. De la bouche de métro, très *Modern Times*, les gens surgissent des entrailles de la terre, en rangs serrés, la mine patibulaire, car la fleur de leur visage grise et triste. Voici la rue Saint-Jacques, notre Wall Street en miniature. Les piétons se font de plus en plus rares. La ville faiblit à vue d'œil. Quelques voitures encore, mais les trottoirs sont déserts. Arrivé à la rue de la Commune, le taxi tourne à droite et s'arrête devant une maison de brique rouge. Au rez-de-chaussée, au fond d'une large vitrine sombre, a échoué une ancienne horloge Molson. Au deuxième, à une unique fenêtre, se prolonge une ombre mauve. On dirait que nous venons d'arriver dans une ville inconnue. Nous restons là immobiles, éberlués d'être tout à coup si seuls sur ce trottoir défoncé.

– Eh ben, c'est calme en pas pour rire!

– Il me semble que c'est un peu trop tranquille!

– Ben que veux-tu, Julian: on est quasiment dans le fleuve! Je vais peut-être tomber en amour avec un beau matelot?

Elle émet un rire qui crashe dans sa gorge. Elle fouille nerveusement dans son sac.

– Vous autres pis vos sacoches remplies à ras bord où vous trouvez jamais rien!

– Laisse faire, veux-tu?

– All right sweetheart!

– Tiens, les voilà!

Ces clefs-là datent d'un autre siècle! Elle fixe le chiffre marqué en blanc sur de la tôle bleue égratignée, accrochée à la façade qui s'élève dès le trottoir. La porte trouée en haut d'un losange vitré et grisâtre donne sur trois marches de ciment qui ont déjà été rectangulaires. Elle essaie une des deux clefs. Elle n'entre même pas dans la serrure. L'autre fonctionne comme le sésame qui s'ouvre sur un escalier obscur et inquiétant. Je trouve la plaque du commutateur. Des marches au beige douteux, renfrognées, c'est-à-dire étroites et renfoncées au milieu, attestent le passage de milliers de pas. Au centre de cet escalier loufoque se tient une vieille racornie, sœur de Mathusalem.

— C'est vous, la nouvelle? lance-t-elle d'une voix de corneille.

— C'est moi! répond d'une voix sûre Anna. Et vous? Vous êtes la demoiselle du deuxième?

— Qui vous a dit ça?

— C'est Robert le propriétaire.

— C'est un de vos amis, ça a l'air?

— En plein ça! réplique Anna qui amorce son ascension vers cette apparition qui relève du domaine de la géhenne.

Je suis Anna qui se retourne un air dubitatif: «T'en fais pas, je m'arrange avec!» La vieille ne dit mot. Bizarrement, elle rapetisse au fur et à mesure de notre ascension. Arrivée à sa hauteur, Anna la dépasse d'un bon pied, et moi je souffre de gigantisme! La desséchée a des yeux aux cristallins glaireux de cataracte, et pour bouche une fosse noire. Comme une pierre tombale penche un chicot jaunâtre. Des cheveux d'un gris malheureux tirés à l'arrière sont ficelés au-dessus d'une jaquette beige sale comme l'escalier. Elle continue de nous fixer sans pitié. Nous voit-elle seulement? J'ai l'impression que nous ne sommes que des ombres pour elle. Anna se présente mais la vieille recule, horrifiée, comme si elle venait de voir les pinces d'une extraterrestre. Sans se décourager, Anna me présente. La vieille brandit un doigt long, sec et jaunâtre comme un insecte africain, puis sans ajouter un mot elle nous claque la porte au nez. Anna se met à rigoler.

— Je sais pas ce que tu lui trouves de drôle?

— Ben, c'est juste une vieille freak! C'est tout! Bon, on monte: deuxième station.

— Ça promet!

— Souris! La vieille t'a quand même pas emprunté tes dents!

— Oh crisse!

— Allons, chante avec moi: «Quand je monte je monte je monte je monte chez toi, j'ai le cœur qui bat qui bat qui bat de joie. Et dans le petit escalier, qui n'en finit pas de monter»...

— Maudit que t'es folle!

— Y a rien de mieux que la folie pour passer à travers la vie. Tout le monde sait ça.

— Au moins la lumière reste allumée. Si on était à Paris, ça ferait longtemps qu'on serait dans un noir méchant.

— Tu vois, ton moral remonte.

— Mettons! Bon ben, on approche-tu du grenier au trésor?

– Encore quelques marches et, terminus, tout le monde déboule!

– Ou tombe dans une autre dimension.

– Arrête de faire cette tête d'enterrement!

– On dirait qu'on monte vers l'enfer. C'est pas logique? Non?

Une grande porte grise s'incline et menace de nous assaillir comme dans un film d'horreur. Anna tient une des longues clefs de cuivre qui pointe dans sa main tel un aspic doré. Elle réussit du premier tour à ouvrir. Elle trouve l'interrupteur. Une lumière crue réveille un spectacle désolant! Plantes séchées, bouteilles et cendriers jonchent le sol. Partout une poussière lourde, et surtout cette odeur fétide qui agrippe la gorge.

– Faut ouvrir immédiatement, sinon je vais vomir! supplie Anna.

Elle ferme sa bouche d'une main nerveuse. J'enjambe une foule d'objets hétéroclites et je lève une fenêtre. Le vent froid venu du fleuve s'engouffre en une marée salvatrice.

– Quel bordel!

– Mets-en!

– Je sais vraiment pas par où va commencer?

– Moi comme cadeau je te paie ma femme de ménage!

– T'es un amour! Elle va avoir peur de rester ici!

Elle se pend à mon cou et se met à pleurer.

– Des peintres, un menuisier, et ce sera le château de la Commune ici!

– Arrête grand fou!

Elle s'essuie les yeux dans un mouchoir de papier. L'ombre de ses paupières souligne avec maladresse ses joues rebondies.

– O.K. pour la femme de ménage! Faut dire aussi que quelques bras ne nuiraient pas!

– Je m'en occupe dès demain matin.

– Ça pue ici! Bah c'est pas pire qu'un feu hein? murmure Anna qui essaie de s'en convaincre.

Je la serre de nouveau dans mes bras.

– Bon! dit-elle en se détachant, regardons le palace!

– À vos ordres, Majesté.

– Sa-Majesté-De-Toutes-Les-Ordures vous prierait de bien vouloir la suivre dans l'intérieur fastueux de son logis. Première consigne: bouchez-vous le nez! Deuxième consigne: trouvez un sac vert et jetez tout ce que vous voyez dedans!

Elle allume toutes les lampes disponibles dans la pièce, ornée d'une arche qui s'arrête à la cuisine délabrée. Il y a une porte-fenêtre. Derrière on dirait une terrasse. Mais c'est difficile à voir, à travers tout ce désordre. Par contre, les hauts plafonds allègent l'ambiance. Miracle! Un vieux piano droit surgit. Je pianote.

– Un bon accordement et t'auras un piano ben correct!

– Ça c'est plaisant! T'imagines les beaux concerts que tu vas me faire! On peint ça tout en blanc, et ce sera une belle grand pièce avec vue sur le port et le fleuve! As-tu vu le vieux plafonnier de cuivre? En le frottant, il va redevenir tout brillant. Et la vue! Oublie pas la vue que j'aurai! Ça va être super!

Pour l'instant, seuls des hangars éclairent chichement un endroit désolé. Peut-être qu'avec le soleil du matin tout pourra à nouveau reluire comme le lustre de cuivre.

– Avançons! lui dis-je.

Dans la cuisine maculée au cube, il y a une porte à gauche. Mon histoire de cadavre me hante. C'est la chambre à coucher au désordre aussi brutal. La literie gît de travers, les portes du garde-robe bâillent sur des univers inquiétants. Un bain sur pattes, immense, qui date pour sûr de l'ère victorienne, surprend. Mais qu'est-ce qu'il fait ici celui-là?

– Oh! Un bain comme je les aime! Y s'en fait pus de même!

– Tu vas te noyer là-dedans!

– Ben non, pas avec un lifeguard à mes côtés!

Je songe à Johny. Il vaut mieux que je ne dise rien.

– Et un grand placard! Ça c'est commode!

– En effet, tu peux t'y perdre!

– Me noyer! M'y perdre! Plus encourageant que ça tu meurs!

– Excuse-moi, c'est l'énervement, l'émotion, la jalousie...

– Arrête de te moquer! Regarde, la toilette et le lavabo dans le coin! Comme au bordel! Je vais mettre un beau paravent de papier devant tout ça, et je serai la madame Butterfly de la rue de la Commune. Pis est grande la chambre, han? C'est magnifique! Il ne manque qu'un bon nettoyage.

Revenus dans la cuisine nous scrutons la terrasse.

– Il y a une autre pièce au fond! Regarde, il y a une porte.

– Je l'avais pas vue!

Nous traversons la cuisine dégoûtante qui donne sur un petit corridor bondé de boîtes de carton, de déchets de toutes sortes. Nous les contournons avec circonspection. Après un moment d'hésitation, Anna touche la poignée de cuivre terni et ouvre brusquement. Il fait un noir terrible. Elle réussit à trouver l'interrupteur et la pièce dévoile un bric-à-brac d'outils de construction, de bidons d'essence, bicyclette, skis, cannes à pêche. Une fenêtre sale permet d'entrevoir la terrasse.

– Ici, ce sera mon atelier. Tu vois en haut ce puits de lumière? C'est surprenant, non?

– Ça, c'est du Robert! Il a dû envoyer un menuisier percer un puits de lumière en spécifiant le salon, et le type l'a mis ici! Évidemment Robert, trop occupé, n'a jamais vérifié l'ouvrage en question.

– Ben tant mieux, car pour moi ça va être parfait.

– Tiguidou! comme disait un de mes oncles.

– Quel bordel! Maudit que le monde est écœurant des fois!

– Un nettoyage à fond, de la peinture et je crois que tu auras un appartement sympa!

– Tu penses vraiment? demande Anna qui veut être rassurée.

– Positif! Demain je parle à ma femme de ménage. Laisse-moi aussi t'offrir la peinture comme cadeau de pendaison de crémaillère. Avec évidemment le peintre!

– Toi, t'as une idée derrière la tête!

– Absolument pas!

– Bon, on verra!

Nous refaisons le tour de l'appartement que l'air froid a envahi sans toutefois avoir réussi complètement à chasser les remugles de ce capharnaüm.

– J'ai toute une semaine d'ouvrage devant moi. Ça m'aidera à chasser mes idées noires. Pour pas dire calcinées.

– Anna!

– J'ai rien dit. Bon, alors on y va?

– Oui, mais comment?

– Ah oui, c'est vrai, y a pas de téléphone ici.

– La vieille en bas? Elle l'a puisque Robert l'a rejointe.

– Allons-y, à nos risques et périls. Avant fermons la fenêtre.

– Attends! Et la toilette, elle est où?

– Ben, dans la chambre à coucher.

– Mais non! Il y a le bain, le lavabo, mais j'ai pas vu de toilette.

– C'est ben trop vrai.

Nous voici à la recherche de la salle de bains, s'il y a en une. Derrière un amoncellement de boîtes, dans le corridor qui mène à la pièce à débarras, je trouve la porte magique qui donne sur une salle de bains modeste, mais au moins réelle. Douche, lavabo et toilette, et une fenêtre minuscule givrée qui doit donner elle aussi sur la terrasse. Soulagés, nous revenons au salon. Après un dernier regard au désordre qui prend sous la lune des airs plus doux, Anna ferme la porte à clef. Nous sommes désagréablement surpris de nous trouver immédiatement dans l'escalier!

– Ça, c'est dangereux!

– Un soir de brosse, moi, je réponds de rien! Une chance que je souffre pas de vertige comme l'autre dans le film d'Hitchcock!

– Mets-toi une note, une pancarte, n'importe quoi pour te rappeler que les marches sont pas loin! Shit! Affiche ça sur ta porte à l'intérieur, sinon tu risques de te tuer! Imagine, même pas un palier derrière la porte!

– Ça doit être illégal, un arrangement de même!

– Peut-être!

Je me mets à rire.

– Qu'est-ce que j'ai dit de si drôle?

– T'entendre prononcer le mot «illégal», ça fait bizarre dans ta bouche. C'est pareil pour le mot «scandale». Sont vraiment pas faits pour toi ces mots-là!

Elle rit à son tour. À la porte de la vieille femme, elle cogne, tandis que j'attends sur une marche plus bas. Une voix cassée rappelant celle de la sorcière d'Hänsel et Gretel répond:

— Qu'est-ce que vous voulez encore?

— Est-ce qu'on pourrait emprunter votre téléphone un instant?

— Pour quoi faire?

— Pour appeler un taxi.

— Donnez-moi un numéro, je vais le signaler moi-même. Je vois pas ben clair mais chus encore loin d'être aveugle, vous saurez!

— C'est que... attendez une minute que je me souvienne!

— J'attends! dit sèchement la vieille.

— Signalez 273-6331, madame!

— Comment?

Patiemment, je répète le numéro de téléphone, imperméable aux singeries d'Anna.

— Un instant, j'appelle! dit la vieille sorcière.

Anna pousse un soupir d'exaspération.

— Ça promet!

— Bah, tu réussiras bien à l'apprivoiser!

— Vous parlez dans mon dos, astheure?

— Pas du tout, on se disait que la température est dégueulasse! s'empresse de dire Anna qui fait des grimaces.

— Dégueuquoi?

— Dégueulasse!

— Comme dans les vieilles vues françaises?

— Comme dans les vieilles vues françaises! répète fidèlement Anna.

— Et c'était une vieille chanson française que vous chantiez tantôt hein?

— Je sais pas trop!

— Ben oui, c'était Yves Montand qui chantait ça!

— Ah bon! Merci bien de me l'apprendre!

— Les jeunes aujourd'hui sont... mais les mots se perdent dans des gloussements affreux.

Ou la vieille se bidonne de l'autre côté de la porte, ou elle est carrément en train de crever.

— Êtes-vous correcte? demande Anna.

Des sifflements se rassemblent en des phonèmes affirmatifs.

— Vous oubliez pas notre taxi hein?

— Ben non! Je vais l'appeler votre maudit taxi! Pis allez-vous en! Descendez l'attendre en bas! Redites-moi donc le numéro.

Je lui redis. Je sais qu'Anna se retient pour ne pas défoncer.

— Merci beaucoup madame! dis-je avec un peu trop d'emphase.

— C'est ça, bonsoir la visite! répond la vieille.

— Et mille mercis! que je rajoute.

Le silence couine à chacun de nos pas.

— Julian, chuchote Anna, on dirait que l'escalier craque seulement à la descente?

– C'est parfait de même! Comme ça quand tu vas rentrer tard la vieille chipie t'entendra pas!

Un vent froid nous gifle le visage. Nous reculons pour refermer la porte qui aurait bien besoin d'un lifting.

– Maudite température! On va l'attendre en dedans, car je vais peut-être pouvoir le voir venir par cette charmante petite fenêtre qui est franchement dégoûtante!

– C'est commode d'être grand.

– Ça a parfois certains avantages. Par exemple, en ce moment-ci, je peux voir une belle grosse araignée qui attend juste le bon moment pour te sauter dessus!

– Wouash! Arrête-moi ça! Tu sais que j'ai une peur bleue des araignées!

Le vent à travers la porte imite le loup.

– C'est comme si on était rendu au bout du monde! dit-elle.

– L'automne donne cette impression-là!

– Et l'hiver?

– C'est quand on y est!

Anna se plaque contre moi et regarde l'escalier qui monte si violemment d'un trait, à son logis. Au milieu de la cage d'escalier un courant d'air fait osciller à la Edgar Allan Poe une ampoule qui dessine des ronds sinistres tantôt sur les marches, tantôt sur les murs au rose brunâtre. On dirait une réminiscence de la toile d'Anna! Et quel maquillage graisseux!

– Je vais peinturer l'escalier aussi!

– Ça c'est un must! Ce sera pas une sinécure!

— Je vais te le faire flyer cet escalier-là! Tellement qu'il va y falloir un parachute à la vieille harpie quand elle va vouloir sortir de son trou!

— Tiens, pourquoi tu dessinerais pas des sorcières sur les murs et le plafond?

— Elle prendrait ça pour un compliment! Ça lui servirait trop d'album de famille!

— Oui c'est vrai. Pis l'Halloween à l'année, ça tombe sur les nerfs!

— Je finirai bien par trouver la bonne idée.

— Je te fais confiance ma chouette!

— J'aime ça quand tu m'appelles ma chouette! Je sais pas pourquoi mais ça me met en confiance, ça me remue par en dedans! C'est comme si tous les morceaux de l'univers retombaient en place comme par magie.

— Tant mieux ma chouette!

Au-dehors un klaxon s'impatiente.

— Où on va? demande Anna.

— Où veux-tu aller?

— Sais pas, mais j'ai faim.

— Si on allait chez le Viet?

— Parfait pour moi. J'adore leur poulet au gingembre.

Nous nous engouffrons dans la voiture vert lime. À la fenêtre du deuxième l'ombre mauve est revenue. Elle épie notre départ. Le chauffeur, énorme, remplit la moitié du siège avant. À la radio, on joue du Chopin. Anna se colle contre moi.

– J'ai hâte d'être réinstallée, mon beau!

– Ce ne sera pas long! Une semaine, au maximum!

– Tu crois?

– Ben oui! Avec de l'aide ça va être chic and swell!

– T'es encourageant! Moi j'aurais besoin d'une bonne fée qui d'un coup de baguette magique fasse le grand ménage de cet appartement-là!

– Et transforme la vieille mégère en prince charmant?

– Ça serait pas de refus. Mais j'aurais peur que tu me le voles!

Comme d'habitude, nous nous regardons pour mieux nous voir rire. Le piano dans le taxi fait un soleil mélancolique. Nous traversons un canyon stratifié d'acier et de vitres. Le trafic a passablement diminué. Montréal a l'air d'une grosse ville de province. La clientèle des tours à bureaux et des magasins est repartie vers sa banlieue faussement pasteurisée. Les cénotaphes vides des buildings projettent leurs transfigurations nocturnes. Dans la rue, les autobus et les taxis frôlent la démarche habituelle des anges citadins résolus à tout pour meubler leur désœuvrement. Dieu est parti et, aux étoiles, la ville oppose son hologramme rose qui s'élève à même le désert asphalté. Dieu n'est plus qu'une enseigne aux néons brisés. Et à la campagne à cette heure-ci, combien sont en train de mourir d'ennui? Je fais de la projection, sans doute. Montréal souffle son haleine glaciale à la face des piétons qui ragent de ne pas être rendus là où ils vont. Ils font semblant d'ignorer autour d'eux la panoplie hallucinante d'un spectacle stérile. Leurs regards de toute façon se heurteraient à des sanctuaires clos. Anna et moi, dandys insouciants dans ce jardin de glace, nous dérivons à même notre fastueuse jeunesse, beautés siamoises. Nous savons viscéralement que la ville nous appartient. Vraies stars, nous glissons dans la ville multiple qui nous ouvre grandes toutes les portes puisque même l'ombre de nos figures est brillante, tel cet asphalte sous la pluie. Dans le taxi obéissant, je ferme les yeux en tenant contre moi Anna et je pense à Donald, à son corps qui m'émeut jusqu'à l'obsession et je me dis que ce serait un beau soir pour aller le voir... avant de quitter tout ça... une belle heure pour couler au fond du fleuve mythique qui charrie tant de merveilles de plus en plus polluées.

— À quoi tu penses? me demande-t-elle subitement.

— À rien de particulier.

— Mais encore? Je sens tes pensées sombres me frôler comme des ailes de chauves-souris et j'aime pas ça! Je suis inquiète. Inquiète pour toi.

Dans mon hésitation on peut entendre battre le silence.

— Un jour, il va falloir laisser tout ça à d'autres.

— C'est la vie.

— Au fond, ça m'est bien égal.

— Pourquoi es-tu toujours si triste Julian?

— Je le sais pas. J'ai toujours été comme ça. C'est une tristesse innée. Elle m'habite comme ma peau recouvre mes os.

— Peut-être que l'amour te transformerait?

— Peut-être. De toute façon, c'est bien connu, le vrai, le grand amour, celui qui vous fait faire des folies, cet amour-là ne dure pas. Que veux-tu, Anna, je suis né fleur bleue! Je suis un adolescent attardé.

— Mais l'amour donne de fabuleux souvenirs, des joies inoubliables.

— Je veux pas vivre pour charrier «de fabuleux souvenirs». C'est trop encombrant. Je veux vivre parce que la vie est touchante, laide et belle, et incroyablement unique! Surtout, j'aimerais vivre parce que j'en ai envie, parce que mon corps n'a pas d'autre but.

— Et c'est pas comme ça que tu vis?

— Non. Toi t'as la peinture qui te fait transcender, qui t'étonne, qui t'amène ailleurs. Tu y crois, et c'est ça qui est magnifique. Moi je ne crois à rien.

— Julian!

— À rien que je te dis! Tout tourne à vide pour moi. Je suis ému par cette mécanique grandiose, divine si on veut, mais ça s'arrête là. Au fond, je n'ai envie de rien. Je suis né dans l'antichambre de la mort.

— Oh Julian! Julian! Si seulement je pouvais faire quelque chose pour te sortir de ce spleen maudit!

— Oui, que j'aime le mot spleen! Comme Baudelaire avait raison! Seul son côté misogyne m'énerve!

— Comment ça?

— Je te montrerai ses passages parlant du dandysme. Il dit que la femme ne peut pas être dandy parce qu'elle est trop superficielle!

— Y a dit ça! Y est ben épais!

— Tu sais Anna, y a toujours chez quelqu'un un aspect qui nous écœure! Même chez les plus grands!

— Et moi alors?

— Ta beauté!

— Sois sérieux!

— Je sais même pus c'est quoi être sérieux!

— Il va t'arriver de quoi. Même si tu le veux pas! Y a toujours quelque chose, quelqu'un qui vient tout bouleverser!

— Peut-être. Alors Donald est mon dinosaure qui saccage tout mon décor. Tantôt je te serrais contre moi en pensant à lui. Je suis cheap hein?

— Tu l'aimes?

— Aimer! Aimer! Tout le monde n'a que ce mot-là à la bouche! Ça en devient écœurant de platitude, de mièvrerie. Les hommes ont façonné la planète à leur image! Une belle réussite qui les mène directement à un enfer fait à leur image justement! Nous sommes tous des Narcisse qui coulent à pic au fond de leur maquillage. On est prêt à tout pour un soupçon d'éternité. Au fond, on vit pour mourir, qu'on le veuille ou non. Toute notre vie se résume à ça: on attend la mort. En attendant, on s'occupe avec des leurres qui nous font passer le temps. Le sport en est le meilleur exemple. C'est un magnifique pied de nez à la mort. Mais voilà, je ne suis pas sportif. Sans vouloir être pédant, Anna, je dirais qu'on vit continuellement entre le zist et le zest!

— Je comprends pas!

— Disons que je branle dans le manche! C'est pas pour rien que la planète est gelée ben dure aux deux pôles! Victor Hugo disait que notre cerveau aussi devait en avoir deux.

— Il y a quand même des moments qui peuvent être beaux!

— Ça aussi, ça dépend! Une nuit que tu trouves extraordinaire, toi avec Johny, moi avec Donald, serait l'enfer pour d'autres.

— Peut-être! Mais l'art! L'art fait des choses extraordinaires!

— L'art contemporain met fébrilement de l'avant des miroirs qui nous tuent! Car l'art est beau comme tu dis, seulement son premier geste est toujours un geste de laideur, d'iconoclaste. C'est pour ça que depuis le siècle dernier l'art dit moderne fait scandale! On ne veut pas, et surtout, on ne peut pas, accepter de se retrouver dans ce miroir qui nous maltraite, et auquel, mon Dieu quelle ironie! on finit par rendre hommage! Comme la femme qui servait de modèle à Picasso et qui s'est vite offusquée en voyant le tableau: «Mais ça ne me ressemble pas!» «Ça viendra!» qu'il lui a répondu. Alors c'est comme ça pour le reste. Plein de gens manquent le bateau et sont malheureux. Et ceux qui partent le sont aussi. Tu vois, moi je pars et Donald reste. On sera malheureux tous les deux. Pis y a rien qui peut changer quoi que ce soit. Une autre belle histoire de la Moïra!

— Pourquoi t'écris pas?

— Des milliers le font à ma place. Alors à quoi bon? Certains le font de façon géniale, alors... Non, pas pour moi.

— Et le piano? Écoute comme c'est beau ce qui joue en ce moment!

— Oui, très beau. C'est vrai: il vaut mieux que cette musique existe plutôt que non. Peut-être que je suis incapable de créer. Je suis incapable tout court!

Je mets à mon tour, en guise de conclusion, ma tête sur l'épaule d'Anna. Dans le taxi, la musique transforme notre silence en cristal. Les lampadaires rétro, vaguement romantiques de la rue Sherbrooke, défilent. Au boulevard Saint-Laurent le taxi tourne à gauche et monte la Main pour arriver à la hauteur de la rue Prince-Arthur. Nous sortons pour être aussitôt poursuivis par ce vent insatiable et si froid.

— Maudite température de cul! À chaque fois qu'on met le nez dehors, y a toujours une maudite bourrasque pour nous tomber dessus!

— Y fait froid!

— Y fait frette ma chouette! C'est écœurant! Qu'est-ce qu'on a bien pus faire dans une vie antérieure pour naître dans ce pays polaire?

— T'étais une Hawaïenne que j'aimais à la passion et... tu m'as vulgairement trompée avec Gauguin!

— Si c'était avec lui, ça ne pouvait être vulgaire!

— Et voilà l'art qui rachète tout, encore une fois!

Nous marchons les quelques mètres qui nous séparent du restaurant à la devanture pleine de plantes. Nous entrons dans un décor quelconque, des tables en formica, des chaises inconfortables, mais la bouffe est exquise. Je commande un litre de blanc et nous déroulons le menu écrit sur un mini-store en bambou.

— J'ai faim! s'exclame-t-elle.

— Et moi donc!

Nous choisissons du canard laqué, du bœuf épicé, du poulet au gingembre, du porc citronnelle, du riz aux légumes, deux soupes Won Ton et des rouleaux impériaux. Le serveur demande si nous attendons d'autres personnes.

— Personne! On a faim pour dix!

— Bien madame!

Il s'étire les lèvres sur le modèle de ses yeux et repart vers les cuisines. Il ramène le vin blanc glacé à souhait. Le restaurant est plein de gens qui parlent, mangent, et qui prouvent que la vie, d'un point de vue strictement stomacal, vaut assurément la peine d'être vécue.

— Bon, je suis contente d'y être allée. Au moins, je sais maintenant à quoi m'attendre!

— À un grand ménage.

— Bah! c'est pas la fin du monde. Je fais installer le téléphone, changer la serrure. Car je suis sûre que la vieille freak a une clef elle aussi. Je la truste pas!

— Tu fais ben!

— Mais que j'aime l'idée d'avoir une terrasse à moi toute seule!

— Oui, cet appartement a plein de possibilités. Mais... je le... trouve un peu loin. Tu trouves pas?

— Il est hors circuit, c'est vrai. Tant pis! À cheval donné, on regarde pas la bride, comme dit le proverbe. C'est pour les courses que ça va être achalant! Je vais m'arranger. Je vais faire au début une bonne commande de fond, et après, je ferai comme les Parisiens, un cabas et en route pour le pain et le fromage. De toute façon, les épiceries font la livraison, non? Quand je m'ennuierai trop, je commanderai du chinois! Ou de l'italien!

— Et le vin?

— Je pense que je vais me spécialiser dans les viniers, ce sera moins de trouble.

— Et des fleurs partout, tes toiles...

— Dieu merci, la plupart étaient déjà rendues à la galerie. Sinon, je suis sûre que j'aurais capoté.

— Quoi? Tu les avais pas toutes amenées?

— Panique pas! La tienne est en sécurité, ben accrochée, avec déjà un beau petit point rouge à côté. J'en ai d'ailleurs profité pour gonfler le prix, histoire d'orienter les acheteurs, s'il y en a évidemment!

— Ouf! J'ai eu peur!

— Pauvre chou! Tu vois? À chaque malheur sa chance!

— I'll drink to that!

Nous portons un toast. Durant le repas, copieusement arrosé de ces multiples toasts, nous offrons à l'entourage un tableau d'amoureux. Nous refaisons le tour de l'appartement. Nous échangeons des idées sur la décoration, l'ameublement. À la fin du litre l'appartement fait partie d'un magazine de décoration. Nous avons fait installer d'autres puits de lumière, et la terrasse est devenue un jardin digne des mille et une nuits. Nous dévorons avec appétit. Grâce à cette complicité unique qu'est l'amitié, nous échafaudons des structures d'où nous nous élançons comme des anges heureux. Nous discutons avec ferveur après avoir entamé le deuxième litre. Anna parle de l'Italie. Elle aimerait retourner pour y voir ses ancêtres, le petit village qui est, paraît-il, resté tel quel. Et Florence, Venise, Rome, Naples. Je lui décris surtout les atmosphères bouleversantes qui m'ont marqué: la nuit sur la place Saint-

Marc déserte, l'aube à Florence, et mes promenades dans Rome. Là, tout à coup surgit une église magnifique, une fontaine millénaire. Ou la vue splendide de Naples dominé par le Vésuve. Le téléphérique d'Anacapri. Il fait si bon déguster à une terrasse fleurie le Tiberio Blanco, nommé ainsi en l'honneur de l'empereur pédophile, perdu, comme sa falaise dans les nuages. Dans sa piscine qui surplombe le monde, il s'offrait les plaisirs les plus décadents.

— Si je vends la plupart de mes toiles, je pars et tu me sers de guide.

— C'est toi l'Italienne!

— Je parle même pas la langue!

— Moi non plus!

— Quel dommage! Une si belle langue! Je devrais l'apprendre! Pas plus tard que demain, je m'y mets!

— Mañana, mañana.

— C'est de l'espagnol ça!

— Oui, mais ce que ça veut dire est international. Mañana. Tiens, il y a ton nom là-dedans!

— Ben oui, c'est bizarre!

— Anna! Oh Anna! Te quiero mucho!

— Encore! Encore!

Nous cognons à nouveau nos coupes. Je m'aperçois que le restaurant est presque vide. Le repas se termine en une fusée de rires. Même si les pleurs sont aussi invités. Quand nous sortons, le bonheur fait quasiment partie de notre ombre. Nous revoilà surpris par le froid que nous avions oublié. Nous marchons près de trois cents mètres vers l'est dans la rue Prince-Arthur, et nous nous réfugions au bar-discothèque chez *Swann*. La place bourdonne. Nous saluons des connaissances. Nous nous installons autour du piano à queue tout blanc échoué comme un béluga. Nous avons soif de margaritas. Nous admirons tout près des roses qui s'élancent avec fougue d'un vase de cristal.

— J'ai envie de m'en mettre une entre les dents.

— Attends, tantôt. Quand on sera sur le bord de partir. Tu sais comment y sont ici dedans, un peu trop susceptibles !

— Ah ! j'ai le corps corrida !

— Je le vois dans tes yeux d'Andalouse...

— Comme peints sur du velours noir ?

— À peu près ça.

Nous éclatons encore de rire au-dessus de nos coupes verdâtres bordées d'une fine couche de sel.

— À mañana ! dit-elle.

— À mañana !

Nous trempons nos lèvres dans le nectar émeraude.

— Si on allait danser ? dit Anna.

— Why not !

Nous voilà en furie sur la piste de danse. La voix de Madonna s'en empare avec son *Material Girl*. Il fait chaud et nous nous contorsionnons comme des serpents contents d'avoir été chassés du paradis terrestre. Les néons créent des déluges pastel. La vie devient tout à coup plus trépidante dans ce havre moderne. Du plancher des vapeurs denses de glace sèche nous enveloppent dans un brouillard digne de Louis II de Bavière. Il s'en faut de peu pour que nous nous mettions à voler... hélas, la loi de la gravité reste incontournable! Je laisse Anna pour aller prendre une grande gorgée de margarita. J'en commande deux autres et je retourne vers Anna qui ne s'est aperçue de rien. Les bras en l'air elle risque de léviter. Tous les hits américains de l'heure se mêlent à d'autres, plus anciens. Le disc-jokey fait des mixages irrésistibles. Les décibels martèlent le plancher. Il bouge sous le piaffement furibond des danseurs. Dans cette cohue les follow-spots se piétinent, s'entremêlent, et du damier du plancher des éclairages surgissent. Quelque vingt minutes plus tard, nous revenons aux margaritas qui sont déjà tièdes. J'en recommande. Anna tient encore les yeux fermés comme pour déguster toute seule cette musique qui hypnotise le corps. Elle ouvre les yeux sur un grand sourire. Et elle repart sur la piste de danse pour disparaître dans une chorégraphie démentielle. Aux toilettes, j'aperçois les nuages violets et gris qui embuent la glace. Je me réinstalle devant mon verre, songeur. J'examine autour. Je ne remarque personne. Je suis entouré d'ombres bariolées. La vision du miroir m'obsède. Je suis dû pour un bon repos! À côté les roses qui s'élancent du cristal me sont un cuisant rappel des sortilèges de l'amour. Je pense à Donald et je regarde pour de vrai cette fois, au cas où. Pourtant, je m'étais dit que j'irais avec Anna manger à son restaurant. Peureux en plus! Je secoue mes cheveux mouillés qui ont repris leur look torsadé. Un grand blond genre Ronnie en plus musclé passe à côté de moi, plaqué d'un sourire retentissant.

— You want some Jamaïcan gold my friend?

— No thanks. I've got everything I need.

— Lucky man!

— Right on!

Le Tarzan s'en va en tanguant. Il laisse dans son sillage mille promesses exotiques. Les coupes de margarita arrivent. La boisson est délicieusement glacée. J'aperçois tout à coup sur le tabouret voisin le sac d'Anna qui pendouille nonchalamment. Elle ne changera donc jamais! Partir sur la piste de danse et tout laisser là, à tenter le diable! Je sors un mouchoir de papier que je me passe sur la nuque. Des cheveux collés me bloquent le passage. D'une main je les soulève pendant que de l'autre j'essuie ma sueur. Je secoue à nouveau ma tête comme un chien mouillé. Le portier doit filtrer au compte-gouttes les gens qui attendent dans l'escalier et dans la rue, frigorifiés sur des dizaines de mètres. J'aimerais aller ailleurs, mais où? Et pourquoi? Charles doit être en ce moment aux *Beaux-Esprits* en train de siroter un gin tonic, ou un scotch peut-être. Françoise doit sûrement laver les verres pendant que Denis se promène avec son éternel plateau au fond de liège rempli de bières. Je devrais aller les rejoindre. L'atmosphère feutrée des *Beaux-Esprits* me manque. Quand Anna va revenir je vais lui suggérer d'aller prendre un dernier verre là-bas. Le grand blond repasse. Il imprime une main impertinente, pesante, sur mon épaule.

— Hey good lookin', what's up?

Cette façon désarmante qu'il a de montrer ses dents, comme un tigre qui aurait appris à sourire par correspondance. Je veux lui saper tout élan.

— I'm having a great time. Waiting for my girl friend.

— Yes, the one dancing there, good my friend, good! Very good! But If you need some excitment, any kind... I'm right here. Understand? You won't regret it! And I mean it!

Je ne sais plus quoi lui dire. Méphisto découvre ses dents jusqu'à des gencives d'un rouge sanguinolent.

— Don't get nervous, I'm just passing by, anyway if you need me, don't be shy, O.K. handsome? Nothing like a mad threesome!

Il me tapote une dernière fois gentiment l'épaule. Sa large main a lesté une douce chaleur. Anna revient, les cheveux plaqués sur son visage. Elle montre le type qui s'éloigne.

— Qu'est-ce qu'il te voulait?

— Me vendre du pot.

— En as-tu acheté?

— Non, pourquoi? T'en voulais? Avoir su!

— Pas vraiment, je suis tellement bien. Je me sens high naturelle à soir.

— Il voulait m'offrir autre chose aussi.

— Ah oui! Comme?

— Lui-même je pense.

— Ben Julian, pourquoi pas? Il a un corps sublime ce mec-là!

— J'attire le trouble!

— Pourquoi tu dis ça?

— Je pense que t'aurais fait partie du marché.

— Marché? Ah bon! Eh ben! Si y rit comme Ronnie, pantoute! Mais!... Ah mais s'il faut ce moyen détourné pour coucher avec toi, j'embarque! Chus ben willing mon beau Julian adoré!

– Anna!

– T'as peur hein?

– J'ai pas la tête à ça!

– Cré Julian, tu resteras toujours un enfant de chœur!

– J'irais pas jusque-là.

Elle boit tout en m'observant d'un air espiègle.

– Moi, j'ai envie de partir d'ici!

– Pour aller aux *Beaux-Esprits*? La famille te manque?

– Ça te tente-tu?

– Ben oui, pourquoi pas? Je vais en profiter pour remercier Françoise et lui ramener son manteau.

– Elle a dit que tu pouvais le garder.

– Vraiment? Alors raison de plus pour y aller!

– Tchin-tchin!

– Tchin-tchin!

Nous cognons nos verres que nous buvons jusqu'à la dernière goutte. Anna met son sac en bandoulière et nous allons au vestiaire. Dans l'escalier des gens impatients nous dévisagent sans pudeur. Dans la rue piétonnière la file se prolonge. Nous mettons en catastrophe notre manteau car le vent froid ne pardonne aucune témérité vestimentaire. Anna prend mon bras. La rue Prince-Arthur clignote de toutes ses annonces de restaurants grecs, italiens, polonais... Je regarde en sortant du côté du *Vol De Nuit*, mais les grandes vitrines noires ne laissent rien filtrer. J'ai l'idée d'aller au bar *Le Taxi*, mais il se fait tard, et il vaudrait mieux être aux *Beaux-Esprits* avant deux heures du matin si nous voulons retrouver la famille au grand complet.

– Brrrr! qu'il fait frette!

– On n'a pas trop long à faire ma chouette! Le trajet est trop court pour un taxi. Y serait choqué après nous autres!

– Je sais! J'ai hâte en maudit d'être rendue pareil!

– Moi itou! Courage!

Nous contournons le bassin triste d'une fontaine morte.

– L'hiver déjà!

– On dirait qu'on vient à peine de s'en sortir et bang, le revoilà!

– Amène-moi en Italie!

– Je le ferai, promis! Je t'amènerai voir le balcon de Roméo et Juliette à Vérone. Après Florence on se promènera dans la Toscane où on se dénichera une charmante petite maison!

– Maudit que t'es fin!

– Je le sais!

Elle me serre le bras très fort. Comme pour me dire combien elle m'aime. Je lui donne un chaste baiser sur le front.

– On va marcher vite, O.K.?

– Je vais essayer!

– Ben si t'en es capable ma belle!

— D'avoir dansé de même m'a remis les muscles en place!

Tête baissée elle se laisse emporter. J'ai endossé mes bottes de sept lieues. Autour de nous, les lumières mates des feuilles mortes virevoltent comme des baisers séchés. C'est la fin de la saison la plus belle, la plus courte. L'automne et son faste ont définitivement disparu dans la noirceur de novembre. L'hiver installe son igloo, aidé du vent qui découpe le froid sous la coquille rose de la ville. Au coin de la rue Laval, le vent redouble d'ardeur. Anna, pour mieux respirer, se cache dans mon dos. Je jette un coup d'œil à l'ancienne maison du cinéaste Claude Jutras et pense à Nelligan qui a vécu tout près et qui fait maintenant partie intégrale du récital des anges. Je lève les yeux et voit de la lumière dans le penthouse de Michel Tremblay, à quel démon est-il en proie? Au carré Saint-Louis, des robineux de tous les âges tentent tant bien que mal de se réchauffer avec n'importe quoi qui peut anesthésier leur malheur perpétuel. L'enfer existe et ce n'est qu'une question de chance. Et moi, les poches bourrées d'argent et de cartes de crédit, je me demande pourquoi je ne viens pas à leur secours. D'autres avant moi l'ont bien fait. Le froid, paradoxalement, me sape tout élan de commisération: je n'ai pas le temps de m'arrêter! La belle excuse! À la hauteur de Saint-Denis, en une agréable hallucination kinesthésique je fais sauter le building hideux que je hais tant. À quand un tremblement de terre pour raser cette horreur? Anna, la tête toujours enfouie dans mon dos, respire de façon saccadée.

— On y est presque ma belle! Courage!

Elle murmure des paroles que le vent fracasse aussitôt sur la sculpture de Pierre-Yves Angers, cette imposante statue blanche d'un homme accroupi, la tête profondément enfouie au creux de ses bras. Sur un crâne poli, il replie ses mains l'une par-dessus l'autre telles deux ailes crépies à la chaux; comme si le Malheureux Magnifique se protégeait lui aussi des intempéries, ployant sous la voûte de Montréal, Atlas moderne condamné au coin de Saint-Denis et Sherbrooke à une énigme que même Œdipe ne saurait résoudre. Maurice maintenant est comme lui. Paralysé dans sa neige folle. Nous traversons de biais, les yeux bourrés d'épines, la rue déserte comme s'il y avait couvre-feu. Enfin les *Beaux-Esprits*! J'ouvre la porte sur la terre promise. L'air froid en profite pour s'insinuer et affoler les lampions en les menaçant de leur arracher leurs minuscules langues de feu. Avec vigueur, je la referme aussitôt. Anna s'accote sur le mur. Le calme du bar est surnaturel! Une musique de tango nous ramène subitement à la civilisation, style *Beaux-Esprits*.

La soirée fait des ronds dans l'alcool qui distille son mirage. L'immense bouquet de fleurs sur le comptoir commence à se faner sérieusement. Les corolles comme des nuages penchent leurs têtes lourdes au-dessus des conversations qui suprêmement les ennuient. Dans ce climat artificiel, mais plus chaleureux que n'importe quelle confrérie, les cerveaux se fusionnent dans des pactes éphémères dont on se rappellera avec nostalgie des années plus tard. Du pain et des jeux? Du vin et des jeux! Un blues maintenant mêle son saxophone aux choix des mots prononcés avec délices par des lèvres alertes. Comme j'aimerais jeter les miennes sur celles de Donald! Je n'arrête pas d'y penser. Je m'en veux à mort d'être si obsédé! Son odeur traînait encore ce matin dans l'appartement... et, dans le cendrier, trois mégots de Du Maurier attestaient indubitablement qu'il était venu, qu'il s'était allongé sur le sofa d'un blanc crémeux, qu'il avait souri, parlé, bu, et que nous avions fait l'amour comme des anges en vacances! Les lampes vertes au-dessus du bar, évasées tels des volcans renversés, crachent une lumière froide. Des mains animées se promènent sur la paroi des verres pour toucher les reliques bénies car «l'alcool c'est Dieu». Charles et moi, nous nous confions nos désirs, nos peurs, nos projets pendant que Françoise réconforte Anna qui pleure. Dehors, le vent sert d'interprète aux fantômes. Ils plaident en vain leur cause. Les lampions flageolent sur les murs et animent les fausses fresques de la vallée des Rois. Parfois, quand un client part ou arrive, les lampions vacillent et menacent de s'éteindre définitivement. Dès que la porte se referme ils reprennent leurs évocations tremblotantes à Bacchus, soulignées de mon rire, d'une remarque aigre-douce de Charles, d'un cri d'Anna, d'un sourire de Françoise. Dans les fenêtres un lampadaire continue son mélodrame. Françoise ajoute quelques larmes de Sambuca au café d'Anna partie aux toilettes éponger des rigoles de mascara. La rivière sombre de ses yeux reste toujours sujette à des crues inopinées.

— Elle va pas bien?

— C'est pas trop grave, une ondée de chagrin. Que veux-tu? C'est normal, après tout ce qu'il vient de lui arriver!

— Pauvre Anna! dit Charles.

— C'est normal qu'elle ait un ressac, continue Françoise. Un doigt de Sambuca, ça peut pas faire de tort! Denis, mets-nous quelque chose de gai, genre musique de Broadway.

Quelques instants plus tard, Liza Minelli entonne *New York New York*. Anna revient en ravalant un sanglot. Liza monte sa voix à la hauteur de Manhattan. Denis a réussi à glaner quelques verres vides. Il s'empresse de les nettoyer. De temps à autre, je surveille la porte au cas où elle s'ouvrirait sur le sourire magnétique de Donald! Est-ce ça aimer d'amour? Ce fol espoir qui cisaille mon cœur? Dans le bar, quelques humains, plus seuls que la pluie glaciale qui écrit dans la ville son triste poème, se regardent à peine. Je reste là, vissé au tabouret, statue ridicule. Où aller? Que faire? Et pourquoi? C'est le cercle vicieux de l'ennui, sentiment aussi impitoyable que l'amour. Charles jase avec Denis, tandis qu'Anna s'est réfugiée dans la chaleur de Françoise. Je regarde les lampions osciller. Je cale mon verre. Je n'en peux plus. Je souhaite bonsoir à la compagnie.

— Voyons donc, Julian, tu vas manquer le last call encore une fois? Quelle mouche te pique? Veux-tu ben me le dire? dit Charles.

— C'est de même! Alors bonsoir tout le monde! À la prochaine!

Je leur tourne le dos, traverse le bar, et je me retrouve sur le palier fouetté par la pluie. Je me dépêche de remonter vers la rue Sherbrooke. J'ai la chance de tomber sur un taxi, une Cadillac noire. Et voilà, encore une fois je ne sais pas où aller. Le chauffeur, patient, attend. Je lui demande de rouler au hasard.

— O.K., boss! me répond-il laconiquement.

Le taxi met en branle son corbillard noir. Dans la glace mouillée la vision désolante de la ville désertée. La voiture passe devant la bibliothèque municipale. Des colonnes de granit érigent leur inutile grandiloquence. Le taxi traverse la ville, à la dérive, pendant que je pleure en silence. Il pleut dehors, il peut bien pleuvoir en dedans! L'ironie ne fait qu'empirer les choses. Les minutes grimpent en chiffres écarlates dans le compteur. Rendu devant le château Ramezay qui fait un pied de nez au modernisme si lourd du stade olympique, que les caricaturistes aiment transformer en un immense cuvette de toilettes, une voix me demande:

— On va loin comme ça, boss?

— Non, on fait demi-tour!

— Comme vous voulez boss!

Les triplex défilent à nouveau, laides façades de brique et de pierre entourées d'arbres morts. Devant la Cadillac, l'asphalte luit comme une chanson nostalgique. Terrorisé par le vide qui me happe, je décide, comme d'autres de jouer à la roulette russe et d'aller prendre un dernier verre dans un bar gay.

— On va aller rue Sainte-Catherine au coin de Montcalm!

Le «on» employé me surprend. Tout pour maquiller ma solitude!

— O.K., boss! répond encore l'autre qui commence sérieusement à m'énerver avec ses «O.K., boss!»

Comme si elle savait qu'on va enfin quelque part, la voiture accélère. Dans le pare-brise la pluie tambourine une incantation inuit. Les autos stationnées de chaque côté de la rue, comme des fourmis soumises, refont le cliché ordinaire de n'importe quelle rue à l'échelle mondiale. Revenu devant le parc Lafontaine et les colonnes luisantes de la bibliothèque, le taxi tourne à gauche, descend la rue Amherst que des bâtisses désaffectées dans le port empêchent de se jeter dans le fleuve. Le taxi me dépose devant le pire trou en ville ironiquement appelé «chez

Maxim's». Je claque la portière sur un «... soir boss!» et je me lance dans la discothèque au tintamarre archiconnu. Je vais au vestiaire, situé au sous-sol à côté duquel une pièce noire sert de salle à orgie. Après avoir donné mon blouson, sans même y songer, comme certains se suicident brusquement, j'entre pour être aussitôt agrippé par des mains aveugles comme des bouches qui me collent leurs ventouses partout. Dans ce noir des cigarettes font des yeux rouges de Cyclope. Une bouche adroite s'active sur mon membre gonflé. J'éjacule mon désespoir. Au bout de quelques minutes à peine je ressors et monte vers le bar. Je commande un double rhum et coke. Je l'avale à moitié avant de me précipiter sur la piste de danse. Je devrais plutôt me précipiter devant un wagon du métro. Mêlé à tous ces corps en sueur, je me démène. Quand on annonce le last call, je redemande un autre double rhum et coke. Des gars, du macho poilu à la grande folle, me font de l'œil. Je m'en crisse.

De nouveau sur la piste de danse, j'essaie d'oublier. Les lumières ingrates de la disco s'allument pour annoncer la fermeture et, confrontés à un éclairage de cafétéria, beaucoup de désirs de conquêtes trouvent ben raide leur Waterloo. Allergique à toute proposition, je redescends au vestiaire. La salle d'orgie, éclairée, a l'air d'une morgue. Je m'engouffre dans le premier taxi d'un chapelet qui attend bien sagement le long du trottoir. Je reste là, car je ne sais qu'une chose: il n'est pas question que je rentre. Alors je ressors, escorté des imprécations du chauffeur. Je lui lance un billet quelconque. Je marche au hasard. Je suis dé-chaîné. Je passe devant un sauna dont l'enseigne verte glisse comme un reptile glauque sur la vitrine noire. Un long escalier étroit me conduit à une porte blanche. Un bouton brille et émet un bip désagréable à la pression de mon majeur. Sésame ouvre-toi. Et la porte obéit! Moyennant douze dollars me voilà avec une savonnette, une serviette blanche et une clef à laquelle pendille une médaille de cuivre numérotée du chiffre treize. Qui dit mieux? Je me déshabille, cache mon sexe dans la serviette, comme d'autres leur visage dans un hidjab. Et, tel un fauve, je m'élance dans les couloirs du sauna. Plein de gars circulent à mon grand étonnement. Char allégorique en l'honneur de la luxure, je me promène, bien décidé à baiser la terre entière. Comme dans un aquarium, on se frôle, se frotte. Un gars musclé, plein de promesses, me fait un signe non équivoque. Je le suis.

Monsieur muscle ouvre pratiquement toutes les portes qui ne sont pas barrées, et y jette un coup d'œil tout en me surveillant. Dans certaines chambrettes, des corps allongés se masturbent, dans d'autres, c'est le calme plat de la momie. Il pénètre dans l'une et laisse la porte entrouverte. Le type couché s'est déjà levé à demi pour y enfouir dans sa bouche le sexe large mais court de monsieur Univers qui commence à le masturber. Quand il s'aperçoit que je m'approche, le gars allongé éloigne sa bouche du pénis qui semble tout petit dans l'encadrement volumineux des cuisses, pour le remplacer par le mien. Il continue de branler Monsieur muscle qui se penche en grognant sur son vit bien bandé. D'autres gars se pointent. Dans la chambrette on peut à peine bouger. Mais ça bouge! C'est une orgie de queues qui bandent dans toutes les directions, avalées par des mains qui caressent, des bouches qui salivent, et des culs qui vont et viennent en s'empalant joyeusement. La langue du gars musclé fouille la mienne, pendant que de mes deux mains je happe ce qui se trouve à ma portée. Un bouche agile glisse et remonte le long de mon sexe. Immanquablement une bouteille de poppers fait son apparition. Combien sommes-nous ainsi entassés? Et ça soupire, ça geint. Je viens dans cette bouche experte. Une fois sorti, je réajuste ma serviette et vais m'étendre sur le sofa d'une salle de projection. À l'instar des jeunes dieux américains deux gros se pelotent. Sur l'écran, fontaine à phantasmes, des sexes miraculeux jaillissent de jeans qui se défont comme des armures encombrantes. J'en ai assez de cette Mecque du sexe. Je me rhabille, redonne la clef, déboule l'escalier et cette fois m'installe pour de bon dans un taxi.

Je donne mon numéro de porte et ferme les yeux. Au bout de quelques minutes, le chauffeur qui me croit endormi me rudoie pour que je le paie. Comme un saint retrouvant sa catacombe, je pénètre dans le vestibule. J'arrête comme un automate le système d'alarme. Je referme la porte sur le monde comme si je roulais une pierre à l'entrée d'un sépulcre. Plein d'amertume je n'essaie même pas de caresser les chats. Je suis trop écœuré. Je rajoute dans leur bol un peu de nourriture sèche. Je change leur eau. Toujours comme un robot, je brosse mes dents. Je distribue mes vêtements au hasard de mes mouvements. Je me vautre dans mon lit. Les chats sautent et se mettent à rechigner dans cette nuit classique d'automne qui drape la ville d'un suaire froid. Dans les serres, les plantes subitement illuminées par des éclairs ont des reflets violacés, mais c'est dans mon cœur que le tonnerre éclate.

SIXIÈME JOUR

J'entrouvre les paupières sur une panoplie de gris. La pluie a cessé même si dans la serre des nuages gonflés roulent encore leurs ballons tristes. Coke diète de peine et de misère. Dans le lit, j'étale sur le ventre un corps long comme un soupir. Les chats en profitent comme d'habitude pour me marcher sur le dos. Ils enfouissent subrepticement leurs griffes. Je me plains pour la forme. D'une main j'en attrape un et le ramène vers moi et je cache mon désarroi dans une fourrure serrée et douce. Rimbaud miaule et se débat, tandis que Champagne, bien installé sur mon dos, me plante ses poignards rétractiles. Je me retourne et le saisis. Les deux chats collés de force l'un contre l'autre émettent de faibles miaulements. Puis ils s'échappent à travers l'appartement englué dans un calme inusité qu'habituellement des roulis de camions et d'autobus viennent briser. C'est peut-être la fin de semaine qui commence, ou qui finit.

J'ai une formidable érection. À deux mains je saisis mon pénis que j'imagine dans la bouche de Donald. Cette image m'excite au plus haut point. J'essaie de la retenir. Hélas! le visage de Donald fait place à cette pièce obscure où la nuit dernière je suis venu dans une gorge anonyme. Je retire aussitôt mes mains comme si j'avais touché du feu. Je fixe le plafond, lourd de silence, qu'un éventail découpe de ses cinq pales blanches. Un oiseau vient frapper une fenêtre et la mort dessine son ombre dans un pâle reflet. Je voudrais bien pouvoir me moquer de cette image que je trouve d'une poésie si mièvre: je me vois dans un cercueil de verre, satiné couleur lilas, une orchidée à la boutonnière, les lèvres outrageusement peintes, les paupières closes mais dessinées d'un œil pharaonique, entouré de gerbes de roses talisman. Je copie le sourire de l'ange de Reims. Les chats, en catimini, sont revenus et m'observent au bout du lit, m'évaluent. Est-ce que je veux jouer ou me moquer d'eux? Les deux. Je les appelle doucement, tends mes bras. Ils se sauvent en miaulant. Ils sont choqués. Ils sont trop souvent seuls. Comme moi. Mes bras se croisent sur ma poitrine, comme si j'essayais de me réchauffer, de me caresser. Au cadran de minuscules points rouges indiquent 11:19. Qu'est-ce que je pourrais bien faire aujourd'hui? Ah! appeler la femme de ménage!

Je fouille dans mon bottin. Très facilement, elle accepte d'aller travailler chez Anna dans les trous de son horaire, et aujourd'hui même autour d'une heure, elle sera là-bas, rue de la Commune. De plus, quelle chance! elle a deux cousins qui pourraient peindre sur-le-champ l'appartement. Le Québec est toujours aussi incestueux. Après d'autres grands soupirs, je me décide à reprendre le combiné qui pèse une tonne. Anna répond. Charles est parti au collège. Je lui dis aussitôt que tout est réglé pour le ménage et la peinture. Elle est enchantée. J'irai la voir autour de sept heures. Je geins pendant que mes yeux cherchent sur les murs, le plafond, une image, une pensée pour soulager leurs plaies vives. Si seulement on pouvait arrêter de penser! Juste une minute! Un break, calvaire! Et Maurice qui croupit! Pour penser à quoi? Et moi qui ne pense à rien. Je pense à vivre et... on devrait jamais penser à vivre, mais vivre tout simplement. «Time is always now.» À la façon des chats. Des poissons. Oh! il faut que je les nourrisse ceux-là, sinon ils vont s'entre-dévorer! Après tout, je suis Dieu pour eux! Mon soliloque est interrompu par la sonnette d'entrée. En hâte, je m'enveloppe dans une robe de chambre lilas. Deux femmes, deux témoins de Jéhovah, habillées comme d'anciennes maîtresses d'école veulent me vendre à bon marché un terrain céleste, rien de moins!

— Vous voyez mon numéro de porte, parfait! Retenez-le car je ne veux plus jamais que vous sonniez ici, est-ce assez clair ça?

Sans le vouloir mon peignoir s'est entrouvert et scandalisées les deux prophètes de l'Apocalypse ferment les yeux en poussant des «mon Dieu!». Elles reculent comme si elles étaient devant le diable en personne. J'essaie tant bien que mal de rattraper les pans de mon peignoir.

— Je ne veux plus vous voir icitte vieilles morues! Chez vous tabarnak! Restez chez vous!

Elles se sauvent du parvis de l'enfer en couinant. Je ponctue le tout en claquant brutalement la porte. Je ris comme un fou. Ben bon pour elles! Ça leur apprendra à venir réveiller les honnêtes gens! Je suppose qu'astheure elles vont porter plainte contre moi pour grossière indécence? Ah pis fuck! Je nourris les poissons. Ils s'approchent de la surface de l'eau en ouvrant leurs gueules voraces. Je leur donne de la nourriture séchée en forme de confettis. Quel génie bienfaisant je dois être pour eux, confinés à leur aquarium comme nous à notre atmosphère! Je suis Iahvé qui leur envoie la manne miraculeuse! Le téléphone m'arrache à cette philosophie de robe de chambre. Ma mère!

La même conversation reprend comme si elle ne s'était jamais arrêtée. Elle parle de la beauté des poissons tropicaux, de la surprise des poissons volants, de la piscine, du yacht, des amis «corrects» de Dave, et surtout elle rajoute: «Pourquoi tu restes là à te morfondre au lieu de venir nous voir?» Et la tristesse innée de ma mère remonte à la surface du vodka martini. Les reproches contre la vie, contre «le bon Dieu qui a été odieux de lui prendre son mari si vite»... J'essaie de placer un mot d'encouragement, question de réorienter la conversation vers quelque chose de plus gai. Échec et mat. Elle pleure sur son dernier malheur: Dave a eu l'audace de lui offrir un collier de perles noires qu'elle déteste profondément car elles portent malheur. Il s'est repris en lui en achetant un autre, des perles blanches cette fois, avec un fermoir en diamant. Je la convaincs qu'elle pourrait être encore plus malheureuse et qu'elle est chanceuse malgré tout. Ce «malgré tout» qui englobe la mort de mon père, l'injustice de la mort, les cruautés de la vie, et cetera. Tous ces beaux paysages qu'elle voit alors que lui est mort trop jeune. La crise dure un bon dix minutes, jusqu'au moment où, à bout, je la somme d'arrêter son chantage. Secouée, elle s'excuse. Elle a très hâte de me voir à Noël. Lancée sur cette nouvelle piste elle me fait des «tchin-tchin mon petit!» et raccroche en disant que «c'est donc vrai que l'argent ne fait pas le bonheur!». L'écho de sa voix dans le téléphone qui murmure des bye-bye saturés de sanglots, guillotinés par un clic définitif. J'haïs le téléphone!

Dans ma robe de chambre mauve, je me promène dans l'appartement comme si c'était celui d'un autre. Ces meubles, ces toiles, voire même les plantes me désorientent. Il faudrait vendre tout ça et recommencer à zéro! À neuf dans un studio meublé, au vingtième étage avec vue imprenable sur la ville. À quoi ça sert tout ça? Comme si je vivais dans un musée de vieille tante! Peut-être que maman a raison après tout! L'idée d'aller vivre ailleurs me tenaille, même si je sais très bien qu'ailleurs n'existe pas, que ça n'arrangerait rien. Arranger quoi justement? La vie me revient dans ces bruits de camions qui passent, d'autobus qui démarrent. La ville s'est enfin réveillée. Le train-train quotidien, ennuyeux des choses est revenu briser le silence. Je me fais chauffer de l'eau pour ébouillanter le thé Earl Grey. Même l'eau qui bout me désespère. Tout est si prévu que j'en ai la nausée. Je mordille dans une toast tiède. J'ai étalé le sempiternel mélange beurre d'arachide et miel. Les murs amande de l'appartement me désolent. Ce ciel gris de novembre, froid il va sans dire, qui essaie de faire sécher sa laine mouillée sur la ville, me rappelle ma mère et ses histoires de corde à linge que l'hiver empesait comme mille Chinois! Et maintenant, elle a autour du cou perles et diamants et elle est encore plus malheureuse! Je sirote mon thé tout en examinant férocement les choses qui m'entourent. Tout est d'un ridicule consommé. Il faudrait absolument jeter tout ça. N'avoir que le strict minimum. Faire une vente de garage. À quoi servent tous ces objets à l'assaut du vide? J'allume la radio et la mets à un poste rock anglais: Chom FM. Je m'installe dans le hamac avec un livre de poèmes d'Alfred Desrochers: «Nous sommes des fils déchus de race surhumaine». Ces mots du poète me hantent. Le ciel est triste comme une crypte. Dans la ruelle, des enfants crient et des pigeons piquent du nez près d'un trio de bouleaux qui s'enlacent. Je me remets à lire. Les mots s'estompent. Ils laissent place à un désert insolite d'une vacuité sans nom. Pourtant les mots, têtus, reviennent s'installer avec toute leur puissance et la poésie me montre le pays de l'intelligence du cœur. Un rayon de soleil me poignarde un bref instant, le temps de lever les yeux, il est déjà parti. Je tourne les pages du livre car je cherche une réponse, ou tout au moins un réconfort. Les mots du poète évoquent avec éloquence la solitude, le malheur. Parfois, je pose le recueil sur mon torse et je me laisse dériver sur les images qu'un vers vient de susciter. Le soleil sombre de la poésie montre l'autre côté des choses. Le thé a refroidi. Je songe aux dernières paroles de Victor Hugo: «Je vois un soleil noir!»

Je vais réchauffer mon thé dans le four à micro-ondes. Je continue vers la serre du fond. Je m'étends sur un sofa couleur beurre frais, auréolé d'un immense palmier planté dans un pot de cuivre, relique du *Grand Hôtel*. La lumière grise glisse le long des murs, souligne tel relief, met en évidence une tache, un angle, un bibelot. Et une douleur. Les objets servent d'acoustique visuelle. C'est le combat des ombres dans la lumière glauque de cet après-midi de novembre. C'est le désastre domestique. Mon cerveau lutte contre le vertige du vide. J'éteins la radio et vais retrouver le piano quatre-vingt-dix pieds plus loin. Je joue des rengaines américaines pour me remonter le moral! Après tout, j'ai grandi dans le Michigan avec elles. J'admire le bois du piano. À sa surface des feux noirs luisent. Je décide de m'offrir de la compagnie. Je commande chez mon fleuriste un bouquet entièrement composé de fleurs blanches, des lys surtout. Oscar Wilde serait content. Les chats se sont installés chacun à un bout du Duncan Five. Tout en faisant leur toilette, les yeux à demi fermés ils écoutent cette musique jazzy sous le lac de cristal qui flotte dans l'atmosphère ambrée du salon. Dans la salle à manger, les poissons tournent en rond dans leurs rêves en technicolor. Mes doigts dansent sur les touches d'ivoire. En même temps, mes pieds chaussés de mocassins noirs sautent sur la pédale douce, forte ou en sourdine. Le temps englouti refait surface dans ces airs d'une époque révolue. Une heure. Deux heures. Ça n'a plus d'importance. Je m'oublie en jouant. Je me surprends à chanter des airs archiconnus. La sonnette fait bondir les chats. Un livreur disparaît sous un amoncellement de pétales blancs. Dans un grand vase noir et vert art nouveau je place le bouquet. Il fait un feu de pétales qui se réverbère sur la laque noire du Steinway. Je me verse plus de thé et me réinstalle pour jouer du Debussy dont la torpeur mélancolique se répand dans le salon, se faufile dans les autres pièces. Le monde peut bien aller à sa perte, comme disait Marguerite Duras, je me noie dans cette musique qui s'échappe du piano caressé. Sous les boiseries victoriennes blanches, deux chats maintenant étendus sur un tapis persan se lèchent mutuellement dans le vif-argent de cet après-midi. Des nuages grisâtres étreignent les miroirs de la ville. J'entends l'affreux téléphone. Je me demande si je dois répondre ou pas. Finalement, au bout de la quatrième sonnerie, quand le répondeur se met en marche pour enregistrer la voix de Charles, je me précipite vers l'appareil. Charles, qui vient d'être descendu dans *Le Devoir* par le Belzébuth de la critique, enrage de voir que «ces crétins-là» ne comprennent rien à son projet poétique grand comme la Manicouagan.

– Je veux être le Balzac de la poésie!

Il en veut au monde entier. En mots exacts, fiévreux, il fait des portraits désopilants de ses ennemis littéraires. Je m'esclaffe à chaque description, tant elles sont d'une merveilleuse méchanceté, d'autant plus que je trouve qu'il a raison sur toute la ligne. Nous parlons d'Anna et nous convenons de lui offrir une chaîne stéréophonique comme cadeau de pendaison de crémaillère. De Donald qui joue à l'homme invisible, et de la soirée qui s'en vient. Puis nous nous donnons rendez-vous comme prévu aux *Quat'Sous*. Ainsi j'évite de justesse un autre trou noir.

Les hamburgers marquent deux heures quarante-cinq. Il me faudrait aller chez Anna plus tôt si nous voulons manger avant d'aller au théâtre. Je fais couler un bain. Je nourris les chats et remets la radio en marche. J'active le Jacuzzi. Je me prélasse un bon quinze minutes. J'ai placé une débarbouillette mouillée sur mes yeux et je me laisse brasser par les jets d'eau qui culbutent contre mon corps. Lorsque la mécanique s'arrête, je me lave, me rase, et nu comme une statue grecque avant l'implant de la feuille de vigne, je vais vers la penderie de la chambre à coucher. Encore une fois j'opte pour le noir, de la tête aux pieds. Une chemise de lin noir, un jean, des bottes, jusqu'aux sous-vêtements et aux chaussettes qui sont noirs. Le noir me protège. Je débouche une bouteille de rosé de Provence et remplis une flûte. Je mange une banane passablement mûre. Faudrait que je fasse absolument une épicerie! Demain. Mañana! Je renfonce le bouchon. Je pèse sur une touche téléphonique le numéro de la compagnie de taxi. J'enfile un blouson noir et m'installe dans le vestibule. Le rosé est délicieux. Je me sens nerveux, frénétique. Je cale ma coupe d'une gorgée, puis je vais la déposer sur la table de verre de la salle à manger, copie de Le Corbusier. «J'suis snob. J'suis snob» que je chantonne alors que des bruits de klaxons m'appellent. «Ben oui! les nerfs!» Je dis aux chats de se tenir tranquilles et j'active «as usual» le système d'alarme. Je sors en vitesse dans la ville trop petite pour ma démesure.

— Bonjour monsieur! me dit un bel Éthiopien aussi grand que son sourire.

– Bonjour. En route pour la rue de la Commune, côté ouest.

– Bien. monsieur!

La voiture turquoise démarre en douceur. J'aperçois les deux chats qui se sont déjà installés à la fenêtre. Je leur envoie la main. Je salue presque les deux prostituées, fidèles au poste. Pour la xième fois, la ville déroule sa fresque qui n'est jamais tout à fait pareille, chorégraphiée différemment selon l'éclairage, dans le brouhaha de l'heure de pointe qui s'amorce. Le chauffeur ne parle pas, et il n'a pas mis la radio. Tant mieux! Dans ce silence découpé par les klaxons, les bruits de sirène, et la musique du crépuscule que seuls les yeux entendent, je me gave de rêveries. Je regarde les buildings de Montréal qui tombent en place comme des mots dans une phrase soulignée en bleu par le Saint-Laurent. Le poème de métal et de miroirs grave l'espace d'images insaisissables, continuellement en mouvement dans cette lumière lugubre de fin novembre. Quand le taxi s'arrête aux feux rouges, je détaille les corps qui obéissent à l'ordre saccadé de la ville. Les autobus bondés se bringuebalent entre des haltes prolongées. Qui peut bien battre la mesure de ce grand orchestre qui semble à première vue déréglé, mais qu'une mécanique secrète contrôle? La vie et ses multiples pétales, comme les fleurs dans mon salon sur leur piédestal d'ébène, sont des visions d'un ailleurs qui me frôle sans cesse mais que je ne réussis pas à pénétrer. J'aimerais boire immédiatement de l'alcool pour mieux savourer cette vie d'une insupportable beauté, d'une insupportable démence. À preuve, Maurice. Au feu rouge, une vieille clocharde traîne ses sacs de plastique contenant toutes ses possessions, toutes les conquêtes qu'elle a arrachées à même le dur bitume de cette ville, comme la Nasa qui retire de l'encre noire du ciel des mots aux réalités mystérieuses. La vieille jette un mauvais œil au taxi, grommelle et décide de traverser la rue Sherbrooke. Toutes ces façades victoriennes ou modernes ne font qu'exaspérer sa misère. L'envie de faire quelque chose me revient, mais quoi? Lui refiler un cent dollars? Qu'est-ce que ça changerait au fond? Le taxi redémarre et d'autres visions déferlent sur cette grève bétonnée, chassées aussitôt par d'autres. Je me laisse porter par ces reliefs, ces couleurs aux effets de dégradé qui colorent Montréal en cette fin d'après-midi. Les taxis devraient fournir un service d'alcool! Je songe tout à coup que j'ai oublié d'amener du vin et des fleurs. Je demande au chauffeur d'arrêter à la Société des alcools la plus proche. Au bout de quelques minutes, il stationne en double file et, dans le magasin, je prends deux bouteilles de vin blanc alsacien. Quelques minutes plus tard je vois un petit kiosque étonnamment fleuri par ce froid ordurier. Je réitère au chauffeur la même demande. J'opte pour des roses talisman. Je chantonne *La Vie en Rose*. Et si j'allais au restaurant chercher Donald? Lui offrir ces roses, tiens! Évidemment, si je faisais ça à une fille toute la place serait émue. Crisse! Et que c'est fatigant l'amour! Toujours cette obsession de l'autre. Qu'est-ce qu'il fait? À qui parle-t-il? Quels vêtements a-t-il mis? Sans cesse, ce carrousel infernal de questions sans réponse, de doutes qui rendent fou. La voiture passe devant le square Victoria. Une armée d'hommes avec des attachés-cases sont toujours prisonniers du roman de Kafka. Des pigeons s'envolent. Le couteau d'un soleil qu'on n'attendait plus déchire le ciel. Dans cet éclairage dramatique, les buildings bondissent. Dans le taxi, les fleurs font une tache insolite. Je me penche pour déchiffrer l'énigme de leur parfum. Arrivé au coin de la rue de la Commune je dis:

– C'est juste là, à droite.

Le taxi se gare avec délicatesse sur le bord du trottoir, juste devant la porte de l'immeuble comme s'il avait deviné. Après le généreux pourboire habituel, je n'oublie pas le sac qui contient les deux bouteilles de vin et je place entre elles les fleurs qui jaillissent comme des petits poings d'enfants heureux. Je viens pour sonner mais je m'aperçois que la porte n'est pas bien fermée. J'escalade l'escalier interminable et reprends mon souffle devant la porte d'Anna. Je jette un coup d'œil en arrière, découragé. Comme a dit Anna: pour quelqu'un qui aurait le vertige, vivre ici serait définitivement impossible! J'ai à peine touché la porte qu'elle s'ouvre comme par enchantement sur un bruit de balayeuse qu'est en train de passer madame Paquette. Quand elle m'aperçoit elle me fait un geste timide de la main. Dans la cuisine, deux peintres s'affairent. Anna, la tête enfouie dans les armoires, offre un troufignon de pleine lune. Je ne peux résister à l'envie d'aller lui pincer une fesse. Un cri perçant jaillit. Furieuse, elle me semonce.

– Grand fou! Tu vois bien qu'il y a du monde! Qu'il y a des hommes ici! Maudit macho!

Les peintres qui sont en train de donner une couche définitive au plafond font mine de ne rien entendre. J'embrasse Anna sur les deux joues et cherche un pot, un vase quelconque pour y déposer les roses.

– Attends, je vais en faire un.

Anna prend un deux litres de Coke vide, et avec un couteau coupe le haut du récipient de plastique.

– Voilà pour le cristal de Bohême!

Elle montre fièrement son chef-d'œuvre qu'elle remplit d'eau tiède. Elle taille chacune des roses en biseau puis les place méthodiquement dans ce réceptacle recyclé.

— American graffiti!

— Magnifique! Ton frigo fonctionne?

— Certainement.

— Alors mettons ces deux bouteilles au frais.

— T'es un ange!

— Si tu le dis.

Radieuse comme une star, Anna fait admirer les fleurs aux deux peintres qui sourient. Elle va dans sa chambre à coucher les mettre sur une caisse renversée qui sert de table de chevet. Elle regarde l'effet obtenu. Elle secoue la tête, va vers un bureau, ouvre un tiroir dans lequel elle se met à fouiller frénétiquement. Elle en retire un foulard de velours noir qu'elle place sous le pot à fleurs.

— Voilà, création Anna! Et tu sais Julian, les tiroirs et les garde-robes sont pleins de trucs. Prends ce que tu veux!

— On verra ça plus tard.

Elle s'approche et discrètement me désigne les deux types en train de peinturer:

— Ils sont extraordinaires, ça avance, j'en reviens pas!

— Je vois ça, la cuisine est pratiquement finie!

— Ils m'ont dit que dans trois jours, quatre au maximum, tout sera terminé.

— Bravo.

— Et ta femme de ménage, une pure merveille! Où l'as-tu dénichée?

— Chez un ami d'une amie.

Anna plisse les lèvres en un petit sourire ironique et s'avance, nouvelle amazone, vers moi

— Et qui c'est ça l'ami-i?

— Une vieille histoire digne d'un grand roman.

— Harlequin?

— Hélas! Comme toujours!

Je la prends par la taille.

— Jalouse va!

— Et comment!

L'un des peintres, le plus petit, touché par cette scène intime me fait un clin d'œil. La complicité macho à son meilleur, one more time! Tenant toujours Anna par la taille je l'amène dans le salon. Madame Paquette se démène avec une tornade. Quand elle nous aperçoit, elle arrête la machine.

— Bonjour madame Paquette! C'est de l'ouvrage, hé?

— Oh! vous le dites, vous là!

— Ça va être beau, par exemple! s'empresse d'ajouter Anna, inquiète.

Madame Paquette ne semble pas sûre de ce qu'avance Anna. Elle me regarde d'un air qui signifie: «Qu'est-ce que c'est que ce trou à rats?» Et comme il en était convenu depuis le début des temps, elle remet l'appareil en marche. Anna me prend par la main et me ramène dans la cuisine.

— J'ai fait de la glace, comme ça on pourrait en mettre dans notre vin!

— Bonne idée.

Elle retire un bac à glaçons du congélateur. Elle soulève la nappe qui recouvre sur la table de la cuisine toute la vaisselle, verrerie et coutellerie. Elle trouve deux coupes qu'elle passe à l'eau froide et les bourre de glaçons. Je cherche sur la table un ouvre-bouteille que je finis par dénicher dans l'amoncellement de couteaux, fourchettes, cuillères, et autres gadgets indispensables pour vivre depuis la fin du moyen âge un quotidien dit plus civilisé. I'll drink to that! J'arrache le bouchon et verse le vin qui chuinte en touchant les cubes de glace.

— On va aller dans ma chambre, on sera plus à l'aise.

Anna me précède et près du lit allume une radio à un poste de musique rock. Elle ferme la porte, ce qui me met mal à l'aise. Pauvre de moi! J'ai peur de quoi? Qu'elle me saute dessus? Big deal!

— Comme ça on n'entendra plus le bruit infernal de la balayeuse. J'en peux pus! Et madame Paquette m'intimide. Je suis pas habituée aux femmes de ménage, moi!

— Bah! Elle est ben correcte madame Paquette!

— Je sais ben, mais je me sens mal à l'aise pareil!

— Quelle importance! Tchin-tchin! ma belle!

— Tchin-tchin!

Nous frappons délicatement nos coupes. La musique de Pink Floyd remplit la chambre de sa poussière sidérale. Je suis gêné d'être ici, assis contre Anna dans cette chambre à ne rien faire, alors que n'importe quel gars ordinaire saurait quoi faire, lui! Je lui rappelle qu'on va au théâtre ce soir. Elle est ravie, «car c'est un auteur qui vient toujours me chercher». Je suggère de faire venir quelque chose à manger, mais Anna en a assez de ce nid à poussière. Je regarde ma montre-bracelet griffée. Of course! Elle dit que les peintres vont partir vers six heures, en même temps que madame Paquette.

— Va-t-elle revenir demain?

— Attends, je vais m'arranger avec ça.

Je saute sur l'occasion de quitter Anna, surtout son lit! Je me précipite vers madame Paquette qui a pris le sofa en grippe! Elle ne m'entend pas venir jusqu'à ce que j'enfonce de ma botte l'interrupteur de la balayeuse. À l'instant même les ronflements insupportables déclinent dans la grille de ventilation.

— Madame Paquette? Anna demande si vous allez revenir pour sûr demain?

Piquée, comme s'il s'agissait d'un combat personnel avec le diable, elle me répond:

— Je lui ai dit tantôt que demain après-midi je serai ici, et tous les autres jours jusqu'à ce que le ménage soit fait de façon convenable.

Elle s'arrangera avec ses autres clients. Je la remercie et lui signifie qu'elle me rend là un grand service. Amadouée, elle saisit le manche de l'appareil comme s'il s'agissait d'un cou de poulet et le vacarme intolérable reprend. Je me sauve dans la cuisine; Anna est en train de jaser avec les peintres. Comme elle aime la beauté de murs fraîchement peints! Le plus petit lui donne la réplique, tandis que l'autre à la stature imposante se tient coi et manie son pinceau comme s'il était en train de peindre le chef-d'œuvre du siècle. Ma foi, il est pas mal beau!

— Oh que je suis chanceuse! Dans quelques jours, ça va être un petit paradis ici dedans! dit Anna avant de disparaître dans la chambre.

Elle en ressort aussitôt avec la bouteille de vin.

— Et autre bonne nouvelle, le téléphone est déjà branché!

— Tant mieux! Je vais pouvoir appeler le taxi de madame Paquette en paix! J'aurai pas à passer par Fifi Brind'acier au deuxième!

Elle éclate de rire.

— Il faut que je me sauve dans la salle de bains si je veux être présentable! Ce sera pas long! Sers-toi à boire en attendant! Le temps de me refaire une beauté et à nous deux Montréal!

— O.K. Mais je pensais que le bain était dans la chambre.

— Le bain oui, la douche, non. Tu t'en souviens pas?

Elle prend sa coupe et disparaît comme un soleil derrière une porte. Je reste là, à ne savoir quoi faire. Je regarde un instant les peintres à l'œuvre. Le bruit de l'aspirateur cesse, et une chanson des Beatles envahit toute la place: «I Want To Hold Your Hand». Je vais au salon et m'étends sur le grand canapé pied-de-poule noir et blanc que madame Paquette, résignée, vient d'abandonner à son sort. Une rangée de fauteuils sont en pénitence devant un mur. Madame Paquette est prête à partir.

— Prendriez-vous un verre de vin en attendant?

– Non merci, je bois rarement. Seulement dans les grandes occasions. Les noces. Les baptêmes. Mon défunt buvait assez comme ça!

Le ton est sans réplique. Un silence égratigne notre bonne entente de surface. J'appelle la compagnie de taxi habituelle.

– Bon, où est-ce que j'ai mis mon parapluie, moi, là? Ah oui, dans la salle de bains, je l'ai fait sécher là, dans la douche!

– J'y vais.

– Mademoiselle Anna est là, non?

– Ça fait rien, je vais aller vous le chercher.

– Ah bon! s'exclame-t-elle d'un ton nettement désapprobateur.

Je cogne à la porte de la salle de bains pendant que madame Paquette lève un coin du rideau en disant qu'«il aurait bien besoin d'être lavé lui aussi Seigneur!» pour voir si le taxi arrive. Le bruit de la douche empêche Anna d'entendre ceux de la porte. Je joue avec la poignée, la porte s'ouvre. Ça c'est bien Anna! Le parapluie est là, accroché après le lavabo sur pied. J'aperçois la silhouette d'Anna se profiler à travers le rideau de douche transparent. Je pense aussitôt à cette scène dans le film d'Hitchcock quand le fou à Bates poignarde la pauvre fille. J'arrache le parapluie et après avoir bien fermé la porte je me sauve. Mon cœur bat la chamade, frappé par cette vision terrifiante où je vois le sang qui coule dans le bain, qui se mélange à l'eau... Évidemment, si j'avais vu le corps de Donald... j'aurais eu une toute autre vision. Maudit que je fais dur!

Tout en scrutant la fenêtre madame Paquette me rassure que le ménage sera fait «comme il faut».

— Je n'en doute pas une seconde!

— Je crois que le taxi est arrivé!

Elle est tout énervée.

— Voilà votre parapluie! Attendez, je vais vous reconduire jusqu'en bas des marches. Elles sont tellement dangereuses.

J'ai dans la tête l'hurluberlu du deuxième. Je veux absolument éviter une rencontre du troisième type. Madame Paquette refuse. Elle insiste sur le fait qu'il faudra bien qu'elle s'habitue, «alors aussi bien commencer tout de suite!». Je tiens la porte et je l'aide à s'installer sur la première marche.

— Mon doux qu'il est dangereux cet escalier-là! On peut se tuer là-dedans!

— Je sais. Faites attention. Tenez bien la rampe surtout!

Le taxi klaxonne.

— Oui oui j'arrive! dit madame Paquette. Seigneur qu'ils sont impatients!

— À demain.

— C'est ça. À demain.

Madame Paquette accroche son parapluie et son sac à main à son avant-bras. Elle s'agrippe à la rampe. Je surveille la porte du deuxième étage au cas où la vieille sorcière déciderait de lui faire une mauvaise surprise. Personne ne se pointe et madame Paquette arrive saine et sauve en bas. Elle ouvre à un vent froid qui en profite pour grimper jusqu'à moi qui referme aussitôt. Les peintres sont derrière, maculés de latex blanc.

– On s'en va nous autres itou, dit le plus petit.

– O.K. Vous revenez donc demain?

– Pour sûr!

Je remarque que les cils de l'autre sont longs et soyeux et encadrent des yeux d'un vert étourdissant qui se détournent aussitôt. Sa bouche charnue esquisse un sourire gêné. Je leur tiens la porte ouverte pour qu'ils passent devant moi. D'abord le plus petit, très jovial. Ensuite l'autre qui fait tout pour ne pas me frôler. Son manège m'amuse et m'attendrit. Je les regarde descendre. Je me sens mal à l'aise soudainement. Je reviens vers ma coupe et la vide d'un trait. Manger me fera le plus grand bien. J'entends Anna qui renverse quelque chose dans la salle de bains accompagnée d'un «maudite marde!». Dans la chambre à coucher, Lou Reed suggère: «Take a walk on the wild side.» À la cuisine, je cherche la bouteille de vin. Je ne la trouve pas. Je vais dans la chambre. Elle n'y est pas non plus. Alors j'ouvre la porte du frigo et elle apparaît, bien sagement rangée à côté de l'autre.

– Maudit! J'ai pété ma bouteille d'eau de toilette! Ça va sentir en pas pour rire!

En effet des effluves de muguet saturent dangereusement l'espace. J'ouvre la porte-fenêtre de la cuisine qui donne sur la petite terrasse. Des géraniums ont viré au noir.

– Attends, je vais pogner mon coup de mort si tu fais ça! Je sors de la douche moi! Attends! Quand je partirai, on laissera une fenêtre ouverte. Hé maudit bordel!

JEAN-PAUL DAOUST

J'obéis. Anna s'affaire à nettoyer le dégât aux odeurs excessives. Je me réinstalle au salon. Là aussi, tout baigne dans le muguet! J'ouvre une fenêtre qui laisse passage à un froid humide. La pluie a cessé.

— Mon beau, ôte-toi de la fenêtre, tu vas pogner un rhume!

— C'est l'odeur, tu comprends, ça me pogne à la gorge!

— On s'en va d'ici. Vite, un taxi!

Je lui dis quel numéro composer. Je la scrute avec admiration. Elle a remonté ses cheveux qui lui font une tiare sombre que reprennent ses yeux d'obsidienne qui ressemblent tout à coup étrangement à ceux de Donald... et moulée comme Françoise dans son éternelle robe noire son corps rebondit et prend des poses à la Botticelli. Anna ressemble à la nuit, quand elle est tropicale.

— Pourquoi tu me regardes de même? On dirait que tu m'as jamais vue!

— Peut-être est-ce vrai. Je te trouve magnifique!

Elle vient vers moi, cette fois les yeux incrustés de diamants noirs.

— Françoise m'a donné un sac plein de linge. C'est l'avantage d'être faites pareilles.

— Ah bon!

Elle ne dit plus un mot et continue de me fixer. C'est un silence troublant, rempli d'aveux, de désir. Elle cale sa tête au creux de mon épaule. Je l'entoure avec ardeur de mes bras, et nous restons là, immobiles, à nous respirer l'un et l'autre. Mais l'odeur du muguet est plus forte que tout. Anna se retire. C'est à son tour d'essayer un sourire.

– Je suis parfumée jusqu'aux os!

– T'es le plus beau squelette en ville!

– Grand fou! Viens, on part d'ici avant de flancher d'une indigestion au muguet!

– Ben d'accord.

– Quand je pense à la vieille freak! A pourrais-tu mourir d'une overdose de muguet, tu penses?

Nous rions. Le moment trouble est passé. J'aide Anna à se revêtir de l'ample manteau noir. Le plafonnier reste allumé. Il fait trop froid pour laisser la fenêtre ouverte. L'odeur finira bien par disparaître. Anna saisit solidement la rampe et affronte le méchant escalier. Sains et saufs, nous nous engouffrons dans un taxi bleu poudre.

– Où on va? demande Anna.

– Où tu veux.

– Tu connais davantage les restaurants que moi.

– Comme on n'a pas grand temps devant nous autres, la pièce commence à huit heures, qu'est-ce que tu dirais si on allait manger dans une charmante petite trattoria?

– Oh! que t'es fin! C'est une maudite bonne idée!

– Coin Amherst et Ontario s'il vous plaît.

– Très bienne! dit le chauffeur avec un accent qui fait aussitôt penser à Ronnie.

Tiens! tiens! Ce serait peut-être pas une méchante idée d'aller le relancer plus tard celui-là! Le taxi bondit comme une gazelle dans la ville qui referme sur elle ses longs crocs d'acier. J'observe Montréal en imaginant la ville à venir. Je devine des tours qui crèvent la nuit de leurs folies mégalomanes, des routes suspendues qui brillent tels des reptiles fluorescents, pendant que mon regard escalade, ébloui, des hauteurs vertigineuses. Les buildings défient le ciel, car toutes les strates de l'espace ont été envahies par ces humains qui s'affairent à leur vie trépidante... Je reviens vite à la glace teintée du taxi. Le décor baigne dans un silence opaque. Ici et là des troncs lumineux percent, ils ne sont que les bonsaïs de ceux entrevus. Ce calme inhabituel du trafic, ce silence si inusité. Peut-être pour écouter l'âme? Ce n'est qu'un leurre car aussitôt sortis du Vieux-Montréal, le bruit reviendra en force fustiger ces fenêtres hermétiquement fermées. Sur la place Jacques-Cartier, encadrée de terrasses abandonnées, un kiosque de fleurs surgit, impossible comme une apparition pour un athée. En face, autour d'une fontaine vide, quelques touristes perdus photographient la meringue servant de coupole à l'Hôtel de Ville. Le taxi s'engouffre sous un viaduc et débouche à côté de l'ancienne gare centrale, pâle copie du château Frontenac. Derrière, des carcasses d'entrepôts cachent le fleuve qu'enjambe l'éventail de fer verdâtre du pont Jacques-Cartier coiffé de quatre minuscules tours Eiffel. Le taxi monte Amherst qui doit être une des rues les plus ingrates d'Amérique! Il faudrait absolument raser tout ça! La tête au creux de mon épaule Anna me sourit tendrement. Au coin de la Sainte-Catherine, plusieurs itinérants tournent en rond, prisonniers de cages ouvertes s'imbriquant les unes dans les autres à la façon maniaque des poupées russes chauffées à blanc. Les cols des manteaux sont relevés et les piétons marchent vite, signes indéniables que l'hiver approche. Le ciel résiste pour ne pas s'écrouler en un déluge de neige. Les vitrines offrent des vieux meubles, des hot-dogs, du lamé à la verge... que longent d'impatients conducteurs. Juste après Ontario, je dis au chauffeur d'arrêter. Nous sortons devant la bâtisse de briques brunes d'un marché qui ne reprendra vie qu'au printemps. Je règle, as usual!

Bras dessus bras dessous, nous pénétrons dans la trattoria. Sous un plafond tout en treillis garni de fausses vignes bondées de grappes en plastique, des tables sont recouvertes de nappes à carreaux rouges et blancs. De vieilles bouteilles de Chianti ont été converties en chandelles. Le serveur me donne «ma» table habituelle, à gauche de l'entrée près de la fenêtre. À travers une collection de saucissons, nous pourrons regarder une portion de la vie montréalaise en action. À peine installés, deux Campari soda nous sont gentiment offerts.

— Ouan, t'es connu ici, mon beau!

— Un peu.

— Juste un peu?

Nous trinquons.

— Maudit! On a à peine une heure pour manger!

— Bof! mettons une heure et quart. On prendra un taxi, c'est pas loin d'ici le *Quat'Sous*!

— Tant qu'à ça! J'ai tellement faim!

— La pizza est délicieuse! Si on en prenait une comme entrée? Et les penne all'arrabiata sont épicés à mon goût! Les spaghettis alfredo aussi sont très bons!

— L'alfredo et la pizza, c'est O.K. pour moi.

— Et moi ce sera les penne! Et du vin rouge?

— Si! Si!

329

– Une salade?

– Si! Si!

Je passe la commande en spécifiant que nous sommes hélas! un peu pressés. Rassurés, nous nous prenons les mains contentes comme nos yeux.

– C'est charmant comme tout ici! On dirait jamais qu'on est sur la rue Amherst à côté d'un vilain garage!

– Et de deux tavernes minables! Dont celle-là qui est gay, oui oui celle-là que tu vois sur le coin et qui s'appelle le Gambrinus!

– Ça veut dire quoi ce nom-là?

– Je sais pas!

– Ce que Montréal peut être fou parfois!

– Fou ou Folle?

– Mettons les deux!

– Tant qu'à ça... l'un n'empêche pas l'autre!

Anna parle avec entrain de ses projets de peinture. Je l'écoute avec intérêt, émerveillé devant ce puissant désir de création. Même si je devine la présence dangereuse de Johny derrière cet enthousiasme débridé. Comment avertir une amie qui de toute façon n'en fera qu'à sa tête? Ainsi va le monde, à sa perte! As always! Alors je bois, non pas pour oublier, mais pour adoucir mon inquiétude, pour calmer ma nervosité, pour essayer de croire en l'avenir, comme Anna d'ailleurs qui ingurgite verre sur verre. Une deuxième carafe arrive. La nourriture est savoureuse et Anna ne tarit pas d'éloges. À la lumière de la chandelle ses yeux de Vénitienne me taquinent avec ostentation. Ses projets de rénovation, de bonheur, de paix... et je doute. Il y a une urgence dans son débit. Ses mots vont vite, trop vite. Les désirs s'embrouillent. À chaque table, une chandelle tremble, s'excite quand quelqu'un entre ou sort. Les effluves aromatiques de la cuisine rassurent, et le vin aidant, la vie semble vraiment belle. Des chansons napolitaines accompagnent les fresques kitsch de la Rome antique qui tapissent les murs, s'accrochent au plafond dans les fausses vignes qui deviennent vraies. Les grappes prennent des couleurs savoureuses, et même les saucissons qui pendouillent ont des airs sympathiques. La voix d'Anna ponctuée de rires réjouit l'atmosphère. J'approuve par monosyllabes, avale par petites bouchées les délicieux et piquants penne. Des aiguilles de l'horloge en forme de tour de Pise, les secondes tombent avec douceur, des pétales sur l'eau sombre de mes pensées. Comme j'aimerais être autrement! Le restaurant s'est rempli. De peine et de misère il nous faut s'arracher à cette chaleureuse ambiance. Je suis un fan de l'écriture de Michel Tremblay et je ne veux pas manquer le spectacle, surtout pas la première réplique qui donne toujours le ton. Les cappuccinos arrivent avec les gelato al limon qu'Anna approuve parce qu'elle en a bien besoin, le vin lui est vite monté à la tête.

— Maudit que la vie peut être belle, Julian!

— Ouan, parfois.

— C'est mieux que jamais!

— Ouan.

— Eh ben, t'es loquace ce soir!

— Je me repose.

La carte platine American Express règle l'addition et nous revoilà dans le froid. Dieu merci, à Montréal, il y a toujours un taxi qui passe.

— Montréal est comme New York pour les taxis, il en manque jamais! Tandis qu'à Paris! D'abord faut trouver la tête et... ah pis fuck! J'ouvre la portière à Anna.

— Galant en plus.

La rue Ontario nous présente la collection de ses horreurs architecturales jusqu'à l'accalmie de la rue Saint-Hubert qui offre, comme la rue Cherrier, de belles façades de pierre du début du siècle ornées parfois de jolis balcons. Le tout se gâte encore une fois à l'intersection de Saint-Denis. Du côté ouest un ramassis abominable illustre le chaos d'une architecture misérable, alors que de l'autre côté l'ancien édifice des Sourds-Muets impose de belle structure de pierres grises taillées à la main; là mourut l'illustre poète Louis Fréchette, «le plus grand poète canadien» disait de lui Oscar Wilde lors de son passage dans la métropole au *Queen's Hall* en mai 1882. Eh ben! j'ai encore une bonne mémoire! À plus tard l'Alzheimer! Par contre, sur l'avenue des Pins, même s'il reste encore quelques belles maisons, l'esthétisme est d'un équilibre plus précaire. Au coin de Drolet quand se dresse la caserne du 22e régiment de l'armée canadienne, copie loufoque d'un château fort, sorte de gadget de briques brunâtres complètement ridicule. Avant le boulevard Saint-Laurent, voilà le théâtre couleur coquille d'œuf qui surgit au coin de la rue Coloniale. J'aurais dû mettre mes gants de daim couleur beurre frais pour matcher la façade! Sans attendre le retour de ma monnaie, j'invite cérémonieusement Anna qui lève vers moi ses yeux d'anthracite.

— Julian, je t'aime.

— Moi aussi Anna.

— Julian! J'aime ton nom? T'avais une mère pas mal originale.

– Mets-en! Et elle l'est toujours d'ailleurs. Pour le meilleur et pour le pire!

J'effleure son front de mes lèvres. Le hall est bondé et enfumé. Je récupère les billets. Il ne nous reste que quelques minutes à peine pour aller nous chercher un drink, et comme nous sommes en pays de connaissances, des exclamations joyeuses, des bises nous bloquent temporairement le chemin jusqu'au bar. Je réussis enfin à obtenir deux Grand Marnier. Le temps de les avaler, les lumières se mettent à clignoter. La foule obéissante s'engage dans l'escalier menant à la petite salle sympathique. Nous cherchons Charles qui reste invisible. Nos billets sont au parterre, complètement au bout de la dernière rangée. Ça fait mon affaire: je pourrai en catimini déguster la pièce. Un banc vide à mes côtés atteste l'absence de Charles. Que fait-il donc?

– Il y a beaucoup de gays ce soir.

– Ben, avec les deux personnages qu'il a concoctés, c'est pas surprenant!

– Ça parle de quoi Julian?

– Fasten seat belt, it's gonna be a bumpy night.

– Vraiment? Parfait, je suis d'attaque!

Les lumières dans la salle faiblissent et la scène s'allume. Dans un appartement d'un kétaine transcendant un travesti désespéré, misérablement déguisé en Elizabeth Taylor déguisée en Cléopâtre, dans la pénombre où clignote une annonce de pharmacie murmure:

– J'voulais pus y aller. J'voulais pus... j'voulais pus...

Un raz-de-marée de mots, d'émotions se lève et déferle sur la salle subjuguée. La pièce parle d'un travesti qui s'apprête à affronter une autre gang de travelos lors d'une fête donnée en son honneur. Ce qu'Hosanna ne sait pas, c'est que toutes ses fausses chums se déguiseront en Cléopâtre elles aussi, pour se venger de toutes ses chienneries. Et c'est pas son butch de chum qui va arranger les choses... Je songe à Donald, à tous les faux-semblants qui tuent sa vie comme celle de millions d'autres. Alors qu'on se bidonne autour de moi, ma gorge se noue. À en crier. Dans un rythme dense les répliques décortiquent les codes sociaux, dévoilent avec indécence le burlesque de leur situation. Seuls les mots de la fin ouvrent l'horizon mesquin de cet appartement si désolant:

— Chus t-un homme! Chus t-un homme! Chus t-un homme!...

Sous les bravos les deux fabuleux comédiens s'inclinent. Je reste assis. Il faut absolument que Donald voie ça! Absolument! Anna est debout et crie avec les autres. Puis, en silence, nous marchons dans la rue. Dans ma tête les répliques cinglantes, les émotions exacerbées des deux personnages repassent sans arrêt. Anna a passé sa main autour de ma taille. Je la tiens tendrement par les épaules. Nous descendons tranquillement la rue Drolet et nous arrivons au carré Saint-Louis. Nous sommes transis.

— On va aux *Beaux-Esprits* se réchauffer? Peut-être que Charles y est.

Anna hoche sa tête d'ange noir, dominé par le monstre de tôle grisâtre et aveugle qui hante mes promenades. Une pluie fine, désagréable, recommence à tomber. Je songe que dans la rue Saint-André un château d'horreur éventré s'est mis à fondre; que dans un lit un malade branché à des machines respire de force. Il faut que j'aie le courage d'aller le revoir. Demain, sans faute. Même si ça ne sert à rien. Peut-être va-t-il mieux? A-t-il repris conscience? Une lueur d'espoir pique ma curiosité. Oui, demain j'y vais! Je voudrais penser à autre chose. Nos corps soudés dans un silence tangible se collent pour se réconforter. Nous foulons en toute complicité le tapis usé qui recouvre les quatre marches qui mènent aux *Beaux-Esprits*. La porte grise s'écarte sur des lampions nerveux comme des mouches à feu, prisonniers d'un tombeau égyptien. La voix gaillarde de Colette Renard s'éteint sur les derniers «zon zon zon». La grande prêtresse nous accueille en écartant les bras:

– Ah! vous voilà enfin, mes anges!

Anna court se réfugier dans cette baie de tissu noir qui fait des vagues moirées. Je m'installe à côté de Charles.

– Françoise, on vient de voir une pièce extraordinaire!

– Laquelle?

Charles s'est retourné, l'œil malicieux.

– Alors, la vie est belle?

– Question de perspective, très cher. Pourquoi tu n'y étais pas?

– Comment ça?

– J'étais tellement crevé en revenant du cégep que j'ai fait une sieste qui a duré quatre heures! C'était bon?

– Génial!

Denis, le visage épanoui comme un dahlia géant, s'empresse de faire un rhum et coke. Il y a juste assez de monde pour faire une ambiance chaleureuse et pour l'occuper sans qu'il ne devienne trop énervé. Je me lève.

— Tu vas te refaire une beauté? demande insidieuse-ment Charles.

— C'est ça.

— Il me semble que la pluie a un peu défraîchi les boucles notoires de notre bel ami...

— Charles! Maudit que t'es haïssable à soir! dit Françoise.

— Juste à soir? que je rajoute.

— Vous allez prendre quoi, madame Anna?

— Je sais pas. Qu'est-ce que boit Julian?

— Un rhum et coke, évidemment!

— Évidemment. Bon, c'est parfait pour moi.

— Et moi un autre gin tonic, por favor! ajoute Charles.

Denis lui fait un sourire large comme les Champs-Élysées et celui de Charles en est l'arc de triomphe. Je m'éclipse. Je lave mes mains et je fixe mon image dans le miroir. Mes cheveux mouillés se tortillent dans tous les sens. Seules les deux lunes de cuivre des yeux restent au repos. Je pense à ma mère, sans doute allongée sur une chaise longue en train de parler à mon père mort depuis dix-sept ans, prenant à témoin de son malheur toutes les étoiles des Caraïbes. Je devrais peut-être y aller? Pourtant, je sais qu'au bout de quinze minutes ce serait l'enfer. Je ne me sens pas la force d'affronter ses divagations, voire ses reproches. Et Dave est ennuyant comme une banque suisse. De toute manière, Noël viendra bien assez vite! Les conversations du bar me parviennent émiettées... un éclat de rire de Françoise, une exclamation d'Anna, et d'autres voix... étrangères jusqu'au bizarre! Le vermillon dans la toilette s'écaille sur un rose antique, une odeur de renfermé flotte dans l'air. Je perçois une foule de détails que je n'avais jamais remarqués auparavant. L'ocre rouillé tache l'émail ivoire du lavabo. Les tuyaux comme des couleuvres grises au repos. La serpillière attend, menaçante, dans un coin. Le miroir me rappelle. Insiste. Que veut donc cette image à la Dorian Gray? Dans les yeux palpitent des spirales de nébuleuses, les iris se métamorphosent en comètes. En proie au vertige je me cramponne au lavabo pour ne pas être happé de l'autre côté du miroir. Des lèvres turgides flottent et s'ouvrent comme les portes d'un vaisseau spatial. Le tapis carmin d'une langue titanesque ondule et se perd jusqu'au fond d'un puits obscur. Les dents font une grimace de mort. Je passe une main dans les câbles emmêlés des cheveux. La peau pâle de mon visage s'étire comme une raie. Je surprends la divinité qui m'habite. Je me voile les yeux de mes deux mains frémissantes. J'ai le front en sueur. Le miroir s'est fissuré sur l'univers sans limite de la folie. Apeuré, je cherche à me ressaisir. Machinalement, je m'asperge la figure. Je sens encore l'aile glacée de la démence qui me frôle. J'ouvre les yeux sur une poudrerie de couleurs. Dans la tempête, mes traits se déplacent, vont dans toutes les directions, et ne reste dans ce ciel mouvementé que l'astre dément d'une bouche. Je suis prisonnier d'une toile conçue par un peintre halluciné. Je cherche des repères sur le territoire méconnaissable de mon visage. Deux anges cognent de l'autre côté du miroir, deux bêtes enragées dans une cage. Le temps est charcuté dans les décombres d'un espace frappé par un tremblement de cerveau. Qu'est-ce qui m'arrive? Mais qu'est-ce qui m'arrive? Peu à peu, la musique redevient familière, et les murs qui m'entourent reprennent leur place habituelle. Seuls les deux urinoirs gardent leurs gueules ouvertes... et ces portes hostiles des toilettes... Mes mains attachées au parapet humide du lavabo reprennent conscience de leur position précaire. Je réussis à redresser la tête et à affronter le miroir qui me brandit un suaire gravé d'un visage à la pâleur inquiétante, auquel je m'arrache en tournant péniblement sur moi-même. Mes fesses s'appuient fermement sur le lavabo mouillé. Ma respiration trop saccadée essaie de retrouver un rythme plus régulier. Enfin le corps se recompose, atome par atome, et à la bonne place, semble-t-il. Le calorifère oscille dans un entrelacs de serpents argentés. Au-dessus, un judas grillagé étale un lacis de croix noires. Avec soulagement, je reconnais la voix espiègle de Brigitte Bardot qui se fraie un chemin dans l'air enfumé du bar: «Le diable est anglais». C'est bon signe! Cependant, je suis loin d'en être sûr! Encore fragile et craintif, je me confronte au miroir. Le visage familier d'un jeune homme qui me regarde franchement me fait soupirer d'aise. Je n'ai pas remarqué un individu en train d'uriner. Il tourne la tête vers moi, et de sa figure mal rasée une voix bourrue m'apostrophe:

— Es-tu correct man?

— Oui oui ça va, merci!

— Parce que t'avais pas l'air d'être fort fort quand chus rentré icitte?

— Ça va mieux là, merci encore.

— Si tu veux, j'ai un bon remontant!

Je ne bouge pas. Le type, visiblement très à l'aise dans sa position d'homme qui se soulage, rajoute:

— J'ai du ben bon speed. Ça, ça remet!

— Du speed?

– Et du bon à part ça! Ça je peuis te le jurer sur la tête de mon pit-bull!

Il plie les genoux pour secouer son pénis format moyen, et d'un geste brusque remonte la fermeture éclair tout en se retournant carrément vers moi. Il fouille dans sa canadienne et me montre un flacon rempli de petits carrés roses.

– De la dynamite man! De la pure dynamite!

Sans discuter spontanément je dis:

– Je vais en prendre cinq.

– Comme tu veux, man. Tu le regretteras pas!

Il dévisse le capuchon. Il penche le flacon et six petits dés roses roulent dans sa paume.

– Je te fais un cadeau. Une pour la luck!

– Pour toé, vingt piastres!

Je sors un papier vert qu'il m'enlève aussitôt. La précieuse marchandise enroulée dans un papier-mouchoir j'affronte les paroles de Michel Tremblay que chante Louise Forestier: «Demain matin, Montréal m'attend.» Au zinc, Charles est en train de taquiner Denis. Je mets une main sur son épaule, de l'autre je prends mon cocktail favori.

– Te voilà toi! Eh ben, t'en as mis du temps! On était sur le point d'aller voir ce qui se passait. On commençait à s'inquiéter. Encore un peu et on demandait l'escouade antidrogue!

– Tout va pour le mieux dans le meilleur des mondes, ben oui! Le corps est un drôle d'appareil hein? Il ne répond pas toujours comme on veut, n'est-ce pas?

Il me scrute de ses petits yeux, aiguisés comme des plumes de geai bleu.

— Disons que je vais te croire, pour te faire plaisir.

— Merci, t'es un vrai frère pour moi!

— C'est ça, on pourrait passer pour deux jumeaux. La grande asperge noire et son melon d'eau!

— De miel, Charles, de miel!

— Correct! Ça va faire!

— Ça reste bien tranquille ce soir! C'est surprenant.

— Bah, dans un moment ce sera l'invasion. C'est toujours de même.

— Tant qu'à ça!

Je bois. Anna et Françoise sont en grande conversation. De les voir penchées l'une vers l'autre si complices, je devine qu'il vaut mieux que je ne m'en mêle pas. Charles s'est retourné vers Denis et continue son histoire de voyage au Mexique.

— Donc tout le gratin de la ville d'Allende se présente à la pension où j'habitais pendant que je suis au fourneau en train de leur préparer notre mets national, car n'oublie pas que c'était ça l'entente: fallait absolument que le poète en résidence pour apprendre l'espagnol leur mijote ce soir-là un plat typiquement québécois. Alors, après que tout ce beau monde est arrivé, la cerveza coule à flots, comme les Cuba Libre d'ailleurs. Je dépose solennellement mon plat qui fume, au milieu de femmes couvertes d'or, des copies de bijoux mayas ou aztèques, les hommes habillés comme s'ils sortaient de chez Gold & Sons, et me voilà avec notre plat national, fier comme Bocuse en personne!

— Ben, c'était quoi? demande Denis.

— Tu devines pas?

— Pantoute!

— Ben c'est très simple, au Mexique, ils ont du maïs, des pommes de terre, de la viande hachée. C'est le montage de tous ces ingrédients qui les a surpris, je dirais même fascinés. Du grand art!

— Attends: maïs...

— Ou du blé d'Inde, si t'aimes mieux!

— Du blé d'Inde, des patates, de la viande hachée... hon, pas ça?

— Pas quoi?

— Pas du pâté chinois!

— Ben quoi?

— Pas du pâté chinois! hurle Denis, véritablement scandalisé.

— Oui oui oui, du pâté chinois! Et ça a fait un malheur! Ils en redemandaient Denis! Je prends à témoin l'âme de Montezuma!

Les yeux de Denis pissent de rire, et Charles hurle de plus belle. Tout le bar se retourne et Denis, plié en deux, essaie de dire:

— Ah aaah non... pas... du... du du... pâââté... chiiiiiinois!

341

– Oui mon gars! renchérit Charles qui secoue sa crinière de fauve.

– Maudit fou!

– Ben quoi Julian! Y voulaient un plat national, y l'ont eu! Les ingrédients ont été faciles à trouver, ils les ont tous! Il s'agissait juste après ça de les assembler. Et vlan! Ingénieux? Tu trouves pas? C'est bien connu, on a tout dit. La preuve de l'art est dans la forme!

Françoise sourit à Charles en le questionnant du menton qu'elle pointe vers lui, ce qui revient à dire: «Encore une de tes histoires pas possibles!» Je lève mon verre en signe d'acquiescement pour paraphraser l'air rieur de Françoise. Anna me fixe. Je constate avec tristesse les vitrines éteintes de ses yeux. La porte s'ouvre avec fracas et une bande de gars et de filles excités entrent en trombe, armés de toute l'insolence de leur jeunesse. Denis a toutes les misères du monde à prendre correctement leur commande. Des flammes rouges font tourner des toupies hystériques devant des fresques qui dansent. Dans les fenêtres le lampadaire dégouline. La voix sensuelle d'Yves Montand: «Café, c'est pas pour les gens fragiles!» Je tâte dans ma poche de jeans les comprimés. J'hésite à en prendre un. À moins que je n'en offre à Charles. Je me souviens qu'il est contre le chimique. Je fais tourner dans le verre le rhum et coke. Dans le remous noir une tranche d'orange me fascine. Charles s'est fait happer avec grand plaisir par deux étudiants en goguette. Anna et Françoise ont repris leurs confidences. Comme la tranche d'orange, je tourne dans un univers clos et sombre. Qu'est-ce que je fous ici?

– Vous comprenez donc pas que la seule chose importante dans la vie, la chose valable, la seule qui soit essentielle est d'avoir un projet de création! N'importe lequel: enfants, peinture, musique, cinéma, écriture, mais il faut absolument en avoir un, sinon vous êtes cuits.

— L'art existe déjà en quantité industrielle! dit le plus petit qui replace sa monture en écaille blonde qui a la fâcheuse manie de lui glisser sur le nez, alors à quoi bon le renouveler?

— Ben, t'es ben nihiliste! Pis épais à part ça! L'art est toujours intelligent, c'est sa grande force. Il définit chaque époque, et les gouvernements passent, les empires s'écroulent, l'art reste, comme le Parthénon et Khéops! Ou les poèmes de Sapho comme ceux de Baudelaire ou de Nelligan ou de Miron ou...

— Les vôtres?

— Certainement! Quand je serai mort, j'espère pouvoir émouvoir encore à travers mes écrits. Comme Anna par la peinture, rajoute Charles en la désignant. Oui oui la belle fille, là! Au bout du bar! C'est une peintre, pis une bonne à part ça! Ça fait qu'écœurez-moi pas avec votre nihilisme de macramé teinté d'un romantisme à l'eau de rose. Faites de quoi de votre vie, n'importe quoi, mais faites de quoi, maudite marde! Du rock and roll! Des enfants! Des graffiti! Mais faites de quoi! Sinon, venez pas me niaiser avec vos histoires «qu'on a tout vu». Pauvres vous autres! Des insignifiants! Voilà ce que vous allez être si vous continuez sur cette pente-là. Retournez donc à vos sous-sols en préfinis pis écœurez-moi plus! Je suis pas ici pour me fendre en quatre à essayer de convaincre des yo-chons! Des restants de bungalows!

— Vous êtes chanceux, il est en forme à soir! dis-je à l'autre étudiant, un grand maigre à la couette noire qui lui dessine sur le front une inquiétante virgule, et il est seulement en train de se réchauffer!

L'autre souffle sur sa virgule qui ne bouge pas, plaquée à la paroi de son front comme une sangsue. Comme il veut absolument participer au débat, ne serait-ce que pour signifier qu'il a un cerveau lui aussi, il glisse maladroitement:

— Ben les bungalows, qu'est-ce que vous avez contre ça?

Il n'en faut pas plus pour faire exploser Charles:

— Les beaux bungalows qui se font rentrer des piscines sorties! Des sous-sols où on s'enfarge dans le shaggy pour aller boire un bon vin maison, à côté d'un foyer au gaz! La pelouse ben propre, clean cut comme le cerveau de celui qui la coupe. Une bonne bière avec ça pour digérer le barbecue? Pis ça reste sur des rues qui portent les noms de génies célèbres: Mozart, Beethoven, pis ça ne va jamais au concert, ou encore des noms de rue comme: Rome, Florence, pis ça se tient au centre d'achats. Et parlez-moi pas des noms d'auteurs qui désignent leur rue alors qu'ils n'en lisent jamais un! Une gang de cerveaux en fortrel! Un gang de Woolco! De WallMarde! Denis, un autre verre parce que je sens que je vais piquer une crise! Pis donne un drink à ces deux avortons-là à côté de moi, pour les saouler avant qu'ils ne rentrent dans leur château en stucco! Et si l'envie leur pogne de se crisser en bas du pont Jacques-Cartier, tant mieux, y auront une belle vue en tombant! Peut-être que le fleuve va leur décaper quelques neurones! Qu'est-ce que j'ai contre les bungalows? Le sais-tu au moins ce que les bungalows ont contre des gens comme nous autres? Hein? Tu t'en doutes même pas! Pauvres tatas! Pauvres enfants!

– Le party est pogné, on dirait! dis-je.

Je mordille le morceau d'agrume pour ne pas pouffer de rire.

– Un toast aux bungalows! que je rajoute pernicieusement.

– J'irais plus loin, dit Charles qui me darde de ses yeux rendus pointus comme des épines d'un bleu électrique, d'abord un toast aux sous-sols de bungalows! Quand on sera rendus au grenier, je suis mieux d'être saoul mort! Ça vaudrait mieux!

Les deux jeunes étudiants s'amusent. Ils cognent avec empressement et précision leur verre contre les nôtres.

– Un toast aux sous-sols de bungalows! disent-ils en chœur.

– Pis à la peinture à numéros! rugit Charles.

– Ou sur velours! dis-je.

– Et à leur propreté qui me fait royalement chier! tonne Charles.

– Right on!

– Aux Electrolux! claironne le plus petit.

– Aux tondeuses! clame l'autre, la virgule légèrement de travers.

Les toasts se multiplient en une cohue joyeuse. Sur sa lancée, Charles vitupère contre tout ce qui l'ennuie. La liste est longue, et les verres se succèdent à un rythme effarant. Joyeux naufragés, nous faisons des châteaux de sable que nous nous empressons de détruire. Les théories, les dénigrements, crépitent de la bouche de Charles qui carbure au gin tonic super. Dans le feu de l'action, j'ai avalé un comprimé rose qui décuple en peu de temps mon énergie. Charles et moi tenons la place en haleine. L'autre groupe de fêtards s'est joint à nous, et Françoise a changé son eau Perrier en Calvados.

Ils sont au moins une vingtaine autour du bar à nous donner la réplique qui nous déchaîne. Nous faisons swinguer la conversation en un délire perspicace, cautionné par la samba brésilienne dont Françoise vient de monter le volume. Seule Anna, tranquille dans son coin, sourit, passive. L'ambiance a pris les proportions gigantesques qui devraient être celles de toute fête. Plus rien ne peut nous arrêter.

— C'est quand on perd le contrôle qu'on sait où on s'en va! clame Charles.

— Et un bonheur est si vite arrivé! dis-je, en lui faisant un clin d'œil.

Surexcité, je commande des verres et précise à Denis de les mettre sur ma note.

— N'oublie pas de calculer ton 15 %, hein!

— Oui monsieur Julian! dit Denis, content comme un enfant qui vient de faire un mauvais coup, et j'en connais un qui va avoir de la difficulté à se lever demain matin pour donner son cours!

— Pas mal de misère! Il prendra une autre sieste en revenant!

Charles, qui a saisi le mot «cours», réplique.

— Les cours? Quel cours? Le cégep? Pas de problèmes! De toute façon mon cours est à trois heures, et laissez-moi vous dire qu'en une heure les étudiants en apprennent plus avec moi que durant toute une session avec certains autres. Je vais rentrer dans la classe, me secouer la crinière, comme fait mon ami ici quand il copie sur moi, et mettre en marche la cassette! La poésie, je connais ça! J'en vis et j'en meurs! C'est pas comme certains profs qui n'ont jamais lu un livre depuis qu'ils sont sortis de l'université.

– Hein? t'exagères, Charles, dit Françoise derrière le zinc en train de laver des verres.

– Pas du tout, ma chère! D'ailleurs, je me demande ce qu'ils font là en tout premier lieu? Aïe! Certains, depuis les années 70, n'ont jamais pu ou voulu ouvrir un livre! C'est-y assez fort ça? Et ça enseigne dans un département de littérature! C'est tout simplement écœurant!

– Je te crois pas!

– Françoise, dis-je, c'est triste mais hélas! je crois qu'il a raison. Pour certains profs en tout cas.

– Je parle des vraies affaires, eux autres n'y pensent même pas! Et ça enseigne la littérature! Ils ne se doutent même pas que la littérature est faite de sang, de sueur, de larmes, de sperme, de folie! Que la littérature, c'est vivant! Et dangereux avec ça! Ah! pour la folie, ça y aiment ça, ça les rassure sur leur idée que Nelligan, pour eux autres, c'était un fou avant d'être un poète, pas si bon que ça à part ça! Dire ça d'un de nos grands poètes qui a été un des premiers à stigmatiser l'âme québécoise en l'associant à la neige, et à toute l'émotion qui en découle... il a été un catalyseur génial de notre identité! Des fois, je suis découragé d'avoir à me rendre là. Pas pour les étudiants, je les adore! Mais certains profs ont des petits cerveaux minables pour des vies minables! Pas d'envergure! Aïe! Il y a une galerie d'art au cégep, ben si je te disais qu'ils sont là depuis des années et qu'ils n'y ont jamais mis les pieds! Qu'est-ce t'en dis de ça?

— Je te crois pas? répète Françoise.

Je fais signe à Denis d'amener d'autres verres.

— Même pas une fois! Je te parle pas d'aller voir toutes les expositions qui sont là, mais au moins, bâtard, d'y aller de temps à autre! Moi, j'y amène les étudiants, je leur fais faire un tour guidé, pis je leur fais écrire un texte sur une œuvre qu'ils choisissent. Et la première chose qu'ils font dans le cours est d'apprendre un poème de Nelligan par cœur, «Le Vaisseau d'or» ou encore «Devant deux portraits de ma mère», que veux-tu, a leur fait encore du spaghetti à ces grands enfants-là quand y rentrent dans la cuisine en mélamine de leur beau bungalow!

Le grand freluquet rougit jusqu'à sa virgule. Les rires font un chœur déchaîné derrière la voix de Charles qui continue, comme s'il n'entendait rien, mais conscient de l'écoute dont il dispose.

— Et je leur dis qu'ils vont oublier le prof, mais pas le poème. Comme ça, il leur restera quelque chose de leur cours de poésie. Ah! maudite marde! Tous ces profs qui profitent de la littérature, han, y sont quand même payés pour faire ce job-là! Personne ne les y oblige!

— Ça se peux-tu!

— Oui madame!

Charles ingurgite un bon coup. Et il claque la langue avant de continuer.

— Dans les réunions départementales, que de faux problèmes! Pas capables de parler des vraies affaires puisque leur vie est fausse sur toute la ligne. Y pensent, ces niaiseux-là, que la littérature est une affaire de morts! Intéressant, hein? Alors qu'y a rien de plus dérangeant que la littérature! Surtout si on parle de celle d'au jour d'aujourd'hui!

Je sais que Charles est touché et que le ton peut à tout moment s'envenimer.

— Un toast à Charles! dis-je, pour calmer l'atmosphère.

Les verres se lèvent. Manhattan Transfer chante: «On a little street in Singapore». Anna s'est approchée et me murmure à l'oreille:

— Je pense que je vais y aller.

— Comment ça?

— Ben demain il faut que je sois d'attaque avec madame Paquette, les peintres, je veux être en forme!

— Oui, O.K. Tu rentres chez Charles?

— Oui, j'ai la clef. Il est quand même une heure et quart! Je suis fatiguée morte!

— Je comprends!

Je l'embrasse dans le cou, et je pense aux mains douces, oh! si douces de Donald.

— Je t'appelle sans faute demain?

— Demain après-midi sans doute! Car vous avez l'air partis pour la gloire!

Anna m'embrasse à mon tour. Puis Charles et Françoise. Drapée de son long manteau, elle survole le bar de son aile noire. Son départ fait une brèche dans le cercle qui se brise. Chacun retourne à son univers. Seuls les habitués, en l'occurrence ce soir Charles, moi et deux amies de Françoise qui viennent d'arriver, restent accoudés au bar. Les deux étudiants sont sur le point de partir.

— Faites attention les boys! dit Charles. Si j'étais vous autres, je rentrerais sur la rive sud à reculons, comme ça la vue sera plus belle!

— On va essayer! dit le plus petit qui réajuste sa monture en écaille blonde.

— Pis en arrivant dans votre ville-dortoir mettez donc le feu au centre d'achats!

— Au cégep aussi! dit l'autre qui vérifie si sa virgule est toujours bien en place.

— Non, pas le cégep! C'est la seule chose intelligente sur ce territoire-là! Mais on pourrait en brûler quelques-uns à l'intérieur par exemple!

Les deux étudiants essaient maladroitement de s'en tirer avec le moins de dommages possibles!

— Bon ben, à la prochaine! dit le petit.

— Oui, à la prochaine! dit l'autre.

— C'est ça, on s'en reparlera à l'heure avancée! maugrée Charles.

L'air interrogateur, ils s'en vont, comme à reculons vers la porte qu'ils ouvrent sur un courant d'air froid. Les tuniques rouges des lampions valsent de nouveau.

Charles et moi contemplons notre verre en silence. Denis a commencé son nettoyage. Françoise et ses deux copines conversent allègrement.

— Je vais y aller moi aussi.

— Pour aller où?

– Je vais aller m'exciter dans le centre-ville.

– Où ça?

– Au *Garage*!

– Humm, c'est de l'action ça mon gars!

– J'ai envie de grouiller, de me sacrer sur une piste de danse, pis de léviter!

– Ah! la jeunesse!

– Ben voyons t'as mon âge!

– On n'a plus vingt ans!

– Charles, t'écœures!

– Je te niaise. Danser? Pourquoi pas? C'est le fun! C'est une façon élégante, démentielle, moderne de faire bouger son corps et de faire suer son âme.

– En plein ça! Je déguerpis tout de go!

– Attends, je vais sortir avec toi.

– Tchin-tchin! alors!

– Tchin-tchin!

– À notre amitié!

Je plonge dans le Cuba Libre qui se vide d'un coup sec. Charles fait de même avec son gin tonic.

– Vous partez pas déjà! dit Denis, bouleversé.

– Oui, c'est que j'ai un cours à donner moi demain!

Il se frotte les lèvres comme s'il limait deux bistouris.

– Oh! Je comprends, maître! dit Denis, qui se compose un air des plus sérieux.

351

— Tu comprends?

Denis prend l'allure d'une fraise des champs.

— Je ne peux pas sauver le monde, dit Charles!

— Et encore moins la rive sud!

— J'y pense tout à coup! Y a rien de mieux qu'un dernier verre, hein Julian?

— Ben moi, je voudrais aller là-bas.

— Ben, ça ferme à l'aube, non?

— Ouan, ben... bon, O.K. One more for the road!

— C'est ça, envoye Denis, et que ça saute!

La Dietrich de sa voix de cigarette chante: «The boys in the backroom».

— Mets ça sur mon compte! dis-je.

— Non non! T'en as assez mis de même!

— À soir, c'est moi qui paie. Tu me remettras ça à Paris.

— Ah! Paris! Que ça va être le fun! Aïe Denis! mets-nous des chansons françaises. Je suis tanné d'entendre la grande Allemande râler ses fausses notes.

— Oui, monsieur Charles. Vos désirs sont des ordres.

— Ah oui?

Denis s'arrête. Nerveusement il regarde Charles qui lui sourit comme Satan doit le faire quand il vous accueille dans son bled.

— Je vais m'en souvenir!

Rouge comme un homard ébouillanté, Denis s'empresse de faire les deux verres.

– Sais-tu ce que j'aimerais entendre?

– Quoi donc monsieur Julian? Murmure un Denis embarrassé.

– Dalida.

– Une maudite bonne idée. Envoye Denis, mets: «Il venait d'avoir dix-huit ans!» claironne Charles.

– Je fais vos drinks et Dalida arrive!

– Et *Gigi l'Amoroso*! Maudit qu'on a du fun, hein Julian?

– Mets-en!

– Ah! le monde est tellement plate! Rien qu'à penser que je vais voir leur maudite face grise demain, le crayon rouge greffé à leurs neurones, comme si la vie s'additionnait, se soustrayait, des vrais gérants de banque! Les nerfs me pognent!

– Mais une fois dans la classe, tout s'arrange non?

– Pour sûr. Les étudiants me stimulent, et me font oublier toute la paperasse inutile, les cancans débiles des bureaux.

– Et tu t'en vas à Paris, oublie pas ça!

– Ouais! c'est vrai. Quand même, une vie à vivre et être obligé d'en gaspiller une bonne partie avec des imbéciles qui pensent que j'haïs ma job, alors que c'est eux qui l'haïssent! Y sont complètement déphasés! Out! Complètement out! Une chance que les étudiants eux autres sont le fun! Enfin pas tous, mais la grande majorité. Tu comprends, quand y sont là, qu'ils écoutent, que tu leur fais découvrir plein d'affaires et qu'ils embarquent, ça c'est plaisant! J'aime ça aller les chercher avec de la poésie. De toute façon, c'est facile, à cet âge-là, y ont tous des poèmes cachés au fond de leur tiroir.

— Ah oui?

— Ben penses-y, «On n'est pas sérieux quand on a dix-sept ans!» comme dit Rimbaud. Eux autres, c'est pareil. La poésie est la première chose en littérature qui fascine. Au lieu de leur faire écrire un sonnet sur la rose quand je commence mon cours, je leur fais écrire un sonnet sur leur bungalow, à condition qu'ils respectent les règles par exemple! Et ils les lisent après dans la classe, comme ça je viens de tuer d'un coup raide tous les clichés du romantisme! Après on peut y aller vers les vraies affaires!

Les verres arrivent et Dalida entonne: «Paroles, paroles, paroles...»

— Dalida! Un toast à Dalida! dis-je, emballé.

— Certainement!

Nous trinquons, pendant que la voix d'Alain Delon se tortille autour de la cariatide blonde.

— Sais-tu ce que j'ai dit l'autre jour à un vieux schnock qui enseigne depuis vingt-cinq ans, je pense! Han? Il me demande en me fixant de ses yeux de poisson mort...

— De morue?

— Non, de carpe!

— Right on!

— Entéka, alors il me demande de son air de pontife pourquoi j'enseigne au cégep? Alors je lui demande pourquoi il veut savoir ça.

Et Charles de prendre un accent français des plus pointus:

– «Alors vous comprendrez, mon cher Charles, qu'enseigner Racine et Corneille, ce n'est pas une sinécure ici, mais quand même il faut faire l'effort de communiquer sa culture, non?» Moi, je lui réponds sur le même ton: «Évidemment cher maître, votre culture a dépassé vos frontières, et c'est très bien ainsi. Mais... Réjean Ducharme? Marie-Claire Blais? Anne Hébert? Michel Tremblay? Ce sont de bons exemples aussi, non?» Si tu y avais vu la face! La momie voulait rentrer dans sa crypte! Ah le chien! Il me dit, comme ça, du bout des lèvres, dégoûté évidemment: «Écoutez, je parle de la grande littérature, vous savez quand même ce que c'est!» Faut le faire! Aïe! Il me parlait comme les pères blancs devaient le faire en Afrique! Mine de rien je lui dis: «Non! Faut croire que je ne le sais pas!» Alors il me rétorque, vexé: «Mais enfin, la langue française, c'est primordial! Et elle est tellement malmenée de nos jours.» «Ben je suis ben d'accord avec ça, quand est-ce que j'ai dit le contraire?» «Mais, l'exemple que vous amenez là, vous savez, v-o-t-r-e auteur, Michel Tremblay...!» «Oui, qu'est-ce qu'il y a «MON AUTEUR?» «Mais... c'est un exemple un peu exagéré!» Sur les entrefaites arrive un superbe étudiant, beau comme un dieu! Pis fin à part ça! Qui me demande si je m'en vais à mon bureau. Évidemment, je dis oui! De toute façon, c'est vrai, je m'en allais là. Pis l'autre fendant à côté... ben je décide de lui river son clou une fois pour toutes. Alors je me penche vers lui, parce qu'il est pas mal petit, tu sais genre petit caporal de bande dessinée, je le regarde dans les yeux et tranquillement je lui dis: «Tu m'as demandé pourquoi j'enseigne au cégep? Je vais te le dire: la paye est bonne et la chair est fraîche! Tourlou!» Je me revire de bord, je pogne l'Apollon par le bras et en route pour mon bureau.

— T'as pas dit ça!

— Certainement que je l'ai dit. Il me faisait assez chier de même!

Nous rions à en avoir mal aux côtes. Dalida chante: «On dit que c'est mon frère qui chante quand je suis en vacances, pas vrai, pas vrai». Nous annonçons à Françoise que nous allons partir.

— Moi, pour me reposer, lui pour aller fermer la nuit.

Denis d'un air piteux demande à Charles s'ils vont se revoir bientôt.

— Sans aucun doute! À moins que je ne sois malade.

— J'espère bien que non!

— Moi aussi.

Charles dresse son corps imposant pour l'enfoncer dans son manteau de cuir vert bouteille. Il secoue sa belle chevelure de fauve et il proclame en enterrant la voix de Dalida:

— «Prêtre, je suis hanté, c'est la nuit dans la ville; / Mon âme est le donjon de mortels péchés noirs / ... Prêtre, priez pour moi, c'est la nuit dans la ville!»... Ceci, reprend-il, est pour mon ami Julian qui s'en va se perdre dans la nuit de Montréal!

Nous embrassons à tour de rôle Françoise et ses deux amies. Au tour de Denis, je surprends un geste flagrant de tendresse de la part de Charles qui laisse, quelques secondes de trop, sa main sur la nuque du barman. Denis rougit comme c'est pas possible.

— Et toi, t'as pas une phrase célèbre à nous lancer? me demande Françoise.

– Moi, je m'en vais vivre le Récital des Anges en entier.

– Ça peut être terrible! Sois prudent hein?

– Pour sûr!

– À demain les copains! dit Denis.

– Mañana, mañana, répète Charles qui esquisse quelques pas de danse.

Les lampions agonisent dans le fond de leur cage de verre pourpre, près des silhouettes égyptiennes qui continuent leurs apparitions fantomatiques. Je tiens la porte ouverte pour Charles.

– Welcome in hell!

– Maudit qui fait frette! réplique-t-il.

Derrière la porte, qui se referme brutalement sur nous, Dalida se suicide. Au bas des marches nous hésitons à nous séparer.

– Bon ben, fais ta vie, comme dit l'autre!

– Oui, je vais essayer.

– Tu me donneras de tes nouvelles?

– Évidemment! Tu rentres à pied?

– C'est juste à côté!

– Je le sais mais il fait si froid!

– On est aussi bien de s'habituer car ça ne fait que commencer!

– Oui, l'hiver est à la porte.

– Ou carrément dans le vestibule.

— Ou dans le cœur.

— Julian! Tu sais que je t'aime hein?

— Ben oui! que je réponds tout surpris de cet épan-chement, rare chez Charles.

— Alors, grand fou, prends ce qui passe tout en fai-sant attention à toi!

— Oui, à demain.

— Sans faute.

Il se retourne pour faire face au vent glacial. Je marche vite vers Ontario. Dans la lueur des lampadaires, mon haleine fait des petits tas de nuages. J'ai tellement froid que j'en pleure. Au coin d'Ontario, un taxi attend à un feu rouge. J'émets un sifflement formidable et vole vers le refuge où joue une musique western!

— Pas chaud hein? dit le chauffeur qui me présente une face de cheval ceint d'une couronne balzane.

Les buildings dorment sous une lune d'amiante. Quelques promeneurs penchent leur tête pour braver le froid intense. On peut crever par un temps pareil! Passé Bleury, dans un petit parc en forme de triangle les arbres ont déjà perdu toutes leurs feuilles. Au printemps, les pommetiers transforment ces espace en triangle rose. Je pense à tous ceux qui ont été maltraités, tués à cause de leur orientation sexuelle. Il y a de la mélancolie dans l'air. En cette nuit de novembre, leurs troncs ont plutôt l'air d'allumettes éteintes, et les cendres colorées de l'automne se sont dispersées dans la ville qui n'a plus rien d'autre à offrir qu'un squelette aux os phosphorescents. Après *La Place des Arts*, le taxi s'engage sur une petite rue transver-sale pour s'arrêter devant une entrée qu'éclaire une forte ampoule. Elle pend à même un haut plafond de ciment, œil menaçant sorti de son orbite. Je m'engage dans l'espace bétonné de ce garage à la courbe légèrement ascendante qui mène à une porte de métal qu'une musique aussi lourde essaie de démolir. Greffée au milieu, une trappe s'ouvre sur une face patibulaire qui déverrouille la porte massive. Se présente une montagne de muscles au cerveau sans doute inversement proportionnel. Par contre, le cerbère se radoucit quand il me reconnaît. Il m'accueille servilement. Je dépose le billet mauve dans le cratère de cette main mathématiquement tendue. La musique me force à un réajustement de tympans. Au vestiaire, un dur à cuir au visage rasé de trois jours empoigne mon blouson comme si l'agneau était encore vivant. Je franchis une autre ouverture beaucoup plus sombre, qui s'illumine par à-coups, surveillée elle aussi par un autre colosse à la gueule de tyrannosaurus rex. Je fonce sans problème dans l'antre fabriqué exprès pour les matamores de la nuit. Dès l'entrée, une fille au crâne rasé, juchée haut sur un piédestal en miroir se contorsionne en secouant entre ses deux cuisses nues un immense pénis en caoutchouc qui balaie l'air de son phantasme efficace. Tout près, accroché à des cordages en toile d'araignée un Tarzan portant un cache-sexe lamé or s'élance. Sur la piste de danse, une foule bigarrée bêche le sol vitré, barbouillé de couleurs sans cesse en mouvement. Je me faufile entre des corps dont la sueur brille sous les lasers qui fendent l'air enfumé de leurs rayons d'extraterrestres. Péniblement, je me rends au bar du fond, car c'est là, comme partout ailleurs, que je collectionne mes barmen. Effectivement, à peine ai-je mis ma main sur le comptoir qu'un rhum et coke atterrit comme par enchantement, sous le sourire éblouissant du serveur qui me crie dans le tapage infernal de la place:

— Content de te voir!

— Moi aussi.

Je le salue de mon verre que je bois goulûment. Aussitôt, un deuxième arrive et le barman en profite pour avancer ses lèvres pulpeuses qui saisissent avec avidité mes joues.

— Le last call s'en vient bientôt, mais fais-toé-z-en pas, je t'oublierai pas! T'as toujours ta réserve icitte! qu'il me chuchote.

Je passe ma main dans la brosse de ses cheveux, comme s'il s'agissait d'une caresse intime.

— T'es ben fin!

Les coudes bien appuyés sur le zinc, j'examine à ma guise le spectacle mouvementé des corps à grande majorité masculins qui se démènent dans cette musique étourdissante que décuple l'effet de l'amphétamine. Certains, comme des aptéryx, cherchent à s'envoler, d'autres plus réalistes tournent les bras en l'air acclamant un messie invisible. J'avale une grande gorgée avant de me projeter comme un missile dans la chorégraphie baroque. Il fait si chaud qu'à peine lancé je dégoutte comme une passoire. Tant pis! J'ai le projet de me défoncer. À toute allure je bondis, tournoie, virevolte, désespéré de rester prisonnier de mon corps. Je ferme les yeux pour mieux plonger dans cette musique qui me secoue les entrailles, m'excite à m'en électrocuter. Mes pieds font des arabesques américaines. Une bouteille de poppers m'arrive sous le nez. J'en renifle avec plaisir. Je coule à pic. Je suis les méandres du Mékong. Le cœur surchauffé je continue à m'accrocher à des harmonies impossibles, qui filent entre mes mains étoilées. Ma drachme d'argent accroche des rayons violets. Mon corps enregistre les moindres soubresauts de la voix de la chanteuse qui m'imprègne totalement. Les éclairages m'assaillent de reflets. Ils décuplent toute mon énergie. Et je m'offre, victime consentante sur cet autel moderne. Hélas! Une voix déchire vulgairement l'enchantement en embarquant sur la musique qui faiblit:

– Last call! Last call! C'est votre dernière chance pour avoir de la bière, ou votre boisson préférée, last call!

Je m'arrache difficilement à la musique qui me mord de plus belle. Au bar, un long verre saturé de rhum m'attend.

– J'ai mélangé ton restant de l'autre avec un triple. Comme ça tu vas pouvoir toffer la run! dit en vitesse le barman débordé.

– Merci infiniment Pierre!

Il me fait un geste amical de la main fermée sur le pouce qui pointe vers le ciel occulté du bar, pendant que de l'autre en cornet sur sa bouche, il crie:

– Je l'ai fait comme tu l'aimes!

Je lui souris. Le Coke ne sert que de faible colorant autour d'îles vertes qui flottent sur cette mer topaze, portative, prisonnière dont je scrute le miroir attirant, ambré et sans fond. À côté de moi, deux superbes travelos se racontent comment la salle où ils ont «performé» était moche ce soir.

– Veux-tu un jus? dit le sosie de Madonna. Je vais te mettre deux trois comprimés de vitamine C, tu vas voir comme ça remonte!

– Envoye donc! dit l'autre, justement maquillé comme Hosannah.

Je m'éloigne pour faire le tour du jardin des merveilles nocturnes. Je m'arrête un instant devant une table de billard. Deux superbes mâles jouent sans se soucier, apparemment, de la foule autour d'eux. Je sais qu'ils pavanent, fiers de leurs corps qui affichent en lettres géantes: à louer. Dans un recoin sur des banquettes en moleskine noire des gars s'embrassent, se tâtonnent. Je grimace sur le rhum: où est le Coke? Je continue mon pèlerinage accompagné par un rock and roll vieux de cent ans! Les serveurs commencent à ramasser les bouteilles de bière. Les barmen remplacent les bouteilles d'alcool par des jus de toutes sortes: ananas, pomme, orange, pamplemousse, raisin, nectarine, fruits mélangés... Certains clients prévoyants y rajoutent de l'alcool qu'ils ont réussi à cacher. Faut faire vite car on surveille. Sur trois écrans sont projetés les vidéos des hits de l'heure, des films porno et des dessins animés. Des effluves de haschisch et de marijuana se promènent que je respire allègrement. La musique plus forte que tout m'appelle. Je cale mon verre comme un russe sa vodka. Je plonge dans les remous à la recherche de ma sirène. Sur la piste de danse, la musique est encore plus envoûtante. J'ai une dernière pensée pour mes chats avant de sombrer dans les décibels. Avec frénésie, je cherche à oublier ma solitude qui m'enveloppe de son linceul transparent. Ou de sa chape de plomb. Je ne sais plus. Dans ma tête les paroles de la chanteuse noire résonnent: «I don't want to be alone, where is my baby?» Dans un tourbillon de gestes, je cherche à m'arracher à la gravité de mon cœur qui lourdement frappe sur son lancinant tambour. Donald! Donald! Épuisé, mon corps exige l'exorcisme final. Le démon en moi ricane. La sueur est-elle son venin pernicieux? Quarante minutes plus tard, je quitte la piste de danse.

Aux toilettes, les deux travestis de tantôt sont en train de refaire leur maquillage. Je m'asperge le visage d'eau froide. Mes yeux s'affolent dans l'éclairage brutal d'une glace qui longe des lavabos encastrés dans un comptoir recouvert de céramique blanche. Les deux anges habituels s'évertuent à me faire des signes! Ils m'appellent! Je plonge ma tête sous le robinet, puis la mets sous le séchoir accroché au mur. Je me récite la litanie habituelle:

— Je n'ai plus rien à faire ici! Ni ailleurs!

Les cheveux gonflés au maximum je vais me soulager dans un urinoir rond et blanc comme un igloo éventré. Décidément, je délire! J'entends un des travestis dire:

— Au moins Elizabeth Taylor quand a sort a l'a toujours son maquilleur et son coiffeur avec elle!

— Ouan!

— Et à chaque dix minutes, ils lui font une retouche. Comme ça, a toujours l'air correct, elle!

— Ouan!

— Mais nous autres, ah! nous autres!

— Ouan.

— Bah, on a sans doute plus de fun qu'elle!

— Ouan.

Je fouille dans mes poches pour donner la monnaie au préposé des toilettes qui s'empresse de m'offrir une serviette. Des rangées de gars attendent comme des réfugiés. Finalement j'atteins le bar du fond mais la vue de tous ces jus me répugne. Il est 4:28. Le speed perd de son effet. Je demande la note.

— Mais tu t'en vas pas déjà?

— Oui, j'en ai assez! Et les jus et moi!

— Tu sais ben que je peux t'arranger ça si tu veux!

— Merci! Je vais rentrer.

— Comme tu veux! En autant que tu me promettes de plus rester si longtemps sans revenir.

— D'accord.

Enchanté de son pourboire, il se lève sur la pointe des orteils pour m'embrasser, cette fois sur les deux oreilles. Et que j'haïs ça!

— Reviens vite! Je m'ennuie quand ça fait longtemps que je t'ai vu!

— Promis.

Je traverse la place, poursuivi par une meute de fantasmes. Au vestiaire, les manteaux sont empilés du plancher au plafond. Le préposé est d'une efficacité déconcertante. Il retrouve le mien comme par magie. Le colosse tatoué me laisse sortir. L'œil qui pend de l'entrée est un brutal rappel d'un cœur qui chute sur du béton. Une flotte de taxis est là qui attend... Je sais qu'il faut prendre le premier en tête de ligne. Une femme corpulente au sourire sympathique m'accueille avec soulagement.

— Vous avez eu du fun au moins! Ah! si j'étais encore jeune! Moi aussi je fréquenterais des places de même. Vous savez, vous êtes mon dernier client. Après vous, dodo! J'ai mon quota!

Je me cale dans le siège qui en a vu d'autres. Par la vitre éclaboussée de boue mes yeux vagabondent dans le paysage urbain de la ville fantôme. Les jambes bien écartées, les mains déposées sur les genoux, je regarde le décor familier de Montréal qui ne peut plus me surprendre. J'ai hâte d'être dans mon lit avec mes deux chats. Dormir. Ne plus penser à rien. Planter sa tente dans son désert. Ne plus en sortir. La rue Ontario me rappelle à d'autres souvenirs. Le taxi monte la rue Saint-Hubert. Je panique: j'ai oublié de lui dire de prendre Amherst. Il est trop tard. La conductrice tourne à droite dans la rue Roy et surgit le cauchemar, la ruine gothique du triplex! Les murs éventrés foisonnent de gargouilles de neige noire. Je suis incapable de détourner la tête de ce spectacle désolant. Il me retient de force. Les fenêtres fracassées, des balcons arrachés forment des excroissances inquiétantes. Et des câbles d'acier enrobés de glace assiègent le toit à moitié effondré. Mon cœur panique. La conductrice, indifférente, continue jusqu'au bout de la rue Roy. Je lui somme d'arrêter. J'ai un urgent besoin d'air. Sans dire un mot je paie. Elle me souhaite une bonne fin de nuit.

Je respire à pleins poumons l'air polaire. Dans le parc jonché de rêves, des ombres en quête d'un corps louvoient parmi des feuilles mortes qui les frôlent comme des lettres d'amour oubliées. Une auto-patrouille allume tout à coup méchamment ses gyrophares bleu blanc rouge pour apostropher les promeneurs qui se sauvent du parc. Des rats qui fuient. Je m'arrête un instant pour observer la scène et je reprends ma marche sans me soucier d'une autre auto-patrouille qui s'enfonce à toute vitesse dans le parc, ses gyrophares eux aussi en pleine hystérie. Encore des pauvres tapettes gagnantes à la loto du malheur, avec en prime une fin de nuit au poste. Je passe devant chez moi et envoie des bisous aux deux chats lovés dans la fenêtre. J'ai faim. Je décide d'aller manger à *La Banquise*, coin Rachel et Parc-Lafontaine, un BLT débordant de mayonnaise, entouré de longues frites blondes et graisseuses. Aiguillonné par cette vision, je presse le pas. Je serre contre ma gorge le foulard de laine. Des bruits de voix me parviennent. Les policiers sont en train d'arrêter quelques téméraires en mal de caresses. Le froid me pousse à aller de l'avant, et malgré l'heure, le matin semble loin, voire impossible.

De la rue Duluth, une auto surgit et ralentit à ma hauteur. Le conducteur, le cou cassé pour me regarder, s'est garé en double file. Il m'attend. Tu vas attendre long-temps mon pitou! Il démarre en trombe, comme si la voi-ture disait: «Crisse!». Dans la vitrine d'un ancien restaurant grec, un rouge criard affiche: À louer. À côté, un édifice de brique rouge délabré a lui aussi une pancarte si-milaire qui parle de 1 1 / 2, 2 1 / 2 meublés, disponibles au mois. Les belles façades de pierre reviennent, fières de leur allure ancestrale, même si d'autres, très bâtardes, se sont immiscées comme de la mauvaise herbe pour détruire la perspective. La beauté devrait être obligatoire! Est-ce à dire qu'elle pourrait être fasciste? Peut-être. Et sur cette pensée inquiétante, j'arrive devant l'élégante caserne de pom-piers, qui sert aussi de poste de police. Là seront écroués les promeneurs appréhendés dans le parc. À ma gauche, la vi-trine blanchâtre du petit fast-food graisseux du quartier, où jour et nuit traînent de vieilles personnes désœuvrées, des chauffeurs de taxi pressés, des policiers qui tuent le temps à côté de voyous indifférents dans une odeur de graillon. J'aboutis sur un tabouret de cuirette brune.

Mes mains reposent sur le comptoir en formica, brillante relique des années 50. La serveuse est justement en train de secouer le panier rempli de grosses frites do-rées, dégoulinantes d'huile. Elle m'apostrophe d'une voix de corbeau:

— Ce sera pas long!

– J'ai tout mon temps!

– Tant mieux!

D'un geste brusque, elle vire à l'envers le panier de métal qui déverse sa précieuse cargaison dans l'égouttoir en aluminium. J'enregistre ses gestes, fasciné. C'est une grande femme, très maigre, qui pourrait aussi bien avoir trente que cinquante ans. Ses cheveux d'un jais douteux sont coincés dans un filet qui encadre un visage émacié. Les pommettes jaillissent, fardées à outrance, encerclant à grands traits rouges sa blancheur cadavérique. Ses lèvres débordent d'un rouge tout aussi brutal, et sont tyrannisées par du chewing-gum qu'elle gonfle, de temps à autre, en grosses ballounes roses. Quand ce vampire chromo décoré d'un sarrau blanc tout maculé s'avance, j'ai la désagréable impression d'être rendu à l'asile. Je donne aussitôt ma commande, car je sens que c'est pas le genre à patienter.

– Un sandwich toasté avec bacon, tomates, laitue et mayonnaise et une portion de frites, s'il vous plaît.

– Un BLT toasté, quoi!

– En plein ça!

– Et pour boire?

– Un Coke diète.

– En canette, en bouteille ou à la fontaine?

– En canette.

Elle note le tout avec un crayon. Elle le remet adroitement derrière son oreille droite. Elle déchire la feuille et brutalement la met sous la salière. Sa bouche en cinémascope brandit une autre bulle rose, transparente comme le lobe d'un ange. D'une main, elle saisit une longue fourchette et de l'autre enlève le couvercle d'un bac d'eau bouillante pour piquer une saucisse qu'elle dépose dans un petit pain garni de salade de choux, d'oignons émincés, le tout copieusement arrosé de moutarde.

— Mets-moi donc de la relish aussi! glapit une voix éméchée. Pis je pense que je vais en prendre un autre! Y a l'air trop bon!

Elle dépose avec brutalité l'assiette de plastique et saisit la fourchette tout en regardant méchamment le vieux maigrichon qui vient de doubler sa commande. La fourchette reste là, suspendue comme l'épée de Damoclès, le temps d'une seconde éternelle, puis sauvagement Dracula enlève de nouveau le couvercle et la plonge dans la fumée pour la ressortir ornée d'une saucisse qui fait la morte, qui sera momifiée comme sa voisine, avant d'être déposée sans cérémonie devant l'homme qui se fait suppliant:

— Et mes patates frites?

— Sont à Miami!

Elle rit. On dirait un cadavre qui secoue ses épaules. Elle saisit l'assiette que l'homme essaie en vain de retenir, et le temps de glousser l'homme la retrouve débordante de frites, comme par miracle.

— J'ai pus de relish. Ça fait que tu t'en passeras!

Sans un mot de plus, elle va vers le réfrigérateur vitré et saisit une canette de Coke diète qu'elle m'amène avec un verre graisseux. Pendant que la porte se referme dans un bruit de détonation, elle crie à deux jeunes fêtards:

— Minute les fatigants! J'arrive!

J'ignore le verre et prends une grande gorgée à même la canette. À part deux femmes à la quarantaine amochée, il n'y a que des hommes dans le restaurant, une douzaine en tout. La serveuse n'arrête pas. Tantôt de la viande hachée noircit sur le poêle, tantôt des œufs cuisent, des saucisses, du bacon, et des toasts en quantité industrielle, le tout arrosé d'un café à l'américaine à faire dégueuler le premier Européen de passage. Je tourne et retourne la canette pour mieux la scruter, déchiffrer les composantes chimiques qui font de ce pétrole un mousseux aussi agréable que ténébreux. Derrière le comptoir, un miroir embué noie le décor minable du restaurant. À chaque fois que je lève les yeux je suis indisposé par mon image prisonnière de ce monde déprimant. Je crains de voir réapparaître les deux anges. Pour éviter la confrontation, je continue de m'amuser avec la canette qui se retrouve bientôt vide. Je n'ose en redemander une autre au vampire. Le miroir le reflète pourtant! Quand elle s'amène avec mon assiette je me risque à lui demander le plus gentiment du monde si c'est possible d'avoir un autre Coke diète.

— Encore en canette! demande-t-elle en cambrant son squelette maquillé.

— Oui, s'il vous plaît.

Elle dépose mon BLT de luxe et reprend agacée son crayon pour noircir sur la feuille un hiéroglyphe quelconque. Elle le replace en vitesse derrière son oreille. Il reste coincé dans le filet qui retient ses cheveux.

— Voyons calvar! marmonne-t-elle entre ses dents serrées qui viennent de crever la planète rose qui était sur le point de sortir de ses lèvres barbouillées de ketchup.

Elle tire avec violence sur le crayon qu'elle remet à sa place habituelle, coincé entre l'oreille et le crâne. J'examine mon assiette d'un regard approbateur. Tout y est: même le long cornichon coupé en deux! La vie est belle à croquer. Et ces frites dorées à la Louis XIV. Une main à faire peur saisit ma canette et la remplace par une pleine. Le juke-box tout à coup vocifère le hit de Pagliaro: «J'entends frapper!». Par la vitrine, j'aperçois un panier à salade, rempli sans aucun doute, qui revient au bercail. Le sandwich goûte trop bon pour m'apitoyer sur le sort des autres. J'arrose les frites de ketchup Heinz, de sel, et broie avec délices les moindres retailles, précieuses comme des reliques d'hostie. Le noir de la nuit s'émiette en fine neige. La sosie de Dracula n'arrête pas d'aller et venir. Elle gribouille des commandes, remplit les grosses tasses beige d'un café à la couleur dégoûtante. Et elle se fait accompagner au cliquetis de la caisse enregistreuse par la voix de Margot Lefebvre: «C'est la faute au bossa-nova si un nouvel amour, c'est la faute au bossa-nova, le rythme du jour»...

— C'était le bon temps! dit la grosse rousse en s'essuyant les yeux d'un Kleenex déchiqueté.

— Coudonc chose! Tu pleures-tu ou si tu ris? clapit l'autre d'une blondeur de neige sale.

— Les deux! lance-t-elle, tout en reniflant bruyamment.

Je mastique ma dernière bouchée avec regret. J'en prendrais bien un autre, mais l'air menaçant de la serveuse, loin d'être symbolique, m'en décourage. Je paie l'addition ridicule. Je lui laisse un montant qui devrait lui donner de quoi mettre amplement du beurre sur ses toasts à elle. Je me heurte à une gang de rockers. Bonne chance avec Dracula mes amis! Quand la neige touche le trottoir elle se transforme en gouttelettes de pluie. J'observe les interstices qui séparent à intervalles réguliers les morceaux

de ciment que mes pieds enjambent selon le code instinctif de tous les enfants du monde. Sans m'en être rendu
compte, je suis déjà arrivé au coin de la rue Duluth. Je
scrute à mon aise le parc. Le pavillon en hémicycle surplombe la mare quasiment vide, et étale en demi-cercle ses
deux mandibules d'insecte au repos. J'hésite, mais le fol
attrait du danger, du défendu, m'appelle d'une voix irrésistible. Je bifurque et emprunte un sentier bétonné qui
mène directement à ce pavillon désuet. À ma gauche, je
balaie de mon regard attentif la grille en fer forgé, à découvert derrière les arbustes défeuillés. Elle défend le petit
amphithéâtre à ciel ouvert derrière lequel la fontaine
muette gît tel un météorite échoué. Je regarde vers
l'avenue pour ne pas être surpris par une patrouille, mais
puisqu'elle vient de faire sa ronde maudite... alors je suis
safe! Seul un taxi à la crête blanche passe lentement.

Un pont, aussi diaboliquement solitaire que moi,
pourrait m'amener de l'autre côté du bassin vaseux. J'opte
plutôt pour l'observatoire scindé en deux par un restaurant cheap, fermé pour la saison. Pourquoi n'en fait-on pas
une place agréable comme il y en a une au Central Park ou
au jardin du Luxembourg? Je connais trop bien la réponse,
toujours la même: fonctionnaires trop minables pour avoir
de l'envergure! On peut même pas y boire une bière
fraîche durant l'été! J'enjambe une petite marche qui
mène à la terrasse bétonnée. De là, j'ai une belle vue du
triste spectacle de l'étang boueux, entouré du désastre des
arbres morts sur lesquels une neige pieuse fond comme de
la cire. Déjà des écureuils courent, affairés. J'avance vers le
parapet pour dominer le désastre de la saison quand dans
un coin, à l'abri d'un muret de brique, j'aperçois trois ombres qui se démènent. Lentement je m'en approche. Je regarde bien sagement le spectacle. Deux sont debout, l'un a

le sexe dressé dans la bouche du même qui, à genoux, masturbe frénétiquement l'autre. Une bouteille de poppers se rend jusqu'aux narines de celui en train de faire une pipe magistrale. Je me rapproche assez pour être saisi par un grand Noir baraqué comme un joueur de football. Il m'offre à son tour la bouteille aphrodisiaque. J'en aspire. Aussitôt la tête me tourne. Le désir brutalement fait durcir mon sexe que l'autre, toujours à genoux, s'empresse de sortir de ma braguette et il l'enfouit goulûment dans sa bouche tout en continuant de masturber de ses deux mains deux sexes gonflés à bloc. Je me saisis à mon tour de celui du Noir qui m'embrasse férocement. Sa main adroite me caresse l'anus. La bouteille circule comme une incantation et le manège sexuel reprend de plus belle. Les queues s'offrent en toute liberté, les bouches se promènent enfouies dans des cuisses musclées, juteuses. Des sexes grandioses jaillissent. Des mains me flattent le ventre, vont et viennent le long de mes jambes, de mes fesses bandées, et happé par le désir je me cambre. Mon sexe cherche désespérément ce qu'une gorge lui promet. Le Noir rugit en éjaculant et me mord le cou. Son sperme fait sur son ventre d'ébène une flaque incandescente. À mon tour, je geins dans l'apothéose de la chair qui jouit. Tout près, la neige silencieuse sur le sol disparaît dans sa magie. Je m'appuie les fesses, épuisé, pour être désagréablement surpris par le froid humide des briques. Quelqu'un donne un Kleenex au Noir qui s'essuie méticuleusement tout en affichant des dents d'une blancheur de cinéma. Il saisit mon sexe entre ses mains puissantes. Sa langue fouille avec énergie ma bouche. Le désir, vivace, resurgit. À nos pieds, deux corps sont tête-bêche. Le Noir glisse sa tête crépue le long de mon torse, me mordille les mamelons. Ses deux mains enserrent mon sexe. Ses lèvres charnues sculptent maintenant chacune de mes côtes, et échouent dans un grognement de satisfaction sur le bas-ventre. Il lèche avec frénésie le gland violacé. Sa langue entortille son serpent rose et adroit le long du membre. Une de ses mains m'offre la fiole à la potion aphrodisiaque qui incendie mes neurones. Le grand Noir retire sa bouche, renifle à son tour le flacon et retourne en vitesse à mon pénis. Sur le sien, des mains comblées s'activent. Un corps se relève et écarte ses jambes pour mettre à la portée de mes mains un sexe qui réclame d'être masturbé. Et le délire reprend, copieusement arrosé des effluves qui s'évaporent de la petite bouteille brune. Le Noir a plaqué avec force ses mains sur mes cuisses. Sa bouche sans fond va et vient sur mon sexe hors de contrôle. Une autre bouche affamée enfonce dans mon anus une langue expérimentée. Je capte avec frénésie d'une main le premier sexe qui s'offre à moi, et de l'autre je caresse éperdument des cheveux drus. J'ai détaché sans m'en rendre compte mon blouson et ma chemise. Une bouche me mordille les seins. Je vais et viens dans la bouche gigantesque qui semble n'en avoir jamais assez. Dans un ultime coup de rein j'enfonce mon sexe avec béatitude. Je sens la sève remonter à nouveau, tourner dans mon membre, bouillonner. Mon pénis explose dans cette caverne de soie. Dans ma main un sexe bave d'excitation. La bouche gloutonne continue de garder son trésor, et happe jusqu'à la moindre goutte mon sexe content et survolté de sa performance. Je reviens à la réalité. Le Noir se redresse et me serre amicalement l'épaule. Sur sa bouche pulpeuse une langue moqueuse se promène en toute fierté.

— That was good, man!

— Right on! que je réponds tout en ajustant mes jeans.

– You don't remember me, do you?

Je détaille ce visage que tout à coup je replace: le gogo boy! Je lui fais signe que oui. Je remonte ma fermeture éclair. Le danseur se colle contre moi et saisit mes mains qu'il déplace avec autorité sur sa colonne de chair coincée dans une bouche. La bouteille réapparaît. Le Noir oscille en marmonnant:

– Yeah! Yeah!

De mes deux mains je maintiens le membre dans la bouche qui glousse de satisfaction. D'autres mains expertes massent les fesses rebondies de Mahogany qui en redemande. Le géant noir force ma bouche. Le goût de mon sperme. En bas, une bouche crache avec fracas. Le Noir secoue avec impertinence son large pénis où perlent quelques gouttes d'une blancheur fluorescente. Avec hâte, le quatuor se défait, se rhabille et quelques secondes plus tard dans la complicité discrète de la neige tout a disparu. La réalité? Quelle réalité?

J'ai repris, d'un pas décidé, le sentier menant devant ma demeure. Dans la fenêtre, deux chats découragés se lèvent d'un bond. J'escalade, deux marches à la fois, l'escalier mouillé. Prestement je désactive le système d'alarme. Je m'empare des chats.

– Mes amours! Mes pauvres amours!

J'enfouis mon visage dans leur fourrure qui m'étourdit. Je suis épuisé. Je les dépose avec précaution sur le plancher verni. Je me déchausse, j'arrache avec véhémence mes vêtements. Je les garroche à tout hasard dans l'appartement. Je titube vers la cuisine pour dévaliser le frigo de son Coke diète. Ma soif calmée, j'inspecte le plat des chats. Il ne reste qu'un fond de nourriture sèche. Je leur ouvre une boîte de bouchées au poulet. Nerveusement, ils ronronnent. Je change leur eau; j'y ajoute quelques glaçons. J'ignore les clignotements cramoisis du répondeur. Dans la serre un pointillé de neige grave des histoires de chasse-galerie. Un marais de goudron m'avale.

SEPTIÈME JOUR

La voix de Charles dans le répondeur me harcèle.

– Dors-tu? Y est déjà une heure de l'après-midi. Envoye! décroche, grand flanc-mou! Décroche! À moins que tu sois dans d'autres bras que ceux de Morphée!

– Je dormais! que je lui hurle.

Charles continue de se moquer de moi.

– S'est-il passé quelque chose de spécial?

Je raconte d'une voix d'outre-tombe la sempiternelle routine de la discothèque, et comment j'ai échoué tel un phoque à la Banquise. Sur le reste, je ne dis rien. Je n'ai pas envie d'en parler. À quoi ça servirait? Et le revoilà encore avec ses récriminations parce que je n'ai pas rencontré quelqu'un. Je le somme de me ficher la paix.

– C'est que je vais faire, je dois aller donner mon cours sur Nelligan.

– Tu vas parler aujourd'hui de Nelligan?

Cette question le lance sur son sujet de prédilection: la poésie. Avec éloquence, il raconte l'effet Nelligan dans ses cours, les réactions profondes qu'il suscite chez les adolescents, les réflexions qui en découlent. Bien installé sur les oreillers en plumes d'oie, j'écoute avec ravissement les arguments de Charles à la défense de la poésie, l'art ultime selon lui.

— Tu comprends, l'écriture est l'art qui se rapproche le plus de Dieu. Le mot juste est le grand cadeau qu'il donna à Adam et Ève au paradis terrestre, quelle belle parabole! Si Dieu existe, en tant que créateur suprême, il n'a pas d'autre choix que d'être pour ses créatures dans un premier temps à son image. Pis ça n'a pas pris de temps qu'elles ont évolué! C'est la femme qui crée, c'est elle qui enfante, et c'est tout à fait normal que ce soit elle qui se soit approchée en tout premier de l'arbre de la connaissance. Or, la connaissance primordiale est celle du bien et du mal. Ève avait tout compris, dès le début. Adam était beaucoup plus naïf. Son instinct de création a pris plus de temps à se réveiller, alors qu'il n'était nullement endormi chez Ève. La littérature est en ligne directe avec cette perspective de la Genèse, plus que la peinture, la sculpture, voire la musique; car les mots existent non seulement dans l'espace, mais aussi dans le temps. Quoique les philosophes grecs parlaient du chat des sphères célestes. Entéka. Prends un roman par exemple, tu avances avec les personnages, avec l'histoire, et tu peux remonter aussi loin que tu le veux, aller dans l'avenir comme bon te semble, ou au gré du héros; tandis que la sculpture, toute harmonieuse soit-elle, reste quand même fixe, comme les couleurs sur un tableau. Ici, la durée n'existe qu'en un flash à la fois éternel et éphémère! Alors qu'en littérature, même l'espace relève de l'imaginaire. Et la poésie est l'endroit le plus pur de la création! La musique peut sembler plus mystérieuse, et son impact peut être immense, par contre, je suis sûr que les mots vont plus loin parce qu'ils viennent de plus loin. Les mots bougent, se transforment, vivent quoi! Ils nous collent à la peau. Ils sont notre musique. Ils nous habitent si profondément! Les notes restent fondamentalement les mêmes. Moi, la nuit, je rêve en mots et le jour j'écris en images. Sur une page blanche, quelques mots jetés avec adresse peuvent en dire plus que n'importe quelle symphonie. C'est pas pour rien que sur les chèques, même si le chiffre est important, sans notre signature, donc sans les mots qui nous définissent et nous nomment, nous appartiennent en propre, le chèque ne vaut rien. Le mot est le résultat et le moteur suprêmes de la créativité! Enlève-le, et c'est la confusion totale dans le cerveau, l'anarchie inévitable dans la société. Le poème est la quintessence ultime de la création, de notre création! D'ailleurs, la minute que les jeunes commencent à se distancier d'eux-mêmes, c'est le poème qui est leur premier acte spontané d'écriture. Comme je te le disais aux *Beaux-Esprits*, ils ont tous des poèmes cachés au fond de leur tiroir, ça en est ahurissant! Au fond, nous rêvons tous d'écrire. Bien avant de vouloir faire un roman, ou une pièce de théâtre, c'est le poème qui nous intéresse. Ah! souvent, c'est mièvre comme une chanson populaire, mais le fond est là, indubitablement. Ça me fascine! C'est pour ça que j'aime tant enseigner la poésie, et que j'en fais. C'est l'art profane qui se rapproche le plus du sacré. Platon ne voulait pas de poètes dans la ville parce qu'il les craignait, et avec raison. La poésie est toujours révolutionnaire. Elle fait avancer le langage, et elle propulse la parole dans des endroits jusqu'alors inconnus. Dans le poème, les mots sondent les grands fonds qui nous fascinent et nous effraient. C'est pour ça que, la plupart du temps, les poètes sont des êtres insupportables, malheureux, angoissés. C'est parce qu'ils osent s'avancer toujours plus loin, quitte à ne pas revenir. C'est le prix à payer. Le prix d'une vie. Le poète, s'il en est véritablement un, n'a pas le choix. Il sait qu'il va mourir, comme tout le monde, seulement sa recherche, sa poésie, va l'emmener mourir dans un endroit où personne n'est allé avant lui. Quand il meurt, sa mort devrait être une apothéose, une formidable et dernière signature de son œuvre. À cause de tout ça, les poètes boivent beaucoup. D'ailleurs comme le dit si bien, comme toujours,

Oscar Wilde: «Il ne faut jamais regretter qu'un poète soit saoul, il faut regretter que les saouls ne soient pas toujours poètes.» Je te l'ai déjà dit, je sais, mais j'aime cet aphorisme. Ma foi, je voudrais bien cette pensée sur ma pierre tombale! Comprends-tu? N'arrête pas de boire! Si seulement t'écrivais! Là-dessus, faut que je me sauve! Je vais appeler un taxi. Ça me tente pas de prendre le métro et d'arriver déprimé à Longueuil. La vue est belle sur le pont Jacques-Cartier, je vois le fleuve, je sens toute l'énergie de Montréal qui me pousse dans le dos. Et j'ai un petit frisson en passant sous les quatre tours Eiffel miniatures. Ah! Hochelaga! Ville-Marie!

— Les coureurs des bois!

— Les sauvages!

— Le scorbut!

— Peuple de défricheurs et d'aventuriers.

— De chasseurs et de bûcherons!

— «Batêche de batêche!»

— «Ah! comme la neige a neigé!»

— Bye. Nelligan m'attend à Longueuil. En passant Julian, pourquoi ta mère t'a pas tout simplement appelé Julien?

— Ma mère est spéciale. Je le dis à tout le monde. Et dans tous ces romans à l'eau de rose qu'elle lisait et relisait il devait y avoir un héros qu'elle préférait et qui s'appelait Julian.

— O.K., je comprends astheure. Genre beau grand ténébreux, riche prince charmant plein de...

— Nelligan t'attend à Longueuil devant deux portraits de sa mère.

— Ah! ça c'est un poème qui les fait tripper!

— Je comprends, ils la retrouvent en revenant devant une assiette de spaghettis comme tu disais l'autre soir.

— Ou de pâté chinois.

— Ta grande spécialité mexicaine.

— J'ai hâte de rep Francisco! Malibu!

— Maudit que t'es donc Américain!

— Ben quoi, sur quel continent penses-tu que t'es, toi?

— Le corps est ici, mais j'ai souvent la tête là-bas.

— Alors bonne traversée du Magtogoek!

— Rafraîchis ma mémoire!

— C'est le nom du fleuve en amérindien, qui veut dire: le fleuve aux grandes eaux, ou le chemin qui marche.

— Yamachiche!

— Vive les Hurons!

— Les Iroquois!

— Les Warriors! Les Mohawks!

— Les Atikameks! Les Algonquins!

— Les Inuits! Le Grand Nord!

— Les grands espaces!

— La Ronde!

— Le rapide blanc!

— Awiwanhanhan!

— Bye Julian.

— Bye Charles.

Nous rions et nous raccrochons simultanément. Je serre dans mes bras un oreiller que je presse comme une bouée de sauvetage. Une lumière d'étain envahit la serre. Les feuilles tropicales retombent mollement. Aux fenêtres, une pluie glacée tap dance. Les deux chats, dans un silence inquiétant d'ambre et de jade, me fixent de leurs yeux de divinités égyptiennes. Je fais un effort pour me soulever et mettre en marche le répondeur. D'abord la voix de Robert qui m'invite à la *Place des Arts* demain soir. L'orchestre symphonique jouera du Mahler que j'adore. Mon billet m'attendra au bar. Au tour de ma mère qui semble de bonne humeur, et qui me rappelle que «nous avons une date à Noël...». Ce dernier mot ponctué d'un smack retentissant résonne longtemps dans ma tête fragile. J'ai encore la gorge sèche. Il faudrait que je me lève pour aller chercher du Coke diète, bien froid, noyé de glaçons. Je prends une grande respiration, me dresse tout d'un bloc et me précipite au frigo. Je bois une grande rasade du précieux liquide à même le goulot, ce qui mettrait ma mère hors d'elle... Je n'ai pas la force de sortir un verre, de fouiller dans le congélateur, de le remplir de glaçons et d'y verser le liquide qui bouillonnerait dans un chuintement magique. Et dire qu'au début il y avait de la vraie cocaïne dedans! Je reviens en vitesse dans le lit. Je geins de plaisir. Les chats, comme s'ils n'attendaient que ce signal, se précipitent sur moi pour se faire flatter dans un vrombissement d'enfer. C'est, encore une fois, l'heure sacrée des caresses. Déjà un peu de salive bave de cette fricassée de truffes auréolées de frémissantes moustaches en forme d'antennes. Leurs coussinets ornés de griffes chevronnées s'étendent et se rétractent sur la couette blanche comme une page, dont je me sers pour me protéger de leurs effusions tempétueuses. Dans un suprême abandon Rimbaud se renverse pour offrir en toute confiance son ventre blanc, sur lequel ma main complote des caresses effarantes. Champagne, pour ne pas être en reste, se love dans mon cou et commence à me téter frénétiquement le lobe de l'oreille. Je succombe à l'exquis supplice. Dans la chambre, une lumière affaiblie déplace avec délicatesse ses ombres ternes. Au bout de quelques minutes, j'arrête de flatter Rimbaud et je repousse doucement Champagne. Mes yeux s'accrochent au plafond, stigmatisé par le visage violacé de Maurice. J'irai le voir vers la fin de l'après-midi. Ma présence lui dira au moins que je ne l'oublie pas. J'achèterai des roses rouges. Maurice les aime tant. Un temps désagréable assaille Montréal. L'automne s'achève, et bientôt l'hiver, toujours rigoureux, prendra sa place pour plusieurs mois. Le long, l'interminable hiver. «Oh! comme la neige a neigé!» L'idée d'aller à Key West me sourit. Je me vois au volant d'une voiture sport décapotable, James Dean moderne. J'emprunterai avec plaisir la route sur pilotis qui défie la mer. Oh! fuir le temps déprimant des fêtes! Je m'installerai dans la petite ville tropicale, carrément à l'extrémité de l'Amérique, si près de Cuba. J'abandonnerai la voiture pour une bicyclette. J'admirerai les balcons victoriens, les restaurants agréables, et ces rives rocailleuses et sauvages. Je pourrai assister à la descente pathétique du soleil dans la pâte tendre d'une porcelaine turquoise. Après, j'irai prendre l'apéro dans un bar sympathique. La mer, d'une compagnie toujours réconfortante, déferle dans ma tête et m'enthousiasme. Excellent projet! Je pourrai en profiter pour m'arrêter quelques jours seulement dans la somptueuse villa de Dave à West Palm Spring. Je pourrai passer la Noël avec ma mère. Elle sera folle de joie. Je m'arracherai de là à temps pour commencer le nouvel an tout au bout de l'Amérique.

Rassuré d'avoir un projet de voyage intéressant, j'enfile une longue robe de chambre de coton imitant les rayures du zèbre. Dans la cuisine, j'allume la radio pour écouter les informations de Radio-Canada. Les hamburgers marquent pratiquement deux heures. Je cherche à dévaliser le frigo de plus en plus désert. Je réussis quand même à me concocter my usual breakfast.

Les chats rôdent autour de la table, encore affamés de caresses. Avant d'entamer le yaourt, je vais chercher le courrier. Encore des dépliants publicitaires *Métro*, une facture de Bell Canada, et *Estuaire*, une revue de poésie. Je me réinstalle et, tout en dégustant le lait caillé aux mûres et framboises, j'entreprends ma lecture, entrecoupée de gorgées de thé Earl Grey of course! Des poèmes de Claude Beausoleil, Nicole Brossard, Carole David, Élise Turcotte, Yolande Villemaire, Denis Vanier, Josée Yvon, Louise Desjardins, André Roy, Gérald Leblanc, Dyane Léger et Herménégilde Chiasson composent ce numéro. J'aime bien lire aussi les commentaires des critiques. Ils me donnent d'excellentes pistes pour entrer dans l'univers fabuleux et intransigeant «du pur nectar de poésie» comme disait Sainte-Beuve. Le téléphone, toujours aussi bête, m'interrompt. C'est Anna. Nous parlons de tout et de rien, du ménage qui avance, du concert auquel j'assiste ce soir, et des projets plus ou moins vagues que j'entretiens avec la vie. Après des baisers, nous retournons à notre train-train. Je repose en douceur le combiné blanc sur le récepteur, remplis la tasse de thé et vais à la fenêtre du salon. Je frôle l'aquarium. Des dragons fluorescents flottent. Champagne et Rimbaud, calmés, se sont allongés comme des pachas sur le tapis chinois de la salle à manger surplombé d'un hibiscus qui étale d'immenses fleurs d'un rose orangé.

De la ville, le soleil a disparu pour de bon. Je connais ces jours quand les buildings se perdent dans un brouillard brunâtre. Ah! la morosité de ces après-midi pluvieux de novembre. Au parc Lafontaine déserté, la pluie plante des clous dans l'étang. La caravane spectrale des arbres s'enfonce dans la brume. De temps à autre, des oiseaux s'appellent. Rien ne bouge. Un cocon humide emprisonne l'air. Je vois les débris de l'étang, les méandres des sentiers qui se perdent, serpents gris et visqueux, happés par une atmosphère digne d'un conte d'horreur. Même les écureuils, d'habitude si dynamiques, restent dans leur trou. Ni mouette, ni pigeon ne se pointent pour quêter des miettes de nourriture. Un autobus, indécent comme un ciel d'Italie, écrit une carte postale bleue devant la maison. La prostituée est revenue travailler, seule cette fois. Par cette vilaine journée? La fille doit être trop mal en point. Hang over on duty, sans doute. Ou overdose. Elle traverse l'avenue et s'installe en bordure du parc à son endroit habituel, chapeautée d'un parapluie. Le manche en aluminium élève de ses mains gercées une mince verge. La baleine amochée pend au-dessus de sa tête. Occasionnellement, les voitures pressées l'arrosent copieusement, d'autres ralentissent pour essayer de mieux percevoir cette vision fantomatique d'une femme coiffée de cette chauve-souris surréaliste, et qui lève le pouce avec indécence pour les attirer. Une grosse Chrysler noire, de l'année, s'arrête quelques mètres plus loin. À ce signal la marcheuse fonce vers la voiture. Un vieux cravaté a actionné la glace qui descend à moitié. Au-dessus de ses cheveux couleur de sable mouillé, elle maintient le parapluie dont l'incarnat ravagé souligne davantage la pâleur de son visage qui a cherché en vain refuge dans le maquillage. Une fois le marché conclu, le bouton de verrouillage se lève et la vendeuse de sexe s'installe. Le sexe-trip fonce vers la rue Rachel. Cette scène me décourage. Pauvre planète! Je reviens au hamac. Je m'enveloppe chaudement dans mon peignoir rayé et je continue de lire *Estuaire*, enchanté des vers que j'y trouve. Je me promène dans la revue. Je ne respecte nullement l'ordre chronologique des pages qui de toute façon me paraît aléatoire. Les chats ont sauté sur moi, l'un sur mon ventre, l'autre plus près de mes cuisses. À la radio, une speakerine charmante parle de *L'Invitation au voyage* de Baudelaire, pour présenter la programmation d'aujourd'hui. Car on entendra de vieilles chansonnettes françaises ayant pour thématique soit une ville ou un pays.

— Et à tout seigneur tout honneur, commençons donc par Paris! dit-elle d'une voix moqueuse.

La voix rauque mais sensuelle de Juliette Gréco roule, dans «Paris-canaille», «Paris-Marlou». La môme Piaf prend la relève avec son tonitruant «Padam padam padam», que j'écoute d'une oreille de plus en plus amusée. Au tour de Charles Trenet de chanter: «Douce Fran-CE / cher pays de mon enfan-CE», suivi de la voix espiègle d'Anny Cordy: «Depuis des siècles c'est notoi-RE / les Marseillais sont critiqueux.» J'ai déposé *Estuaire* sur le carrelage pour profiter à mon aise de toutes ces chansons, somme toute savoureuses. «Si je t'écris ce soir de Vienne / c'est qu'il faudrait bien que tu comprennes», chacun des mots détachés par la voix au cristal coupant de Barbara. «Si j'ai laissé mon cœur au Portugal» entonne Lyne Renaud, suivi du timbre aigu de Gloria Lasso: «Les cloches de Lisbonne un beau matin quand c'est dimanche». Et Luis Mariano qui s'égosille sur: «Mexico! Mexiiiiiiiiiiiiiiiiico!»

– Maintenant revenons au Québec, propose-t-elle d'un ton goguenard, remplacé par la voix cassée de Jacques Normand: «J'aime les nuits de Montréal / pour moi ça vaut la place Pigalle.»

Lucille Dumont, accompagnée d'une avalanche de violons, prend son essor: «Au parc Lafontaine». Jen Roger enchaîne avec une chanson sur le boulevard Saint-Laurent, suivi de Diane Dufresne et de son Parc Belmont iconoclaste. Puis c'est au tour de Robert Charlebois: «Je partirais pour, QUÉBEC!», et Gilles Vigneault de Natashquan: «Mon pays, ce n'est pas un pays, c'est l'hiver». Beau Dommage qui compare la peau du phoque «aux rues de New York après la pluie». Surgit la voix d'Alys Roby qui frétille sur le rythme endiablé de: «Brésil», et Muriel Millard qui propose «ses ananas de la Guyane!».

– Maintenant, chers auditeurs, chères auditrices, laissez-moi vous amener vers ma ville favorite: Venise. La voix feutrée de Jacqueline Dulac soupire: «Comme tu m'as conquise / dans les rues de Venise / Venise sous la neige». Quand la voix éraillée de Charles Aznavour commence, je m'empresse de m'associer avec lui, ce qui fait fuir aussitôt les chats qui sautent en poussant des cris plaintifs: «Que c'est triste Venise / au temps des amours mortes / que c'est triste Venise / quand on ne s'aime plus.»

L'émission se termine sur l'annonce des prochaines thématiques: la neige, l'eau, les ports, les ponts. En conclusion, la speakerine annonce la grande Dalida. À nouveau, je me mets à brailler en essayant de copier de ma voix archi-fausse celle veloutée de la belle Égyptienne, surtout au moment où elle parle de «Gigi l'Amoroso / croqueur d'amour / œil de velours». Je beugle jusqu'à la fin la chanson qui s'estompe pour être remplacée par la voix cassante du présentateur des nouvelles internationales, nationales et «sur la scène locale, à Brossard, un forcené s'est barricadé dans son appartenant; heureusement son épouse a pu l'échapper belle en se réfugiant chez une voisine. La police est présentement sur les lieux pour essayer de faire entendre raison au malheureux car...». Fuck!

Je me suis arraché du hamac pour éteindre la radio. Je veux conserver dans ma mémoire les voix mémorables qui ont défilé durant la dernière heure. Tout en chantonnant «Arrivederci Roma», je me glisse sous la douche. Là, je continue mon tour de chant. Pêle-mêle, les cheveux secoués d'une mousse savonneuse, je m'acharne sur: «Il venait d'avoir dix-huit ans / il était beau comme un enfant / fort comme un homme». Je postillonne des «la la la» dans le chuintement de l'eau. Je m'amuse à faire glisser le pain de savon vert en le lançant au plafond et j'essaie de le rattraper. En vain, car la savonnette jaillit de mes mains, et se retrouve à patiner sur le marbre, avant d'être définitivement retenue par le filet d'acier du renvoi. Entre mes jambes écartées dans la pose du Colosse de Rhodes des tourbillons d'eau traitée s'engouffrent. It's so nice to be alive! J'empoigne au passage le Coke diète que je déguste avec ferveur à même le goulot. Comme d'habitude. Mauvaise habitude... Bof! Quand on vit seul, so what?

J'actionne le support circulaire en aluminium qui tourne pour montrer vestons, pantalons, habits et chemises de toutes sortes. Le costume acheté à New York chez Sach's retient mon attention. J'arrête le mécanisme et prends l'habit noir, 100 % coton, imprimé de minuscules barres blanches. En fait, ces petites lignes à peine visibles, qui sillonnent le tissu, sont le résultat d'un processus photographique du dernier cri, comme m'avait expliqué si consciencieusement le vieux vendeur aux cheveux «d'un gris si distingué», comme aurait dit ma mère. De plus, le costume est si doux au toucher! Sur le cintre vert, une chemise blanche de soie sauvage à col chinois achetée à Bangkok ou peut-être à New Delhi, je ne m'en souviens plus très bien, accompagne le complet et pourrait très bien faire l'affaire. Ce sera parfait! J'aurai l'air du romantique que je suis. Nullement sentimental, j'espère! Mais voyons, mon Julian! Jamais de la vie! Ton romantisme à l'eau de rose... fleur bleue... Ah pis! «Frankly my dear, I don't give a damn!»

J'ouvre le tiroir supérieur d'un chiffonnier laqué noir et fouille dans les chaussettes pour en prendre une paire bleu nuit, aux motifs de carreaux blancs. Ils représentent les buildings de Manhattan le soir. Dans le tiroir du dessous, un mini-slip de soie à l'imprimé peau de serpent coincera le mien de façon provocante. Mais pour qui? Ah! Donald! Quand je finis de m'habiller, je retourne au garde-robe choisir une paire de souliers. Je dois avoir la lubie des stars de cinéma, ou d'Imelda Marcos: toutes ces chaussures alignées, ridicules comme une armée décorée pour un protocole désuet. J'opte pour des bottines de cuir noir verni et surpiqué que je lace avec précaution. Je finis en épinglant, sur le revers à cran aigu du veston croisé, une broche spectaculaire achetée chez Tiffany's que ma mère ne voulait plus. C'est une araignée qui fulmine mille feux de ses multiples diamants. Je laque mes longs cheveux dans leur pose tango. Je fouille pour trouver un panama crémeux, à la Aristide Bruand, dont les larges bords sont pavoisés d'un bordalou à nœud plat, marron clair. À la penderie du salon, je m'empare de la pèlerine de cachemire café au lait achetée à San Francisco. Je voyage comme dans les chansons de tantôt. Le plus dur est de revenir aux portes-miroirs de la chambre à coucher pour le constat final. Les gens vont trouver ça un brin exagéré, «mais le dandy se doit d'étonner, et non pas de l'être», me dis-je, complice de Baudelaire.

Je m'inspecte de près. Je trouve le résultat finalement trop Pierre Elliott Trudeau sur son retour d'âge! Une fois rendu ce verdict sans rémission, je retourne au placard du salon et, cette fois, choisis un ample manteau en lin ivoirin, au large collet et aux épaulettes saillantes, cintré à la taille d'une grande ceinture pendante et ornée de gros boutons à tige argent. Un pardessus créé par un célèbre couturier italien acheté à Rome voilà deux ans. Je me fais encore du name dropping. Je suis vraiment incorrigible. Et comme je m'en fous! On s'amuse, on se console comme on peut. Je reviens au miroir, mon fidèle adversaire. Je fais très Fitzgerald. C'est beaucoup mieux! Je nourris les chats. «L'assiette du pêcheur.»

— Mes anges! mes amours! Le festin est prêt.

Je change aussi leur eau. Je jette dans l'aquarium de minuscules pétales de nourriture qui attirent «la pègre des anges», belle image de Denis Vanier que je viens de lire dans *Estuaire*. La sonnerie du téléphone! C'est ma mère qui veut vérifier à nouveau si je vais vraiment aller la voir comme prévu à Noël. Je réitère que je ne veux aucune croisière, aucune fête. Je ne veux pas être pogné à faire le smatte! Elle me demande si je connais des îles dont le nom sonne genre «bébelle».

— Seychelles maman! Sey-chel-les!

— À cause de Shell?

Ma mère a un nouveau projet de voyage, car la misère dans ces îles l'a trop secouée. Une des bonnes amies de Dave lui a vanté les charmes de ces îles-là durant toute une soirée... elle demande mon avis. Oh miracle! je n'y suis pas encore allé! Évidemment l'invitation suit automatiquement.

— Une chose à la fois maman! Commençons d'abord par Noël!

Ma mère glisse insidieusement dans la conversation que le fils de la bonne amie en question est d'une beauté renversante, que son étoile commence à briller dans le ciel hollywoodien, et qu'il sera sans doute dans les parages à Noël!

— Je suis sûre que tu vas bien t'entendre avec lui!

Est-elle consciente de ce qu'elle dit? D'autant plus qu'elle se met à parler de mon oncle Jean-Paul.

— Qu'il a donc été chanceux de rencontrer son beau Mario!

Mon oncle se permet le luxe d'une dépression dans sa résidence sur le bord du lac. Je devrais aller lui rendre visite. Je marmonne des «oui, oui, oui», de plus en plus mal à l'aise. Qu'est-ce que ma mère peut bien vouloir me dire, sinon qu'elle se doute de mon orientation sexuelle? Les mères ne savent-elles pas toujours tout? L'appel se termine sur une note joyeuse pour une fois: elle va prendre un drink pour fêter déjà ma future arrivée. Pour une rare fois, nous nous laissons en harmonie.

Je secoue la porte pour être sûr que le système d'alarme fonctionne. Le fusain des arbres me surprend. Montréal est la seule ville au monde où le climat peut changer aussi vite. Les buildings se cachent dans un ciel de plus en plus proche. Ils donnent à Montréal des airs de New York coupé en deux, quand du World Trade au Trump Tower les gratte-ciel célèbres se retirent dans leur nid de ouate. Je descends les marches avec précaution. J'apprivoise mon look de dandy que ne renierait pas Oscar Wilde. Je laisse le trottoir pour me risquer dans la rue, même si je crains d'être arrosé par un chauffard malhabile. Toute en mollesse, la ville ondule dans le brouillard. Je devrais peut-être rebrousser chemin et aller chercher un parapluie. Un taxi surgit, confirmant que Montréal peut encore faire des miracles. Je prononce à regret: «L'hôpital St-Luc.» À travers la fenêtre souillée de coulisses brunâtres, j'observe la ville. Un souvenir remonte et crève comme une bulle à la surface de ma mémoire. Je me revois à l'aéroport Charles-de-Gaulle alors qu'un poète québécois, célèbre, en attente de se faire enregistrer au comptoir d'Air France, claironne exprès de sa voix de stentor:

— Coudonc monsieur le contrôleur, quand cé qu'a part l'aéroplane? avant d'éclater de son rire épique, proverbial, à côté de sa fille qui joue à être gênée, pendant que tous les autres autour se bidonnent.

Le taxi tourne dans la rue Cherrier et dépasse Mentana, Saint-André. Derrière une pointe de taxis s'élève un immeuble de cinq étages de vieilles briques rouges; un ancien gymnase rénové. Il abrite une école de danse qui est, comme chacun sait, la seule façon de marcher pour les anges. Au coin Saint-Hubert, un bel immeuble de pierres occupé par la Banque nationale vers laquelle s'avance Charles. Il a l'air de quelqu'un qui s'en va à l'échafaud. J'ordonne au chauffeur d'arrêter. Je baisse la glace et lui crie par-dessus le trafic:

— Charles! Charles!

Il regarde dans toutes les directions avant d'apercevoir ma tête chapeautée. Il me fait signe d'attendre. Paranoïaque, il traverse la rue avec circonspection. Il arrive enfin à la voiture que le chauffeur a réussi à garer tout contre des blocs de béton servant à protéger une piste cyclable. Il me raconte son rendez-vous «loin d'être amoureux» avec son gérant de banque. Je lui offre de le dépanner. Il se rebiffe. Il peut encore mener sa barque tout seul. Il détaille mon look avec ironie. Il me demande si je m'en vais cruiser les vieilles Anglaises du *Ritz*? Sans me laisser le temps de répondre, il chantonne «J'suis snob, j'suis snob». Il retraverse la rue comme s'il s'agissait d'un terrain miné, en route vers le petit dictateur minable qui l'attend momifié de fortrel gris!

— Et quand je serai mort, je veux un suaire de chez Dior, que je lui lance inutilement, les mots ricochent sur le béton de la ville et disparaissent dans le brouillard à la robe de cendre déchirée.

Je dis au taxi de continuer. J'aurais plutôt envie de lui commander de lever l'ancre, tant le brouillard s'intensifie à vue d'œil. Au coin de la rue Berri qui se transforme au nord en viaduc, dans un parc minuscule quelques arbres chétifs essaient de survivre autour de deux bancs insolites. Derrière eux s'étale une murale aux couleurs lourdes détachant les lettres *Nitassinan, Notre Terre*, qui planent au-dessus d'Amérindiens pittoresques campant près d'un lac. Cette quiétude est menacée par des vols à basse attitude de supersoniques qui polluent ce paysage sauvage dans lequel des outardes paisibles filent. Tout en bas de la fresque, les mots du poète François Charron, dont j'ai juste le temps de saisir le premier vers: «Toutes ces choses qu'on ne peut pas dire...», puis le taxi avance. Il devrait y avoir plus de poèmes dans la ville, dans les autobus, dans les wagons du métro, sur les frontons des buildings, les écrans de télé... question de faire plaisir à l'âme. Pourquoi n'en est-on pas encore rendus à prendre mieux soin de soi? Pourquoi fait-on semblant de croire que la vie n'a de sens que dans cette chorégraphie de béton armé en l'honneur du dieu argent? Armé pour protéger qui? Et de quoi? L'humain a bâti des cages, et il étouffe. Il a muré l'invisible. Il a bloqué la moindre échappée d'un questionnement spirituel. Et à cette heure de pointe, sur des artères congestionnées, comme les leurs de cholestérol, ils ont tous et toutes la permission de fuir ces cavernes vitrées du vide. Tantôt, ils se retrouveront devant une fenêtre bavarde où défileront des clowns idiots, payés pour vanter des produits inutiles grâce auxquels ils disent, et même pensent, gagner honorablement leur pitoyable vie. Quand je veux philosopher! Ça paraît qu'il me manque plus d'un rhum et coke. À l'endroit où la rue Cherrier fait un T avec la rue Saint-Denis, le taxi tourne et passe devant un dépanneur d'une laideur typiquement locale, à l'américaine, et laisse dans ces nuages terrestres l'ancienne citadelle de grosses pierres grises des sourds-muets. Rendu devant le paysage familier du carré Saint-Louis, assiégé du côté est par le building le plus laid en ville et qui devrait, chaque année, se mériter systématiquement le prix citron, j'ai envie de vomir. Décidément, je ne m'y ferai jamais. Quand va-t-on démolir une horreur pareille? Évidemment, pas de danger qu'il passe au feu! J'admire l'audace d'une murale au sud du Carré qui le fait danser au milieu de couleurs joyeuses comme des sorcières. Des flammes affamées lèchent copieusement l'affreux immeuble en question. La vision moqueuse s'estompe dans la brume. Nous faisons partie d'un lent défilé d'autos qui se suivent à la queue leu leu. Prisonnier de cette caravane qui ne mène nulle part, le chauffeur peste avec éloquence. Je songe à Maurice attaché à sa civière blanche, perdu dans une toundra grise. Là, dans la tempête froide, virevoltent les écorces des souvenirs. Je voudrais fuir, sortir de ce taxi et courir. Mais où aller? Le feu change enfin. Le taxi réussit à traverser la rue Sherbrooke pour se retrouver dans la pente abrupte des *Beaux-Esprits*. À cette heure-ci, quelques employés de bureaux doivent être en train de siroter une bière ou un kir, entourés des fresques égyptiennes. Elles ont intérêt à rester dans la pénombre des lueurs flageolantes des lampions. Denis les allume chaque jour automatiquement à quatre heures pile, juste avant d'ouvrir.

Confronté au va-et-vient habituel des citadins, je retrouve les buildings flottants, étroits fûts appareillés pour un décollage dans la brume. Elle s'amincit au fur et à mesure que le temps se durcit. La neige pour sûr s'en vient, cette fois coriace. Les Montréalais, passés experts en ce domaine, la devinent à proximité, prête à leur fondre dessus, à les traquer durant de longs mois. Alors la ville prendra des airs de fort isolé, «de fort sauvage», aux rues bloquées par des bancs de neige qui montent jusqu'à la taille. Je me remémore les jets de neige déchiquetés par les souffleuses apeurantes, et en même temps fascinantes. «Luttant ferme contre la poudrerie qui lui cinglait la figure» a écrit le poète Louis Fréchette, avant de mourir à cet institut austère qui m'est apparu aujourd'hui comme une citadelle sinistre. J'admire l'éloquence surannée de La Bibliothèque nationale, drapée de vitraux solennels, et ses marches imposantes flanquées de deux lanternes art nouveau que narguent des parcomètres affichant: «violation». À côté, le bar de Robert subit déjà l'envahissement habituel de ses clients. Une nostalgie subite m'étreint. Que restera-t-il de tout ça dans vingt ans? Tantôt j'irai voir le beau Ronnie et, oui, tantôt je boirai du vin blanc, ou du champagne et, oui, tantôt je prendrai peut-être de la coke et, oui, tantôt... la route tracée d'avance m'ennuie déjà. Sur la marquise du théâtre Saint-Denis, le nom de l'humoriste à Françoise!

soutenu par des extraits d'une critique dithyrambique, promet les imitations du siècle. De nouveau, l'architecture ancienne reprend son allure, aussitôt coupée par des rénovations d'un modernisme douteux. Le clocher Saint-Jacques s'entête, farouchement solitaire, à exprimer le temps révolu d'un pays religieux. La Catherine offre au sud-est une autre église, plus active celle-là, mais la masse de briques rougeâtres de l'UQAM revient anéantir définitivement ce dernier envol liturgique. À la vue des cinémas Berri, mon cœur sursaute, surpris par la douleur d'un souvenir si récent. J'aimerais crier: «Où es-tu mon beau Donald? Pourquoi t'es pas là, à côté de moi? Pourquoi?» Je suis enragé d'être en mal d'amour. La brasserie le *Berri Blues* avance un promontoire menaçant, décoré de fausses fenêtres à carreaux ridicules, et déjà à ce Disneyland bavarois arrivent des autocars bondés de bons vivants, férocement décidés à prouver au monde entier leur bonne humeur. Je m'effondre en marmonnant un «fuck!» digne du Bronx. L'averse a repris de plus belle et, à mon grand dam, les essuie-glaces grincent. Le taxi traverse le boulevard René-Lévesque et prend la rampe d'asphalte conduisant directement à la réception de l'hôpital. Je règle selon mon habitude. Je me sens complètement abattu. Dans le hall, les gens assis sur les chaises de plastique blanc ont l'air d'attendre Godot. À la boutique de fleurs je rafle toutes les roses. Décoré comme un char allégorique du Rose Bowl Parade de Pasadena, je m'engouffre dans l'ascenseur. Deux petites vieilles, intimidées par mon arrivée triomphale, arrêtent net de parler. Dans un tintouin ridicule, l'appareil commence péniblement son ascension. Les deux octogénaires me regardent comme si j'étais le Messie promis par l'Apocalypse. À chaque étage des gens entrent, estomaqués soit par mon allure, soit par le bouquet, soit par les deux. Je pense à Marlène Dietrich, coincée dans les aéroports qui enrageait d'être forcée de se mêler à la promiscuité de la populace qui se massait pour l'admirer: «Ils sont si laids, qu'ils peuvent bien nous payer cher!» disait-elle. What a bitch!

De toute façon, pour survivre, il faut toujours mentir. Pourquoi est-ce que je pense à ça? Arrivé à l'étage, je m'avance dans le corridor qui sent la Javel. Le nez réfugié dans les roses qui ont une odeur de renfermé. J'entre dans une toilette parce que je suis nerveux, fragile, sur le point de m'écrouler. Je me détourne du miroir de crainte d'y voir quelqu'un qui ne me ressemble pas, ou trop... qu'est-ce que j'en sais! Les images de celui des *Beaux-Esprits* me hantent encore. Quand je voyais mon corps exploser en atomes multicolores. Je mouille mes mains, m'asperge le visage, et je me risque à fixer le miroir. Je me dis que le mot amour finit en roulement de tambour. La guerre! Tout paraît en place dans le miroir, seule ma pâleur me surprend. J'aperçois que j'ai oublié de me mettre du noir autour des yeux. J'en achèterai tantôt. Plus calme, je retrouve les longs corridors de l'hôpital qui sont partout aussi déprimants. Tous ces fantômes serviables qui s'affairent! Je repère la chambre de Maurice. Il gît dans un silence de crypte. Le spectacle désolant de ce corps branché à des appareils aux allures de science-fiction. Une corpulente forme grise est là à la fenêtre, immobile comme un menhir. Je m'arrête. Malgré moi le bruit de mes pas l'a alertée. Avec une agilité surprenante, elle pivote sur elle-même. C'est la mère. Elle me toise d'un air sévère qu'un sourire factice ne réussit pas tout à fait à adoucir.

— Julian! Quelle belle surprise!

Je reste là, au garde-à-vous. Je tiens maladroitement le bouquet. Je me sens tout à coup parfaitement ridicule, d'autant plus que la mère de Maurice m'a toujours mis mal à l'aise. J'ai toujours senti derrière son amabilité de mascarade l'amère déception d'une vie. Comme j'aurais besoin d'un drink!

— Ce bouquet est magnifique! s'exclame-t-elle.

Elle me tend une main civilisée comme son sourire dont l'amertume est mise entre parenthèses par deux plis profondément prononcés. Je parviens à articuler un «bonjour» timide. Madame Cloutier m'ensevelit sous une avalanche de compliments. Elle souligne quand même au fer rouge «la chance que j'ai... que Maurice avait bien raison de...». Je sursaute devant cet imparfait que je juge déplacé, d'une cruauté surprenante de la part d'une mère que Maurice a toujours portée aux nues. Et dans le fracas d'une certitude qui s'écroule, je constate avec horreur que cette mère n'aime pas son fils et ne l'a jamais aimé! De cette révélation, je saisis toute l'ampleur du drame de mon ami qui idolâtrait sa mère, croyant que c'était son père qui ne l'aimait pas. Cette femme qui dans sa jeunesse a été dame de compagnie dans une riche famille anglophone de Westmount s'était, selon lui, déclassée en épousant son père qui a toujours été «si ignoblement vulgaire!», intéressé seulement par le hockey et les tavernes. Tandis que sa mère, si belle et si raffinée, aurait pu épouser un homme cultivé et, pourquoi pas? richissime. Du jour au lendemain, elle avait été contrainte de laisser la grande maison en haut de la rue Clarke, où elle faisait quasiment partie de la famille, pour se marier en vitesse avec cet homme bourru qui venait de saccager sa vie en la rendant enceinte. Et s'il ne la mariait pas, ce serait la honte suprême, l'ostracisme assuré. Ils se donc mariés, obligés comme on le disait si justement. Un autre «bonheur d'occasion».

De bonne de riches elle était devenue tout bonnement une mère comme les autres, car après Maurice elle avait eu quatre autres enfants, trois garçons et une fille. La famille démunie s'était installée à Longueuil dans une cabane ridicule. Et elle passait ses longues journées à laver des couches au lieu de nettoyer l'argenterie massive. Elle, qui avait pu voir de près les célébrités de l'heure, dont certaines l'avaient même courtisée, était redevenue Cendrillon, à vie cette fois. De plus, elle devait systématiquement subir les assauts d'un corps lourdaud, maladroit, et qui trop souvent puait la bière et la sueur... Mais comment aurait-elle pu se révolter contre les commandements de la sainte et puissante Église catholique? Madame Cloutier faisait partie des personnages des «Belles-Sœurs» ou d'«À toi pour toujours ta Marie-Lou»!

Austère dans sa robe grise comme ses cheveux, tirés et ramassés avec violence derrière la nuque, la mère de Maurice s'avance, encombrée d'un sourire de circonstance. Je remarque son collier de fausses perles. Protégé par les roses, j'hésite avant d'avoir à m'emparer de cette main énergique mais froide. Sa voix siffle au-dessus de ma tête:

– On dit que le bon Dieu ne nous envoie jamais des épreuves trop lourdes pour nos épaules.

Derrière cette remarque cynique, je devine une immense rancœur. Sans me laisser de répit, elle continue en disant que ça faisait bien longtemps qu'elle voyait venir ce malheur, «vu son comportement destructeur».

– Vous le savez, car vous le connaissiez bien, ça aurait dû arriver depuis longtemps. N'est-ce pas?

Je suis choqué par ces propos. J'aimerais répliquer, mais que dire? Un «bonjour» joyeux me sauve. Une infirmière aux cheveux d'un roux provocant s'exclame:

— Oh! les belles fleurs! Attendez, je vais revenir avec un vase, si je peux en trouver! Ça va en prendre un gros! Si je n'en trouve pas un qui fait l'affaire, on en fera deux ou trois bouquets. N'est-ce pas?

Comme les «n'est-ce pas?» ne se ressemblent pas. Les dents de l'infirmière sont brillantes comme des icebergs au soleil. Elle s'empare du bouquet:

— Ah! des roses! C'est toujours tellement beau!

— Faites attention aux épines!

— Elles viennent d'en bas?

— Oui.

— Alors il n'y en a pas. La vendeuse, je la connais. C'est tellement une bonne personne qu'elle enlève toutes les épines, une par une!

Et je n'ai même pas remarqué! Elle s'en va en dandinant son cul aussi joyeux qu'elle. Elle m'abandonne, hélas! à madame Cloutier qui, sans broncher, me regarde intensément. Elle attend toujours une réponse.

— Vous n'êtes pas d'accord avec moi, n'est-ce pas?

J'essaie de prendre la défense de Maurice. Je lui dis qu'il m'avait appelé cet après-midi-là et qu'il était en super forme, plein de projets... La voix de sa mère m'interrompt abruptement.

— Et il s'est arrangé pour que ça ne marche pas, comme d'habitude.

Interloqué, je voudrais lui sauter au visage. Madame Cloutier entame alors une longue litanie contre Maurice qui a toujours voulu n'en faire qu'à sa tête en copiant le modèle de ces poètes maudits qui se saoulaient à l'absinthe au siècle dernier. Je rétorque qu'il n'était quand même pas si rétro! Mais c'est comme si je riais tout seul devant un miroir féroce. Et que Maurice a toujours été un frère pour moi. Cette remarque, loin de l'intimider, l'exacerbe et la pousse à s'enfoncer encore plus dans son aigreur.

– Pourquoi n'a-t-il pas écouté personne? Il n'en serait pas là aujourd'hui?

Je cherche les yeux de mon ami qui restent inexorablement clos sous les paupières gonflées et violacées. Le ton linéaire de sa mère, froid comme une lame, m'empêche de penser correctement. Comment peut-elle oser le rendre responsable de cet accident terrible et l'accuser ainsi? J'essaie de réagir.

– Ce n'est quand même pas de sa faute s'il a glissé sous une roue d'autobus alors que la chaussée était mouillée!

À ce moment, l'infirmière radieuse revient et dépose l'oasis de roses sur le rebord de la fenêtre. Son sourire nous éclaire.

– Il va aller mieux! Dès la semaine prochaine il va pouvoir respirer par lui-même. En passant mon nom est Manon.

– Et le reste? demande sèchement madame Cloutier.

– Ah ça! c'est le bon Dieu qui décide!

– Je pense qu'il a déjà décidé.

– Oh non! Ne pensez pas comme ça, madame. Vous savez, j'ai vu des choses que cliniquement on pensait impossibles. C'est une question de temps, de patience. Faut espérer. Il le faut! dit-elle d'une voix tellement sincère que j'en ai les larmes aux yeux.

Elle se penche vers Maurice et lui éponge le front d'une serviette mouillée.

– Hein? N'est-ce pas que ça va aller mieux? T'es vivant, c'est tout ce qui compte pour l'instant!

Je sais que c'est à nous en fait qu'elle s'adresse dans ce «tu» démesurément familier.

– La Providence existe. Les anges aussi. Je sais. Je ne peux pas le prouver. Sinon que je le sais. J'en vois des miracles, ici! Faut avoir confiance. C'est tout! Et ça, ça va l'aider!

Le reproche est léger, mais il est là. Elle pointe les fleurs.

– Peut-être! dit la mère. J'aimerais que vous ayez raison!

– Vous allez voir, ça va aller de mieux en mieux. Il est hors de danger, et c'est ça qui est important. Le reste...

Elle fait un geste qui prend à témoin l'invisible.

– On a tout le temps, rajoute-t-elle.

J'ai chaud. J'enlève mon manteau.

– Si vous avez besoin de moi, je serai au poste près des ascenseurs.

Je la remercie pendant que madame Cloutier, sidérée, regarde ma broche que la lumière des diamants attire comme la flamme le papillon. Je fais mine de reculer. Il est trop tard, elle est déjà près de moi, en pâmoison:

— Cette broche est superbe!

— Oui, c'est ma mère qui me l'a donnée.

— Donnée?

— Oui, elle n'aime pas les araignées.

Elle relève la tête. Elle glousse amèrement:

— Les riches! Ils sont tous pareils!

— Je ne comprends pas.

— Non, vous ne pouvez pas, et vous ne comprendrez jamais! C'est comme ça depuis toujours!

— Ce bijou peut avoir l'air d'un faux, non?

— C'est exactement ce que je viens de dire! Je ne veux pas vous insulter, mais il n'y a que les riches pour espérer qu'un bijou passe pour un faux! N'est-ce pas? Imaginez-vous qu'un pauvre qui n'aurait qu'un minuscule diamant souhaiterait qu'on le prenne pour un faux? Voyons donc! Et votre mère n'aime pas les araignées, comme c'est dommage!

Elle fait un sourire de hyène. Je suis coincé: il est trop tard pour éteindre l'incendie des pierres qui me stigmatise du côté des riches. La main nerveuse de madame Cloutier balaie les murs de la chambre, le plafond, le lit, Maurice qui se plaint faiblement. De la fenêtre tombe une lumière blafarde. Madame Cloutier continue de sa voix de plus en plus menaçante:

— Tout ça, tout ça n'est qu'un immense malentendu. Depuis le début. Depuis le commencement du monde. De génération en génération, le malentendu continue. On ne s'en aperçoit qu'à la fin, quand tout est trop tard! Seul le rire permet de démolir tout ça! Je n'en ai plus la force.

— Je ne vous suis pas.

— Évidemment que vous ne me suivez pas. D'abord, vous êtes trop jeune! Trop beau! Trop riche! Trop en santé! Pourtant, dites-moi sincèrement Julian: êtes-vous heureux?

Tel un filet de plomb le silence m'accuse. Je suis secoué par les sifflements sinistres de la respiration saccadée de Maurice.

— Je ne sais pas.

— Évidemment que vous ne savez pas. N'ayez pas peur, et répondez-moi franchement. Ne vous en faites pas, vous ne me verrez plus, ou si peu. Je ne me moque pas de vous. Alors, êtes-vous heureux, oui ou non?

— Je ne sais vraiment pas quoi vous répondre.

— Faites comme vous voulez, ne répondez pas. Une chose est certaine, le bonheur dans une vie n'occupe qu'un instant, et le malheur tout le reste. Montrez-moi un homme, ou une femme, qui se dit heureux et je vous montrerai un ou une imbécile! Le bonheur ne rend pas intelligent. Le bonheur est une lobotomie, hélas, passagère!

Elle rit avec une telle amertume que je suis certain qu'elle va éclater en sanglots!

— N'est-ce pas ce que nous souhaitons tous? Le bonheur! Le bonheur? Ça remonte aussi loin que le paradis terrestre, cette histoire-là. Qui nous a dit que nous avions droit au bonheur? Qui? Personne. Pourtant, instinctivement, c'est ce que nous voulons tous. Pourtant, nous vivons dans un immense malentendu. Personne n'écoute personne. Mon fils, là présentement, en est l'exemple ultime.

— Madame Cloutier!

Elle s'arrête. En un instant son visage a vieilli de dix ans! Elle reprend d'une voix neutre, sinistre:

— Je dois avoir l'air d'une vieille folle à vos beaux yeux de jeune loup. Vous savez, derrière cette caricature que fait de nous la vieillesse, se cache encore le cœur de mes dix-sept ans, quand le monde était à mes pieds!

Et c'est vrai. Je peux voir sous ses traits appesantis la beauté qu'elle avait dû être. Oui, Maurice avait raison: sa mère avait été une très belle femme.

— J'ai toujours crû qu'il avait gâché ma vie, dit-elle en montrant dédaigneusement du menton son fils. J'ai gâché la sienne en retour. C'est le même scénario qui se répète depuis des millénaires à la grandeur de la planète, et le prochain millénaire ne changera rien. Nous sommes les particules d'un même karma. Divin? Et alors? Ça soulage la souffrance de quel dieu! Ah! savoir ça? Est-ce que ça rend la souffrance intelligente de la savoir divine? Quelle farce absurde! J'aimerais être à la place de mon fils pour ne plus avoir à penser. C'est peut-être ce qu'il voulait au fond. Je crois que je l'envie.

J'essaie de la calmer en lui disant qu'elle traverse une trop grosse épreuve. Elle se rebiffe. Elle réplique que l'avenir lui en promet des pires! Elle parle de son mari devenu pratiquement sénile, de ses autres enfants qui l'accablent de leurs soucis quotidiens. Elle avait mis tous ses espoirs dans ce fils si intelligent. Comme il la déçoit! Tous les sacrifices qu'ils ont faits pour lui donner la meilleure éducation malgré leurs maigres moyens. Si rien n'a marché comme prévu, c'est qu'il est né au mauvais moment, que tout a été irrémédiablement gâché dès le début.

— C'est ça qu'on appelle le karma? Une bande de petits karmas ridicules qui font un tout encore plus grotesque, et ce serait ça, Dieu? Hein? Mon fils aîné là, étendu sur le dos comme une momie, dans ces beaux draps blancs, immaculés, c'est ce qui reste de ce fils que je n'ai pas voulu? Oui, je te l'avoue parce que je sais que tu étais son meilleur complice, alors c'est donc ça qui me reste: un légume! UN LÉGUME GROTESQUE! Ah! si j'étais forte comme Abraham aucun ange ne m'arrêterait, moi!

Au coin de ses commissures, une bave laiteuse se ramasse.

— Madame Cloutier! Madame Cloutier!

— Restez où vous êtes! Moi, c'est Maurice, vous c'est autre chose. Alors... Alors allez-vous-en! Revenez le voir quand je n'y serai pas. Appelez avant!

— Madame Cloutier!

— Oui, appelez avant. Je ne veux plus vous voir. Vous ne comprenez toujours pas, hein? Voyons, de vous voir attriqué comme un prince! beau! jeune! vous représentez exactement ce que je n'aurai jamais, et que je n'ai jamais eu, et qu'il ne sera jamais lui!

Son doigt est un laser dirigé vers Maurice prisonnier d'une toile d'araignée. Et elle continue, le rictus aux lèvres:

— Et vous avec tous vos beaux atours! Vous aussi vous êtes un échec! Et plus retentissant même! Comme nous tous! dit-elle d'une voix monotone à en donner froid dans le dos, pendant que des larmes, malgré elle j'en suis sûr, ont commencé à couler.

Elle les essuie avec rage. Je voudrais la serrer dans mes bras, la consoler. D'un geste autoritaire, elle interdit toute tentative en ce sens. Elle se réinstalle à la fenêtre. Elle me tourne délibérément le dos. Je ne peux rien faire. Mon manteau sur le bras je m'approche de Maurice que j'embrasse délicatement sur son front trop chaud. Je lui confie à l'oreille que je suis sûr qu'il va prendre du mieux, que je reviendrai bientôt... De ma main libre, je lui caresse le visage, puis la retire lentement. Je voudrais y laisser toute la douceur du monde. Je regarde sa mère crucifiée à la fenêtre. Il y aurait tellement de choses à dire. Je me sens lâche; j'ai hâte de sortir de cette chambre maudite. D'une voix amorphe, madame Cloutier me dit:

— Rapportez vos fleurs!

J'obéis. Je vais près d'elle prendre le vase qui contient la magie inutile des roses. Le manteau jeté sur mes épaules, je sors en tenant à bout de bras le pot fleuri que je dépose comme un poème sur la page blanche du comptoir derrière lequel, surprise, l'infirmière rousse s'écrie:

— Mais... pourquoi vous ne les laissez pas dans la chambre?

— Je crois qu'elles seront mieux ici. Comme ça tout le monde pourra en profiter, n'est-ce pas, Manon?

Je rajoute, même si je sais que mon ton ne la convainc pas:

— Madame Cloutier est allergique aux roses.

L'infirmière a l'air d'un buisson ardent dans cette usine aseptisée. Je disparais entre les portes chromées de l'ascenseur qui, sans bruit cette fois, se referment sur moi. Non loin de là, une mère coincée se révolte contre son rôle de pietà. Résigné et immobile, comme dans un scanner, j'attends le miracle du rez-de-chaussée, soulagé d'être seul. Je m'engouffre par réflexe dans un taxi.

— Au *Saint-Supplice* s'il vous plaît!

— Pardon?

— Au *Saint-Sulpice*!

— Mais... c'est à côté!

Je me débarrasse du fardeau de la course en lui donnant un billet mauve à l'effigie du premier ministre Mac-Donald, affligé à gauche d'un écusson qui représente les armoiries anglaises. Isn't it charming! Je me renfonce dans la banquette et je pousse un de ces profonds soupirs qui sont devenus, ces temps derniers, ma spécialité. Les essuie-glaces dans un mouvement infernal de tic-tac balaient l'eau qui ruisselle. Au moins, ceux-là ne grincent pas! Cette fois, Montréal joue au déluge. Le chauffeur écoute la radio. À ma grande satisfaction, je ne comprends rien aux mots qui m'envahissent comme une nuée d'insectes exotiques. Je songe à Maurice, à sa mère. Si je pouvais m'enfoncer dans le tourbillon noir de la ville pour resurgir de l'autre côté de la planète, là où habitent les visages bridés, comme ce conducteur de taxi. Sans doute ne sont-ils pas plus heureux! J'aimerais prier Mahomet, Bouddha, Jésus, Allah, Yahvé, n'importe quelle divinité, je ne le peux pas. La prière, ce chant intime qu'on partage aussi en public, je suis trop découragé pour y croire. Je baisse un peu les paupières, stores à demi ouverts sur la ville qui se plaint de la mauvaise plaisanterie de la pluie. J'aurais besoin d'avoir Charles, Robert ou Anna, à mes côtés, mais surtout Donald! Je suis plus seul que jamais dans cette ville dont je connais les moindres recoins, les moindres odeurs. Avec tristesse, je suis du regard tous ces gens qui pataugent dans l'eau, crustacés solitaires. Carapace que nous parvenons parfois à oublier dans l'éphémère d'une rencontre amoureuse. Ben oui. Une rencontre du troisième type avec ça?

Le trafic est lourd, désordonné. Les lumières de la ville, tels des fruits pourris, foirent dans les fenêtres. Le taxi achève son tour du carré. Il attend en haut de la rue Sanguinet que le feu change. J'ai complètement fermé les yeux pour m'imaginer loin, très loin... ça ne marche pas. Le taxi avance à peine. Je remarque que des véhicules font des prouesses dignes du livre Guinness pour stationner. Ça klaxonne en masse! Des passants franchissent la rue en diagonale, faussement à l'abri sous leur parapluie dans cette adaptation loufoque de *Singing in the Rain*. Je rumine mon impatience. J'ai soif! Je sens mes cheveux figés dans leur étang noir. Finalement, c'est la fin de l'odyssée maudite. Je peux enfin me précipiter dans le bar assiégé par la fumée coutumière. Je suis reçu par la voix spéciale de Boy George qui chante: *Chamelon*.

Je frissonne dans cette humidité tropicale. Ronnie, fidèle au poste, ne fournit pas, le cerveau intoxiqué de noms de bière surtout, et de quelques cocktails rétro. Les serveurs attendent en ligne. Dans mes fringues signées Armani, je me promène avec virtuosité. Les regards insistent, curieux, envieux, flatteurs. Quand Ronnie m'aperçoit, il reste bouche bée d'abord, avant de lancer à travers la cohue un «Wow!» retentissant. Il laisse en plan un serveur. Ses yeux sont d'un bleu de Chartres. I just love him.

– Wow mon homme! T'es en beauté aujourd'hui. You look just like a fuckin' movie star!

– Really? Alors pourquoi tu veux pas ce qui va avec?

— Hein? Oh no Julian! Recommence pas! Please!

J'essaie de rire à mon tour. Je ne suis pas sûr que ce soit une réussite!

— Je te taquine grand fou! But you know that you are the cowboy of my heart!

— Aïe toé, parle donc en français! me dit un petit blond sur son tabouret.

— Aïe toé, va donc chier! que je riposte du tac au tac.

Je me dresse avec violence devant mon agresseur.

— Ben, t'es ben bête toé hoss'tie!

— Comme toé! Astheure, cétu assez français à ton goût?

— Correct correct, pogne pas les nerfs la moumoune!

Je suis sidéré. Lentement, comme au ralenti, je replie mon avant-bras vers l'arrière avant de le projeter de toute ma force vers ce pauvre type aux cheveux blonds et ras, et à la gueule moqueuse de Brigitte Bardot.

— Aïe relaxe man! dit Ronnie qui se jette sur moi trop tard, beaucoup trop tard.

Je viens de trouver l'excuse rêvée: je me défoule de tout ce que je viens de voir et d'entendre à l'hôpital. Je venge Maurice. Sur des lèvres moqueuses qui, en d'autres temps, auraient pu me charmer, je lance avec violence un poing orné d'une grosse améthyste que j'écrase comme une fraise mauve sur des lèvres pulpeuses. Une dernière fois des dents de piranha luisent. Quelques-unes jaillissent dans un geyser de sang.

— Tiens-toé!

— Aïe mon homme! Qu'est-ce que tu fais?

Le blondinet, catapulté à un bon mètre, s'écrase sur une table dans un tapage de verres brisés. Ronnie saisit au vol mon chapeau.

— Aïe mon homme! On fait pas ça! Holy shit! glapit-il entre ses dents qui mordent le chapeau pendant qu'il me retient de ses mains puissantes.

Je voudrais foncer vers l'autre qui fait le mort sur le plancher, enseveli sous une table, des chaises et de multiples débris de verre; le visage amoché pour au moins deux siècles! Deux serveurs accourent. Pendant que l'un s'empresse avec l'aide d'un client d'enlever la table, l'autre se penche avec anxiété vers le visage ensanglanté. Le blondinet, inconscient, gît aux pieds d'une punk cybernétique. Elle reste là, immobile dans le décor, à regarder ce corps coloré de rouge qui vient d'atterrir à ses pieds comme un ovni. Petit à petit, comme si une brèche venait de se refermer dans un espace-temps, le bar reprend ses activités coutumières. Je me masse le poing dans ma paume gauche. Ma drachme d'argent l'a échappé belle. Pas comme l'améthyste qui tombe et roule aux pieds du gisant souillé de sang. Une grande fille d'une blondeur norvégienne la ramasse et me la donne. Ses yeux ont la cruauté d'un ciel bleu en hiver.

— Tenez, c'est à vous, je crois.

Avant que je n'aie le temps d'avancer la main, elle la dépose sur le comptoir. Son dos hostile clôt la conservation.

— Holy shit man! répète machinalement Ronnie qui maintient toujours entre ses mains mes épaules obéissantes.

Dans les haut-parleurs, Joe Cocker crie de sa voix écorchée: «I'll get by, with a little help of my friends». Les deux serveurs ont soulevé le jeune homme complètement déboussolé. De ses lèvres des «ouch!», et des «tabarnak» gros comme Saint-Pierre de Rome s'échappent. Ils l'ont adossé contre une colonne à demi recouverte d'un miroir qui lui renvoie aussitôt l'image de sa bouche tuméfiée, évidée de quelques dents. Ses yeux fous tiltent de douleur. Péniblement, avec de l'aide, il enfile un blouson vert pomme. Toujours soutenu par les serveurs, il sort du bar.

J'engouffre l'améthyste dans une de mes poches. Mon regard accroche celui de Ronnie dont les yeux brillent toujours comme deux camées anciens. Soulagé de me voir revenu à la normale, il me tapote l'épaule:

— Eh ben, t'es violente en maudit toi aujourd'hui!

Sur mes lèvres, le sourire énigmatique de l'ange de Reims s'estompe quand je prononce:

— La moumoune va boire du champagne, rosé of course!

Agréablement surpris, comme un gars peut l'être après un combat victorieux, je me mire de loin dans la même colonne que ma victime pour vérifier si ma chevelure est restée intacte. Ronnie fait sauter le bouchon. Quel bruit délicieux! On dirait qu'il est fait pour être silencieux. Je dépose sous mes fesses mon manteau resté par miracle immaculé.

— Voilà, mon homme.

Il me tend une flûte très quelconque, dans laquelle le divin breuvage gonfle en une mousse rosâtre, si volatile.

— Prends-en toi aussi!

– J'ai pas le temps!

– Fais-moi plaisir!

– D'accord. Si Robert me poigne à boire sur le job, tu me défendras?

– Pour sûr!

Il décroche du porte-verre métallique une autre flûte tout aussi moche. Ah! la délicatesse de cette écume!

– À ta santé!

Il cogne son verre contre le mien.

– À la nôtre!

Puis je me ravise.

– Wait Ronnie! Approche-toi!

Je glisse en dessous de son gros bras le mien pour faire un chassé-croisé des plus touchants, des plus embêtants.

– À nous!

Je peux ainsi être tout près de lui. Nos lèvres simultanément couvent la coupe, les yeux dans les yeux. Nous plongeons dans le champagne tels deux anges dans une lumière rose.

– Trois blacks, deux bleues, deux rousses, un pichet de Sangria, et quatre bocks! Et ça presse! crie la vedette des Caisses pop.

Ronnie s'étouffe.

– Ben oui, ben oui, j'arrive! crie-t-il, après avoir brusquement déposé sa coupe.

– Attends, un autre toast!

— Tu vois bien, mon homme, j'ai pas le temps!

— Attends, juste pour le fun!

Je saisis sa coupe et la cogne contre la mienne.

— Y a rien de trop beau pour le prolétariat!

— Ah toé, toé! dit un Ronnie écarlate.

— C'est pour te dire de faire la révolution, ça presse.

— Facile à dire pour toé! T'as toute eu dans ta bec en naissant!

— Donc c'est vrai, y a pas de justice en ce bas monde!

— Fuck you! dit-il, blessé.

Je suis allé trop loin cette fois. Le pugilat de tantôt m'a excité. Comme si j'avais frôlé le pouvoir. Dangereux le pouvoir!

Quand Ronnie revient et se penche pour prendre des bières, je m'excuse.

— Je suis vraiment désolé. Je suis un imbécile.

— Ben non, dit-il gêné, t'as raison. Je devrais tout sa-crer ça là, et repartir dans l'Ouest sans...

J'aperçois son désarroi dans ses yeux rendus violets.

— Sans?

— Never mind.

— Sans Anna!

Comme piqué par une vipère, Ronnie se redresse, le visage en colère.

— Parle-moi pus de le maudit Anna!

– Bon! bon! Mais tu m'en veux pas pour tantôt, hein? J'ai été niaiseux.

– Non... le moumoune!

Je me dresse comme un cobra royal qui se dégonfle aussitôt devant l'air moqueur de Ronnie.

– Un à un mon homme!

– Right on!

D'abord je vide d'un coup ma coupe, ensuite la sienne. J'arrache du seau en nickel la bouteille de Lanson Rosé. Je la renverse au-dessus des deux flûtes qui débordent aussitôt d'une lave légère. Ses entrelacs joyeux provoquent à même leur dentelle rosâtre des motifs féeriques qui excitent mon imagination. Je remets la dive bouteille dans le seau à glace. Triste comme un enfant, je regarde fondre mes espoirs à même la mousse qui ne tient pas ses promesses. Tout à coup, une main fine, diaphane, comme sortie d'un Georges de la Tour, plane un instant telle une aile inquiétante au-dessus de ma flûte avant d'y jeter deux dents qui tombent comme des aspirines rouillées. Je lève la tête vers la blondeur norvégienne qui se penche à mon oreille pour me chuchoter d'une voix divinement fausse:

– Peut-être que ça fond comme des petits carrés de sucre cet ivoire-là?

La déesse nordique disparaît à nouveau dans la cohue en ondulant telle une murène lumineuse. J'examine le liquide rosé. Deux dents gisent comme deux reliques païennes. Je demande à Ronnie de me débarrasser de ça... je tiens loin de moi la coupe devenue tout à coup maléfique.

– Attends je vais t'en donner un autre! J'espère qu'elle n'en a pas mis d'autres dans la bouteille?

Je scrute la bouteille. Je ne vois rien. Aucune petite épave ivoire n'apparaît.

– Elle est fou, elle!

– Folle, Ronnie, Folle!

– En plein ça. Où elle est! Ah shit, c'est dégueu-glasse!

– Dé-gueu-lasse! Mais pourquoi tu dis ça?

– Ben tiens, regarde!

L'air dédaigneux, il me tend sur un chiffon mouillé les deux dents qui sont maintenant d'une blancheur hor-rifiante.

– Eh ben! Ça décape le champagne. Montre pour voir!

J'examine les vestiges d'un sourire. Je place ma main sous celle de Ronnie qui s'empresse de déverser sa déso-lante cargaison.

– Mourir étouffé au champagne rosé! Pas mal.

– Je comprends pas ce que tu dis. Moi, il faut que je continusse à fournir les commandes. Bye. Je te reviens la minute que je peux. Take care!

Ces deux petits rochers émaillés me fascinent. Finale-ment, elles vont tenir compagnie à l'améthyste. Ronnie ouvre et ferme sans arrêt les portes des réfrigérateurs à bière. Il saisit toutes sortes de bouteilles aux marques lo-cales ou importées, et il trouve le temps de préparer des cocktails, de répondre au téléphone, de faire aller la caisse enregistreuse. Près de moi, un bus boy achève de nettoyer le plancher. Les dernières taches de sang s'estompent alors que James Brown vocifère: «I feel good». La vision de la belle sorcière nordique m'intrigue. Je remets mon chapeau que Ronnie avait déposé sur la bouteille de champagne. Il fait un parasol loufoque. J'entreprends ma lente procession vers les toilettes pour vérifier si tout mon look est réellement bien en place. Après, je pars à la recherche de la belle sorcière.

– Va-t'en pas, j'ai une billette pour toi!

– Je sais Ronnie. Je reviens.

Lentement, j'amorce mon pèlerinage qui devrait me mener, si tout va bien, au saint des saints devant un miroir qui a fait rager plus d'une reine de conte de fée. Là, je pourrai, en une paix relative, sniffer la neige miraculeuse. Au passage, on me complimente sur mon pugilat.

– Moi, je vais y penser à deux fois avant de te taquiner! dit une vague connaissance.

Ainsi de suite, on me lance comme des fleurs, des hommages, comme si j'étais tout à coup un héros, en route pour les W.-C. Par miracle personne n'attend. Je suis sur-le-champ confronté aux hologrammes de deux anges, l'un d'un rouge incandescent, l'autre d'un gris de cendres. Ils nagent dans cette eau hypocrite. Je m'asperge rigoureusement d'eau froide, rituel de plus en plus nécessaire, semble-t-il. Quand je relève la tête, prêt à les affronter, tout est redevenu à la normale. Je fouille dans la poche intérieure du manteau à la recherche d'un papier-mouchoir. C'est un crayon gras que je retire avec joie de son oubliette: je vais pouvoir me faire des yeux à la Toutânkhamon! Dalida chante dans ma tête: «Nous sommes tous morts à vingt ans.» Je fais glisser le crayon avec précaution le long des rives de mes paupières. Je les enduis d'une ombre que j'étends avec délicatesse. Elle illumine la sclérotique et fait ainsi de mes yeux des copies conformes à ceux de celui qui régna dans toute sa splendeur et fut enterré avec faste à vingt ans près des berges mystérieuses du Nil. Un millénaire plus tard, Antinoüs y plongera pour sauvegarder à tout jamais sa grande beauté que l'empereur Hadrien, inconsolable, déclarera divine. J'aime me remémorer ces histoires tellement touchantes. Avec minutie, entre deux gorgées de champagne, je m'acharne à faire de mes yeux une véritable œuvre d'art. Je remets en place une couette rebelle qui pend sur mon front. Les cheveux définitivement figés dans leur pose tango, je remets mon chapeau. J'espère que mon manteau ne se fera pas voler. Je vérifie une dernière fois le miroir. Les hallucinations sont parties. Je snifferai plus tard.

Avec assurance, je m'engage dans l'escalier, à l'affût de la belle sirène. J'ai beau la chercher partout, au zinc, dans les fauteuils, aux tables, aux fenêtres, elle n'y est pas. Alors j'attends. Elle est peut-être au téléphone au troisième ou comme moi tantôt, tout bonnement aux toilettes? Du fabuleux vitrail qui a remplacé le vieux puits de lumière, des arcs-en-ciel enfumés glissent le long du bel escalier de chêne que montent et descendent les anges de Jacob toujours aussi contemporains. Et encombrants. Mais d'elle, aucune trace. Je finis mon verre. À mon grand étonnement, je suis soulagé de ne pas l'avoir retracée. Je rebrousse chemin vers Ronnie. Il n'arrête pas de se débattre avec les bouteilles de bière. J'ai oublié la tarentule qui jubile, mais certainement pas les gens autour. So what!

Ma montre marque six heures trente-trois. Le concert est à huit heures. J'ai le temps. Peut-être que Robert va venir? Évidemment, c'est moins que sûr. Robert, affairé comme dix, ne passera certainement pas au bar à cette heure, de peur d'y avoir comme à l'accoutumée à régler provisoirement mille problèmes. Il peut aussi bien me faire faux bond comme l'autre soir alors qu'il était censé venir me retrouver au *Spectrum*. Je bois pour mieux hurler ma solitude. Je suis un loup de ville. Je me rends compte tout à coup que je n'ai pas mangé de la journée. Les toasts sont loin, en train de s'émietter sur une drôle de mer rosâtre. Je commande à Ronnie des sacs de chips et des noix de cajou. Klaus Nomi hante les lieux de sa voix fantomatique. Mon poignet droit m'élance un peu. Je blague avec les connaissances autour de moi tout en attrapant au vol des noix. Ronnie me quête en douce des nouvelles d'Anna.

— Je pensais que tu voulais pus rien savoir!

J'essaie de lui expliquer qu'elle est débordée par l'aménagement de son nouvel appartement, par son exposition prochaine. Je ne dois pas être très convaincant car l'amoureux transi insiste. Je pourrais essayer de glaner quelques indices qui lui redonneraient espoir mais son attente est trop grande. Je fais un virage à cent quatre-vingts degrés: je décide de tuer dans l'œuf tout ce qui pourrait susciter même l'ombre d'une illusion. Mieux vaut un désespoir clair qu'un espoir trouble. Ronnie s'acharne. Il ne veut pas admettre sa défaite. Il revient, et blessé, il en redemande pour être bien sûr que le pieu qui s'enfonce dans son cœur est bien vrai, qu'il n'y a pas erreur sur la personne. Avec l'aide du champagne, je ramollis et j'essaie de ménager mon ami comme si je me ménageais moi-même, en mal de Donald. Ronnie a ouvert une deuxième bouteille et enfile comme moi coupe sur coupe.

— Je dois faire un temps double ce soir. Maudit Marguerite, il peut pas rentrer. Trop saoul, je suppose! Je l'aime ben Marguerite, mais il est trop flyé parfois! Bah, comme nous toutes hein! De tout manière, j'ai rien à faire anyway!

Il me remet le billet pour le concert de ce soir.

— J'ai quand même mon maudite voyage! Je l'aime ce fille-là! Je l'aime! Holy shit que je l'aime! A me rend folle!

Je lui tapote la main recouverte d'un duvet blond fait de soie et d'amour. Comment consoler mon cow-boy favori?

— Maudit Anna!

Et l'écho reprend:

— Maudit Donald!

De verre en verre, le Styx déborde, comme d'habitude. Les âmes aimées en profitent à ce moment-là pour se sauver dans les poèmes. «Il pleut sur la ville...» Les croustilles salées et les noix ont réussi à colmater ma faim. Ma tête chapeautée fait du surf sur la boucane de la place. Pink Floyd crie: «Teachers! Leave the kids alone!» Enfin, je me sens bien. Nos corps sont faits pour l'extase! Et tant pis si ça prend tant d'alcool, de drogue, de sexe, pour en arriver à ce stade où vivent en permanence les divinités que nous avons inventées. Autrement, comment peut-on défier la loi infernale de la gravité? Heureux comme un smoking en première, je lévite. La vieille peau de Dorian Gray trinque. Gavé de champagne et de noix de cajou, j'ironise, Yahvé dans un buisson de cristal:

— Ce que j'aime dans la vie, c'est qu'elle passe vite!

J'en rajoute:

— Je souffre! Mais c'est de toute beauté!

Et je me le dis pour mieux le répéter autour: le dandy sait comment souffrir! Dans mon cerveau de plus en plus éthéré, les flashs fusent comme ces reflets sur la tarentule copieusement diamantée. Et on en redemande. Sur le point de partir, une troisième bouteille fait une entrée triomphale, portée par le grand waiter de la Caisse pop qui s'avance menaçant, couteau à la main. Il fait le vide autour de moi. Je suis sous le charme de ses yeux pers qui s'arrangent pour être divinement méchants! De sa belle main droite il brandit un long couteau, de l'autre en poing, il tient la bouteille puis il fait très lentement un tour complet sur lui-même en criant:

— Champagne pour Julian! Et que ça saute!

Il sabre avec dextérité la bouteille, coupant net le goulot. Le champagne gicle dans ma flûte qu'en vitesse je tends ébloui.

— Il était à peu près temps! Je mourais de soif!

Après avoir mis la bouteille dans le seau, le beau serveur croise ses bras sur sa poitrine et s'incline devant moi. On applaudit sa performance.

— Beau maître, comme vous le dites si bien: enjoy!

— Maintenant sablons-le! dis-je, charmé.

Je lève ma coupe, glorieux comme la statue de la Liberté aux portes de Manhattan.

— À ta santé, bel esclave!

Le «bel esclave» tourne les talons. Je demande à Ronnie d'amener d'autres flûtes. Les parasites arrivent en bancs, je le sais et je m'en fous. Ce soir, j'ai envie de faire la fête. Celles improvisées sont les meilleures. On m'offre en retour de la cocaïne, des amphétamines, des joints. Fuck you Lafontaine! c'est la cigale qui a raison! Si ça continue comme ça, je vais avoir l'air d'une multinationale de dope! Le temps est enfin englouti dans l'euphorie de l'instant. Tant pis pour ceux qui n'ont jamais vécu! Je réussis à enterrer Cindy Lauper qui chante: «Girls just want to have fun!» À un moment donné, Ronnie se penche pour me dire:

— Écoute, mon homme, c'est pas de mes affaires, mais dans vingt minutes ta concert commence. Do what you want but, j'ai pensé que c'était mieux de t'avertir.

Je copie le lapin dans *Alice au pays des merveilles*. Cartier donne raison à Ronnie. Fouetté par cette évidence, je pars en catastrophe pour la *Place des Arts*. Il ne faut pas que je rate cette symphonie de Mahler que j'aime tant. Je cale le champagne. J'enfile mon manteau, je remplis ma flûte que je vide d'un coup sec sous l'œil attendri de Ronnie, et les lèvres dégoulinantes de cette rosée magique je lui lâche:

— Mets ça sur mon running gag! Voilà le pourboire, et non! Ne me fais pas cette tête-là! C'est pour toi ce pourboire et tu le mérites, and you know it!

Ronnie cherche quelque chose à me dire.

— Non, pas un mot! Je reviendrai après le concert, peut-être. Who knows? Bye love!

Je laisse près de la flûte vide un billet rose. J'entre dans un taxi sans même m'en rendre compte. Il pleut moins fort. Je me surprends à errer dans les catacombes de la *Place des Arts*. Je me dépêche de me repérer dans ce souterrain d'un terne déprimant. Finalement, en sacrant, je finis par aboutir au pied du large escalier. Il se scinde en deux sous une lourde sculpture. Elle s'agrippe au mur comme un insecte dangereux. Je passe aux douanes où un type habillé comme un pingouin me remet un billet déchiré. Je le glisse dans une poche, puis je me hâte vers le vestiaire. Je file aux toilettes pour vérifier mécaniquement mon look. J'ignore les deux anges holographiques qui se démènent dans le miroir. J'en ressors juste au moment où un clignotement de lumières annonce pour bientôt le début du concert. À ce signal, je fonce vers le bar. J'enfile un dernier verre de champagne, question de sauver ma vie. Comme si j'étais le seul spectateur de la place, je montre ce qui reste de mon billet à une préposée. Elle me guide avec nonchalance vers le milieu du parterre. Après m'être engagé dans la bonne rangée, je trouve finalement mon fauteuil. Une salve d'applaudissements éclate pour m'accueillir, tel le chef d'orchestre. Ça c'est du timing comme j'aime! Je m'enfonce le plus que je peux dans mon siège. Je suis chanceux: je peux étirer à ma guise les jambes car il n'y a personne à côté. Comme d'habitude, Robert n'a pas pu se rendre à temps. Dans un soupir de satisfaction, j'incline à demi les paupières pour mieux me laisser choir dans la musique langoureuse de Mahler. Le ciel existe et ce n'est qu'une question de notes.

Des images floues, des sentiments fluides amorcent leur lente spirale. La tête légèrement penchée, les mains en prière devant ma bouche, j'acquiesce à l'appel mélancolique des violons qui volent dans la *Place des Arts* comme des anges tristes; et leur crescendo en harmonie avec mon désarroi me réconforte. À l'endos de mes paupières, les images fastueuses de Visconti défilent. J'admire en toute complicité avec Dirk Bogart l'adolescent radieux qui s'estompe dans la lumière cendrée du crépuscule, préambule à la leucémie qui emportera le jeune comédien après le tournage. Quand le visible rencontre l'invisible dans sa coïncidence étrange... Il est dangereux de créer. Et coule en larmes sombres le rimmel ridicule sur le visage du vieil écrivain, palimpseste des autres personnages qui vont et viennent autour de moi, qui chuchotent dans cette lumière unique... ma mère qui se démène dans les ondes de mon cerveau... Maurice qui s'engloutit dans le sable blanc de son lit... Charles luttant avec les mots comme Jacob avec l'Ange... Anna avec les couleurs... Robert et Jean-Matthieu qui dansent un tango déchirant... mais moi... moi... que puis-je bien faire de moi...? de Donald qui me hante...? Mon khôl souille mes paupières!

– Arrête tes simagrées romantiques, sers-toi de tes pouvoirs, transforme tes émotions. Ne te laisse pas avaler par je ne sais quoi, comme une plume d'ange déchu, bêtement dévorée par le premier brochet venu. Réagis! Fais de quoi de ta vie, n'aie pas peur! Fonce! Grouille! me dit et redit la même petite voix qui copie les mots de Charles. Des mots qui surgissent avec violence des sons de cette musique, qui se transforment en couleurs, en images que je suis incapable de comprendre. Et les autres, comment font-ils?

Les yeux complètement fermés, je lévite. Je goûte chaque note de cette musique sublime que j'aimerais pouvoir nommer comme le sommelier sait si bien le faire avec le vin quand sa bouche reconnaît avec exactitude et plaisir les arômes, le goût de la fougère, des noisettes ou des pommes, du bois... Dans mon labyrinthe de satin hanté par la mère-minotaure, je cherche avec frénésie. Mais quoi? J'envie le ciel et son soleil bleu. Et je reviens impuissant à ma chute pendant que, désespéré, le père doit continuer son vol pour disparaître, tel le beau Taddéo dans le ciel de Venise. Je revois des pans de ma vie et je n'y comprends strictement rien.

À côté de moi, je sens qu'une surprenante jeune fille à l'opulente chevelure brune, habillée de façon osée mais ravissante, m'observe. Envie-t-elle la larme opaque qui coule et s'arrête au sommet de ma joue? Une autre larme l'atteint et voici qu'elles se séparent pour se retrouver tout en se fuyant à la manière de l'escalier double de Chambord, comme des amoureux qui jouent dangereusement à se laisser, au risque de ne plus jamais se rejoindre.

Quand cette partie du concert finit, je sors précipitamment au milieu des applaudissements. J'ai peine à souffler. Surtout, j'ai terriblement soif. Je vais au bar me chercher une autre coupe de champagne que j'avale de travers, la gorge bloquée par les sanglots qui font un embouteillage monstre. Je n'en peux plus. Je laisse la flûte à moitié vide, vais au vestiaire chercher mon long manteau et mon chapeau et sors en trombe sur la grande place qui surplombe la rue Sainte-Catherine. De l'autre côté se dresse l'aquarium du complexe Desjardins. Sur la promenade éclairée par des ballons crémeux, je déambule, forcé de suivre en aveugle le cours de ma vie. La pluie s'est arrêtée. L'air adouci, presque parfumé, me surprend agréablement. Je marche sans me soucier de savoir où je vais. Sans même jeter un regard, comme je le fais normalement, aux rideaux rutilants qui habillent les fenêtres du hall de la salle Maisonneuve. J'avance vers le boulevard Saint-Laurent. Les pneus des voitures crissent. L'asphalte mouillé calfeutre les éclairages de la ville. Je hume l'air avec satisfaction. Chaque profonde inspiration me rassure davantage. Je suis agréablement étourdi. Je retrouve la complicité de cette ville que je connais, que j'aime, et aimerai toujours. Ma ville!

Il fait si doux! Oh! ses mains douces! si douces! L'air lavé de Montréal me réconforte. Rendu au coin de Saint-

Laurent et Sainte-Catherine, je ne sais pas quelle direction prendre. J'hésite quand un taxi tout à coup s'arrête et ouvre une portière invitante. Sans attendre, j'entre pour la refermer aussitôt avec fermeté. Je m'installe comme chez moi. Alors, dans le rétroviseur noir et brillant comme une nuit hollywoodienne, je vois les deux lunes sombres de Karnak qui m'observent, puis s'estompent pour réapparaître tout près de moi dans un visage beau et terrible comme celui de l'Ange qui détruisit Sodome. D'une voix aussi bienveillante que grave, qui me transforme en statue de sel, le chauffeur me demande:

– On va où?